畫龍點睛

点睛之笔

陶文鹏说诗

凤凰出版社

图书在版编目（CIP）数据

点睛之笔：陶文鹏说诗 / 陶文鹏著. -- 南京 : 凤凰出版社，2019.10
ISBN 978-7-5506-3027-7

Ⅰ. ①点… Ⅱ. ①陶… Ⅲ. ①古典诗歌－诗歌欣赏－中国 Ⅳ. ①I207.2

中国版本图书馆CIP数据核字(2019)第225244号

书　　名	点睛之笔：陶文鹏说诗
著　　者	陶文鹏
责任编辑	王清溪
装帧设计	徐　慧
出版发行	凤凰出版社(原江苏古籍出版社) 发行部电话025-83223462
出版社地址	南京市中央路165号，邮编：210009
出版社网址	http://www.fhcbs.com
照　　排	江苏凤凰制版有限公司
印　　刷	江苏凤凰新华印务集团有限公司 江苏南京市新港经济技术开发区尧新大道399号，邮编：210038
开　　本	889×1194毫米　1/32
印　　张	16.25
字　　数	286千字
版　　次	2019年10月第1版　2019年10月第1次印刷
标准书号	ISBN 978-7-5506-3027-7
定　　价	78.00元

(本书凡印装错误可向承印厂调换，电话：025-68037410)

序

霍松林

一首诗应该是一个完美的艺术整体，处处无懈可击；光有一两个好句而全篇不称，当然不算精品。然而，一两个好句，往往能振起全篇，陆机《文赋》“立片言以居要，乃一篇之警策”，可谓深得此中三昧。因此，古今诗人无不在炼句上下功夫，杜甫“为人性僻耽佳句，语不惊人死不休”，就很有代表性。而作为创造佳句、秀句、警句、奇句、惊人句的借鉴，从唐代开始，摘句集、摘句图之类的书，诸如元兢《古今诗人秀句》、元鉴《续古今诗人秀句》、王起《文场秀句》、黄滔《泉山秀句集》、胡嵩龄《唐代摘句分韵编》、张为《诗人主客图》等，层出不穷；直到清人赵翼的《瓯北诗话》，还用大量篇幅摘录陆游、查慎行的佳句，十多年前上海辞书出版社出版的《唐诗鉴赏辞典》也附有《名句索引》。

前人只摘佳句而不作赏析，对于专家们来说，这就够了；而一般读者，却不知何以佳，佳在何处。陶文鹏先生既是古典文学研究专家，又精于鉴赏，工于诗词创作。他在继承摘句传统的基础上开拓、创新，为《古典文学知识》的《名句撷英》专栏撰写了数十篇专文，异彩纷呈，新意迭出，受到广大诗词爱好者的热烈欢迎。

如果说"摘句"就是拣珍珠，那么前人把散在各处的珍珠拣起来，堆在水晶盘里，这已经值得我们感谢。文鹏先生则踵事增华，推陈出新。他博览诗词名篇，总结前人的艺术经验和创作技巧，分门别类，拟出一系列专题，然后以专题为红线，把有关的"珍珠"串起来，阐释品鉴，或淹贯中西，或融汇今古，从而上升到理论高度，使读者于审美享受中受到启迪，这是更值得感谢的。

《古诗名句掇英》（编按：本书原名《古诗名句掇英》，江苏古籍出版社 2000 年版）中的极少数篇章，其论题虽取自前人诗话，但更多的还是著者自己的创获。例如《王直方诗话》所载黄庭坚"作诗正如作杂剧，初时布置，临了须打诨，方是出场"数语，后人多有称引和补充，但并未列举充分例证详加阐释；而陶文《宋诗的"打诨出场"》则博选例句，结合全诗阐明了"打诨出场"这种技巧的妙用，益人神智。罗大经《鹤林玉露·诗用字》概括出"作诗要健字撑拄，要活字斡旋"的创作经验，并举出“红入桃花嫩，青归柳叶新”、“弟子贫原宪，诸生老伏虔”、“生理何颜面，忧端且岁时”、“名岂文章著，官应老病休”诸句，说：“‘入’与‘归’字，‘贫’与‘老’字，乃撑拄也；……‘何’与‘且’字，‘岂’与‘应’字，乃斡旋也。撑拄如屋之有柱，斡旋如车之有轴。”解释比较清楚；但所举两句一组的例证，两组全用“健字”，另两组全用“活字”，看不出“撑拄”与“斡旋”的有机联系。陶文《健字撑拄　活字斡旋（下）》，则选用“平畴交远风，良苗亦怀新”这一类例句，上句“健字撑拄”（如“交”），下句“活字斡旋”（如“亦”），虚实相生，上下互补，开后学无数法门。

绝大多数的篇章，从立题、选句到赏析、综论，都是自出手眼，一空依傍。诸如《妙写通感　奇趣盎然》、《写景状物的“微雕”艺术》、《古典诗歌中的“空镜头”》等，一望而知是从现代艺术、现代科学的高度对前人诗歌创作实践的新概括。其他如《借梦幻写真情造奇境》、《见微知几写清新之景》、《倒喻出新　更须传神》、《奇想痴语见深情》、《改变词性　诗眼新警》、《借色抒情　设彩造境》、《在景物关系中捕捉诗意》、《新奇独创的“远取譬”》、《双关隐喻　诱人寻味》等篇，都能探微抉奥，发前人所未发。

值得一提的是，《古诗名句掇英》中的名句并非取自前人的摘句集和今人的名句索引，而是著者根据论题的需要自己采撷的。如果说有例外，那就仅有《句中对仗　颜色映照》一篇。这一篇，是受钱锺书《宋诗选注》中一条注文的诱发写成的。钱先生在注释乐雷发“一路稻花谁是主，红蜻蛉伴绿螳螂”一联时说：“古人诗里常有这种句法和颜色的对照，例如白居易《寄答周协律》：‘最忆后庭杯酒散，红屏风掩绿窗眠’，李商隐《日射》：‘回廊四合掩寂寞，碧鹦鹉对红蔷薇’；韩偓《深院》：‘深院下帘人昼寝，红蔷薇映绿芭蕉’；陆游《水亭》：‘一片风光谁画得？红蜻蜓点绿荷心。’”这种“句法和颜色对照”的诗句，钱先生说“古人诗里常有”，其实并非“常有”，因此，著者主要就钱先生举出的例句赏析，但他还是自己找到了一联，那就是宋人萧立之《武阳渡》七绝的前联“落日平江晚最奇，白龙鳞换紫玻璃”。这一联是相当精彩的，赏析文字也写得格外深细。

《古诗名句掇英》文采斐然，深入浅出，其普及古典诗词以提高国民素质的作用是显而易见的。就这一点而言，其意义已不可低估。然而它的价值远不止此。文艺理论是从创作实践中总结出来的，反转来又指导创作实践。中华号称“诗国”，《诗经》、《楚辞》以来，几千年的诗歌创作为全人类的文艺宝库贡献了无数珍品。但总结不够，尚未构成完整的中华诗学体系。从现代学人所达到的学术高度对中华诗歌进行系统的总结，从而指导今后的诗歌创作，再创辉煌，应该说是当务之急。在这方面，文鹏先生的《古诗名句掇英》做出了可喜的尝试，希望能引起文艺界的响应。

2000 年 6 月 20 日写于唐音阁

目 录

I 序 霍松林

I **见微知几写清新之景**
2 海日生残夜，江春入旧年
3 今夜偏知春气暖，虫声新透绿窗纱
4 天街小雨润如酥，草色遥看近却无
6 诗家清景在新春，绿柳才黄半未匀
7 小荷才露尖尖角，早有蜻蜓立上头

9 **留得枯荷听雨声——咏荷名句赏析**
9 多少绿荷相倚恨，一时回首背西风
10 秋阴不散霜飞晚，留得枯荷听雨声
11 三秋庭绿尽迎霜，惟有荷花守红死
11 无情有恨何人觉，月晓风清欲堕时
12 荷花入暮犹愁热，低面深藏碧伞中
13 绿荷扶夏出，嫩立如婴儿

15 **叱起海红帘底月——咏月名句赏析**
15 明月照积雪，朔风劲且哀
15 明月出天山，苍茫云海间
16 白云映水摇空城，白露垂珠滴秋月

17 老兔寒蟾泣天色，云楼半开壁斜白
18 青女素娥俱耐冷，月中霜里斗婵娟
19 谁为天公洗眸子？应费银河千斛水
20 叱起海红帘底月，四厢花影怒于潮

21 **气蒸云梦泽——咏洞庭名句赏析**
21 气蒸云梦泽，波撼岳阳城
22 巴陵无限酒，醉杀洞庭秋
23 吴楚东南坼，乾坤日夜浮
24 叠浪浮元气，中流没太阳
25 遥望洞庭山水翠，白银盘里一青螺
26 应是水仙梳洗处，一螺青黛镜中心

28 **劝君更尽一杯酒——唐代送别诗佳句赏析**
28 海内存知己，天涯若比邻
29 惟有相思似春色，江南江北送君归
30 劝君更尽一杯酒，西出阳关无故人
31 桃花潭水深千尺，不及汪伦送我情
32 莫愁前路无知己，天下谁人不识君
33 荷笠带斜阳，青山独归远
34 漠漠帆来重，冥冥鸟去迟
35 蜡烛有心还惜别，替人垂泪到天明

37 **议论说理　思想闪光**
38 欲穷千里目，更上一层楼
39 三顾频烦天下计，两朝开济老臣心
40 东风不与周郎便，铜雀春深锁二乔

41　玉颜自古为身累，肉食何人与国谋
42　不识庐山真面目，只缘身在此山中
44　问渠那得清如许，为有源头活水来
46　人生自古谁无死，留取丹心照汗青

48　**哲理融入情景中**
49　行到水穷处，坐看云起时
50　水流心不竞，云在意俱迟
51　山重水复疑无路，柳暗花明又一村
53　今朝试卷孤篷看，依旧青山绿树多
54　却有一峰忽然长，方知不动是真山

55　**巧讽妙刺　意味深婉**
55　此曲只应天上有，人间能得几回闻
56　日暮汉宫传蜡烛，轻烟散入五侯家
57　何如学取孙供奉，一笑君王便着绯
58　坑灰未冷山东乱，刘项原来不读书
60　农夫辍耒女废筐，白衣仙人在高堂
61　从此西湖休插柳，剩栽桑树养吴蚕

62　**自嘲的丰富情味**
62　囊空恐羞涩，留得一钱看
64　问汝平生功业，黄州惠州儋州
65　此身合是诗人未？细雨骑驴入剑门
67　自笑书生最迂阔，壮心飞到海南陬
68　非关早岁思齐物，合有寒儒瘦到诗

70 状物拟人　妙见性灵
70 相看两不厌，只有敬亭山
71 随风潜入夜，润物细无声
72 岸花飞送客，樯燕语留人
73 一水护田将绿绕，两山排闼送青来
74 好山万皱无人见，都被斜阳拈出来

76 奇想痴语见深情
76 夜台无李白，沽酒与何人
77 看取芙蓉花，今年为谁死
78 孤舟夜泊东游客，恨杀长江不向西
79 寄语莺声休便老，天涯犹有未归人
80 河梁日暮行人少，犹望君归过板桥
81 相思坟上种红豆，豆熟打坟知不知

82 借梦幻写真情造奇境
83 夜阑更秉烛，相对如梦寐
84 红叶下山寒寂寂，湿云如梦雨如尘
85 忘却问君船住处，夜来清梦绕西城
86 马龁枯萁喧午枕，梦成风雨浪翻江
88 夜阑卧听风吹雨，铁马冰河入梦来

89 幻境显真　错觉出奇
89 天远疑无树，潮平似不流
90 山从人面起，云傍马头生
91 峰前野水横官道，踏着秋天三四星
92 枕中云气千峰近，床底松声万壑哀

93 卧看满天云不动，不知云与我俱东
93 眼见长江趋大海，青天却似向西飞

95 **在景物关系中捕捉诗意**
96 鱼戏新荷动，鸟散余花落
97 蝉噪林逾静，鸟鸣山更幽
98 野旷天低树，江清月近人
99 草枯鹰眼疾，雪尽马蹄轻
100 细雨鱼儿出，微风燕子斜

102 **瞬间情景 包孕生发**
103 相逢意气为君饮，系马高楼垂柳边
104 欲将轻骑逐，大雪满弓刀
104 烟消日出不见人，欸乃一声山水绿
105 好是满江涵返照，水仙齐著淡红衫
106 好是日斜风定后，半江红树卖鲈鱼
107 行人系缆月初堕，门外野风开白莲

109 **举因知果 联想有味**
110 竹喧归浣女，莲动下渔舟
110 星垂平野阔，月涌大江流
112 绿阴生昼静，孤花表春余
113 楼台影落鱼龙骇，钟磬声来水石寒
114 春畦雨过罗纨腻，夏垄风来饼饵香
115 长江绕郭知鱼美，好竹连山觉笋香

117 妙写通感　奇趣盎然
118 芳气随风结，哀响馥若兰
119 泉声咽危石，日色冷青松
119 商气洗声瘦，晚阴驱景劳
121 无情有恨何人见？露压烟啼千万枝
122 大星光相射，小星闹若沸
123 避人幽鸟声如剪，隔岸奇花色欲燃

124 意象的叠映
125 一骑红尘妃子笑，无人知是荔枝来
126 可怜无定河边骨，犹是春闺梦里人
127 蝴蝶梦中家万里，子规枝上月三更
128 雨中黄叶树，灯下白头人
129 桃李春风一杯酒，江湖夜雨十年灯

131 诗歌时空的艺术设计
131 秦时明月汉时关，万里长征人未还
132 秋草独寻人去后，寒林空见日斜时
133 欲就麻姑买沧海，一杯春露冷如冰
134 却忆菩提湖上寺，绿荷擎雨看跳珠
135 僧屋翠微看月上，江山犹似永初年

137 古典诗歌中的“空镜头”
138 不觉碧山暮，秋云暗几重
139 山回路转不见君，雪上空留马行处
139 数家砧杵秋山下，一郡荆榛寒雨中
140 孤灯寒照雨，湿竹暗浮烟

141　君问归期未有期，巴山夜雨涨秋池

143　**虚笔暗写之妙**

143　空里流霜不觉飞，汀上白沙看不见

144　清浅白石滩，绿蒲向堪把

145　南湖秋水夜无烟，耐可乘流直上天

146　鹊惊随叶散，萤远入烟流

147　凉风吹堕双桐影，满地碧阴如水流

148　**凭虚构象　虚实相生**

148　月下飞天镜，云生结海楼

149　欲把西湖比西子，淡妆浓抹总相宜

150　凌波仙子生尘袜，水上轻盈步微月

151　疑是晴江沙上雪，黄昏一点不分明

152　却向东蒙看雾雪，青天乱插玉莲花

153　分明一幅蔡侯纸，写出湖南千万山

154　**以小景传大景之神**

155　梅花落处疑残雪，柳叶开时任好风

155　潮平两岸阔，风正一帆悬

156　白云回望合，青霭入看无

157　香飘合殿春风转，花覆千官淑景移

158　蜜蜂两股大如茧，应是前山花已开

160　**借窗观景　小中见大**

160　窗中列远岫，庭际俯乔林

161　鸟向檐上飞，云从窗里出

162 悬灯千嶂夕，卷幔五湖秋
163 窗含西岭千秋雪，门泊东吴万里船
164 要看银山拍天浪，开窗放入大江来
165 朱楼四面钩疏箔，卧看千山急雨来

167 **纳须弥于芥子**
167 庐山南堕当书案，湓水东来入酒卮
168 我持此石归，袖中有东海
169 大瓢贮月归春瓮，小杓分江入夜瓶
170 拔地青苍五千仞，劳渠蟠屈小诗中
171 小点墨池成巨浪，就中飞出北溟鱼

173 **反常合道　奇趣横生**
173 但使主人能醉客，不知何处是他乡
174 妻孥怪我在，惊定还拭泪
175 晨钟云外湿，胜地石堂烟
176 南山塞天地，日月石上生
177 了知不是梦，忽忽心未稳
178 醉后不知天在水，满船清梦压星河

180 **妙写无声之声**
180 万壑有声含晚籁，数峰无语立斜阳
182 飘然一叶乘空度，卧听银潢泻月声
182 剪剪轻风未是轻，犹吹花片作红声
183 一夜桂花何处落？月中空有轴帘声
184 静闻空翠滴，间与片云留

186 **隔物闻声　借声想景**
186 　柴门闻犬吠，风雪夜归人
187 　夜深知雪重，时闻折竹声
188 　人家在何许？云外一声鸡
189 　数声柔橹苍茫外，何处江村人夜归
190 　隔林仿佛闻机杼，知有人家住翠微
191 　菰蒲深处疑无地，忽有人家笑语声

192 **新奇独创的“远取譬”**
193 　白摧朽骨龙虎死，黑入太阴雷雨垂
194 　欲知垂尽岁，有似赴壑蛇
195 　暗潮生渚吊寒蚓，落月挂柳看悬蛛
196 　心似蛛丝游碧落，身如蜩甲化枯枝
197 　湘妃危立冻蛟脊，海月冷挂珊瑚枝
198 　雾气如微虫，波势如卧牛。明月如茧素

200 **倒喻出新　更须传神**
201 　将飞更作回风舞，已落犹成半面妆
202 　雨中有泪亦凄怆，月下无人更清淑
203 　障羞半面依篁竹，随意淡妆窥野塘
203 　露湿何郎试汤饼，日烘荀令炷炉香
205 　程婴杵臼立孤难，伯夷叔齐采薇瘦

207 **认假作真　妙想联珠**
208 　玉轮轧露湿团光
208 　天河夜转漂回星，银浦流云学水声
209 　羲和敲日玻璃声

209 王侯须若缘坡竹，哦诗清风起空谷
210 管城子无食肉相，孔方兄有绝交书
211 柳条毕竟如儿女，一夜东风眼便娇

213 **双关隐喻　诱人寻味**
214 理丝入残机，何悟不成匹
214 雾露隐芙蓉，见莲不分明
215 黄檗万里路，道苦真无极
217 东边日出西边雨，道是无晴还有晴
218 铅华不可弃，莫是藁砧归

220 **本体和喻象的巧妙焊接**
221 浮云游子意，落日故人情
222 浮云一别后，流水十年间
222 生事萍无定，愁心云不开
223 树暖燃红烛，江清展碧油
224 浮云时事改，孤月此心明
225 山河破碎风飘絮，身世浮沉雨打萍

227 **诗中的象征意蕴**
228 玄都观里桃千树，尽是刘郎去后栽
229 云散月明谁点缀，天容海色本澄清
230 地沉星尽没，天跃日初熔
232 塞上秋风悲战马，神州落日泣哀鸿
233 云磨雨洗天如碧，日炙风翻水泛红

235 具象与抽象的嫁接
236 孤灯然客梦，寒杵捣乡愁
236 南山与秋色，气势两相高
237 人行秋色里，雁落客愁边
238 一声孤棹响，残梦落清淮

240 赋中有比 耐人寻味
241 惊风乱飐芙蓉水，密雨斜侵薜荔墙
242 天意怜幽草，人间重晚晴
243 座中醉客延醒客，江上晴云杂雨云
244 秋风片帆急，暮霭一山孤
245 水远山长双属玉，身闲心苦一舂锄
246 草合离宫转夕晖，孤云飘泊复何依

247 小诗绘人物 形与神俱活
247 巧笑倩兮，美目盼兮
248 科头箕踞长松下，白眼看他世上人
249 荷叶罗裙一色裁，芙蓉向脸两边开
250 欲得周郎顾，时时误拂弦
251 路人借问遥招手，怕得鱼惊不应人
251 碧眼胡儿三百骑，尽提金勒向云看

253 细节不细 曲写情意
253 复恐匆匆说不尽，行人临发又开封
255 打起黄莺儿，莫教枝上啼
256 斜拔玉钗灯影畔，剔开红焰救飞蛾
257 登高回首坡垄隔，但见乌帽出复没

258 有约不来过夜半，闲敲棋子落灯花

260 **借色抒情　设彩造境**
261 山路元无雨，空翠湿人衣
261 彩翠时分明，夕岚无处所
262 两个黄鹂鸣翠柳，一行白鹭上青天
263 秋白鲜红死，水香莲子齐
264 好是雨余江上望，白云堆里泼浓蓝

266 **以二维平面再现三维空间**
267 山中一半雨，树杪百重泉
268 水国舟中市，山桥树杪行
268 夕阳鸟外落，新月树端生
269 会看千字诔，木杪见龟趺
270 贪看白鹭横秋浦，不觉青林没晚潮
271 新月已生飞鸟外，落霞更在夕阳西

272 **自我入画中　诗情画意浓**
273 欲投人处宿，隔水问樵夫
274 溪上青山三百叠，快马轻衫来一抹
275 凭栏对僧语，如在画图中
275 可惜不当湖水面，银山堆里看青山
276 客船自载钟声去，落日残僧立寺桥

278 **水墨丹青妙拟天然风景**
278 阴沉画轴林间寺，零落棋枰葑上田
279 浅深山色高低树，一片江南水墨图

280 浓岚四合冻云痴，水墨连屏斗崛奇
281 山色蒙蒙横画轴，白鸥飞处带诗来
282 洞中穿过高楼望，人在荆关画里游

284 **写景状物的“微雕”艺术**
285 仰蜂粘落絮，行蚁上枯梨
286 卷荷藏露滴，黄口触虫丝
287 虫丝粘户网，鼠迹印床尘
288 乌窥新罅栗，龟上半敧莲
289 穴蚁苔痕静，藏蝉柏叶稠
290 露垂庭际草，萤照竹间禽

292 **水中倒影　奇幻空灵**
292 风声动密竹，水影漾长桥
293 人行明镜中，鸟度屏风里
294 浮萍破处见山影，小艇归时闻草声
295 分明看见青山顶，船在青山顶上行
296 两岸蒙蒙空翠合，琉璃镜里一帆行
297 影送清江上，人归碧落中

298 **工于发端**
299 大江流日夜，客心悲未央
299 结庐在人境，而无车马喧
301 风劲角弓鸣，将军猎渭城
301 噫吁戏！危乎高哉！蜀道之难难于上青天
302 春风疑不到天涯，二月山城未见花
303 三万里河东入海，八千仞岳上摩天

305 篇终接混茫
306 回看射雕处，千里暮云平
307 孤帆远影碧空尽，唯见长江天际流
308 鸡虫得失无了时，注目寒江倚山阁
309 正是江南好风景，落花时节又逢君
311 曲终人不见，江上数峰青
312 是岁江南旱，衢州人食人

314 宋诗的“打诨出场”
315 却似西川杜工部，海棠虽好不吟诗
316 舟中贾客莫漫狂，小姑前年嫁彭郎
317 忽看高马頓风尘，亦思归家洗袍裤
318 诚堪婿阿巽，买红缠酒缸
320 似妒诗人山入眼，千峰故隔一帘珠
321 乃是山农垦斜崦，倚锄无力政无聊

323 诗中问答之妙
323 来日绮窗前，寒梅著花未
324 君问穷通理，渔歌入浦深
325 问余何意栖碧山，笑而不答心自闲
326 君家何处住？妾住在横塘
327 只在此山中，云深不知处

329 矛盾逆折　顿挫奇警
330 少小离家老大回，乡音无改鬓毛衰
331 落日心犹壮，秋风病欲苏

332 风吹古木晴天雨，月照平沙夏夜霜
333 今朝香气苦，珊瑚涩难枕
333 白发齐生如有种，青山好去坐无钱
334 书当快意读易尽，客有可人期不来

336 **重言错综 声情俱美**
337 即从巴峡穿巫峡，便下襄阳向洛阳
338 少年轻会复轻离，老大关心总是悲
339 竹影朦胧松影长，素琴清簟好风凉
340 烟笼寒水月笼沙，夜泊秦淮近酒家
340 鸟去鸟来山色里，人歌人哭水声中
342 春风春雨花经眼，江北江南水拍天

344 **奇妙连语添诗味**
344 垂钓绿湾春，春深杏花乱
345 面上三年土，春风草又生
346 却寄双愁眼，相思泪点悬
347 白昼绿成芳草梦，起来幽兴有新诗
348 多事鬓毛随节换，尽情灯火向人明

350 **句法紧缩 意蕴丰厚**
350 丛菊两开他日泪，孤舟一系故园心
351 鸡声茅店月，人迹板桥霜
352 红楼隔雨相望冷，珠箔飘灯独自归
353 潜鳞有饥蛟，掉尾取渴虎
354 小雨藏山客坐久，长江接天帆到迟

357 **多重境界　意蕴层深**
357 尘中老尽力，岁晚病伤心
358 万里悲秋常作客，百年多病独登台
359 昆山玉碎凤凰叫，芙蓉泣露香兰笑
360 于今腐草无萤火，终古垂杨有暮鸦
362 小楼一夜听春雨，深巷明朝卖杏花

364 **对面着笔　曲折深婉**
364 遥知兄弟登高处，遍插茱萸少一人
365 遥怜小儿女，未解忆长安
367 遥怜儿女寒窗底，指点灯花语夜深
367 应是不眠非守岁，小窗春意入灯花
368 敲断玉钗红烛冷，计程应说到常山

370 **逆挽笔法的妙用**
370 几时杯重把？昨夜月同行
372 花近高楼伤客心，万方多难此登临
373 缺月昏昏漏未央，一灯明灭照秋床
374 县楼三十六峰寒，王粲登临独倚栏
374 晚岁犹思事鞍马，当时那信老耕桑

376 **化用典故　如盐融水**
377 荒庭垂橘柚，古屋画龙蛇
378 五更鼓角声悲壮，三峡星河影动摇
379 庄生晓梦迷蝴蝶，望帝春心托杜鹃
381 可怜夜半虚前席，不问苍生问鬼神
382 水底笙歌蛙两部，山中奴婢橘千头

384 翁从旁舍来收网，我适临渊不羡鱼

386 **点化与出新**
387 疏影横斜水清浅，暗香浮动月黄昏
387 天外黑风吹海立，浙东飞雨过江来
388 孤臣霜发三千丈，每岁烟花一万重
390 春色满园关不住，一枝红杏出墙来
391 缠绵思尽抽残茧，宛转心伤剥后蕉

393 **对仗的艺术（上）**
394 花径不曾缘客扫，蓬门今始为君开
395 一去紫台连朔漠，独留青冢向黄昏
396 含风鸭绿鳞鳞起，弄日鹅黄袅袅垂
397 岂意青州六从事，化作乌有一先生
398 但知家里俱无恙，不用书来细作行
399 惶恐滩头说惶恐，零丁洋里叹零丁

401 **对仗的艺术（下）**
402 敏捷诗千首，飘零酒一杯
403 岭上晴云披絮帽，树头初日挂铜钲
404 舞阳去叶才百里，贱子与公俱少年
406 道上风尘迷皂白，堂前水竹湛清华
407 老形已具臂膝痛，春事无多樱笋来

409 **句中对仗　颜色映照**
410 回廊四合掩寂寞，碧鹦鹉对红蔷薇
411 深院下帘人昼寝，红蔷薇映碧芭蕉

412 一片风光谁画得，红蜻蜓点绿荷心
413 一路稻花谁是主？红蜻蛉伴绿螳螂
414 落日平江晚最奇，白龙鳞换紫玻璃

416 **健字撑拄　活字斡旋（上）**
417 荷风送香气，竹露滴清响
418 风起春灯乱，江鸣夜雨悬
419 返照入江翻石壁，归云拥树失山村
421 三尺长胫阁瘦躯
421 阴风搜林山鬼啸，千丈寒藤绕崩石
422 云黄觉日瘦，木落知风饕

424 **健字撑拄　活字斡旋（下）**
425 平畴交远风，良苗亦怀新
426 入天犹石色，穿水忽云根
427 映阶碧草自春色，隔叶黄鹂空好音
429 名岂文章著，官应老病休
430 世上岂无千里马，人中难得九方皋
431 使知临难日，犹有不欺臣

433 **提炼动词　点亮诗眼**
433 蔼蔼堂前林，中夏贮清阴
434 薄云岩际宿，孤月浪中翻
435 四更山吐月，残夜水明楼
436 群山万壑赴荆门，生长明妃尚有村
437 孤篷寒上月，微浪稳移星

439 **改变词性　诗眼新警**
439 有风自南，翼彼新苗
441 白首丽飞甍，参差皆可见
442 心犹未死杯中物，春不能朱镜里颜
443 姮娥携青女，一笑粲万瓦
444 云日明松雪，溪山进晚风

446 **省略虚词的“实装句”**
447 风尘三尺剑，社稷一戎衣
448 水落鱼龙夜，山空鸟鼠秋
450 江海三年客，乾坤百战场
451 楼船夜雪瓜洲渡，铁马秋风大散关
452 五株柳树羲皇上，一水桃花魏晋前

454 **数字的诗意**
454 白发三千丈，缘愁似个长
455 飞流直下三千尺，疑是银河落九天
456 千山鸟飞绝，万径人踪灭
458 故国三千里，深宫二十年
458 千里莺啼绿映红，水村山郭酒旗风
460 七千里外二毛人，十八滩头一叶身

462 **叠字状物　声情兼美**
462 昔我往矣，杨柳依依；今我来思，雨雪霏霏
463 袅袅兮秋风，洞庭波兮木叶下
464 暧暧远人村，依依墟里烟
466 漠漠水田飞白鹭，阴阴夏木啭黄鹂

467 无边落木萧萧下，不尽长江滚滚来
469 梨花院落溶溶月，柳絮池塘淡淡风
470 草草杯盘供笑语，昏昏灯火话平生

472 化俗为雅　雅俗融化
473 大漠孤烟直，长河落日圆
474 即遣花开深造次，便教莺语太丁宁
475 风来震泽帆初饱，雨入松江水渐肥
476 闻道狸奴将数子，买鱼穿柳聘衔蝉
477 草深一鸟忽飞起，侬不觉它它觉侬

479 诗的节奏韵律之美
480 大风起兮云飞扬，威加海内兮归故乡。安得猛士兮守四方
481 力拔山兮气盖世，时不利兮骓不逝。骓不逝兮可奈何，虞兮虞兮奈若何
482 江天一色无纤尘，皎皎空中孤月轮。江畔何人初见月？江月何年初照人
484 昔人已乘黄鹤去，此地空余黄鹤楼。黄鹤一去不复返，白云千载空悠悠
485 白首放歌须纵酒，青春作伴好还乡。即从巴峡穿巫峡，便下襄阳向洛阳
487 大弦嘈嘈如急雨，小弦切切如私语；嘈嘈切切错杂弹，大珠小珠落玉盘

489 后记

493 跋

见微知几写清新之景

诗歌艺术贵在创新。创新固然可以从学习、借鉴前人的作品中推陈出新。但更要求诗人去发现、捕捉、描绘新鲜的景物或现象，即见人所未见、所不能见，言人所未言、所不能言，从而创造出令人耳目一新的艺术境界。正如两位宋代诗人所说:“作诗火急追亡逋，清景一失后难摹。”(苏轼《腊日游孤山访惠勤惠思二僧》)“漏泄春光有阿亨，一双诗眼太乖生。草根未响渠先觉，不待黄鹂第一声。”(杨万里《题胡季亨观生亭》)下面撷取数例，看看古代杰出诗人怎样以他们敏锐的观察和独到的感受，见微知几，发现和捕捉大自然中微细的、新生的或转瞬即逝的景象，写出清新美妙、充满灵气风致、借刹那表永恒的诗境。

海日生残夜，江春入旧年

这是唐代诗人王湾的五律名篇《次北固山下》的颈联。次，停宿。北固山，在今江苏镇江市北，下临长江。此诗写舟行江景，抒发思乡之情。首联“客路青山外，行舟绿水前”，写他乘舟，将朝着眼前的绿水前进，驶向青山之外的客路。次联“潮平两岸阔，风正一帆悬”，写春潮涌涨，江面开阔，与岸齐平；风顺而和，故一帆高悬，平稳向前。这一联，活画出一幅富于动感的春江行舟图。此联之妙，不仅借“一帆悬”的小景表现出大江波平浪静的开阔气象，而且也显示出作者敏锐的观察力和灵妙的表现力。春潮的上涨、春风的和顺以及它们所引起的原野和大江景色变化，都被作者捕捉住了。颈联更是脍炙人口的警句。作者是在岁暮腊残连夜行舟的。当时，海上涌出一轮红日，四周仍是残夜的黑暗；江上已透露出春天的温馨气息，但旧年尚未过完。作者是洛阳人，初到江南，对南方近海处时序交替中的这些物候格外敏感，观察也很细腻，再加上他把体现着蓬勃生机的“海日”、“江春”提到主语位置加以强调，并用“生”字和“入”字赋予它们人的意志、情思与动作，这样，此联诗不仅准确地描绘了特定时间空间的特有景色，而且展现出开阔的视野、豪壮的境界、深邃的意蕴，使人感受到新生的美好事物不可阻遏的生命活力，把诗情、画意、理趣三者融为一体。因此，它驰誉当时，传诵后世。唐代殷璠在《河岳英灵集》中评曰:“诗人以来，少有此句。张燕公（张说）手题政事堂，每示能文，令为楷式。”明代胡应麟《诗薮》称它“形容景物，妙绝千古”。现代诗论家更把它看作盛唐气象的象征。

今夜偏知春气暖，
虫声新透绿窗纱

这是唐代诗人刘方平的七绝《月夜》的后一联。诗写月夜中透露出的春意。首联:“更深月色半人家，北斗阑干南斗斜。”夜半更深，月影西移，故仅半照人家。阑干，横的意思，与斜为互文。北斗星和南斗星都已横斜，即将沉没。刘方平善画。皇甫冉《刘方平壁画山水》说他“墨妙无前，性生笔先”。这两句诗写出了月夜庭院的静谧，画面上有明暗对比，颇具画意，但景象、意境、手法并不很新鲜。三、四句，诗人却以其敏锐、细腻的感受力与艺术创新精神，开辟出一个独特的、未经人道的境界。在寒气袭人、万籁俱寂的静夜里，敏感的诗人忽然听到一阵阵清脆的、欢快的唧唧虫鸣声，透过绿色窗纱传来，这使他惊喜，才发觉自然界已是生命萌动、万物复苏、暖意融融，春回大地。一般诗人写早春，多是表现花开鸟鸣、冰消雪融等习见景物。刘方平却在“新透绿窗纱”的“虫声”中感受到春天的暖意，传达出新生命的萌动与欢乐，使此诗的意境清丽新颖，独具一格。诗人运笔细腻，巧于锤炼字句，更使诗情诗意跳脱而有远韵。这两句用了倒因为果的倒装句式，又连用“新”、“透”、“绿”，与“今夜”、“偏知”、“暖”前后呼应。“新”字传达出一种感知春天来临的新鲜感和愉悦感；“透”字，表现出早春虫声开始时的稀疏、微弱；“绿”字进一步衬出“春气暖”，带给人们一种亮丽葱茜的春色，并使人仿佛感觉到这虫声也被染上了绿色。清人黄叔灿评此诗：“写意深微，味之觉含毫邈然。”（《唐诗笺注》）虽未切中肯綮，却也倾吐出对此诗清新意境的爱赏。

天街小雨润如酥，草色遥看近却无

这是唐代诗人韩愈的七绝名篇《早春呈水部张十八员外二首》（其一）的首联。诗是写给水部员外郎张籍的。张籍在兄弟辈中排行十八，故称“张十八”。全篇咏京都长安城的早春景色。早春的这个“早”字，可以从不同的角度去观察、捕捉，关键是要表现得新鲜微妙，不落俗套，传其形神。诗人韩愈不愧是大手笔，他就具有格外锐利深细的观察力和高超的艺术表现力。上句写春雨。早春的雨是纤细的，如烟似雾，迷迷蒙蒙。韩愈不直接描其形态，而是用一个比喻“润如酥”来形容。酥就是奶油。用酥来描写雨，不只是写出了早春小雨的柔细、滋润，也不只是表现出了他对世界对季节转换的眷眷之意、喜悦之情，而且隐隐约约地流露出他以正统儒家自居的济世之心。从他对杜甫其人其诗的敬爱来看，这一句还有可能借鉴吸取了杜诗《春夜喜雨》中“随风潜入夜，润物细无声”的意蕴。写春雨“润如酥”，还为下一句写草色作了铺垫和衬托。因为受了这“如酥”的小雨的滋润，那天街的草色才能萌发新绿；人们透过雨丝遥望草色，又会感受到一种朦胧的美。次句是全篇中的绝妙佳句。早春，下过几番小雨之后，地面上冒出了小小的草芽儿，远远望去，朦朦胧胧，可以见到一片极淡极淡的青色；但当你走近前去，却反而看不清什么颜色了。这种感受，这种体验，恐怕许多人都有过，但从来没有人在诗文里表现过。诗人韩愈以其敏感多情的诗心和观物锐利、体物深细的诗眼，把这种新鲜美妙的早春草色捕捉住，并且真切入微地描绘出来了，从而带给后人无穷的历久常新的美感趣味。对于这一句诗，历代诗论家赞赏不绝。朱彝尊说:“景绝妙，写得也绝妙。”(《批韩诗》)黄叔灿说:“写照工甚，正如画家设色，在有意无意之间。”(《唐诗笺注》)日本赖襄《增评韩苏诗钞》说:“‘草色’七字，春草传神。”当代钱仲联、徐永瑞说得更好:“这句‘草色遥看近却无’，真可谓兼摄远近，空处传神。……诗人没有彩笔，但他用诗的语言描绘出极难描摹的色彩——一种淡素的、

似有却无的色彩。”（《唐诗鉴赏辞典》）

诗家清景在新春，绿柳才黄半未匀

这是唐代诗人杨巨源的七绝《城东早春》的首联。城东，指京都长安城东。此诗抒写对早春清新景色的喜爱。首句说，诗家所喜爱的清新景色，正在这早春之中。这是诗人对他在城东游赏时所见早春景色的赞美。既抒写了自我的喜爱之情，又高度概括人们的共同感受。虽是直赋，却情意俱足。次句具体描写早春景色。诗人抓住柳眼才舒这一常见的能体现早春生命萌动的小景物来落墨。早春时，柳叶初绽，颜色嫩黄，称为“柳眼”。这里写绿柳枝上，刚刚露出了几颗嫩黄的柳眼。因为柳眼还没有在枝上普遍萌发，所以诗人说是“半未匀”。这“才黄”和“半未匀”，对早春之柳观察得相当准确、细致，摹写也逼真。传人之神，要在点睛。传柳之神亦然。此诗从柳眼落笔，又妥帖地选用了“才”字、“半”字、“未匀”等字，与上句的“清”、“新”互相呼应，把早春柳眼刚睁开时的蒙眬神态活画出来。诗的后一联说：“若待上林花似锦，出门俱是看花人。”改从对面着笔，以芳春景色之秾丽，反衬早春清新之景的可喜。从全篇看，此诗融诗情理趣于一体。把它看作意在阐发诗人须感觉敏锐、善于发现新鲜事物写出新的境界的创作主张，此诗颇具新意。然而整首诗的艺术构思、章法结构都摹拟了韩愈的《早春呈张十八员外》；从传写早春之神看，着眼于柳，早就有贺知章《咏柳》诗的“不知细叶谁裁出，二月春风似剪刀”，此诗已落第二乘；对柳眼的描写也不及韩诗对草色的描写那么新奇微妙。

小荷才露尖尖角，早有蜻蜓立上头

宋代诗人杨万里有一首写景绝句《小池》云：“泉眼无声惜细流，树阴照水爱晴柔。小荷才露尖尖角，早有蜻蜓立上头。”全篇表现初夏几种自然小景物的勃勃生机、天真意态及其亲密关系。写得小巧玲珑，活灵活现，妙趣横生。后一联尤妙。妙在诗人观察敏锐，感受精微，发现和捕捉住了转瞬即逝的动态景象。你看，当那小池里的莲荷刚刚绽出嫩绿的“尖尖角”似的新叶，就被眼明手捷的诗人迅速捕捉住，并以其擅长的“活法”，准确、生动地再现于笔端。而那一只小小的蜻蜓，立即向小荷叶飞了过去，捷足先登，袅袅婷婷地立于叶尖之上，其神情意态，多么快活、得意。诗人犹如一位高明的摄影师，迅速按下快门捕捉到这一个稍纵即逝的特写镜头，从而既表现出自然景物之间的和谐情景，又蕴含着耐人寻味的理趣。我们从中感受到诗人对微小的新生事物的无比珍惜与热爱之情，也体悟到新事物的生命活力。钱锺书先生说："诚斋（杨万里）则如摄影之快镜，兔起鹘落，鸢飞鱼跃，稍纵即逝而及其未逝，转瞬即改而当其未改，眼明手捷，纵矢蹑风，此诚斋之所独也。"（《谈艺录》）确是的评。

留得枯荷听雨声

——咏荷名句赏析

多少绿荷相倚恨，一时回首背西风

这是晚唐诗人杜牧的《齐安郡中偶题二首》（其一）中的后两句。齐安郡即黄州（今湖北黄冈市），当时诗人任黄州刺史。诗的前两句“两竿落日溪桥上，半缕轻烟柳影中”，描绘他在溪桥上所见日已偏西、岸柳含烟之景，画面略带暗淡、感伤情调。后两句写诗人在一瞬间看到的荷叶受风之情状：阵风吹来，满溪碧绿的荷叶随风翻转，背向西风。诗句以问语“多少”领起，不仅写出溪中荷叶繁多茂密，而且表达出一种蓦然惊异、感叹之情，并使诗句呈现一种风神摇曳之美。“绿”字状风荷之色。“相倚”两字，托出了荷叶青盖亭亭、彼此偎倚、簇拥水面的形态。“恨”字更是全篇的诗眼，“画龙点睛”之笔。“一时回首背”五字即具体描状绿荷之恨。在西风刮来的一刹那间，绿荷一齐转过头去，背风而立，仿佛充满愁怨，却又不肯低首倚伏。诗人空有远大政治抱负，却生不逢时，怀才不遇，此时又受排挤，出为外官。他把壮志难酬的隐痛和不甘挫折的刚强品格，贯注到无生命的风荷之中，使笔下的风荷，含情有恨，形动神出，栩栩欲活。真是物我情融，人荷合一的绝唱。

秋阴不散霜飞晚，留得枯荷听雨声

这是晚唐诗人李商隐的七绝《宿骆氏亭寄怀崔雍崔衮》诗的三、四句。首句“竹坞无尘水槛清”，写骆氏亭的环境清幽雅洁。次句“相思迢递隔重城”，点明与友人相隔遥远，怀念深切。崔雍、崔衮是诗人的重表叔兼知遇者崔戎的两个儿子。三、四句即写夜宿情景：时属深秋，但连日阴霾孕育着雨意，故霜降迟了，竹坞上才留下了几枝枯萎的荷叶，在风中瑟瑟作响，听上去仿佛是秋雨声声。枯荷本来给人一种残败衰飒之感，在诗人笔下却别具一种清奇的美。其妙在于：诗人从“秋阴不散”的雨意中联想、生发出虚拟的雨声，又用“听”字以虚作实，使人如闻雨洒枯荷，淅淅沥沥，宛若碎玉迸溅，声韵清绝。而“留得”二字，似乎这枯荷是专为自己“听雨声”而设，妙传出一种不期而遇的意外喜悦之情，于是这枯荷雨声，就不仅有清韵，而且有幽情，能慰人之相思，解人之寂寥，显出特有的美感与神韵。而诗人永夜不寐之状，及其怀友之情、悲秋之意、身世之感，都浑涵于景中。此诗本于孟浩然的“烛至萤光灭，荷枯雨滴闻”，同以枯荷雨声写怀人之情，孟诗中的雨是实写，这里却化实为虚，更显得空灵婉曲，神韵悠然。

三秋庭绿尽迎霜，惟有荷花守红死

这是晚唐诗人温庭筠的乐府诗《懊恼曲》中的一联。据《古今乐录》云：“《懊侬歌》者，晋石崇为绿珠所作。”《懊恼曲》即其变曲。温庭筠采用这一乐府古题，歌颂坚贞不渝的爱情。这一联运用象征隐喻手法，借物写人。九月深秋时节，庭院中葱绿的草木无不迎霜变色；唯有水上荷花，虽也叶枯蕊蔫，粉英凋零，却至死犹不改其红。“守红死”的荷花，被诗人赋予了带有悲剧美的崇高人格，她同那些迎霜变色的绿草相对照，更显得坚贞不渝，光彩照人。以荷花至死犹红的意象喻指历代那些美丽多情、气节凛然的妇女，是诗人的独创。诗句中一贬一褒，感情强烈；一绿一红，色彩对比鲜明，可谓瑰丽奇崛，凄艳动人。

无情有恨何人觉，月晓风清欲堕时

这是晚唐诗人陆龟蒙《白莲》诗中的名句。诗的前两句：“素花多蒙别艳欺，此花端合在瑶池。”意谓人们都喜爱艳丽的红荷，而很少有人欣赏素雅的白莲。其实这冰清玉洁的白莲花，真应该生长在西王母的仙境瑶池之中。这两句说：白莲，她凌波独立，不以颜色炫人，不求人知，好像是“无情”的；但在“月晓风清”的秋天早晨，你看她绿房露冷，素粉香消，将落未落，又似乎含有一种幽恨，意态特别动人。一般诗人都欣赏色彩鲜丽的红莲，诗人却心爱这不事铅华、淡雅高洁的白莲，诗的意象已有新鲜之感。“无情有恨”用矛盾修辞，深曲地揭示出白莲的精神世界。而诗人描绘白莲，“并没有黏滞于色彩的描写，更没有着意于形状的刻画，而是写出了花的精神。……诗人从不即不离的空际着笔，把花写得若隐若现，栩栩如生。花，简直融化在诗的意境里；花，简直人格化，个性化了”，马茂元先生在《唐诗鉴赏辞典》中的赏析非常精妙。是的，这朵饶有淡雅清幽之美的白莲花，正是乱世隐居于江南水乡的诗人孤高寂寞情怀的写照。白莲的神韵与诗人的情怀，达到了天然凑泊，融合无迹。

荷花入暮犹愁热，低面深藏碧伞中

这是南宋诗人杨万里的七绝组诗《暮热游荷池上五首》（其三）的后二句。此诗是淳熙五年（1178）诗人在常州知州任上作，写常州夏日傍晚的闷热。前二句“细草摇头忽报侬，披襟拦得一西风”，说正在我热得要命的时候，池边的细草忽然摇头晃脑对我说，有西风吹来了，你赶快敞开衣襟去拦，千万别让它溜走。但诗人仅仅拦得一阵风，日暮的炎热难消。所以后二句说，连荷花也为之忧愁，不得不把她粉红的面庞低下，深深地藏进那像碧伞一样的荷叶中。诗人驰骋新奇的想象，运用大胆的拟人、比喻、夸张手法表现他在夏日傍晚见到的细草、荷花、荷叶，生动传神地写出了它们的形貌、神态，特别是把荷花写成了"低面深藏碧伞中"的少女，诱人想象她不堪炎热躲进伞中的楚楚可怜模样，从而巧妙地传达出很难表现的暮热，真是新鲜活泼，奇趣横生。这一朵荷花，以其独特的神情意态，永远活在读者的心中。

绿荷扶夏出，嫩立如婴儿

这是清末诗人郑珍的五言古诗《春尽日》的首联。春尽日，即立夏节（在阳历五月六日、七日）前一日。全篇在对暮春景物的描绘中，抒写了人生的感慨。开篇两句写初生的荷叶。池塘里，浅绿色的卷曲如拳的小小荷叶，随着夏天即将来临，在荷茎上茁长出来了。它们娇嫩可爱，像婴儿那样摇摇晃晃地起劲站直了身子。接下去的两句"春风欲舍去，尽日抱之吹"，说即将告别大地的春风，真舍不得离开这些美丽可爱的小生命，整日把它们抱在怀里，给它们吹送清爽、温柔的气息。这四句写荷叶、夏日、春风，都用了拟人手法，赋予人的动作、神态、感情、性灵，写得新鲜活泼，生动隽妙，文字浅显、精美、自然。“绿”字写荷叶之色。“扶夏出”写荷叶初生之态。荷叶既如初生婴儿，站立不稳，所以只能扶着“夏”探出头来。“嫩立”二字，表现出初生荷叶犹如婴儿般柔嫩、莹洁、新鲜，是诗人妙手偶得的独创之词，尤为生动传神。钱仲联先生赞此四句：“虽大家如杜、韩、苏、黄，也不曾能道出近似的好语。”（《明清诗精选》，江苏古籍出版社 1992 年版）并非过誉。

叱起海红帘底月

——咏月名句赏析

明月照积雪，朔风劲且哀

这是南朝刘宋时代著名山水诗人谢灵运《岁暮》诗中的两句。全篇抒写诗人在一年将尽时的忧伤心情。这两句紧扣“岁暮”题旨，写冬夜景象。上句诗写雪月，是目中所见。诗人寒夜不寐，只见窗外月照积雪，皎皎月光与皑皑白雪交相辉映，已使人凛然生寒。下句诗写寒风，是耳中所闻。北风劲吹，在雪野上呼啸。心情孤寂悲凉的诗人听来，风声凄厉，如同哀号。这两句绘声绘色，情景交融，意境阔大悲壮。描绘月光，借积雪、朔风衬托，可以说妙摄冬月之精神。而其造语天然入妙，在灵运诗中亦不可多见。唐代诗人王维的“细枝风响乱，疏影月光寒”，也是有声有色地描写寒冬月夜景色的警句，笔触细致，却缺少谢诗这种悲壮的气势。

明月出天山，苍茫云海间

这是李白的五言乐府诗《关山月》开头二句。全诗写征人思妇之怨。诗人一下笔先写征人望月情景。月亮从东边升起，但戍守在天山之西的征人回首东望，看到明月似乎是从天山涌出，正浮现在苍茫的云海之间。接下去的两句："长风几万里，吹度玉门关。"写征人进一步想到，这月亮是被那浩浩长风从几万里远的中原吹到玉门关外来的。诗人仅用二十个字，便展现出一幅包含着关、山、月在内的万里边塞月夜图。他以奇思逸想，把一轮明月同雄伟磅礴的天山、浩渺苍茫的云海组合在一起，使境界显得新鲜壮观，在高远中有飞动之势。在如此广阔的时空背景的衬托之下，边关战士怀念乡土之情也就显得格外深沉。

白云映水摇空城，白露垂珠滴秋月

这是李白的七言古诗《金陵城西楼月下吟》中的两句。全篇描绘秋夜月下景色，抒发对南齐诗人谢朓的怀念之情。这两句紧接开篇"金陵夜寂凉风发，独上高楼望吴越"，描绘登楼望中所见。上句写白云倒映在江水之中，空寂的金陵城似乎也被这浩荡的大江摇漾。这里虽还未点出"秋月"，事实上已虚写出月色。因为只有秋夜清朗，月色皎洁，诗人才有可能见到倒映水中的白云。下句写白露，正是秋夜之景，从远景中推出一个大特写镜头：晶莹的白露像垂挂着的珍珠，从树叶上滴落下来。露珠映着月光，在诗人的幻觉中，好像滴下来的不是露珠，而是如水的秋月。"映"、"摇"、"垂"、"滴"四个动词，使“白云”、“江水”、“空城”、“白露”、“秋月”这些意象都富于动感，合成了一幅银光璀璨的立体画面，意境清幽，带着秋夜的凉意，渲染出一种浓郁的怀人氛围。两个“白”字的重复运用，既强调了月夜的白亮光色，也避免上下句对仗过于工整而造成的板滞之感。“滴秋月”三字，兼传视觉和听觉感受；动词和宾语的反常搭配，造成惊奇效果，确是描状秋月的神来之笔。

老兔寒蟾泣天色，
云楼半开壁斜白

这是中唐杰出的青年诗人李贺《梦天》诗的起首二句。全篇写诗人梦里漫游天上仙境的所见所闻所感，寄寓了诗人对美好理想境界的热烈向往和对人世沧桑的深沉感慨。这两句写月，构思新颖，想象奇妙，匠心独运。古代传说，月里住着玉兔和蟾蜍，故句中的“老兔寒蟾”指月。“云楼”，指层层舒卷的云片。诗人描写的是：一个幽冷的秋夜，阴云四合，月色朦胧，忽然空中洒下一阵冻雨，诗人想象一定是月里的玉兔寒蟾在哭泣。转瞬雨停，云层裂开，幻成一座高耸的楼阁；月光从云缝里穿出来，斜照在楼壁上，反射出白亮夺目的光芒。接下去的“玉轮轧露湿团光”，进一步描写雨后水气未散，月亮像玉轮似的从水气上面辗过，它所发出的一团光都给打湿了。这三句都是写诗人梦里飞天所见的月色。第四句“鸾佩相逢桂香陌”，则写诗人已进入了月宫。在桂花飘香的月宫小路上，诗人遇到了一群仙女，她们身系的雕着鸾凤的玉佩叮当作响。请看，诗人写秋月，不是实写，而是妙用神话传说写出一种变幻怪谲、瑰丽神奇的境界。他将秋月想象成兔蟾哭泣和玉轮转动，又想象月中有仙女漫步、桂子飘香。这样的境界，是前人诗中从未有过的，正体现出李贺诗歌浓郁的浪漫主义特色。

青女素娥俱耐冷，月中霜里斗婵娟

这是晚唐诗人李商隐的七言绝句《霜月》的三、四句。开头二句：“初闻征雁已无蝉，百尺楼台水接天。”描写深秋时节，树枝上已听不到聒耳蝉鸣，辽阔长空中不时传来南征雁阵的惊寒之声。在月白霜清的宵夜，诗人登楼遥望，但见秋空明净，秋水澄澈，水天一色。首句实写环境背景，已具清雅脱俗之美；次句明写水天相接，暗写霜月交辉，更巧妙地传达出他对霜月之夜空明澄洁境界的诗意感受。三、四句进而将霜月交辉之景，想象为青女（主管霜雪的女神）和素娥（月中的仙女嫦娥），这两位传说中的绝代佳人正隐身在月中霜里，竞妍斗美，各自展现冰肌玉骨的绰约风姿，显示不畏寒冷的坚贞性格。全篇写霜月，却不从霜月本身着笔，而是在空际点染，将幻想与现实交织，注入自己的独特感受与个性，从而赋予无生命的霜月以高标绝俗的精神美，使它们成为一种在幽冷环境中愈富生命活力与美好品格的象征。在艺术表现方法上超越前人，独创一格。

谁为天公洗眸子？应费银河千斛水

这是苏轼《中秋见月和子由》诗中的两句。前面几句："明月未出群山高，瑞光万丈生白毫。一杯未尽银阙涌，乱云脱坏如崩涛。"描写明月未出之时，天上瑞光万丈，白色毫芒闪烁，云间涌现出琼楼银阙。当月轮飞出天宫，但见乱云翻卷四散，势若惊涛崩浪。这几句写月出，已显出苏轼写景常见的那种飞动的气势。接下来的这二句，苏轼借用韩愈《效日蚀》诗中"念此日月者，为天之眼睛"的意象，并进一步发挥瑰奇的想象，天真地询问是谁为天公冲洗出月亮这一只明亮的眸子，并感叹要洗亮这眸子应耗费了上千斛银河之水！这一问一叹，意新句奇，抒发出诗人对光华皎洁的明月的赞美和向往。诗人惊叹造化的神妙，也表现出他豪放、幽默的性格，天真浪漫的气质。诗人描绘明月，不仅想象新鲜奇丽，而且运用了意象叠加的手法。由"天公洗眸子"的意象生发出"银河千斛水"。这两个意象的叠加，将月出云散的景象喻状得如此雄奇、曲折，令人拍案叫绝。清代叶矫然《龙性堂诗话续集》评赞此诗："此等气魄，直与日月争光。"

叱起海红帘底月，四厢花影怒于潮

这是近代诗人龚自珍 36 岁时写的《梦中作四截句》（其二）的后两句。前两句“黄金华发两飘萧，六九童心尚未消”，先浩叹一身潦倒、半世蹉跎，黄金挥尽，白发飘萧；再由抑而扬，说自己的一颗纯真的童心竟然在这污浊黑暗的社会中却还没有消沉。“六九”，据《周易》指阴阳，又指宇宙、大自然。“六九童心”即指与生俱来、自然之童心。三、四句写梦境。就在这“童心来复梦中身”（龚自珍《己亥杂诗》一百七十）的一刹那间，诗人想象他呼喊出了帘底的一轮橘红色的明月。“海红”，橘红色，因一种“海红柑”而得名。这时，园中厢房四周的花影也宛如大海中的怒潮，汹涌澎湃。这橘红的明月，这如潮的花影，意象新奇壮美，光色耀目。它们相互烘托，洋溢着一股压抑不住喷薄而出的青春活力。这是诗人以其大胆丰富的想象所铸造出的虚幻之境，是诗人那一颗赤子之心和满腔沸腾之血的化身，也是诗人所渴望的冲破黑夜迎来光明的社会大变革的象征。这奇谲瑰丽的赤月花潮，激励人心的思想意蕴，显示出龚自珍“奇境独辟”的创新精神。

气蒸云梦泽

——咏洞庭名句赏析

气蒸云梦泽，波撼岳阳城

这是盛唐诗人孟浩然的五言律诗《望洞庭湖赠张丞相》的颔联。首联“八月湖水平，涵虚混太清”，写八月洞庭湖秋水上涨，与岸齐平；天空反照如涵泳在水里，水天上下混而为一。一写俯视，一写仰观，已描绘出洞庭湖浩浩荡荡横无际涯的壮观景象，可谓起势高浑，但还是静态描写。颔联写动态，更加精彩。上句写洞庭湖升腾的水气，竟然使横跨湖南北部和湖北南部的古云梦大泽云烟弥漫，似乎被蒸煮得滚滚沸沸。下句写湖滨的岳阳古城，被洪波巨浪冲击、震撼。“蒸”、“撼”二字，传达出了视觉、听觉、触觉和错觉等多种感觉，笔力千钧，泼墨淋漓，写足了洞庭湖的雄伟气派和巨大声势。这一联还妙用大小交融、巨细映照的艺术手法。洞庭湖虽是中国第二大淡水湖，比起传说纵横数千里的古云梦还是小得多，它却能蒸煮云梦，可见其磅礴的活力。而下句以在视觉上使人感到是一个狭小立体的岳阳城，来衬托洞庭湖宽广的平面，以古城的被震撼，显出洞庭波涛声势之浩大。据宋人范致明

《岳阳风土记》云："岳阳城据湖东北，湖面百里，常多西南风，夏秋水涨，涛声喧如万鼓，昼夜不息。"可见诗中的描写又切时切地，十分逼真。这四句诗写出了大自然的伟力、活力和诗人昂扬蓬勃的胸襟抱负，这也正是盛唐时代精神和气象的生动体现，意境雄浑壮阔，因此千古传唱。

巴陵无限酒，醉杀洞庭秋

这是盛唐大诗人李白的五言绝句《陪侍郎叔游洞庭醉后三首》（其三）的后两句。乾元二年（759）秋，李白流放夜郎，途中遇赦，还至江夏又出游湘中。他在岳州遇到当时由刑部侍郎被贬官岭南的族叔李晔。二人同游洞庭，同病相怜，醉而赋诗。全篇诗眼在一个"醉"字。奇情奇气，奇思奇想，全从醉意中喷发而出。前两句"刬（chǎn）却君山好，平铺湘水流"，说他要铲掉君山，让浩荡的湘水不受阻碍平畅而流。在诗人看来，君山兀立湖东，挡住了湖中的湘水不能一泻千里直奔大海，故而发此奇想。虽是醉后狂言，却有寓意寄托，表达了诗人恨不得铲除世间不平，使自己和一切怀才不遇之士能实现理想抱负的强烈心愿。然而，君山无法铲平，人生道路仍然崎岖难行。诗人无可奈何，唯以蒙眬醉眼观赏湖上景色。他仿佛觉得这汪洋浩淼的洞庭湖水都变成了自己最心爱的美酒，竟把那秋天的君山灌了个酩酊大醉。真是奇想醉语，匪夷所思。它既抒发出诗人借美酒遣忧愤、藉美景豁胸襟的旷逸情怀，又是洞庭秋色的绝妙写照。洞庭湖水澄碧，不正像清纯的佳酿吗？而秋天君山上那一抹抹经霜的红叶，则恰似人酒后绯红的醉颜呵！如果说孟浩然那两句诗是借实写壮景来抒情，那么李白这两句却是在抒情中虚写出景色。虽不如孟诗的雄浑壮阔，却以浪漫主义的奇思奇想、奇情奇趣致胜。唯有李白的天才，方能写出如此瑰丽豪逸、情浓如酒的诗句。

吴楚东南坼，乾坤日夜浮

这是盛唐大诗人杜甫晚年创作的五律《登岳阳楼》诗中的颔联。“吴楚”，即今我国湘、鄂、赣、皖、江、浙一带，为春秋战国时吴、楚两国之地，洞庭在楚之东、吴之西。“坼”（chè），分裂。“乾坤”，指天地，此指日月。上句说，洞庭湖汪洋浩瀚，好像把处于它东南方的吴楚两国广大原野分裂成了两半。下句说，太阳和月亮就在这湖里浮沉出没，昼夜不止。同孟浩然那两句比较，杜甫这一联气象更雄阔深远。孟诗写得具体逼真，宛然在目，但只写出特定时间（八月）中的空间境界；杜诗却展现出无穷无尽的时空。孟诗显示了诗人蓬勃昂扬的进取精神；杜诗不仅表现了囊括宇宙的博大胸襟，而且隐寓国家的危机、时局的动乱，包含着深广的忧国忧民之情。杜诗锤炼中见宏深，不仅上下句对仗，还用了当句对——“吴楚”与“东南”、“乾坤”与“日月”两两相对。孟诗不用典，杜诗却暗用了《史记·赵世家》中的“地拆东南”、《水经·湘水注》的“日月若出没其中”，以及曹操《观沧海》诗中的“日月之行，若出其中”句意，用得不着痕迹，如盐溶水中。更妙的是，杜甫深知用实写很难超越孟诗，故而采取虚写为主、虚实结合的手法。他不受眼前所见景象的局限，而是思接千载，视通万里，却又以“吴楚东南”切实其地，从而创造出这一虚实相生、气象阔大、涵蓄深远的意境雄跨千古。清代沈德潜说得好：“孟襄阳三四语实写洞庭；此只用空写，却移他处不得，本领更大。”（《唐诗别裁集》）

叠浪浮元气，中流没太阳

这是唐代大历诗人刘长卿的五律《岳阳馆中望洞庭湖》中的颈联。上句说，洞庭湖层叠不穷的波浪，仿佛浮动着天地间的元气；下句说，一轮昏黄的太阳，正沉没于湖的中流。这是大笔落墨写洞庭湖的壮景。但比较之下，这两句虽仍给人以雄阔动荡的美感，却已缺乏那种磅礴的活力，郁勃的气势。那沉坠于湖中的夕阳，带着苍黯、惨淡的色调。这种意境，既是经过安史之乱后萧瑟衰落的大历时代气氛的曲折反映，也是大历诗人们普遍的冷落伤感情怀的自然流露。这一联诗，写景也显得空泛，不切其地，没有抓住洞庭湖独具的地理形势和特征。所以清代诗人纪昀批评它们像写大海的诗，不像写洞庭的诗，他说："工部（杜甫）'乾坤日夜浮'句亦似海诗，赖'吴楚'句请出洞庭耳，此工部律细于随州（刘长卿）处。"（《瀛奎律髓汇评》）十分中肯。

遥望洞庭山水翠，白银盘里一青螺

这是中唐诗人刘禹锡的七言绝句《望洞庭》中的后两句。前两句"湖光秋月两相和，潭面无风镜未磨"，描写洞庭湖秋夜宁静优美的景色。湖水澄澈空明，与素月的清光交相辉映；湖上风平浪静，宛如一面未经磨拭的铜镜。这两句一用白描，一用比喻，展现出洞庭湖在月光下独具的空灵、恬静、朦胧之美。接下来的两句，先点出望洞庭题旨，并借此使诗意转折，从广阔的平湖推出君山的特写镜头。在皓月朗照之下，洞庭湖泛着银白色的波光，将湖口的君山映衬得格外青翠。诗人放眼望去，好像见到一个白银盘里面，静悄悄地蹲着一只大青螺。这个比喻非常生动、精警、新奇、美妙，传达出诗人对洞庭月夜景色新美独到的诗意感受，其捕捉意象与创造意境的艺术本领令人叹绝。刘禹锡在当时被誉为"诗豪"，后又被尊为“小诗之圣”。这里他把八百里洞庭和苍翠的君山想象为“银盘”和青螺这样小巧玲珑的意象，在奇丽中显出诗人的雄豪之气。没有“缩龙成寸”、“咫尺万里”的手腕和气魄，是想不出也写不来的。

应是水仙梳洗处，一螺青黛镜中心

这是晚唐诗人雍陶的七言绝句《题君山》的后两句。这首诗与刘禹锡的《望洞庭》诗意相近，都是写洞庭君山的秀美，但雍陶诗从君山的倒影着笔，取景角度新巧，色彩更明丽，设想也更奇妙。前两句“烟波不动影沉沉，碧色全无翠色深”，写湖面风平浪静，君山的倒影显得深沉凝重；在浅碧色湖水的映衬下，它的颜色格外深翠鲜明。诗人在三、四句中驰骋丰富的想象，运实入虚，升华诗意。“水仙”，即湘娥，又称湘妃。相传帝尧之女、帝舜之妃娥皇、女英死后成为湘水女神，居住于君山。“一螺青黛”，即螺子黛，古代妇女画眉所用的化妆品，状如螺，深青色。这里指女仙的螺髻，比喻君山。诗人凝视着这静谧、幽美而带点神秘氛围的湖波山影，不禁想到湘水女仙的神话故事，他觉得这里大概就是水中美丽的女仙居住梳洗的地方吧！这倒映在水中的君山，色彩深翠，多么像镜中女仙那青黛的螺髻呵。雍陶借鉴了刘禹锡诗的“青螺”这个喻象，却又匠心独运，予以创新：刘诗的青螺指青色的田螺，雍诗的“螺黛”却是女子状如青螺的发髻；刘诗以白银盘比月下的湖面，以青螺比君山，是以实物比实景；雍诗以一螺青黛和一面明镜分别比喻君山和湖面，却先用这两个喻象合成复合意象去比喻想象虚拟的水仙梳洗情景，这就使诗境似真似幻、虚灵缥缈、富于瑰丽的神话色彩。水仙对镜梳洗的景象，风韵绝胜，使人遐想无穷，仿佛走进了仙境。雍陶学刘禹锡，可谓青出于蓝。这首诗对后来宋代大诗人苏轼的“欲把西湖比西子，淡妆浓抹总相宜”（《饮湖上初晴后雨》）和黄庭坚的“满川风雨独凭栏，绾结湘娥十二鬟”（《雨中登岳阳楼望君山》）等妙写湖景的名句，都有影响。

劝君更尽一杯酒

——唐代送别诗佳句赏析

送别诗是唐诗中的精品。唐代诗人们各以其灵心巧思，生花妙笔，谱写出一曲曲感人肺腑的友情绝唱。其艺术表现手法之自然高妙、千姿百态，令人叹为观止。

海内存知己，天涯若比邻

这是王勃的五律名篇《送杜少府之任蜀州》的颈联。杜少府，名不详，少府是县尉的通称。之任，赴任。蜀州，治所在今四川崇州市。一作“蜀川”，犹言蜀地。诗云:“城阙辅三秦，风烟望五津。与君离别意，同是宦游人。海内存知己，天涯若比邻。无为在歧路，儿女共沾巾。”唐以前的送别诗，几乎都表现出一种“黯然销魂”的悲愁之情，王勃这一首却写得豁达豪爽，积极乐观，为传统送别诗拓出新境。特别是这一联，从眼前的送别情景中推开一步，说：四海之内只要有自己的知音，纵然彼此相隔天涯也如同在近邻。诗人以深情与哲理交融的警句，道出诚挚的友情可以超越时空，缩短距离，高度概括出人们共同普遍的感受，给人以巨大的宽慰和鼓舞力量。此联诗脱胎于曹植《赠白马王彪》的“丈夫志四海，万里犹比邻。恩爱苟不亏，在远分日亲”，但将四句压缩成两句，并营构成工整、自然、流畅的“流水对”，融入哲理，因而远胜于曹诗，成了千古传诵的名句。

惟有相思似春色，
江南江北送君归

这是王维的七绝《送沈子福之江东》的后二句。前二句“杨柳渡头行客稀，罟师荡桨向临圻”，点出送别时间、地点，友人乘船所去之地。这两句写友人已乘船远去，诗人依依不舍，眺望大江两岸，桃红柳绿，碧草如毡，春光骀荡。这时，他忽发奇想，感到心中无限依恋惜别之情，就像眼前无处不在、无边无际的春色，从江南江北，一齐追随友人归去。这两句诗，巧妙地同时运用比喻、象征、拟人、联想等多种手法，把春色写得有情有义，又用这可见可触的春色，传达出抽象无形的相思之情；而这弥漫人间、充塞天地的明媚春光，作为诗人真挚友情的象征，还令人感受到友情的美好缠绵、无比深厚。新鲜独创的意象、超越时空局限的意境，使这两句诗获得了永恒的艺术魅力。明代唐汝询《唐诗解》评得好:“盖相思无不通之地，春色无不到之乡，想象及此，语亦神矣。”

劝君更尽一杯酒，西出阳关无故人

这是王维的七言绝句《送元二使安西》的后二句。元二，作者的朋友，生平不详。使，奉命出使。安西，唐代在西域龟兹设置安西都护府，在今新疆库车县北。诗云：“渭城朝雨浥轻尘，客舍青青柳色新。劝君更尽一杯酒，西出阳关无故人。”前二句以晨光春雨、古城翠柳的清新明媚景色，将送别朋友的情意烘托得爽朗乐观，显示出王维诗歌特有的盛唐时代少年精神的青春气息。“浥轻尘”，暗示友人将踏上旅途。古人有折柳送别之习俗，故“柳色新”也象征送别。句中“渭城”、“轻尘”、“青青”、“新”，或叠韵或叠字，音节和谐优美，语调轻柔亲切，诵之如闻诗人深情地细语叮咛。后两句写临别殷勤劝酒。“更尽”，可见诗人劝酒，已一劝再劝，饮了一杯又一杯。“一杯酒”，将友爱、关切、依依惜别之意都注入这最后的一杯酒之中。一句诗将饯别情景全部概括，省略了许多不必要的细节交代。“西出阳关”同诗题“使安西”照应，说阳关无故人，安西在阳关之外，则安西绝无故人，意指后会难期，今日之送别格外令人珍惜、留恋，终生难忘。这两句劝酒辞一气贯注，似脱口而出，非常自然，而情意丰厚深婉，道出了人们与至亲好友分手时共有的真情实感，发人所未能发。因此引起了古往今来人们心弦的强烈共鸣。正如清人赵翼所评："人人意中所有，却未有人道过；一经说出，便人人如其意之所欲出，而易于流播，遂足传当时而名后世。……王摩诘'劝君更尽一杯酒，西出阳关无故人'至今犹脍炙人口，皆是先得人心之所同然也。"（《瓯北诗话》）此诗成为送别诗中的绝唱，在唐代就被谱为乐曲，广泛演唱流传。人们取其首二字为乐题，称为《渭城曲》；后两句反复叠唱，又称为《阳关三叠》。

桃花潭水深千尺，不及汪伦送我情

这是李白的七绝《赠汪伦》的后二句。李白游泾县（今属安徽）的桃花潭时，受到村人汪伦的热情招待。临走，汪伦又来送行。诗人深受感动，作了这首诗留别。

诗的前两句"李白乘舟将欲行，忽闻岸上踏歌声"，写李白登上小船正待离岸远去，忽然听见歌声，原来是汪伦带领着村人们边走边唱赶来送行了。眼前的桃花潭水碧绿、深湛，触动了诗人的情怀，他自然地将汪伦的深情同碧潭深水联系起来，从肺腑中迸出美妙动人的诗句。这里兼用比兴手法。诗人由眼前的桃花潭即景发"兴"，又以水"比"情，变无形的情谊为生动的形象。在具体描写时，先夸张说潭水“深千尺”，再以“不及”二字转换，使千尺潭水和汪伦的深情形成对比，而汪伦的友情比千尺潭水更深。这样一扬一抑，便有不尽曲折之意。清人沈德潜说:“若说汪伦之情比于潭水千尺，便是凡语，妙境只在一转换间。”（《唐诗别裁》）颇有见地。但这两句诗之妙，主要还是借眼前景物、本地风光抒情，景切情真，如信手拈出，语意天成，又避免直比，所以空灵而有余味。

莫愁前路无知己，
天下谁人不识君

这是高适的七绝《别董大》的后一联。董大，诗人的朋友，名字及生平不详。他在兄弟中排行第一，故称“大”。一说是指当时著名音乐演奏家董庭兰。但敦煌出土的唐抄本《唐诗选》（伯 2567、伯 2552）中，此诗题作《别董令望》，这董令望不知是否董庭兰、董大。诗的前一联“千里黄云白日曛，北风吹雁雪纷纷”，大笔勾勒出送别友人时的苍茫、荒寒景色，染上离情和失意者的悲愁，但又显得境界雄阔，饶有生气。三、四句突作转折，从眼前的送别推开，奇峰陡起，写出了朴质豪爽的宽慰、勉励友人之词:“朋友，不要为前面路上没有知己而忧愁，天下谁人不知道你呢!”这两句声情慷慨，从中可见诗人开阔的胸襟和乐观的情怀。与王勃的“海内存知己，天涯若比邻”一样，充沛着盛唐时代蓬勃奋发的精神。虽未能如王勃诗句那样概括人们共同的感情体验和包蕴哲理，但语调更豪放爽快，有一种高视阔步的气魄。

荷笠带斜阳，青山独归远

这是刘长卿的五绝《送灵澈上人》的三、四句。“上人”是对僧人的尊称。“灵澈”，俗姓汤，会稽人，是中唐时著名的诗僧。此诗写诗人在傍晚送灵澈返竹林寺时的情景。前二句“苍苍竹林寺，杳杳钟声晚”，写想望中苍苍竹林掩映着的山寺，远远地传来寺院中报时的暮钟声，仿佛在催促着灵澈归去。接下去即写灵澈辞别诗人归山。他肩挂着斗笠，披带着夕阳的余晖，独自向青山走去，越走越远。“荷笠”活画出灵澈的背影，加上“带斜阳”一笔衬景，更烘托出这位诗僧潇洒出尘的风度。“青山”照应起句“苍苍竹林寺”，“独归远”明写灵澈独自归山，却显出诗人伫立目送、依依不舍、心驰神往之态。这一幅山僧夕归图，画面中心是渐行渐远的灵澈，以青苍的山林为背景，淡抹夕阳的金色余晖，配以袅袅的山寺钟声，多么清幽、淡远、秀美、迷人！但是，画外还隐藏着一位满怀深情、欣羡隐逸的诗人形象呢！诗中并未着一“送”字，送别之情却自然流露，韵味无穷。唐人送别诗，多以送者为“主”，行者为“宾”。这首诗却不落窠臼，别出心裁，由“宾”见“主”。全篇写行人归宿的景色环境，行人的风神意态，却能诱人想象出送者的神色、情怀、心绪。称得上构思新鲜，意境独特。近人俞陛云《诗境浅说续编》评此诗:“四句纯是写景，而山寺僧归，饶有潇洒出尘之致。高僧神态，涌现毫端，真诗中有画也。”颇中肯。

漠漠帆来重，冥冥鸟去迟

这是韦应物的五律《赋得暮雨送李胄》中的颔联。诗中写暮雨中临江送别友人。前一联“楚江微雨里，建业暮钟时”，点出了送别的时间、地点，渲染了细雨迷蒙、暮钟悠扬的景色。这一联继续描摹江景，景中更深地染上了离情别绪。暮色冥冥，烟雨霏霏，诗人伫立江边，隐隐见到孤帆驶来，因被细雨打湿，显得沉重难进；一只鸟儿向远处飞去，也因羽毛沾湿，飞得缓慢吃力。这里写来帆，暗示离舟早已从视线中消失了，诗人仍久立不归；对来帆的关注，不正衬托出他对去帆的遥念吗？而那羽湿迟去的鸟儿，似也是诗人幻觉中远去行人的象征。“冥冥”与“漠漠”两个叠字词对偶，加倍渲染雨意朦胧之状，“重”和“迟”两个动词，使帆来鸟去的动景显出相对的静态，这也加浓了阴沉压抑的气氛。诗人黯然神伤的感情和沉重落寞的心境，已渗透在景物画面之中。

李白《黄鹤楼送孟浩然之广陵》的“孤帆远影碧空尽”写离帆渐去渐远，韦应物不写离舟而写来帆；李白诗情调乐观，音节轻快，境界开朗壮阔；韦应物诗情调伤感，音节凝重，境界压抑阴沉。两首诗景物意象迥异。古人云:“情哀则景哀，情乐则景乐。”（吴乔《围炉诗话》）杰出的诗人，总是善于选取有利于表现自己心情的景物意象入诗的。元人方回《瀛奎律髓汇评》评赞:“三、四绝妙，天下诵之。”

蜡烛有心还惜别，替人垂泪到天明

这是杜牧的七绝《赠别二首》（其一）的后两句。全诗抒写诗人同一位相好的歌妓惜别的深情。前二句“多情却似总无情，唯觉樽前笑不成”，写二人在别筵上凄然相对，千言万语不知从何说起，多情人反而像是彼此无情似的。当举樽道别之际，他们竭力强颜欢笑，却因为感伤离别，总也挤不出一丝笑容来。这两句，已把情人离别时黯然销魂的矛盾复杂情态写得委婉尽致。因此，诗人在三、四句撇开离人，而去写别筵上那燃烧的蜡烛。在极度感伤的诗人的眼中，蜡烛也有一颗惜别的心，它在默默无声地流淌着热泪，替离别的情人伤心悲泣呢。这里，诗人运用了移情入物并将其拟人化的艺术表现手法，借物抒情。蜡烛本有烛芯，在点燃时又流溢烛泪，所以说它“有心惜别”、“替人垂泪”就切合它的自然特征，物情与人情妙合无垠。蜡烛作为象征感伤离别的意象，既新鲜独创，又精妙贴切。从“有心惜别”、“替人垂泪”直“到天明”，诗意层层深入，感情愈益深挚强烈，自然能触引读者心灵共振，也欲洒一掬同情之泪了。

议论说理　思想闪光

诗歌不仅要感情美，还要思想美。诗没有正确而深刻的思想，就等于人没有灵魂。诗的思想，是诗人在对自然、社会、人生的各种景象的感受和体验中提炼出来的。闪耀着高尚、进步、深刻的思想光华的诗，最有打动人心的巨大力量。诗的思想，常常从全篇的艺术意境中自然流露出来，但也有以议论说理的手法表达的。诗的议论说理，不是逻辑论证，更不是赤裸裸的说教，而是饱含激情，与形象紧密结合，或在形象描写的基础上引发，诗人往往以精练、警策的语言表达，因此引人深思又耐人寻味。

欲穷千里目，更上一层楼

这是唐代诗人王之涣（一说是朱斌）的五绝《登鹳雀楼》的后一联。鹳雀楼，在唐代河中府（故治在今山西永济市蒲州镇）西南城上，为当时登览名胜。楼高三层，东南可望中条山诸峰，西南俯瞰黄河。因常有鹳雀栖息其上，故名。诗的前一联："白日依山尽，黄河入海流。"诗人一下笔便描绘落日辉耀大地、黄河奔流入海的景色。不说"落日"而说"白日"，使白与黄两种色彩对照，给人辉煌灿烂的感觉。这两句一写眼前景，一写想象之景，一实一虚，虚实结合，气势雄浑，意境壮丽。诗人咏唱白日即将消逝和黄河奔流而去，已透露出惋惜时光流逝之意。所以，三、四句写他要"更上一层楼"，不仅是要进一步穷目力所及看尽远方景物，而且正如袁行霈先生所说，是要"追上那将要逝去的白日，追回那光辉壮丽的时光"（《中国诗歌艺术研究》，北京大学出版社 1987 年版，第 9 页）。这一联诗，还借登楼览景的议论，揭示出一个深刻而普遍的哲理，即站得高才能看得远。人要想在思想与事业上达到更高的境界，必须不断努力，不断攀登。十个字，使情、景、理熔于一炉，表现出乐观向上、积极进取的精神，这正是盛唐时代精神的反映。后来杜甫《望岳》中的"会当凌绝顶，一览众山小"，王安石《登飞来峰》中的"不畏浮云遮望眼，自缘身在最高层"，都继承和发展了这种高远的精神境界。

三顾频烦天下计，两朝开济老臣心

这是杜甫的七律《蜀相》的颈联。此诗是上元元年（760）春杜甫在成都游览诸葛武侯祠时作。蜀相，指诸葛亮，他曾任三国时期蜀国的丞相。杜甫在诗中热烈颂扬诸葛亮对蜀汉的赤胆忠心和赫赫功勋。结尾痛惜诸葛亮功业未成身先死，抒发出千古英雄壮志未酬的忧愤情怀，也透露出诗人的无穷心事。诗的前二联："丞相祠堂何处寻？锦官城外柏森森。映阶碧草自春色，隔叶黄鹂空好音。"描写武侯祠的位置与景色。先以森森古柏烘托祠庙的庄严肃穆；再以春色无人观赏流连、自生自灭，显出祠堂荒凉；又以莺啼无人倾听、自呼自唤，表现古人英魂寂寞。这四句景物描写已表现出诗人对诸葛亮仰慕怀念的心情。后两联的议论感叹，便自然引发而出。颈联说，当年刘备曾三顾茅庐，一再向诸葛亮请教天下大计；诸葛亮出山后，呕心沥血，先后辅佐刘备、刘禅两朝蜀主开创基业，表现了老臣的一片忠心。这议论渗透了诗人强烈的感情，而且语言精练，议论中含有许多故事，具有高度概括性，使读者从中联想到三顾茅庐、隆中决策、白帝托孤、匡扶阿斗、六出祁山，直到五丈原头诸葛亮积劳病逝。诗人写了刘备与诸葛亮的君臣遇合，一方是知人善任，始终不渝；一方鞠躬尽瘁，死而后已。而诗人对当世良相之材的热切期望，诗人自己许身稷契志在匡国的满怀心事，都在对诸葛亮一生功业的缅怀与颂扬中透出。这样的议论，思想境界高、意蕴深广、感情强烈，是那些抽象空泛的议论不可能有的，因此使无数读者为之心弦颤动。清代仇兆鳌《杜诗详注》说：“‘天下计’，见匡时雄略；‘老臣心’，见报国苦衷。有此两句之沉挚悲壮，结作痛心酸鼻语，方有精神。”

东风不与周郎便，铜雀春深锁二乔

这是唐代诗人杜牧的咏史七绝《赤壁》的后一联。前一联：“折戟沉沙铁未销，自将磨洗认前朝。”诗人在长江边挖出一柄沉埋沙中的折戟，经过磨洗，认出它是三国时期赤壁大战的遗物，由此引发出他对赤壁之战的议论。后一联，是中国古典诗歌中最精彩的论史名句。它的好处是：一、见解新颖、精辟。一般诗人咏赤壁之战，都是赞美孙权、刘备联军的胜利，把周瑜看作奇才。杜牧却独出心裁作相反的思考和评论，认为周瑜不过是依靠当时刮起的东风，才侥幸得以火攻曹营而取胜。如果没有东风，吴蜀联军战败，东吴美女二乔将被曹操幽禁于铜雀台，历史便是另一局面。杜牧这番议论，曲折而有力地揭示出赤壁之战对三国鼎立所起的作用。二、在咏史中抒怀言志。杜牧好谈兵，有政治军事才能，怀抱用世之心，却郁郁不得志。因此他贬低周瑜，正是宣泄自己空有济世之才却生不逢时、无法建立功业的愤郁不平之情，在议论中显出诗人雄视古今的兀傲神情。三、议论本身具体生动，富于诗情画意。诗人称“周郎”而不说“周瑜”，画出周瑜年少风流意态。结句更字字形象，展现出一幅虚拟的图画。正如前人所评：“风华蕴藉，增人百感。”（清·贺贻孙《诗筏》）“‘春深’二字，下得无赖，正是诗人调笑妙语。”（清·薛雪《一瓢诗话》）

玉颜自古为身累，肉食何人与国谋

这是宋代诗人欧阳修的七律《唐崇徽公主手痕》的颈联。唐代宗时与回鹘和亲，以崇徽公主嫁其可汗。传说公主出嫁时路经山西灵石，以手掌托石壁，遂有手痕。欧阳修此诗对崇徽公主不仅是怜其远嫁，哀其不幸，而且从政治上揭示悲剧的原因，对历史上屡见不鲜的和亲政策作出深刻的反思。诗的前两联：“故乡飞鸟尚啁啾，何况悲笳出塞愁。青冢埋魂知不返，翠崖遗迹为谁留？”想象当年公主远嫁时的凄凉情景，叹息公主埋身异地而魂飘翠崖。颈联在前两联写景抒情的基础上发出议论：自古以来，有多少美丽可爱的女子遭受远嫁的厄运，成为妥协苟安的和亲政策的牺牲品；有几个享受厚禄的文武大臣，能为国家出谋划策、排难解忧？句中“肉食”，指享受厚禄的大臣。语出《左传·庄公十年》载曹刿论战说：“肉食者鄙，未能远谋。”唐代李山甫《阴地关崇徽公主手迹》诗说：“谁陈帝子和番策，我是男儿为国羞。”欧阳修这一联议论乃从李诗引申而来，在上句写出“玉颜”反为“身累”，下句写“肉食”不与“国谋”，上下对比，一针见血地指出历代王朝统治者的和亲政策，就是以牺牲弱女子来换取边境的暂时安宁，可见这些“肉食者”尸位素餐、懦弱无能、卑鄙可耻。比李诗议论立意更高，辞锋更尖锐犀利，深切痛快，蕴含着诗人的怜惜、愤慨之情。北宋王朝长期执行对外苟且偷安、忍辱求和的政策，欧阳修的议论具有深刻的现实意义。因此，宋人对此联诗极为推崇。叶梦得说：“此自是两段大议论，而抑扬曲折，发见于七字之中，婉丽雄胜，字字不失相对，虽昆体之工者，亦未易比。言意所会，要当如是，乃为至到。”（《石林诗话》卷上）朱熹更说此二句锋刃利，议论好，“以诗言之，是第一等好诗；以议论言之，是第一等议论”（《朱子语类》卷一三九）。清代赵翼也评赞说：“此何等议论，乃熔铸于十四字中，自然英光四射。”（《瓯北诗话》卷十一）

不识庐山真面目，只缘身在此山中

这是苏轼的七绝名篇《题西林壁》的后两句。元丰七年（1084），苏轼自黄州赴汝州（今河南临汝），途经庐山，写了此诗。西林，寺名，在庐山北麓，与东林寺为邻。诗的前两句“横看成岭侧成峰，远近高低各不同”，意思是说，从横的方向看，庐山像一条绵长的山岭；从侧的方向看，庐山又像一座高耸突兀的山峰。近看，觉得庐山高入云际；远看，又感到庐山变矮了些。这一联概括地表达了从不同角度、不同距离观察庐山所得到的不同印象，显示了庐山的多姿多态，广大高深，气象万千。但苏轼此诗意不在描绘庐山的奇丽壮观，而是要写出他对庐山近察远观的新鲜发现和独特感受。因此这两句在描叙庐山中已蕴含了哲理。这就是说，对于世间一切人物、景物、事件、现象，都可以从不同的角度去看，发现其个别的特点。后一联承接前联，进一步说，人们之所以不能认识庐山的真正面目，只因为自身局限在庐山之中。诗人在这里提出看山必须有一定的距离，才能看清楚山的总貌。诗人的哲理思索又向上提升。他启示我们：要认识事物的全貌和本质，既要“入乎其内”，细致地观察它，熟悉它，理解它；又要“出乎其外”，全面地、客观地把握它。这样，才能避免“当局者迷”，而收到“旁观者清”的效果。全篇分两层揭示出带有普遍性的哲理，却紧扣着看山的感受来表达，这就不空泛，不枯燥，而有理趣，耐人寻味。尤其值得称道的是，诗中的哲理，是人人心中感觉得到却又从未有人说过的，见解新鲜，思想深刻，启发性强，使这首诗几乎家喻户晓，经常为人们所引用。近代陈衍《宋诗精华录》卷二评云：“此诗有新思想，似未经人道过。”看出此诗思想新鲜，可谓独具慧眼。

问渠那得清如许，为有源头活水来

这是南宋著名理学家诗人朱熹写的《观书有感二首》（其一）的后两句。诗的开头两句“半亩方塘一鉴开，天光云影共徘徊”，说这个名叫“半亩塘”的方形池塘，就像一面打开了镜袱的铜镜，平放在地上；天的光和云的影倒映在镜中，不停地漾动，就像人在来往徘徊。句中的方塘，在福建尤溪城南郑义斋馆舍（后为南溪书院）内。鉴，镜。古人以铜为镜，包以镜袱，用时打开。这一联比喻贴切优美，表现了塘水的清深澄澈。后两句就在生动具体的形象描写的基础上，用设问的形式提出问题并议论说理。诗人说：请问池水怎么会这样清澈澄明？答曰：这是因为有清泉活水自源头不断地流进来啊。这四句诗都是写景，看来像是一首山水诗；但诗题“观书有感”启示我们，诗人是在借景说理。正如宋人罗大经在《鹤林玉露》甲编卷六“朱文公论诗”条中所指出的，“半亩方塘”绝句，“盖借物以明道也”。朱熹在《甲寅行宫便殿奏札》中说：“为学之道，莫先于穷理；穷理之要，必在于读书；读书之法，莫贵于循序而致精；而致精之本，则又在于居敬而持志。”（《朱文公集》卷十四）这一段话说明了读书的作用，也说明了读书的目的，均以“穷理”为旨归。这首《观书有感》正是说明“穷理”和“读书”的关系。诗中把人的思想，或者“理”，比作一口水面清澈如镜的池塘，把读书穷理比作导入方塘的清流。林东海先生在《古诗哲理》（学林出版社 1988 年版）中指出：“朱熹曾一再说‘人心如一个镜’，他说：‘致知乃本心之知，如一面镜子，本全体通明，只被昏翳了，而今逐施磨去，使四边皆照见，其明无所不照。’（《朱子语类》卷十五）这段话可以说是《观书有感》的极妙注脚，不仅以镜为比之切合，甚至连方塘的‘四边’也有所寓意。方塘的水就是镜，镜就是天理所赋予人的‘明德’，要使‘明德’全体通明，无所不照，就要读书。这就是《观书有感》的真谛。”林先生又进一步指出，此诗的哲理性“只限于读书穷理这一意义。但是，由于这两句诗所写的物理留下了宽广的联想余地，所以被后来的读者赋予较多新的哲理意义”。为什么呢？因为诗中不仅营造了清池、活水、源头这三个美妙意象，而且表现出它们之间的因果关系，这就使人们从塘水之清乃因源头有活水流来的情景中引发出更丰富深远的联想，从而揭示出其蕴含更多、更广的哲理。例如，程千帆先生在《宋诗精选》（江苏古籍出版社 1992 年版）中精辟地阐析说，朱熹这首诗“以池塘要不断地有活水注入才能清澈，比喻思想要不断有所发展提高才能活跃，免得停滞和僵化”。人们常说，“形象大于思想”，朱熹此诗创造了生动、鲜明、优美的形象和画面，后两句的议论说理仍紧扣着形象，并且以亲切的设问句式表达，所以有启发性，有诗味、理趣。近人陈衍评之为“寓物说理而不腐”（《宋诗精华录》卷三）是很中肯的。

人生自古谁无死，留取丹心照汗青

这是南宋民族英雄文天祥的七律《过零丁洋》的尾联。零丁洋，在今广东中山市南海上。祥兴二年（1279），文天祥兵败被俘后，被元军押解经过零丁洋作此诗。元军都元帅张弘范一再胁迫文招降坚守厓山的张世杰，文天祥即以此诗示张弘范。张见文天祥辞义坚贞，始不再逼。诗云：“辛苦遭逢起一经，干戈寥落四周星。山河破碎风抛絮，身世浮沉雨打萍。惶恐滩头说惶恐，零丁洋里叹零丁。人生自古谁无死，留取丹心照汗青。”前三联追述他起兵抗元艰苦奋战直到兵败被俘的经历，感情沉痛悲凉。尾联笔锋陡然振起，以议论句直抒胸臆：自古以来，谁能够长生不死？如今我甘愿为国献身，将要留下我的赤胆忠心，永远照耀在史册上。“汗青”，史册。古代用竹简记事，先用火烤青竹出汗（让水分蒸发），叫汗青。后即用以代称书册、史册。这两句诗，表现了诗人深厚的爱国感情，崇高的民族气节以及视死如归的英雄气概。真是豪气干云，笔力千钧，掷地有声，成了千古传诵不衰的名句，激励了无数志士仁人为祖国和民族的大业而英勇献身。

哲理融入情景中

诗歌是借助生动具体的形象来表达诗人的思想感情的，诗歌也能表现哲理。魏晋时的玄言诗，宋朝的理学诗，就是主要表达哲理的。玄言诗“理过其辞，淡乎寡味”（钟嵘《诗品序》），理学诗大都写成押韵的理学讲义，均受到非议。但古代杰出的诗人包括少数富有才情的理学家诗人，能在写景抒情中深刻地揭示生活的规律或表达出普遍的人生体验，使诗歌具有高度的哲理性。优秀诗歌的哲理，总是与具体生动的情景水乳交融，有理趣而无理语，含蓄蕴藉，意味无穷，成为千古传诵的名篇佳句。

行到水穷处，坐看云起时

这是唐代“诗佛”王维的五律《终南别业》的颈联。终南，终南山，又名太一山，秦岭主峰之一，在今陕西省西安市南。别业，别墅。此诗是王维隐居终南山时写的，诗云：“中岁颇好道，晚家南山陲。兴来每独往，胜事空自知。行到水穷处，坐看云起时。偶然值林叟，谈笑无还期。”全篇洋溢着诗人悠然自得之情和淡泊清闲之致。首联写“好道”，颔联写“兴致”与“胜事”。颈联紧接前两联，具体地写胜事自知。上句说，自己随意而行，没有一定目的，走到哪里算哪里，在不知不觉间，竟来到了流水的尽头。下句说，眼看无路可走了，于是索性就地坐下来玩赏景色，又见到一团团白云飘浮而起。这一联，将叙事、写景和抒情融为一体。从叙事角度看，十个字有如行云流水，叙写出诗人一行、一到、一坐、一看，干净利落，显出诗人无住无沾、自由洒脱之态；从抒情角度看，行到水穷，仍然不急不忙、不烦不恼，就在水边坐看白云涌起。寻水之趣乍尽，观云之趣又生。这种随处生发又悠悠不绝的自然情趣，多么闲适恬淡，令人心旷神怡！从写景角度看，诗人用的是轻笔淡墨，随意一挥，略微见景，情与事皆溶化其中，天然是一幅山水画图。其笔致之空灵、含蓄，胜于孟浩然《晚泊浔阳望庐山》中的“泊舟浔阳郭，始见香炉峰”一联。然而这两句之妙，更在于深蕴禅理。在佛家的眼里，白云的无心无意、舒卷自如、悠悠自在、无所窒碍，正是所谓“不住心”、“无常心”、安详自足、永恒不灭等禅意的象征。而“水穷”与“云起”这两个意象的巧妙组合，又隐含着诸如“无心遇合”、“处变不惊”、“绝处逢生”、“妙境无穷”等自然、宇宙和人生哲理。近人俞陛云说:“行至水穷，若已到尽头，而又看云起，见妙境之无穷。可悟处世事变之无穷，求学之义理亦无穷。此二句有一片化机之妙。”(《诗境浅说》）所谓“一片化机”，正是情、景、事、理的交融、浑化。

水流心不竞，云在意俱迟

这是杜甫的五律《江亭》的颔联。诗作于上元二年（761)，当时杜甫住在成都草堂，在锦江边的亭子里写了这首诗。首联“坦腹江亭暖，长吟野望时”，点出时间、地点和自己的行为、神态。“坦腹”，借用东晋诗人和书法家王羲之“东床坦腹”典故（见《世说新语·雅量》）的字面，表现他洒脱不拘的样子。颔联写他眺望春野，但见江水缓缓地流，白云在原野上空悠悠移动。这两句诗语言浅显，诗意却丰富、深邃而且不确指。有人认为诗人是以拟人手法写江水和白云，其意为：江水缓缓地流动，它们那么平静，没有竞争的心思；白云看上去像是停着不动，毫无飞驰的意念。这样解释是全联写景，情含景中。也有人认为这一联旨在抒情：诗人看到水缓流、云不动，正同自己悠闲、平静的心情一样。还有人认为这联诗用了“正言若反”的手法。诗人本来是有竞争之心的，看了缓缓流水之后，才忽然觉得自己半生为事业功名奔走劳碌毕竟既无聊又无谓；本来有满腔抱负，想要有所作为，如今看到白云悠悠，于是感到自己未免是自讨苦吃，应当同白云“意俱迟”才有乐趣。三种解释都讲得通。细细品味这一联诗，在情景的抒写中又包含深邃的人生哲理。自由自在、悠然自得，不也是人生中需要的一种境界吗？尽管这种境界不是积极奋发的。但当你焦灼苦闷、身心疲惫之时，投入大自然的怀抱，使心境平静恬淡，精神自在放松，不也是有益的吗？事实上不止一个诗论家悟出了此联诗的理趣。明人王嗣奭《杜臆》说：“‘水流’、‘云在’一联，景与心融，神与景会，居然有道之言。盖当闲适时道机自露，非公说不得如此通透，更觉‘云淡风轻’（指宋代理学家程颢《偶成》诗“云淡风轻近午天”）无此深趣。”清代弘历《唐宋诗醇》认为此联诗“从容自在，可以形容有道者之气象”；沈德潜《唐诗别裁》也赞赏此联“不着理语，自足理趣”。

山重水复疑无路，
柳暗花明又一村

这是南宋诗人陆游的七律名篇《游山西村》的颔联。此诗是乾道三年（1167）陆游罢官归故乡山阴（今浙江绍兴）闲居时作，诗中描叙农村风土人情，表现了诗人热爱家乡、与农民亲密相处的思想感情。全篇感情真朴，写景生动，结构严谨，对仗工整，意境浑成，颔联尤为脍炙人口。诗人在这一联诗中，描绘浙东丘陵、水网、平原交叉地区山重水复，峰回路转，柳暗花明的春天景色，也表现了他在信步漫游中因不断变换新境而疑惑、惊奇、喜悦的心情，对仗工整又句法流转，营造出曲折幽美、引人入胜的意境，境中又蕴含着丰富深邃的哲理。读者从诗人所描绘的景色变化中可以领悟到，探讨学问、研究问题，只要锲而不舍，继续钻研，就会豁然开朗，遇塞而通，发现新境；也可以认识到世间事物的运动发展，往往是曲折的，不是直线的，懂得了这一点，就不会在遇到困难挫折时丧失信心。这情、景、理交融的诗联，是陆游在继承与借鉴前人的基础上创新的成果。正如钱锺书在《宋诗选注》中说："这种景象前人也描摹过，例如王维《蓝田山石门精舍》：'遥爱云木秀，初疑路不同。安知清流转，忽与前山通'；柳宗元《袁家渴记》：'舟行若穷，忽又无际'；卢纶《送吉中孚归楚州》：'暗入无路山，心知有花处'；耿沣《仙山行》：'花落寻无径，鸡鸣觉有村'；周晖《清波杂志》卷中载强彦文诗：'远山初见疑无路，曲径徐行渐有村'；还有前面选的王安石《江上》（"青山缭绕疑无路，忽见千帆隐映来"）。不过要到陆游这一联才把它写得‘题无剩义’。”

今朝试卷孤篷看，依旧青山绿树多

这是南宋著名理学家诗人朱熹的七绝《水口行舟二首》(其一）的后一联。水口，即今福建古田县水口镇，在闽江左岸。全诗写舟行江上的见闻感受。首联:“昨夜扁舟雨一蓑，满江风浪夜如何?”诗人清早醒来，回想昨晚大雨滂沱，他披雨衣一蓑，在扁舟中眺望，但见满江风浪，黑夜茫茫，担忧这急风暴雨不知要造成什么恶果。这两句勾勒出一幅黑夜雨猛风狂、浪涛汹涌的景象，渲染出险恶、沉重、压抑、忧惧的境界氛围。第三句用“今朝”同“昨夜”呼应，而后陡然转折；“试卷孤篷看”的动作细节，准确地刻画了诗人既抱希望又疑虑不安的心态。第四句紧承三句，展现出雨过天晴、阳光灿烂、青山滴翠、绿树婆娑的美丽开阔画面。“依旧”“多”三字，则透露出诗人对风雨转晴的无限喜悦和对美好人生的坚定信念。诗人又在写景抒情中融入了深刻警拔的人生哲理：黑暗总要过去，风浪终归平息；青山不老，绿树常青；大自然的美是永恒的，一切美好事物的生命力是不可遏止的。全篇写行舟水上的情景，自然巧妙地寄寓哲理，这哲理又是使人乐观向上的，这是哲理诗的艺术高境。笔者认为，这首理趣诗在艺术表现上胜于同一作者的

《观书有感二首》。

却有一峰忽然长，方知不动是真山

这是南宋诗人杨万里的七绝《晓行望云山》的后一联。全诗写他清晨行旅途中观望云山的感受。首联："霁天欲晓未明间，满目奇峰总可观。"上句写雨后初晴，天色欲晓未晓、半明半暗。下句写他纵目四望，但见满眼都是奇形异状的山峰，十分美妙壮观。这两句都没有点出"云"，但从上句所描写的时间天气环境氛围中，读者已能猜出，这"满目奇峰"不过是云雾变幻呈现的形状，写的是诗人的错觉。在后联中，诗人以"如摄影之快镜"（钱锺书《谈艺录》评杨万里写生手法语）的诗笔，将刹那间的景物动态再现于笔端，写出一座"奇峰"忽然往高里伸长的有趣景象。山峰是静止不动的，如何会升高生长呢？这才使诗人省悟：原来这满目奇峰，其中有不少是云山，所以它们会变幻、生长；只有那始终屹立不动的，才是真山。这两句诗不仅有谐趣、奇趣，而且蕴含理趣。细品味之，原来诗人是借观云山揭示哲理。他以自己由错觉到获得真知的体会告诉我们：假的东西，往往可以乱真；但假的就是假的，终究要露出马脚。我们要想不被假象所迷惑，就应当全面、深入、细致地观察分析事物，才能辨清真伪。

巧讽妙刺　意味深婉

在中国古典诗歌中，有不少讽刺作品。诗人们对所要揭露、谴责的人物、事件和现象，或在貌似客观的描绘中微逗讽意，或明褒暗贬、寓刺于美，或指桑骂槐，或嬉笑揶揄，手法多样。而其艺术效果，多有言简意赅、弦外有音、耐人回味之妙，并不比金刚怒目式的直接抨击逊色。

此曲只应天上有，
人间能得几回闻

这是唐代大诗人杜甫的七绝《赠花卿》的三、四句。花卿，名敬定，是当时蜀中猛将，曾因平定段子璋叛乱而立功。但他居功自傲，骄恣不法，放纵士卒大掠东蜀，又目无朝廷，僭用天子音乐。杜甫赠送此诗，运用巧妙的艺术手法，明褒暗讽，非常耐人寻味。首联："锦城丝管日纷纷，半入江风半入云。"锦城，即成都；丝管，指弦乐器和管乐器。诗人赞美成都城里，弦管乐曲终日演奏不休，悠扬动听的音乐声从花卿家中飞出，随风荡漾在锦江上，又冉冉飘入蓝天白云间。两个“半入”叠用，传达出乐曲行云流水般美妙流动的旋律。后两句深深慨叹说：这样的乐曲，宛若仙乐，只应当是天上才有，真没想到在人间竟能听到几次呵！表面赞誉花卿府中乐曲极度美妙，却语带双关，赞中寓讽。诗人以“天上”喻指天子所居皇宫，与“人间”相对举。乐曲属于天子，人间当然就不应得闻。但在花卿府上，不仅“几回闻”，而且“日纷纷”。“只应”与“能得”四字，透露出诗人含蓄婉转而又确切有力的讽刺之旨。全诗似褒实贬，寓讽于谀。明人杨慎说：“花卿在蜀颇僭用天子礼乐，子美作此诗讥之，而意在言外，最得诗人之旨。”（《升庵诗话》）清人杨伦亦曰：“似谀似讽，所谓言之者无罪，闻之者足戒也。此等绝句，亦复何减龙标（王昌龄）、供奉（李白）。”（《杜诗镜铨》）

日暮汉宫传蜡烛，轻烟散入五侯家

这是唐代诗人韩翃的七绝名篇《寒食》中的三、四句。寒食是古代一个传统节日，在清明前两天。按风俗家家禁火，只吃现成食物，故名寒食。旧题西汉刘歆撰《西京杂记》说：“寒食日禁火，赐侯家蜡烛。”

唐《辇下岁时记》也载："清明日以榆柳之火赐近臣。"这首诗通篇写京都寒食景象。首二句"春城无处不飞花，寒食东风御柳斜"，描绘暮春时节，长安城东风骀荡，柳絮飞舞，落红无数，春意浓郁，热闹繁华，令人宛见当时的游春盛况。诗人特别推出皇城中风拂御柳的近景镜头，既因当时风俗，寒食日折柳插门，也为下文写"以榆柳之火赐近臣"预作引线。三、四句说，就在这家家禁火的日子里，当日暮时分，宫廷中却走马传烛分火。只见那蜡烛的轻烟，最先袅袅飘散入"五侯"之家。诗中以"汉"代唐。"五侯"，据《后汉书·单超传》载，东汉桓帝时，宦官单超等五人同日封侯。其后，"五侯"便成了宠臣、宦官的代称。唐代自肃宗、代宗以后，宦官擅权，政治日趋腐败。诗人有感于此，在诗中借寒食日五侯家特享烛火一事，予以讥刺，含蓄地反映了重大的社会内容。清人吴乔评此诗说："唐之亡国，由于宦官握兵，实代宗授之以柄。此诗在德宗建中初，只'五侯'二字见意，唐诗之通于《春秋》者也。"（《围炉诗话》）诗人以轻丽之笔描绘宫廷生活小事，即小见大，托讽深婉，使人回味无穷。

何如学取孙供奉，一笑君王便着绯

这是唐代诗人罗隐的七绝《感弄猴人赐朱绂》诗的三、四句。"弄猴人"是驯养猴子的杂技艺人。据《幕府燕闲录》载，乾宁三年（896），李茂贞攻陷长安，唐昭宗逃奔华州，随驾的伎艺人只有一个耍猴的，所驯猴子居然能跟皇帝随朝站班，昭宗很高兴，赏赐耍猴的五品官职，身穿红袍，就是“赐朱绂”，并以“猢狲”的“狲”字谐音，赐其称号为“孙供奉”，意谓以驯猴供奉御用的官。罗隐有感此事写了这首诗。诗的前二句“十二三年就试期，五湖烟月奈相违”，说自己十多年来一直应进士举，但一次也没有考中，反而远离了美丽的家乡。“五湖烟月”，代指诗人家乡浙江余杭的旖旎风光。后二句便对唐昭宗赏赐孙供奉官位事抒发感慨。诗人自嘲说，真不如去学那耍猴的孙供奉，只要用猴子博取君王一笑，便可以穿上五品官的绯衣了。表面上是自嘲，骨子里是讽君，以嬉笑代替怒骂，而诗人对唐昭宗不重人才、昏愦荒唐的怨愤之情与讽刺之意，均见于言外。

坑灰未冷山东乱，
刘项原来不读书

这是唐代诗人章碣的七绝《焚书坑》的三、四句。秦始皇三十四年（前213），嬴政采纳丞相李斯的奏议，下令在全国范围内搜集焚毁儒家《诗》、《书》和百家之书，令下之后三十日不烧者，罚作筑城的苦役，造成中国历史上一场文化浩劫。焚书坑，据传旧址在今陕西省西安市临潼区东南的骊山上。诗人路经焚书坑，触目兴感，吟成此诗，对秦始皇焚书的暴虐行径予以辛辣嘲讽。诗的前二句“竹帛烟销帝业虚，关河空锁祖龙居”，意思说：以竹帛刻写的书籍，早已化为灰烟消失，秦始皇的帝业也就随之覆灭了。想那秦都咸阳四周，虽有许多险峻的关山河川环护，却仍然挡不住反秦义军长驱直入，竟使秦始皇要让子孙万代做人龙的雄心壮志成为泡影！祖龙，指秦始皇。《史记·秦始皇本纪》集解引苏林说：“祖，始也。龙，人君象，谓始皇也。”这两句用夹叙夹议、虚实相间、正话反用等手法，对秦始皇已作了巧妙的讥笑。后二句又用历史事实，对“焚书”行径作更尖刻的嘲讽。焚书坑的灰烬还没有冷却下来，华山以东的广大地区已燃起反秦的战火；长眠地下的始皇是否知道，灭亡秦王朝的义军首领刘邦和项羽，原来都不是读书的人呵！上句“坑灰未冷”以夸张手法强调从焚书到秦亡过程之快速，突出焚书行径乖谬，事与愿违；下句妙用刘项不读书的事实，对焚书之愚蠢暴虐揶揄讥讽，尤为机智绝妙。后来宋林景熙《读秦纪》云：“书外有书焚不尽，一编圯上汉功名。”清陈元孝《题秦纪》云：“夜半桥边呼孺子，人间犹有未烧书。”并从此诗翻出，皆讽始皇焚书事，但不及章诗辛辣、犀利。

农夫辍耒女废筐，白衣仙人在高堂

这是宋代大诗人苏轼在杭州任通判时写的《雨中游天竺灵感观音院》诗的结尾两句。灵感观音院在杭州上天竺，五代时钱俶所建。宋仁宗时，因祷雨有应，赐名“灵感观音院”，祀观音菩萨。诗的前三句是：“蚕欲老，麦半黄，前山后山雨浪浪。”意思说：蚕到了快要吐丝的时候，需要勤饲桑叶，把它们养肥；麦子也到了快要成熟的节令，必须及时锄土，促进它的结实。可是天公偏不作美，接连下雨，前山后山到处水雾笼盖，雨声浪浪。后二句紧接着说：由于淫雨不止，农夫不能把耒锄土；农妇也不能携筐去采桑叶饲蚕，因为带有雨水的桑叶，蚕吃了容易生病。农民的境况如此困苦。可是那寺院里的白衣仙人——观音菩萨，却仍然高高坐在堂上，无动于衷，对农民的焦虑和痛苦漠不关心。诗的字面是责备泥塑木雕的观音神像，其实是讽刺那些口称“为民父母”的地方官深居高堂，尸位素餐，不顾人民死活。全诗明白如话，韵调铿锵，富于民歌风味。结句寓讽刺之意于眼前景象的简洁白描之中，含而不露，意在言外。纪昀评此诗说:“刺当事之不恤民也，妙于不尽其词。似谚似谣，盎然古趣。”（《纪批苏诗》卷七）评析甚中肯。

从此西湖休插柳，剩栽桑树养吴蚕

这是南宋诗人刘克庄的七绝《戊辰即事》诗的后一联。开禧二年（1206）五月，宋宁宗下诏伐金，以失败告终，转而向金乞和。嘉定元年（1208），即夏历戊辰年，和议告成。从此，宋每年向金增纳白银三十万两，细绢三十万匹。诗人对此悲愤填膺，作此诗揭露朝廷“和戎”政策祸国殃民。但他不是从正面抨击，而是旁敲侧击，反语讥讽。首联说：“诗人安得有青衫？今岁和戎百万缣！”从个人生活境况的变迁写起。冬去春来，理应脱下棉衣，改着青衫；而今，青衫已无从获得，因为朝廷搜刮了百万匹细绢，奉献给金人。一问一答，从个人生活小事很自然地引出“和戎”的国家大事来，扣紧了诗旨。下二句说，从今以后，不要再在西湖一带莳花插柳，所有空地都栽种上桑树，大力养蚕，制为丝帛，都贡献给金人好了。诗人由“百万缣”引出栽桑西湖，联想巧妙而自然，又以反语讥刺，在幽默诙谐中显出愤时忧国之情。由于找准角度，妙用讽刺，诗仅四句，却概括出深广的社会内容，而且委婉辛辣。

自嘲的丰富情味

自嘲，即自我嘲笑、讥讽，是诗人借以抒情表意的一种艺术手法。自嘲常常采取正话反说或庄语谐说的方式，但隐藏在诙谐戏谑、幽默风趣的诗句深处的，却是严肃庄重的思想感情。自嘲包蕴着丰富的情意，有自责、自悲、自怨、自怜、自乐、自豪、自慰、自解，也有看似自嘲实是他嘲，即讥人讽世、针砭时局等。自嘲往往能更含蓄曲折地抒情表意，使诗歌富于言外之意。自嘲并不削弱诗人的激情，反而有可能使激情得到更深沉的表现。

囊空恐羞涩，
留得一钱看

这是唐代大诗人杜甫的五律《空囊》的尾联。乾元二年（759）秋天，杜甫弃官客居秦州时创作了此诗。诗中描写当时他的生计艰难景况。前三联："翠柏苦犹食，明霞高可餐。世人共卤莽，吾道属艰难。不爨井晨冻，无衣床夜寒。”诗人说，翠柏虽苦，也还是可以吃的；明霞虽高，也同样可以当饭。众人都靠巧取豪夺而得意洋洋；我奉守清廉，自然要步入艰难。早晨起来，没有米不必汲水煮饭，所以井水还是冻结的；夜晚缺少衣被，更觉得床板寒冷如冰。“翠柏”句，用了《列仙传》载“赤松子好食柏实”的典故；“明霞”句，用了司马相如《大人赋》“呼吸沆瀣餐朝霞”句意。“卤莽”，即鲁莽。“卤”，通“鲁”。据杨伦《杜诗镜铨》卷六注释，这里是“众人贵苟得意”的意思。爨（cuàn），即烧火做饭。前二联写贫穷困窘状况，竟说成是自己想学仙人辟谷绝粒的道术，以诙谐的口吻自嘲自慰。第三联用生动的情景和细节，真实地表现了全家缺衣少食、饥寒交迫之苦。尾联更以戏谑、调侃之笔自嘲：自己钱袋空空，不直写，却说：我恐怕这钱袋空空太难为情了，还是留下一个铜子让它把家看守吧！据明代王嗣奭《杜臆》注释，这一联暗用了阮孚的典故：阮孚持一钱皂囊游会稽，客问囊中何物，云：“但有一钱。”杜甫运用这个典故，调侃钱袋借以自嘲，使这一联诗谐趣横生，富于喜剧色彩，既生动反映了自己仅剩一钱的贫穷景况，又表现出自己幽默诙谐的性格。使人读了忍俊不禁，会心而笑，在笑中领教诗人在艰难困苦中溢出的乐观、豁达和机智，获得许多兴味。清代杨伦《杜诗镜铨》评此诗："写穷况妙在诙谐潇洒。"

问汝平生功业，黄州惠州儋州

建中靖国元年（1101），66岁的苏轼在海南岛获赦后北归，于五月抵达仪真（今江苏仪征）后，游览金山寺，在寺中见到友人、画家李龙眠画的一幅东坡像，于是写了一首六言绝句《自题金山画像》，对自己的一生作了生动的概括和总结。诗的前一联是："心似已灰之木，身如不系之舟。"心如槁木是道家所鼓吹的一种物我两忘、生死等同的修养境界。《庄子·齐物论》写南郭子綦已达到了这种境界，他的弟子颜成子，曾困惑不解地问他："形固可使槁木，而心固可使如死灰乎？"苏轼晚年常常以道家思想来看待人生，因此这里用了《庄子·齐物论》的句意，将"槁木"与"死灰"合成"已灰之木"的喻象，形容自己已达到了这种忘物我、齐生死的精神境界。苏轼一生辗转奔波，走遍了大半个中国，晚年被新党权奸迫害，连续遭受贬谪，更是漂泊不定，所以说自己的身体像是一叶永远不系岸的小舟。这个比喻十分准确、贴切、形象。这一联对仗工整而自然，看似脱口而出，实际蕴含着丰富的思想感情和深刻的人生体验，有很高的智慧。后一联："问汝平生功业，黄州惠州儋州。"黄州、惠州、儋州是苏轼一生中遭受贬谪之地，苏轼在这三地度过了漫长艰辛的岁月，对他一生的思想、创作具有重要影响。苏轼说自己平生功业就在这三州。“功业”二字用得绝妙，意味深长。对于诗人平生所怀抱的兴邦治国的“功业”来说，这是一句自嘲的反话，在自嘲与反讽中，不难感受到诗人一生坎坷、壮志难酬、功业无成的悲愤！而对于他已建树了多方面的文学业绩而言，这却是自豪的总结。因为在诗人四十多年的创作生涯中，贬居这三州的十多年比之任职时期的三十年，无疑取得更大的成就。如今，在诗人身心交瘁、即将走向生命旅程终点之际，诗人借自题画像，以诙谐幽默的自嘲口吻总结自己的一生，把说不完道不尽的辛酸、甘甜、悲愤、牢骚、旷达、超脱、自豪、自慰种种复杂矛盾的思想感情和人生体验，高度浓缩在这十二个字中，使读者涵咏品味不尽。

此身合是诗人未？细雨骑驴入剑门

这是宋代诗人陆游的七绝《剑门道中遇微雨》的后一联。乾道八年（1172）九月，陆游由川陕抗金边防前线内调，被任命为成都府路安抚司参议官。此诗是诗人赴官成都经过剑门关（在今四川剑阁县北）时写的。诗的前一联：“衣上征尘杂酒痕，远游无处不消魂。”写他怀着失意和悲怆的心情离开抗金前线，旅途奔波，风尘仆仆，一路上借酒浇愁，所以衣服上沾满了尘土和酒渍。但远游在外，处处的山川美景，倒也叫人神迷心醉。“消魂”，既可释为黯然神伤，也可释为乐不可支、沉酣其中。这里用喜乐的意思，诗人内心实在是灰心失意、烦闷抑郁，却故意用反面语，自我调侃、宽慰。这一联以生动的细节勾画出自我形象，又用反语曲折委婉地表现自己的失意悲愤，已很有诗情画意。接下去两句说：像我这副模样，该算是个诗人了吧？冒着蒙蒙细雨，骑着一头瘦驴，潇潇洒洒地走入了雄峻的剑门关。“细雨骑驴”，常与诗人吟诗有关。唐代诗人李白、杜甫、李贺、贾岛等都有骑驴的故事，郑綮亦有“诗思在灞桥风雪中驴子上”（见孙光宪《北梦琐言》卷七）的名言。陆游《巴东遇小雨》诗也云：“暂借清溪伴钓翁，沙边微雨湿孤篷。从今诗在巴东县，不属灞桥风雪中。”对于这一联诗，古今多数诗评家都看出诗人自嘲的口吻，但对其所包含的情绪、意蕴，却有不同看法。近人陈衍认为“此诗若自嘲，实自喜也”，喜其“博得诗人名号”（《石遗室诗话》卷二十七）。今人张仲谋说：“陆游从来都是以杀敌报国自期，而不肯以诗人自限的。当然，报国功业虽无份，且喜犹得为诗人。陆游也许是以此来聊作解脱，则自嘲之中也未始没有自喜的成分。”（陶文鹏主编《宋诗精华》，广西师范大学出版社 1996 年版，第 592 页）赵齐平先生则认为：“陆游以自嘲方式自悲无由杀敌报国。……不止悲在离开南郑，被迫做诗人，还悲在其计划未能实现。”（《宋诗臆说》，北京大学出版社 1993 年版，第 330—331 页）笔者更赞同此说。对此诗情意理解的多样和分歧，正反映出诗人成功地运用自嘲而使诗平添了丰富深邃的意蕴、情味。

自笑书生最迂阔，壮心飞到海南陬

这是近代诗人刘光第的七律《梦中》的尾联。诗作于光绪十一年（1885）中法战争之后。当时，中国军队在镇南关和临洮两个战场上大败法军，但清王朝统治者却奉行屈辱妥协政策，与法国签订了不平等条约。刘光第创作了此诗，借写梦境抒发对投降派的讽刺和对国事的忧伤。首联“梦中失叫惊妻子，横海楼船战广州”，写他在梦中失声大叫，惊醒了妻子，因为他的梦魂已飞到了广州湾参加阻击向北进犯的敌舰。颔联“五色花旗犹照眼，一灯红穗正垂头”，紧接上联，写他梦醒后，眼前还飘动着入侵敌舰的五色花旗；定睛细看，室内一灯如豆，暗红色的灯花正在垂落，才知刚才激烈的海战不过是一场梦幻。颈联：“宗臣有说持边衅，寒女何心泣国仇?”“宗臣”，世所宗仰的大臣，这里指李鸿章。“有说”，有说法，有道理。“持”，操持，处理。“边衅”，边境上的争端。李鸿章认为镇南关大捷是妥协投降的绝好机会，力主清廷趁此与法国缔结和约，还说这样可使法人“不再妄求”。“寒女”句，用《列女传》典故：鲁国漆地有一女子，过时未嫁，倚柱叹息。邻妇问她是不是想嫁人，她说：“吾忧鲁君老，太子幼。”邻妇说：“此卿大夫之忧也。”她说：“鲁国有患，君臣父子皆被其辱，妇人独安所避乎？”这两句意思是说，宗臣既然主降，还有一套理由，我们这些普通老百姓又何必为国事而哭泣呢。显然，诗人是用反语讽刺奉行投降政策的当政者。尾联说：我自己也觉得书生实在太迂阔了，居然还放一颗杀敌救国的壮心飞到南海去参加战斗。“海南”，指南海。“陬”（zōu），角落。诗人以调侃自嘲、正话反说的手法收束全诗，表面是自嘲，实则是他嘲，讽刺统治者懦弱无能、畏敌如鼠、妥协投降；同时，又含蓄婉曲地抒发出自己不能为国杀敌的深悲剧痛。谐语自嘲并没有减弱抒情的力度，却使诗有“意在言外”之妙。

非关早岁思齐物，合有寒儒瘦到诗

这是近代诗人胡朝梁的七律《述怀》的颈联。全篇直抒胸臆，倾吐自己生平抑郁寒苦却不与浊世同流合污的情怀。前二联：“年年作计随人后，短发长歌只自疑。来日万端付之酒，江南片月为吾私。”意思是说：自己年年都对人生前途有所打算和计划，却总是落在人后。于是只好学那楚狂接舆，披发长歌，佯狂不仕，却又怀疑这样做是否合时宜。既然进退失据，也只有设想未来的千万种忧愁困苦干脆都交给美酒来化解。而这一片江南的明月，也可以为我私有了。这四句已有自嘲自慰的意味。特别是第四句，将自己欲借明月驱愁遣闷，说成是明月独钟情于己，更是以乐语痴言掩饰愁情的妙笔。颈联上句进一步说：我现今沉湎于酒、醉心于月，同早年所追求的无是非、等物我、齐生死的美好境界破灭毫不相关。明明是“有关”，却偏说“无关”，这也是自我解嘲、自我安慰，表面超然旷达，内心其实更沉痛。下句说：自己的命运前途，只能像那个一生清寒的孟郊，不但自己瘦，就连写出来的诗句也是瘦骨嶙峋的。“寒儒瘦到诗”，暗用唐代诗人孟郊家境贫寒仍刻苦吟诗，诗语瘦硬多哀愁之音的故事。这一句，自嘲自悲的感情最为强烈。正因为前三联一再运用在自嘲中或自狂或自喜或自悲的曲折委婉的抒情手法，到了尾联，发出“我已穷于孟东野，高天厚地欲何之”的悲声长叹，也就格外震撼人心。

状物拟人　妙见性灵

中国古代和近代的诗人、散文家在写景状物时，很善于运用拟人手法，把景物写得有灵有性，借以更深刻强烈地抒发情思，创造出情趣盎然的艺术意境。

相看两不厌，只有敬亭山

这是唐代大诗人李白的五言绝句《独坐敬亭山》的后两句。诗作于天宝十二载（753）李白漫游安徽宣城期间，全篇写诗人对敬亭山的喜爱，表现他的孤独与寂寞，以及向大自然中寻找知音的思想感情。前二句“众鸟高飞尽，孤云独去闲”，写朝夕与敬亭山相处的喧闹的鸟群全都高飞远去，就连天上那一片孤零零的白云也悠然飘走了，天地间一片寂静，烘托出长久独坐在敬亭山下的诗人心灵的孤独与寂寞。这两句紧承前两句说，于是，只剩下了诗人和敬亭山。诗人凝视着敬亭山，敬亭山也在注视着诗人。他们默默地、久久地相对而视，仿佛是一对恋人，脉脉含情，心神交契，以至忘记了周围的一切，忘记了时间的飞逝，忘记了整个世界。久而久之，敬亭山的心中唯有诗人，诗人的心中也唯有敬亭山，山化成了诗人，诗人也化成了山，山和人彼此融合为一。李白妙用拟人化的手法，把敬亭山写成了自己在世间的唯一知己，表现出他对这座山的无限深情。情痴至极，他才能运用如此朴素无华的口语，创造出人与自然妙合无垠的神妙境界。中国现代杰出的女诗人陈敬容（1917—1989）有《山和海》一诗，题下引了李白这两句，其诗云："高飞/没有翅膀/远航/没有帆//小院外/一棵古槐/做了日夕相对的/'敬亭山'//但却有海水/日日夜夜/在心头翻起汹涌的波澜//无形的海呵/它没有边岸/无论清晨或黄昏/一样的深/一样的蓝//一样的海呵/一样的山/你有你的孤傲/我有我的深蓝。"这首美妙动人的诗，就是从李白《独坐敬亭山》获得艺术灵感和构思方法的。

随风潜入夜，润物细无声

这是唐代大诗人杜甫的五言律诗《春夜喜雨》的颔联。全诗描绘春夜雨景，抒发喜悦心情。首联"好雨知时节，当春乃发生"，就把春雨拟人化，说它"知时节"，在这万物萌芽生长的春天，正需要它的时候，它就及时地赶来了。这一联，把拟人进一步深化，赞美这春雨是伴随着和风，在人们酣睡的夜晚悄悄地来的。它无声地、细细地、密密地下着，酥油般滋润世间万物，它无意讨好，不求人知，多么可亲可爱，可敬可赞！诗人把春雨人格化，同时又从听觉上捕捉住了春天夜雨细密无声的特征，非常准确、传神地描摹出来，从而含蓄动人地讴歌一种无私忘我的默默奉献精神，一个崇高伟大的人格。因此这一联诗，成了赞颂春雨的千古绝唱。

岸花飞送客，樯燕语留人

这是大历四年（769）春杜甫离开潭州（今湖南长沙）赴衡州时作的五律《发潭州》诗的颔联。这时，杜甫贫病衰老，以舟为家，漂泊于湖北、湖南。此诗抒写沦落他乡、抱负成空的忧愤情怀，全篇沉郁顿挫，十分感人。首联“夜醉长沙酒，晓行湘水春”，点明题意，写他夜来在长沙痛饮沉醉而眠，天明之后即孤舟远行。上句在直叙情事中饱含着借酒浇愁的无限辛酸，下句以乐景写哀情，借湘江两岸的一派春色反衬自己奔波无定、黯然伤神的心绪。颔联紧承首联，描写启程时的情景：诗人在舟中环顾江岸，只见春风中落花飞舞，仿佛在为他送行；仰首船桅，但闻桅上的春燕呢喃絮语，似乎在亲切地挽留他。风吹落花、春燕鸣啭，是客观自然现象，但热爱生活、热爱自然的诗人杜甫却用拟人化手法，把它们写得那么有情有义。诗人和岸花、樯燕亲如挚友的描写，使这首情调孤寂悲凉的诗歌中添上了亲切、温暖的生趣，使情和景、物与我相互交融、妙合无垠。同时，也使读者感受到诗人的漂泊无依，体会到当时世情的淡薄。梁代诗人何逊《赠诸旧游》诗中，有“岸花临水发，江燕绕墙飞”一联，写得颇工致。杜甫点化了何逊的诗句，在艺术上改造创新，将花鸟拟人，其所表现出的人世冷漠、动物有情的意蕴，是何逊诗没有的。杜甫在这一年还写了一首七律《燕子来舟中作》，全篇将燕子写成与他心息相通、同病相怜的旅伴，诗的尾联“暂语船樯还起去，穿花贴水益沾巾”，写燕子为了安慰他的寂寞，在船樯上娓娓细语，穿花贴水，徘徊顾恋，不忍离去，使他禁不住老泪纵横。《杜诗镜铨》引前人评语说:“情至之篇，感兴深厚。”

一水护田将绿绕，两山排闼送青来

这是宋代诗人王安石的七言绝句《书湖阴先生壁二首》（其一）的后一联。湖阴先生是诗人的朋友杨德逢的别号。首联“茅檐长扫静无苔，花木成畦手自栽”写杨家庭院的清幽，已表现出杨德逢人品高尚雅洁，饶有生活情趣。后一联写杨家院外山居环境的奇秀。上句描写一条水渠带着碧绿的色彩环绕着农田。诗人用一个“护”字和一个“将”字，把这条渠水拟人化，你看，它有意携带着鲜丽的绿色，就像母亲伸臂环护儿女一样，守护着田亩。这一句，已把在远眺中本应显出静态的水，写得充满动态，富有感情。下一句更奇妙。杨家庭院对面的两座青山，竟然撞开门户，把一片苍翠欲滴的山色送了进来。“排闼”、“送青”四字，写出了山势若奔的动态，写出了春山扑人眉睫的新绿，更写出了它那清新鲜活的气息和蓬勃旺盛的生机。真是神来之笔！生动的描写与奇妙的拟人交融无间，使山水有了生命，有了感情和性灵，它们宛若杨德逢的朋友，彼此相亲相爱。于是，一位热爱自然，情怀高洁的隐士形象，也就气足神完地跃然纸上了。

好山万皱无人见，都被斜阳拈出来

这是南宋诗人杨万里的七绝《舟过谢潭三首》（其三）的后两句。前两句：“碧酒时倾一两杯，船门才闭又还开。”写他在舟行中边饮酒边观景。由于迎风驶行，江风把船门吹得时闭时开。诗的起势平平，却也显出诗人意态的安闲，观景的随意自在。后两句笔锋一转，一个精彩镜头推出来了。诗人看见在斜阳映照之下，岸上青山无数的皱褶之痕，突然清晰地呈现在眼前。古代山水画很注意描绘山的皱褶，借以表现山的质感、层叠感和立体感。诗人用“万皱”形容“好山”，以画法入诗，表现他对如画青山的神往与赞美。但全诗最妙的是用一个“拈”字，把斜阳拟人化。斜阳照山，使山的皱褶毕露无遗，本是极平常之景，说不上什么诗意。而今，斜阳成了很懂得诗人心意的人物，你看，为了让诗人充分领略青山之美，他用手轻轻地一“拈”，就把“好山万皱”都拈取出来了。于是平常的景色，顿时洋溢出一种天机妙趣。诗人忽然见到斜阳照山时的欢快喜悦之情、突兀新奇之感，连同他那幽默诙谐的性格，不就活脱脱地全都跃然纸上了吗？

奇想痴语见深情

中国古代诗歌中有不少抒写友情、爱情、亲情、乡情的篇章，其情格外强烈、深挚，通常的直抒胸臆或借景抒情方法，已不足以表现。于是，诗人们打破常规，独出心裁，用荒诞奇特的想象和构思，并写出一些看似无理的痴语傻话，反而收到奇而见真、痴而得深、无理而妙的特殊艺术效果。

夜台无李白，沽酒与何人

这是唐代大诗人李白的五绝《哭宣城善酿纪叟》的三、四句。此诗是李白为悼念安徽宣城的一位善于酿酒的纪老师傅而作。前两句：“纪叟黄泉里，还应酿老春。”说纪叟如今在黄泉之下，大约还会继续酿造香醇的老春名酒吧！这两句语言极朴拙，如脱口而出，但诗人居然想象老人死后仍如生前一样酿酒，把荒诞可笑的奇想说得如此真切，从而表达出了他对酿酒老人的痴情、深情，读者也感到无理而有情，并为之感动。三、四句，诗人继续以痴语问道："老师傅！您生前曾经把老春好酒卖给我，让我获得最美好的享受。如今您所在的幽冥世界中没有我李白了，您酿了酒又将卖给谁呢！"言外之意，似乎纪叟原是专为李白酿酒而活着，而他酿的酒也只有李白赏识。这也是不合情理的奇思异想，问得毫无道理，如痴似呆。但我们反复寻味，这奇想，这痴语，把诗人与纪叟生前的交情，把诗人失去纪叟后的悲痛，表达得那么真挚、深厚、感人肺腑！

看取芙蓉花，今年为谁死

这是唐代诗人孟郊的五绝《怨诗》的三、四句。诗写女子相思的深情。通篇用代言体，是女子对丈夫说的话。前二句："试妾与君泪，两处滴池水。"意思是：试把我和你的眼泪，各自滴在莲花池中。为什么要滴在莲花池中呢？后两句解释说：看一看今年夏天，莲花被谁的泪水浸死！言外之意是：谁的泪更多，谁的泪更苦涩，莲花就将"为谁"而死，这样，就可以测出谁的相思之情更深了。这是多么奇妙的想象和构思！这位女子的话多么痴心、傻气！它使抽象的相思之情具象化，成为可见可感、可测可量的东西；它更把女子对丈夫既爱又怨的心理表现得令人触目惊心。正如近人刘永济《唐人绝句精华》所评："此诗设想甚奇，池中有泪，花亦为之死。怨深如此，真可以泣鬼神矣。"

孤舟夜泊东游客，恨杀长江不向西

这是明代诗人李梦阳的七绝《夏口夜泊别友人》的尾联。夏口，今湖北武汉市武昌。诗写客舟夜泊夏口送别友人的孤寂之情。首联："黄鹤楼前日欲低，汉阳城树乱乌啼。"描写夏口夜泊时的景色：黄鹤楼前，夕阳即将沉落；与黄鹤楼隔江相对的汉阳城，绿树迷蒙，归鸦纷飞乱叫。此景的情调氛围，既沉寂暗淡，又迷乱喧闹，暗示友人别去后作者的复杂心绪。尾联抒情。东游客，作者自称，点明作者夜泊为的是明日继续东游，而友人离去是西游亦不言自明。作者曾与友人在舟中欢聚，友人离去后倍感孤寂落寞。"孤"字即是作者心情的点睛之笔。于是，从他的内心深处，自然发出"恨杀长江不向西"的怨恨之语。长江总是向东流入大海，不管作者怎样恼恨，它也不可能掉头向西。作者此语，是痴语，极荒唐无理。然而正如清人贺裳《载酒园诗话》卷一所云："诗又有以无理而妙者。"正是如此痴语，才能强烈地表达出作者后悔未与友人继续同游的心理，收到"无理而妙"的特殊艺术效果。

寄语莺声休便老，天涯犹有未归人

这是明代诗人徐熥（tēng，生卒年不详）的七绝《寄弟》的后联。徐熥与其弟徐𤊹并有才名，为明后期闽中才子。兄弟俩感情深厚。此诗当是徐熥寄给客游途中的弟弟，望其早归之作。前联：“春风送客翻愁客，客路逢春不当春。”是设想、揣测其弟徐𤊹在旅途中的境况。意思说：眼下正是春天，你在旅途一路上虽有春风相送，但你急于归家，日夜赶路，有奔波之苦，这大好春光反而会使你添加忧愁，因为在客路上所逢的春天，其实是算不得春天的。这两句虽是揣想之辞，但写得非常亲切，对亲人体贴入微，已表达出一种骨肉挚爱之情。三、四句紧承前两句。因为诗人深深体会到客路上奔波的弟弟无法享有真正的、安闲的故乡春光，又担忧弟弟赶回家时春光已逝，于是突发奇想：我要吩咐那些在故园绿树丛中婉转啼鸣的黄莺，不要唱哑了歌喉，不要啼“老”了声音，因为远在天涯还有一位未归的客子，我正盼着他赶回来一起欣赏故园的烂漫春光呢！春去夏来，这是大自然的规律。春天一去，莺声随之而老，谁也不能阻遏。然而诗人竟然痴想春光长驻，莺声不老。这出人意表的一笔，把诗人念弟望归之情表现得格外真挚深沉，饶有奇趣，耐人寻味。

河梁日暮行人少，犹望君归过板桥

这是明代女诗人薄少君（生卒年不详）的七绝《悼亡》的后联。薄少君嫁秀才沈承，承有才而早卒，少君为诗百首哭之。逾年，值承忌日，少君一恸而绝。此诗即是她的悼亡代表作之一。前联：“水次鳞居接苇萧，鱼喧米哄晚来潮。”描写她所居住的沿河市镇景色。水次，水边。萧，草名，是一种艾蒿。米，米虾。这两句说：在河堤上排列着鱼鳞般的宅屋，岸边水渚长满了芦苇和艾蒿。正是傍晚时分，潮水拍岸，群群鱼虾争食嬉耍，欢声喧闹。诗人以动衬静，用晚潮汹涌、鱼虾喧闹反衬出岸边环境的清冷、萧索与空落，暗示了她丧失丈夫后索然独处的寂寞与痛苦。第三句写夕阳西下，寒意袭人，河边行人已逐渐稀少。我们读时，却宛如看见：沉浸在丧夫悲恸中的女诗人从白天“行人多”的时候就一直站立在河岸上，凝望着桥面，直到傍晚仍然在引颈长望。结句出人意料，惊心动魄。明明丈夫早已去世，她却茫然无知，照旧盼望着丈夫像昔时那样踏着夕阳、从桥上走回家来。这一句用最朴素自然的文字，写出了诗人在极度悲伤中的奇思异想和凄迷痴醉神态，是奇语，亦是痴语。然而正是如此奇语、痴语，才足以表达出她对丈夫的深挚爱情和丧夫的彻骨之痛，令人读之心弦震颤，感动落泪。

相思坟上种红豆，豆熟打坟知不知

这是清代诗人黎简的七绝《二月十三夜梦于邕江上》的三、四句。邕（yōng）江，在今广西南宁市。乾隆五十一年（1786）二月十三夜，诗人梦见自己在邕江上，因有朋友回乡，便写家书托他带给妻子，才写了八个字，骤然梦醒，想到爱妻两年前已病故，悲痛难抑，作了五首七绝，这是第五首。前两句：“一度花时两梦之，一回无语一相思。”一度花时：即一个春天里。两梦之：此年正月间，诗人也曾梦见亡妻，此为第二次。一回无语：指第一次梦中与亡妻见了面，却没有说话。一相思：指这次梦里却没见到面，只是想给她寄去自己的相思。前两句抒写他两次梦见亡妻的不同情景，已倾吐出他对亡妻的一片肺腑深情。三、四句由至情而生出奇想。他要在日思夜梦的妻子的坟头上种一株红豆树，盼望它结出鲜红晶莹的红豆以寄托自己的相思。他进而想象当红豆成熟，扑簌簌掉落在妻子坟头上，在坟墓中长眠的妻子是否能听到它们的美妙声响呢？显然，这是把死者仍当作生者看待的情痴之语，极荒诞，极匪夷所思。但唯有如此奇想奇情奇笔，方能畅写其内心之奇痛。全篇重复使用“一”、“相思”、“坟”、“豆”等字，读之如闻诗人喃喃自语，絮絮叨叨；“连珠格”的章法，又使四句诗紧密勾连、一气而下，把诗人急切、缠绵的情意表达得淋漓酣畅。

借梦幻写真情造奇境

近人王国维在《人间词话》中指出：诗人词家只有写出真景物、真感情，才有可能创造出艺术境界。因此他十分强调写景要真切，要“语语如在目前”，要“不隔”。这是很中肯的。但在许多优秀的古代诗歌作品中，诗人不仅写真景物，也写梦幻中的情景。有时由真入梦，有时真梦交织，有时疑真似梦，甚至只写梦境，梦中显真。精彩的梦境描写，往往能够深刻地表现人们的真感情，表现人们在实景中难以表现的复杂微妙的心态；有时还可以造出新奇境界，增加作品的浪漫色彩；或者深化升华诗境，使之蕴涵更丰厚的思想内容。

夜阑更秉烛，相对如梦寐

这是唐代大诗人杜甫的《羌村三首》（其一）的尾联。唐肃宗至德元载（756）六月，安史叛军攻陷唐都长安。七月，杜甫听到唐肃宗在灵武即位的消息，便把家小安顿在鄜州的羌村（今陕西富县南），去投奔肃宗。途中被叛军俘获，带到长安。次年四月，杜甫乘隙逃出长安，历经千辛万苦到达了朝廷临时所在地，并被授予左拾遗的官职。不久，房琯因兵败罢相，杜甫上书援救，触怒肃宗，被放还鄜州羌村探家。《羌村三首》就是这次还家所作。第一首写他刚到家时合家悲喜交集的情景。诗中写了妻孥惊怪、惊定拭泪，邻人围观、感叹歔欷等场景细节，生动地再现了在兵荒马乱中患难余生之人的复杂心理。尾联写他一家人在深夜里秉烛对坐的情景。一年来，他离家跋涉，投奔朝廷，不幸被俘，冒死逃脱，触怒肃宗，幸得还家，经历了多少险恶风波，可谓九死一生。此刻，全家团聚在烛光下，本来应当是喜庆的，但无论是他自己还是妻子儿女，仍然惊魂未定，仿佛眼前情景不是真的，而是一场梦幻。这一联诗，就是如此朴素真切地写出了他和亲人当时那种悲喜、惊怪、犹疑的神情心态，真是“真语流露，不假雕饰，而情文并至”（《唐宋诗醇》）。杜甫在这联诗中用疑真似梦的反常手法摹写出深挚亲情，使后来的诗人们激赏赞叹，纷纷效仿。如戴叔伦“还作江南会，翻疑梦里逢”（《江乡故人偶集客舍》），司空曙“乍见翻疑梦，相悲各问年”（《云阳馆与韩绅宿别》），晏几道“今宵剩把银缸照，犹恐相逢是梦中”（《鹧鸪天》词），陈师道“了知不是梦，忽忽心未稳”（《示三子》）等等，虽不及杜诗沉郁深厚，却都是脍炙人口的名句。

红叶下山寒寂寂，湿云如梦雨如尘

这是晚唐诗人崔橹的《华清宫三首》（其三）的后二句。诗中极写天宝之乱以后华清宫的荒凉景色，缅怀唐帝国的隆盛，感叹现在的覆亡之势，流露了浓重的感伤情绪。前二句“门横金锁悄无人，落日秋声渭水滨”。写空山宫殿，门户闭锁，悄然无人。在这渭水之滨，诗人所见惟有昏暗落日，所闻惟有萧瑟秋声。后二句继续渲染离宫的荒凉冷落，却从前二句写视觉、听觉转入更深一层地写内心感觉。诗人见到骊山上的红叶被猛烈的秋风吹刮，纷纷飘落山下，心头顿时感觉到一种寂寥的寒意。当夕阳西沉之后，又下起蒙蒙细雨，饱含着雨水的湿云浮游天际，诗人觉得它们像梦一样迷离；而云端飘落的雨丝，却又像尘雾一般四处飞散。此诗通篇写景，景中已渗透了一种惋惜、感伤情调。但其意境的升华与深化，主要凭借“湿云如梦”这一笔。诗人把生动具体可触可感的“湿云”比为抽象的虚幻的“梦”，从比喻角度来看，是用了倒喻，给人以新奇之感。更妙的是，“湿云如梦”造成了一种弥漫全篇的如梦似幻的情调氛围，从而含蓄地表达了身处末世，怀着亡国之忧的诗人的迷惘惆怅之情，也寄寓了他对人世沧桑、历史兴衰的梦幻感。可以说，“梦”字是通篇之眼，它使诗中的种种实景有了深刻的隐喻象征意味，从而产生实中有虚、虚处传神的艺术效果。

忘却问君船住处，夜来清梦绕西城

这是北宋诗人徐积的七绝《赠黄鲁直》的后两句。黄鲁直，即诗人黄庭坚。徐积比庭坚年齿略长，很推重庭坚的人品才学，此诗是他写赠庭坚之作，表现深厚诚笃的友情。前二句:“不见故人弥有情，一见故人心眼明。”先写未见面时的刻骨思念，再写见了面的欣喜情态。诗人用质朴的语言直抒胸臆，信笔写来，不避辞语重复，但在“未见”与“已见”的对照中，深厚的友情已洋溢纸上。后一联，出句写他忘了打听庭坚的船停泊在何处，暗中已交代出庭坚于旅途中过访，二人倾诉了别后情思，又匆匆分别。笔墨极省俭。对句写晚上，自己的梦魂整夜萦绕着西城。本来是潜意识的无形无影的梦魂，在诗人笔下，竟成了有情有义、有形有影。它不甘心友人就这样离去，它还要再看望友人一回，再畅叙一番，于是整夜追寻友人，追寻不得，仍绕着西城，不忍离去。正是由于诗人用运实入虚、由真到梦、融情于梦的写法，才把自己对友人的留恋之情写得如此富于诗意，如此深挚感人！同样是写梦中寻友，杜甫的《梦李白》有“魂来枫林青，魂返关塞黑”之句，他从对面着笔，不说自己梦见故人，而说故人的魂魄夜里匆匆而来又匆匆归去，写得逼真、细致、奇幻。徐积此诗似借鉴了杜甫的写法，却是写自己的梦魂整夜追寻友人，以质朴、自然、凝练见长。清人林昌彝《海天琴思录》卷一说:“宋徐仲车（积）《赠山谷》诗……深厚之气，为绝句胜景。”

马龁枯萁喧午枕，梦成风雨浪翻江

这是黄庭坚的七绝《六月十七日昼寝》的后二句。诗写他在旅舍昼寝入梦的情景，流露出向往江湖之思。前二句：“红尘席帽乌靴里，想见沧洲白鸟双。”说他终日戴着席帽、穿着乌靴在红尘中奔忙，却经常羡慕地想到双双白鸟，正在江湖上逍遥地翱翔。句中“红尘”，指热闹繁华之地。“席帽”，用芦苇、竹篾编织之帽，犹后之斗笠。“沧洲”，水边地，多指隐士居处。“白鸟双”，用欧阳修《和韩学士襄州闻喜亭置酒》“清川万古流不尽，白鸟双飞意自闲”句。后二句写他昼寝入梦。马儿在咀嚼枯豆秸，扰乱着人的午睡，但他终于睡熟了。在梦中，马食草料的声音化作漫天风雨和大江巨浪翻滚之景象。句中

“龁”（hé），咬。“萁”，豆茎。这里所描写的梦境十分新奇，前人没有写过，所以有些诗评家不理解，例如清代薛雪《一瓢诗话》说：“马龁枯萁喧午枕，尤觉骇人。”其实人在睡眠状态中，外界的一些轻微的刺激，往往会幻变成奇异、怪诞的梦境，只不过一般人没有想到把这种体验写入诗中罢了。宋人叶梦得《石林诗话》：“一日憩于逆旅，闻旁舍有澎湃鞺鞳之声，如风浪之历船者，起视之，乃马食于槽，水与草龃龉于槽间而为此声，方悟鲁直之好奇。然此亦非可以意索，适相遇而得知也。”他用自己亲身的体验和感受，证明黄庭坚此诗所写梦中情景虽然新奇怪诞，却很真实，有生活的依据。又据《石林诗话》载：黄庭坚曾对晁无咎说，此诗的后两句还受到无咎的父亲晁端友《宿济州西门外旅馆》诗的后半“小雨愔愔人不寐，卧听疲马啮残刍”的启发。清人袁枚《随园诗话》曾比较二诗优劣，说晁诗是“静中妙境”，黄诗“落笔太狠，便无意致”，有失公允。晁诗的“静中妙境”是诗人梦醒后所感受到的，是用白描手法实写；黄诗写的是梦境，借助于新奇又真实的联想创构出“风雨清凉之境”并“曲尽梦理”（见钱锺书《管锥编》〔二〕论《列子·周穆王》条）。黄诗似更胜一筹。

夜阑卧听风吹雨，铁马冰河入梦来

这是南宋爱国诗人陆游的七绝《十一月四日风雨大作》的后两句。诗写于宋光宗绍熙三年（1192）冬天，当时陆游已68岁。前二句：“僵卧孤村不自哀，尚思为国戍轮台。”直抒胸臆，写他年迈力衰，独处荒村，僵卧床榻，仍然渴望着为国杀敌，戍守西北边塞。句中“轮台”，是汉代西域地名，在今新疆维吾尔自治区轮台县，代指西北边陲。后二句写梦境，说他在深夜里听见风雨呼啸，仿佛是战鼓频催。在梦中，自己骑着身披铁甲的战马，正穿越大漠强渡冰河。“铁马冰河”四字，意象雄壮，音节铿锵，极有气势，显示出诗人渴望为国征战沙场的英雄豪气。这展现梦境的一笔，使诗篇闪射出浪漫色彩。应当指出，陆游的爱国诗中，写记梦的作品计有九十多首，诗人在梦中、醒后驰骋想象，场景壮丽，气魄雄迈，异彩夺目。可见写梦境成了陆游抒发爱国激情的一个常用的艺术手法。

幻境显真　错觉出奇

诗的幻觉和错觉是诗的感觉的两种形式，是诗人对真实世界的“歪曲”的或虚幻的反映，在艺术审美上有较大的变形性。它们往往能从独特新奇的角度，揭示出客观自然美和诗人的心理状态，产生逼真传神、出奇制胜的艺术效果。古典诗词中有不少妙写幻觉和错觉的佳句，富于奇谲之趣，妙不可言。

天远疑无树，潮平似不流

这是初唐诗人韦承庆的五律《凌朝浮江旅思》诗的颔联。首联“天晴上初日，春水送孤舟”，写春天早晨，朝阳初升，诗人乘孤舟飘浮于一江春水之上。这一联紧承上联，描绘他在舟中远望所见景色。上句说，极目江天渺远空阔处，但见临江丛树，细如一线淡淡绿痕，浮于天际，几等于无。这一句与孟浩然《秋登万山寄张五》中的“天边树若荠”相似。孟在山上眺望，距离稍远，仍可见天边树木参差之状，故犹如荠菜；韦是在舟中望远天，相距极远，则疑如无树了。下句说，春潮涌涨，江水浩淼，因为原野开阔，水与岸平，江面平静，看不见水流的相对运动的标志，所以诗人放眼望去，仿佛发现整条江好似凝然不流似的。这一句也使人想起王湾《次北固山下》中的“潮平两岸阔”。比较起来，韦句中的“疑无树”、“似不流”明显地描写他的错觉与幻觉，传达出内心的疑惑、惊奇之感，状景新鲜、奇警，比起孟、王传写正常感觉的诗句来，诗味似更浓郁。清代沈德潜《唐诗别裁》评：“三、四眼前真景，可悟画理。”宋宗元《网师园唐诗笺》赞曰：“‘山远’二句，画工，化工。”

山从人面起，云傍马头生

这是唐代大诗人李白的五律《送友人入蜀》诗的颔联。首联“见说蚕丛路，崎岖不易行”入题，提出送别意，总叙蜀道崎岖难行。颔联即对“崎岖不易行”的蜀道作具体描绘。天纵奇才的李白不是如实刻画山势如何高峻险阻，而是以夸张的笔法描绘自己在入蜀途中曾经产生的错觉与幻觉。上句说，人在栈道上走，忽然有峭壁奇峰迎面扑来，从你的脸侧重叠挺起。山贴人脸上冲，当然是夸张，也是幻觉，但这一幻觉意象富于动态地勾画出了蜀道的奇险。下句说，人骑马走在栈道上，浓重的云雾好像是依傍着马头而升腾。高峰深壑多云，这是人们常见的，但说云依傍着马头生长出来，就是一种幻觉。唯有如此，才能描状出蜀道令人惊心动魄的狭窄、高危，也才能传达出行人那种恍若腾云驾雾、悬心吊胆的特殊体验。李白善以奇幻之笔状雄奇之景，是足以凌驾一代诗坛矣！

峰前野水横官道，踏着秋天三四星

这是晚唐诗人李洞的七绝《送僧清演归山》诗中的三、四句。清演是诗僧，同作者交往唱和。首句“毛褐斜肩背负经”写清演身穿粗毛布斜肩僧衣，背负着几卷佛经，挥手告别了作者，潇洒地向山间走去。次句“晓思吟入窦山青”想象清演被山间清景触发了诗兴，迎着曙色边走边吟，进入了青翠的窦山。三、四句继续想象清演在行吟中忽见峰前溪水猛涨，溢满官道，但他毫不在意，卷起裤筒涉水而过，赤裸的双足，踏着了那残留在秋空中的三四颗晨星。作者不直接写水映天空，天在水中，晨星仿佛掉进了水底，大概因为那样写太一般化，许多诗人都已写过。于是他以想象大胆的奇笔写错觉，不说水中有星的倒影，而径直说清演涉水而过的双脚已经踏着了三、四颗星星，这就把错觉引向更具体细微处，可谓“错上加错”。然而，这种错觉的加倍表现却新警奇峭，使人如临其境，诗僧放浪洒脱、飘飘欲仙的形象，也就跃然纸上。

枕中云气千峰近，床底松声万壑哀

这是北宋诗人曾公亮的七绝名篇《宿甘露寺僧舍》的首联。甘露寺在今江苏镇江市的北固山上，位于长江南岸。这两句写夜宿寺中情景。“枕中”和“床底”虽夸张了“云气”、“松声”同诗人极近的距离感，但这尚属诗人所见所触所闻之实景；“千峰近”与“万壑哀”，则是幻境了。甘露寺仅在一座北固山上，并无“千峰”、“万壑”。诗人看见满屋是湿漉漉凉沁沁的云雾，恍惚自己已置身于千峰之上，而床底下响起的阵阵松涛声，也把他带进了一个奇险的境界，好像自己也堕入无数深不可测的山壑之中。由于写了幻觉与错觉，便很有声势地渲染出北固山的高险、壮阔。第三句“要看银山拍天浪”，虽有“银山”的比喻和“拍天”的夸张，仍算是写实。第四句“开窗放入大江来”，“开窗”也是实写动作，“放入大江来”则是浪漫想象的幻景。诗人开窗见大江迎面奔来，竟以为是自己把这条宛若白龙般飞腾的大江放进屋里来了。这一笔，抒发出诗人为壮丽大江而惊奇赞叹的激情，也坦露出诗人的豪放襟怀，使全篇奇气喷薄而出，令人目眩神骇！

卧看满天云不动，不知云与我俱东

这是南宋诗人陈与义的七绝名篇《襄邑道中》的后两句。诗写于政和七年（1117）晚春，27岁的陈与义乘船经襄邑（今河南睢县）入京途中。前两句："飞花两岸照船红，百里榆堤半日风。"写他一会儿在夹岸花林中穿行，纷纷扬扬的花雨把他乘坐的船儿都照红了；一会儿又在长堤榆树间急驶，半天就已行进了百里。诗人以两岸花红榆绿的美景和船儿的疾速，映带出自己内心无比的欢悦。接下去这两句，写他仰卧舟中、注目蓝天所产生的错觉。当时，云随风飘，船趁风势水势，二者都以很快的速度作相同方向的运动。诗人长时间躺在船上看云，由于船与云的相对运动，使他错以为那满天白云总是停留不动，而不知道云与自己都在向东行进。诗人将流动之云写成不动之云，反而增加了活动感。"满天云不动"和"云与我俱东"形成了虚幻之静与真实之动的前后对照，诗情显得跌宕起伏，从而把踌躇满志的青年诗人那种内心激动而外表安详的神态更加鲜明地描绘出来。诗人准确地传写出一般人有所体验而未能道出的错觉，意象鲜活，富于情趣、理趣、奇趣，所以历代传诵。

眼见长江趋大海，青天却似向西飞

这是清代著名戏剧家兼诗人孔尚任的七绝《登北固山看大江》的后一联。北固山，在今江苏镇江东北长江畔，又名北顾山，形势险要，有“天下第一江山”之称。诗写登上北固山观望长江滚滚东流的壮丽景色。前一联：“孤城铁瓮四山围，绝顶高秋坐落晖。”写他登上山顶，俯首眺望，但见镇江这座孤城被四面的群山团团包围着，山高城低，看起来就像一只圆深的巨大铁瓮。这高山绝顶上，夕阳正在渐渐降落，霞光满天，更显得秋高气爽。“铁瓮”，铁瓮城，镇江的古名。相传镇江子城为东吴孙权建，坚固如金城，故称。“坐”，正，恰好；作“坐着”释，亦通。诗人以“铁瓮”二字置于“城”字后，既点出地名，又用以形容孤城的险要形势和令人惊心动魄的景象。这两句意象雄奇，有高屋建瓴之势，但还是为了后两句作铺垫。三、四句说，他看着长江波涛滚滚向东奔赴大海，仿佛觉得头上的青天也在运动，向着西方飞驰。青天本是静止不动的，但因为诗人长久看着大江在奔流，使他产生一种视觉的错觉，好像青天也在动，向相反的方向动。正如舟船行驶时，船上的人会感觉到两岸向后驰去，远树迎人而来一样。“却似”二字表现诗人疑动的错觉。“飞”字，表现青天向西疾飞，这就更强烈地反衬出大江奔流的湍急。“飞”字置于全篇之末，真是点睛妙笔！

在景物关系中捕捉诗意

18 世纪法国杰出的美学家狄德罗曾经发表过“美是关系”的著名论点。他认为:“一切本身有能力在我的悟性之中唤醒关系概念的东西，称之为在我身外的美。”(《美之根源及性质的哲学的研究》,《文艺理论译丛》1958 年第 1 期）仔细地阅读中国古典诗歌，我们不难发现：古代的诗人们在状物写景中，很早就懂得了从景物对象的形态、声息、动静、色彩等等方面捕捉它们之间的微妙关系，借以创造出富于诗情画意、优美动人的意境。许多脍炙人口的写景状物名句，都是诗人对于景物关系锐敏新鲜的发现和生动细腻的表现。

鱼戏新荷动，鸟散余花落

这是南齐诗人谢朓的纪游诗《游东田》中的一联。东田是南齐都城建康（今江苏南京）郊外的一个著名的风景胜地。全诗写他夏日游东田的见闻感受。前一联“远树暧阡阡，生烟纷漠漠”写远景：天地交接之处，树木繁茂葱郁；云水弥漫，烟雾不断地缭绕升腾。诗人写景，有层次，有色彩，有动态，还有一种画家很难描绘出的杳远、迷茫的韵致。接下去这一联，诗人把目光从天边收回来，写眼前近景：池塘里，游鱼倏忽往来，在清水中活泼嬉戏，晃动着荷花莲叶；在树林和花丛中喧闹的鸟儿，扑闪着翅膀飞走了，但枝上的残花，还在纷纷飘坠。这一联以生动细致的刻画和清丽活泼的风致，同前一联的迷蒙混沌构成鲜明对照，从而把东田夏日的山水景色描绘得远近有致、丰富多彩、生机勃勃。从表现自然景物关系的角度看，诗人从鱼鸟的活动引起新荷与余花的动态中，敏锐地发现并巧妙地捕捉住了一种新鲜的诗意，这就是大自然中各种景物充满了生命的活动，也像人间一样洋溢着情趣。这种自然物的生命律动，被诗人运用精致工整又宛若天成的对仗将它们鲜明地表现出来。“戏”、“动”、“散”、“落”四个动词，不仅赋予鱼和鸟、新荷与余花生命、感情、动态，而且使诗行本身也宛若行云流水那样流贯而下。在中国古代诗歌史上，谢朓的这一联诗，可以说是较早地表现自然景物“连动”关系的灵心秀句。

蝉噪林逾静，鸟鸣山更幽

这是南朝齐梁间诗人王籍的名篇《入若耶溪》诗中的一联。若耶溪在会稽（今浙江绍兴）若耶山下，风景幽美。王籍任湘东王参军时游若耶溪，作了这首诗。前两联：“艅艎何泛泛，空水共悠悠。阴霞生远岫，阳景逐回流。”诗人乘一叶扁舟在清溪中缓缓而行，青山和碧空也都倒映在微波中轻轻荡漾，水天一色，悠远无尽。蒸腾不息的云霞，仿佛是从千山万壑中孕生而出；明媚的阳光照耀着水面，好像恋恋不舍地追逐着这随山势回曲的溪流。这四句写视觉所见的景色，恍惚流动，清空悠远，兴味深长，特别是诗人用拟人化手法，把云霞远岫、阳光溪流写得有生命、有知觉、有感情，就更加动人。接下去这一联，则从听觉角度表现若耶溪的幽静：溪两岸不时传来蝉儿此起彼伏的喧闹和鸟儿一两声鸣啭，反而使那连绵无际又深邃莫测的山林愈发显得幽寂了。诗人深谙动静之间的辩证关系，懂得“寂静之幽深者，每以得声音衬托而愈觉其深”（钱锺书《管锥篇》），故而能创造性地用“蝉噪”与“鸟鸣”的响动，经营出一种深静的境界。这种静境，因有自然的声响点染，而不流于死寂，仍然不乏生命活力。王籍这一联诗尽管存在着上下句意完全相同的毛病，犯了后人所说“合掌”大忌，但这种以动显静、以声写寂的手法，却给后代诗人以极大的启示。而他对自然景物动静关系的独特感受与新鲜表现，使这一联诗兼具景趣、情趣与理趣，从而千古传诵。

野旷天低树，江清月近人

这是唐代诗人孟浩然的五绝名篇《宿建德江》的后联。建德江，即新安江流经浙江省建德市的一段江水。全诗写江景兼寓客愁乡思。前联：“移舟泊烟渚，日暮客愁新。”诗人乘坐的小船移泊在江中的小洲上。这时天色已晚，暮霭苍茫，使漂泊异乡的诗人心中又添加了孤独寂寞的愁绪。后联描写他泊舟烟渚上所见的江天景色。上句说：因为秋天原野空旷，视野开阔，一眼望过去，觉得远方天空似乎低于近处的树木；下句说，由于江水清澈，明月的倒影浮荡在江中，诗人在船上，感到高悬的月亮一下子同自己亲近了。这联诗，从抒情的角度看，妙在融情入景。“野旷”、“江清”透露出时令正是秋天。旅客遇到清秋，最容易触动愁思；野旷愈显天远，使诗人感到乡关万里，归路茫茫；江清月近，见得明月多情，似乎有意陪伴诗人，抚慰他的孤独寂寞。从写景的角度看，诗人先写远景，再写近景，层次分明；先写平视，再写俯看，视角变化；写远景清旷，写近景清幽，景致不同。更妙在于：他发现并且简洁地表现出了“野旷”、“江清”而引起的天与树、月与人的关系变化。这种关系，这种变化，是前人从未表现过的，诗人写得那么真切，使读者宛然如见，并引起一种新奇感和诗意美，足以显示出诗人锐敏的观察力和白描传神的艺术表现力。前人评浩然诗“出语洒落，洗脱凡近”，“闲淡疏豁，翛翛自得之趣”（《唐音癸签》引徐献忠语），从这一联诗可见一斑。

草枯鹰眼疾，雪尽马蹄轻

这是唐代大诗人王维的五律《观猎》的颔联。全篇描写一位将军在长安郊区打猎的情景。诗的首联“风劲角弓鸣，将军猎渭城”就扣人心弦：强劲的北风吹过拉开的弓弦，发出尖锐的颤音。读者仿佛看到将军那双控弦即发的有力手臂，看到他那迎着呼啸北风凝视猎物的锐利眼神。起句雄警峭拔。颔联具体描绘打猎情景：在渭河岸边的茫茫旷野上，草木凋零，一片枯黄；地上的皑皑积雪，已经融化尽了。“草枯”、“雪尽”四字，生动逼真地表现出冬末春初时节西北原野上寒冷萧条中略带一丝春意的气象。正因为草木枯萎，原先躲在丰林茂草中的禽兽无处藏身，很快就被猎鹰发现，所以诗人感觉到鹰眼特别敏锐；又因残雪消尽，地面干燥，将军纵马追赶猎物时，骏马跑起来便格外轻快。诗人对景物之间的关系，观察得多么精细，表现得多么准确！“鹰眼疾”，还暗写出猎鹰发现目标后闪电般飞扑过去的迅猛之势；“马蹄轻”，则使人如见猎骑疾风般追踪而去的雄骏姿态。“枯”、“尽”、“疾”、“轻”这四个字提炼得非常精妙、传神，又互相紧密勾连与呼应。而且这一联表面是写鹰和马，其实是借物写人。从鹰捕捉野兽时的眼疾翅猛，从马蹄奔驰的轻快敏捷，可见策马驱鹰的将军是何等勇武矫健、豪迈洒脱！诗人对景物之间因果关系的揭示，对景物同人物之间宾主虚实的表现，亦可谓锐疾无比，又游刃自如。

细雨鱼儿出，微风燕子斜

这是唐代大诗人杜甫的五律《水槛遣心二首》（其二）的颈联。此诗是上元二年（761）杜甫在成都草堂闲居时写的。水槛，即草堂中水阁的栏杆。全篇即景抒情，表现诗人优游闲适的心境和对大自然春天的热爱。诗的前两联：“去郭轩楹敞，无村眺望赊。澄江平少岸，幽树晚多花。”描写草堂环境和诗人凭槛远望所见的景色。颈联写近景、小景：细雨霏霏，水塘中的鱼儿摇头摆尾，喷吐着水泡儿，活泼欢快地纷纷游到水面上来；而那春天的使者——紫燕，在柔柔微风的吹拂下，正展开翅膀，斜斜地掠过水蒙蒙的天空。这两句托物寄兴，在对细雨微风、鱼儿燕子的动态描绘中表现出诗人对春天、对大自然中细小生命的热爱和喜悦情怀。从体物的角度看，刻画细腻，描写生动逼肖，真令人叹为观止。“出”字，写出了鱼儿的欢欣，“斜”字，写出了燕子的轻盈。字很平常，却极妥帖传神。而诗人对于景物之间微妙关系的观察与表现，同样是体贴物情，非常准确。宋人叶梦得《石林诗话》评析得好:“诗语固忌用巧太过，然缘情体物，自有天然工妙。老杜‘细雨鱼儿出，微风燕子斜’，此十字，殆无一字虚设。雨细着水面为沤，鱼常上浮而淰；若大雨则伏而不出矣。燕体轻弱，风猛则不能胜，惟微风乃受以为势，故又有‘轻燕受风斜’之语。……然读之浑然，全似未尝用力，此所以不碍其气格超胜。”纵观千年诗史，恐怕没有一个诗人描写细雨微风中鱼儿和燕子的动态，能够比得上老杜这一联诗那么精细绝妙的了。杜甫曾一再强调“细推物理”，并把这件事当作自己的一种人生乐趣，从而锻炼出如此惊人的细微的观察力，这是他体物工细传神的前提。

瞬间情景　包孕生发

绘画作为空间艺术，无法表现景物或动作在时间中连续的动态过程，只能画出景物在空间里同时并列的一个瞬间，或整个故事里的一场情景。高明的画家，善于挑选景物最富于诗情画意的动人的一刹那，挑选全部“动作”里最耐人寻味和想象的那片刻。绘画艺术的这一重要手法，在语言艺术里同样适用。特别是在篇幅短小的绝句中，诗人很难把纷繁景物的各个侧面或整个动作原原本本、有头有尾地传达出来。因此，杰出的诗人，往往选择景物或事件中最富于包孕性和生发性的顷刻来描写，以少胜多，以有限示无限，藉刹那表永恒。

相逢意气为君饮，系马高楼垂柳边

这是唐代诗人王维的连章体绝句组诗《少年行》第一首的三、四句。此诗写少年游侠豪迈潇洒的性格。前两句:“新丰美酒斗十千，咸阳游侠多少年。”点明少年游侠的生活环境和他们经常挥金如土豪饮美酒的爱好。诗人把酒中之冠新丰美酒和人中之杰少年游侠对举映衬，彼此增色生辉。第三句写他们偶然相识，攀谈数语，就可以彼此倾心，一见如故，立即热情相邀，痛饮一场。诗人仅用七个字，便有声有色、富于动作性和戏剧性地勾画出少年游侠重义轻财、豪纵不羁的精神风貌。最精彩的是第四句。照理说，应当紧接第三句，正面写他们在酒楼上宴饮的场面。不料诗人竟把宴饮的情景留在幕后，只写到侠少系马酒楼前就戛然而止。这“系马”的动作，避开了故事的顶点，留有生发余地，诱人想象，耐人寻味。而这一笔本身，又最富于诗情画意。写马，衬托出了侠少的英武豪迈；“高楼垂柳”，画出了春日街市酒楼的旖旎风光，既华美、热闹，又雅致、飘逸，从而更衬托出侠少富于浪漫气息的生活情调。清人黄叔灿评:“情景如画。”(《唐诗笺注》)今人刘拜山也赞扬说:“末句看似不着力，实乃传神空际之笔。”(富寿荪选注《千首唐人绝句》)都指出第四句的妙处。

欲将轻骑逐，大雪满弓刀

这是唐代诗人卢纶的边塞组诗《塞下曲六首》第三首的三、四句。诗的前两句：“月黑雁飞高，单于夜遁逃。”月黑风高，寒云密布，忽然，宿雁惊飞，阵阵哀鸣，原来是敌人在夜幕掩护下悄悄地逃跑了。后两句说，将军正要率领轻骑追歼逃敌，只见大雪纷纷而下，落满了战士的弓刀。此诗之妙，在于善于捕捉形象，捕捉时机。他只描绘这一个准备追击的场面，就表现了边防将士知难而进、不畏艰苦的忠勇精神，并且有力地烘托出将士们在临战前兴奋紧张的情绪气氛。他不写战斗的高潮，却选择迫近高潮的时刻来写，这就造成艺术悬念，扣人心弦。他不写将士如何冒雪出击，也不告诉读者是否追上敌人，从而更能引逗读者的联想和想象，又节省了笔墨。这种选择最具有包孕性和生发性的顷刻来描写的艺术手法，确实高明。

烟消日出不见人，欸乃一声山水绿

这是唐代诗人柳宗元的七言古诗《渔翁》的三、四句。开篇二句“渔翁夜傍西岩宿，晓汲清湘燃楚竹”，写渔翁以舟为家，夜里傍着水边的西山住宿；清早起来，他汲湘江之水，以枯竹为薪，烧水做饭。这一联的“傍西岩”、“汲清湘”、“燃楚竹”，表现出湖湘的山水风光特色，又显示了渔翁的超凡绝俗、高洁洒脱，造语也颇为新奇。三、四句接着写渔翁荡舟远去，这时弥漫天地的烟雾渐渐消散，朝阳喷薄而出，湘江上静悄悄的不见一个人影，忽然橹桨“欸乃（ǎi nǎi，象声词，指摇橹声）一声”，渔翁放眼江上，顿时觉得眼前山水那么青苍翠绿。诗人在第四句诗中使色彩与声响配合，反衬出一个清寂、空旷而秀丽的境界，把渔翁在青山绿水间悠闲自得的神态写得跃然纸上。“绿”字置于诗句之末，形容词作动词用，仿佛这“欸乃一声”能使山水顿时变绿，绿得那么可爱，让读者听见欸乃声的同时，眼帘和心间扑入一片活动的充满生命的绿色。这瞬间情景的表现，使诗境具有一种新鲜感乃至神秘感。正如林庚先生说:“山水本来就是绿的，不‘欸乃’也是绿的，但在这‘欸乃一声’中，这绿色就仿佛是第一次在我们的感觉中出现，绿得不同寻常。”（《唐诗综论》，人民文学出版社 1987 年版，第 269 页）宋代大诗人苏轼最早指出“此诗有奇趣”，并认为删去后面的“回看天际下中流，岩上无心云出岫”更好（惠洪《冷斋夜话》引）。删去结尾两句，全篇变成一首七绝，以“山水绿”收结，突出瞬间情景，余味不尽。

好是满江涵返照，
水仙齐著淡红衫

这是宋代诗人李觏的七绝《忆钱塘江》中的后一联。全篇以追忆之笔，描绘钱塘江薄暮中的奇丽景色。前两句:“当年乘醉举归帆，隐隐前山日半衔。”诗人说，想当年，我趁着醉意，高挂起风帆，坐船经钱塘江返回故乡。在蒙眬醉眼中，隐隐约约看见前方有一座山峰，衔住了半只金乌（太阳）；余出的另半只，仍在山顶上放射着耀眼金光。接下去的两句，诗人即表现他在眺望江面所获得的鲜明印象和奇特感受。他见到斜阳返照入江，使碧波和白帆都泛着淡红的光色。就在这一瞬间，他忽然觉得，江上的片片白帆，好像变成了一群穿着淡红衣衫的水仙，凌波微步，秀逸动人。这一刹那间呈现诗人眼前的水中女神，是诗人意想不到的灵感的勃发，也是诗人心灵深处陡然亮出的一道闪光。诗人不失时机地捕捉住它，创造出奇丽缥缈的意境，揭示了自然美的奥秘。

好是日斜风定后，半江红树卖鲈鱼

这是清代诗人王士禛的七绝名篇《真州绝句五首》（其四）的后一联。真州，即今江苏仪征，位于扬州西南，南临长江。诗作于康熙元年（1662），描写真州水乡风情。前一联:“江干多是钓人居，柳陌菱塘一带疏。”两笔素淡的白描速写，便展现出江岸渔村宁静、优美的景色，景中透出一种平淡闲适的风致，使人如见疏落有致的茅舍渔舟、柳陌菱塘，如见渔人在江边张网垂钓，如见渔村上空炊烟袅袅，不禁心怡神往。但这两笔还只是远景。三、四句，诗人选择了渔村最令人陶醉的时刻来表现，推出了一个饶有诗情画意的场景：夕阳西下，江上风平浪静，落日的余晖染红江畔的柳树，倒映在江水中，使江面一半碧绿，一半嫣红。这时，捕钓归来的渔人正在柳荫下叫卖鲈鱼。这一联写人写景，绘声绘色，人物和景物都沐浴在夕照霞光之中，景色情调皆美，又有浓郁的生活气息，给人新鲜丰富的美感享受。清人宗梅岑《读阮亭先生真州绝句漫作》云："板桥山色晚秋初，楚泽真州画不如。我爱新城诗句好，半江红树卖鲈鱼。"引用了此诗的末句，称赞诗中有画又胜于画。诗中有画，是因为王士禛捕捉住渔村最美最动人的顷刻来描绘，并且对人物、景物、环境作了精心的经营布置，尤其着意于光色的表现。但诗中那渔人叫卖鲈鱼的声音，诗人喜爱水乡的感情，还有诗人在"卖鲈鱼"中暗用张翰因秋风起思念故乡鲈鱼脍莼菜羹的典故，表达出的那种情思志趣，画家是很难描绘出来的。

行人系缆月初堕，门外野风开白莲

这是王士禛的七绝名篇《再过露筋祠》的三、四句。祠在今江苏高邮。据王象之《舆地纪胜》载，相传有姑嫂二人深夜过此，天阴蚊盛，有耕夫田舍在焉。其嫂止宿，姑曰："吾宁死，不肯失节。"遂以蚊死，其筋见焉。后人为了颂扬这位露筋而死的女子的贞洁，立祠祭祀。此诗前两句：“翠羽明珰尚俨然，湖云祠树碧于烟。”诗人用“翠羽”形容祠中女像美如天仙，用“明珰”写她服饰高贵，又用“湖云祠树碧于烟”的幽美环境陪衬、烘托。“尚俨然”，把她写得活灵活现。三、四句写诗人伫立祠庙故址外忽然一瞥，只见坐船经过此处的行人在湖边树下系了船缆，打算停下来到祠里凭吊。这时，明月西堕，晨曦迷蒙，野风无际，湖上朵朵白莲仿佛在这一瞬间竞相开放，在月色晨光中轻微漾动，洁白无瑕，幽香四溢。诗人捕捉住刹那间意外一瞥的情景，生动地白描出来，便创造出清幽朦胧、似仙如梦的境界，使这万顷白莲成了露筋女——诗人心中的圣洁女神的象征，无限情意都含蓄在这眼前的景物画面之中，作品即戛然而止，却引起袅袅不绝的余音。很明显，这里的两句诗，借鉴了唐人陆龟蒙《白莲》诗，又有自己的即兴创造。

举因知果　联想有味

宋代诗僧惠洪在《冷斋夜话》卷五中说:“东坡曰:‘桑畴雨过罗纨腻,麦陇风来饼饵香’,如《华严经》举因知果,譬如莲花,方其吐华而果具蕊中。”所谓“举因知果”,其实是诗人在创作中运用的一种诗意的联想,意在揭示事物之间本来存在着却未被人们觉察到的因果关系。诗人或从一种实景联想到另一种实景,或从耳目所见所闻之实景联想到内心感觉幻觉之虚景,或从客观外在景物联想到主观之情意。这种种因果关系的表现,使诗意新颖、曲折、含蓄有味,还有助于拓展、升华、深化诗的意境。读者也因参与了诗人的联想,而获得共同创造意境的喜悦。

竹喧归浣女，莲动下渔舟

这是唐代诗人王维的五律《山居秋暝》的颈联。全篇写山居秋夜的幽美景色，烘托诗人隐逸闲适之情。此诗首联就用了“举因知果”的表现技法。“空山新雨后，天气晚来秋。”深山中下过一场雨，天色近晚，诗人感到寒气袭人，这才意识到秋天已经来到了。颈联运用“举因知果”法更妙。这一联诗从语法上来说，应当是“浣女归（而）竹喧，渔舟下（而）莲动”，但诗人不拘泥语法，而更注重感觉的真实传达。他忽然听到了竹林中发出一阵喧笑声，才知道是洗衣的山村妇女们从河边回来了。他又看到远处水面上的莲叶东摇西摆，这才猜想或看清是捕鱼人归村、渔舟逐渐驶近。这样表现感觉的因果关系，诗意就显得生动逼真、曲折有味。明人周珽在《唐诗选脉会通评林》中说：“‘浣女’、‘渔舟’，秋晚情景；‘归’字、‘下’字，句眼大妙；而‘喧’、‘动’二字属之‘竹’、‘莲’，奇妙入神。”却未能道出这一联诗“奇妙入神”的原因，乃是用了举因知果手法，传达出诗人锐敏、真切的感觉，在景物的因与果之间给读者留下了联想与想象的空间。

星垂平野阔，月涌大江流

这是杜甫的五言律诗《旅夜书怀》的颔联。永泰元年（765）夏，杜甫带着家人离开成都草堂，乘舟东下，在岷江、长江漂泊。此诗大概是经过渝州（今四川重庆）、忠州（今重庆忠县）一带时写的。诗中即景抒怀，表现了诗人政治抱负成空、内心漂泊无依之情。此联写远景，兼用虚实结合和因果相生的表现手法。诗人在舟中眺望，只见满天星斗低低垂落，他意识到船已行到广阔的平野；又见月光随着波浪涌动，他想象大江正在滚滚奔流。句中“星垂”和“月涌”是诗人目中所见实景，“平野阔”和“大江流”是诗人心里推想出的虚景。在黑夜中只能见到发出光亮的星月，看不到平野和大江。诗人把实见的景和想象的景一起写出来，并使二者直接搭配，让读者自己去想象景物之间的关系，诗意显得曲折、丰富、有层次。从因果关系看，平野空阔，星斗才能低垂；如在山区，星斗就是“高挂”。大江奔流，月光才随波涌动；倘在无风平湖，月亮只能静映。按照客观景物的真实关系，“平野阔”与“大江流”是“因”，“星垂”与“月涌”是“果”。但诗人先写实见，再写想象，造成因果倒置，诗意耐人寻味。这两句和李白《渡荆门送别》的“山随平野尽，江入大荒流”都有雄浑壮阔气象，构思与句式也相近，可能杜甫借鉴了李白。李诗意象疏朗，句意流动，感情喜悦，境界高远。杜诗意象密集，语言凝练，句式紧凑，“垂”、“涌”显出锤炼之功；诗人漂泊、孤寂之情，亦从灿烂星月、辽阔平野与浩荡大江景色中反衬而出。杜甫运用举因知果的手法，正是为了真切地表现他在黑夜中由实见到想象的景物。可见，诗人都是根据所要表达的情景的需要，而运用相应的艺术手法的。

绿阴生昼静，孤花表春余

这是唐代诗人韦应物的五古《游开元精舍》的一联。开元精舍，即开元寺，在陕西凤翔。精舍，指僧人、道士的住所。此诗当作于诗人在长安任职时，表现诗人公务繁杂中半日偷闲游览佛寺的旷逸意趣。这一联，诗人精心选择了“绿阴”、“孤花”这两个极具典型特征的景物，把春末夏初绿暗红稀的景象状写如画。诗人还运用了“举因知果”的技法。上句说，绿树的浓荫更增添了寺院白昼的静谧气氛；下句说，孤零零留存枝头的花朵表示了春天已经消逝。一“生”一“表”两个动词用在句中，显示了景物之间的因果关系。诗句既流畅，又曲折含蓄。这两种因果关系的联想，显示出诗人观察景物细致，运思精巧机智，表达自然凝练，仅十个字，便已将声、色、动、静、情、思交织、融合在一起。“生”与“表”，仿佛还使“绿阴”与“孤花”有了人的情感意绪。宋人曾季狸《艇斋诗话》评云：“春晚景物说得出者，惟韦苏州‘绿阴生昼静，孤花表春余’最有思致。如杜牧之‘晚花红艳静，高树绿阴初’亦甚工，但比韦诗无雍容气象尔。”清人沈德潜《唐诗别裁》亦云：“‘绿阴’二语，写初夏景入神，‘表’字尤见作意。”所谓“尤见作意”，即是诗人善于运用“举因知果”的联想和手法组织景物意象，增添诗的情趣。

楼台影落鱼龙骇，钟磬声来水石寒

这是宋代诗人王令的七律《金山寺》的颔联。金山寺在今江苏镇江西北金山上。当时金山屹立江中，今已与陆地相连。此诗描写金山寺的壮丽景色，抒发不畏风浪险恶才能饱览江山之胜的情思哲理。首联：“万顷清江浸碧山，乾坤都向此中宽。”以大江衬托金山之壮美，把自己的宽广襟抱融入景中。颔联写寺。上句“取影”，描绘金山寺楼阁的巍峨高耸；下句“传声”，表现金山寺的不染尘氛与自己的浩渺遐思。上下二句都用了“举因知果”的手法。上句说，金山寺楼台的影子落在江水里，闪闪浮动，竟然使得水底的鱼龙都惊骇起来；下句说，山寺里钟磬齐鸣，有如仙乐，乐声悠悠飘荡在江面上，以至江水和水上岩石都凛凛生寒。显然，两句诗都表现出了景物之间的因果关系。“楼台影落”是诗人亲眼所见，“钟磬声来”是诗人亲耳所闻，写的是实景。而“鱼龙骇”和“水石寒”则是诗人灵视所见和心中所感，是虚拟之景。正是借助于由因到果的联想和想象，诗人才能把实景与虚景巧妙地联系并组接起来，由实到虚，虚实结合，意象更丰富，也表现出自己对景物意象的体验和感受。而虚实结合、情景融和，使这一联诗的意境亦真亦幻，增添了浪漫色彩和几分神秘感。由此可见，“举因知果”的联想很有助于拓展和深化诗的意境。

春畦雨过罗纨腻，夏垄风来饼饵香

这是宋代大诗人苏轼的七绝组诗《和文与可洋州园池三十首》中《南园》的后一联。文与可即文同，苏轼的表哥。熙宁八年（1075）任洋州（今陕西洋县）知州。此诗作于熙宁九年（1076）。前两句：“不种夭桃与绿杨，使君应欲候农桑。”说文同在州府南园不种桃与杨柳，而植桑栽麦。他这位知州是要借此熟识农活，以便鼓励农民辛勤耕作。后一联生动具体地描绘南园中的桑田麦垄景象：春末夏初，一场雨过，园地里的大片桑树被雨水滋润得格外光洁、滑腻。一眼望去，像是一幅青绿色的绸缎在轻轻飘动。这时，凉风吹来，田垄上已灌浆结粒的麦穗在风中起伏摇摆，诗人仿佛闻到了用麦面做成的饼饵的香味。“罗纨腻”、“饼饵香”用了暗喻，喻象新颖可喜。更主要的是，两句诗都用了“举因知果”的诗意联想手法：因为雨过，桑叶显得光洁、润滑，才使诗人联想到用蚕茧缫丝织成的华美的罗纨；因为风来，诗人闻到了麦穗的清香，并由此联想到日后麦面做成饼后所散发出的诱人香味。诗人只写出因和果，让读者自己去感受，寻找出由因到果的联想线索。这样，诗句就情趣盎然，耐人品味。

长江绕郭知鱼美，好竹连山觉笋香

这是苏轼于元丰三年（1080）二月抵达黄州贬所时写的七律《初到黄州》的颔联。诗人因为政敌诬陷被捕入狱，饱受折磨，幸得诸多老臣营救，皇帝赦免，出狱后责授黄州团练副使之职。一到黄州，他便深深感到自由生活的可喜可贵，并为黄州山水之美激动，写下了这首格调清新爽朗的好诗。诗的首联："自笑平生为口忙，老来事业转荒唐。"自我揶揄，语意双关。既指自己因言事和作诗抨击新法弊病而获罪，又指自己为谋生糊口得咎，并呼应下一联的"鱼美"、"笋香"。下一联描绘黄州风光景物之美。黄州地处长江岸，因此说"长江绕郭"；州城四周，是连绵起伏的青山，山上长满了碧绿参天的竹子，故而说"好竹连山"。这八个字展现出黄州景物风光的特点，可谓大笔挥洒，境界十分开阔。但这样写，还只是客观描绘，未能充分抒写出自己的满心欢喜和由衷赞美之情。"知鱼美"是由长江联想到江鱼之美味，"觉笋香"是因连绵竹山而联想到春笋之清香。鱼美、笋香，日后可以尽情享受口腹之美。加上这两笔，客观的景物图画注入了诗人的主观感情感受，景与情、客体与主体、实景与虚景、眼前与未来，都打成了一片，充分地表现出诗人热爱生活热爱自然的情怀。

妙写通感　奇趣盎然

通感是中国古代诗文的一种描写手法。钱锺书先生在《通感》一文中作了精辟的论述。他提出:“在日常经验里，视觉、听觉、触觉、嗅觉、味觉往往可以彼此打通或交通，眼、耳、舌、鼻、身各个官能的领域可以不分界限。颜色似乎会有温度，声音似乎会有形象，冷暖似乎会有重量，气味似乎会有锋芒。诸如此类在普通语言里经常出现。譬如我们说‘光亮’，也说‘响亮’，把形容光辉的‘亮’字转移到声响上去，就仿佛视觉和听觉在这一点上无分彼此。又譬如‘热闹’和‘冷静’那两个成语也表示‘热’和‘闹’、‘冷’和‘静’在感觉上有通同一气之处，牢牢结合在一起。”通感现象给了古代诗人以很大的启示。他们在描绘事物创造意象时，巧妙地运用通感手法，使诗的语言具有多感性，即含蕴着形状、声音、色彩、温度、味道等特质，能同时刺激人的两种或三种感觉器官，使人获得新奇、丰富的美感享受。下面撷取一些诗句，看看诗人们是怎样妙用通感手法，使“花红得发‘热’，山绿得发‘冷’；光度和音量忽然有了体积——‘瘦’，颜色和香气忽然都有了声息‘闹’；鸟声竟熏了‘香’，风声竟染了‘绿’”的。

芳气随风结，哀响馥若兰

这是西晋诗人陆机的《拟西北有高楼》中的一联。全篇写一位佳人在高楼上弹奏琴瑟，极力形容渲染她的美丽容貌、清闲气度以及所弹琴声的悦耳动听。这一联夸张说佳人身上散发出的芬芳气息，竟然随着风吹到远处，并且聚集凝结，又说她弹奏出的哀婉幽怨的琴瑟声，仿佛也渗染着她的肌肤气息，竟然也像玉兰花一样芳香馥郁。按照逻辑思维，听觉和味觉是河水不犯井水的。陆机在道理上也很懂得这一点，他在《演连珠》一文中也说过：“臣闻目无尝音之察，耳无照景之神。”钱锺书先生说：“然而他自己那几句诗所写的却明明是‘鼻有尝音之察，耳有嗅息之神’了!”(《通感》)诗人陆机正是借助于通感，沟通了听觉和嗅觉，把声音写得有香味，从而以独特的艺术感受力和表现力，表现出佳人奏出的琴声美妙神奇、令人陶醉的魅力。

泉声咽危石，
日色冷青松

这是唐代诗人王维的五律《过香积寺》中的颈联。上句写闻，下句写见。山涧中危石耸立，流泉受到阻挡，只能缓慢地、时断时续地流淌。它们在嶙峋的危石之间艰难地穿行，水流声音变得细小了，低沉了，喑哑了，仿佛是在痛苦地幽咽。深山青松，林密荫浓，日光照射在松林里，因为受到阴暗的环境影响，而现出寒冷的色调。诗人用“冷”字形容日色，使视觉向触觉挪移，从而互相交通，这就深刻奇妙地表现出深僻冷寂的意境氛围。所以清人赵殿成评论说:“下一‘咽’字，则幽静之状恍然；著一‘冷’字，则深僻之景若见。昔人所谓诗眼是也。”(《王右丞集笺注》)

商气洗声瘦，
晚阴驱景劳

这是唐代诗人孟郊的《秋怀》十五首其十二的一联。组诗的主题是自诉穷愁、啼饥号寒。这一首写他在萧瑟惨淡的秋色秋声中所产生的栗栗畏惧之感，诗人有意运用奇特的构思和超常的意象表达自己独特的体验和强烈的感受。诗中前六句："流运闪欲尽，枯折皆相号。棘枝风哭酸，桐叶霜颜槁。老虫干铁鸣，惊兽孤玉咆。"写时已深秋，流光易尽，草木怒号；风吹棘枝，其声酸苦；桐叶经霜，颜色枯黄；老虫发出干铁般冷硬苦涩的鸣声，惊惶的野兽咆哮，声音好像一片玉石坠地那么响亮震耳。这几句写风声、枯枝声、老虫声、惊兽声，已运用了通感手法，将听觉与视觉、味觉相打通，"风哭酸"、"干铁鸣"、"孤玉咆"，比喻奇谲，用字冷僻，传达出很不平常的、令人惊心动魄的体验和感受。接下去这联"商气洗声瘦，晚阴驱景劳"，是对上面六句的概括描写，上句状声，下句绘色。诗人说：凛冽的秋气，把自然界的各种声音冲洗得愈来愈瘦了；傍晚的阴沉暮色，仍然不知疲倦地驱赶着太阳光。声音可以被秋气"洗"得很"瘦"，真是新奇怪诞，匪夷所思。写听觉竟然超越了本身的局限而使读者感受到视觉里的印象，这正是欲在诗艺上苦心孤诣、独辟蹊径的孟郊的大胆创新。而也正是创造了如此超常的意象并表现出如此奇特的感受，才足以传达出他胸中的凄苦辛酸与磊落不平。钱锺书先生指出，"商气洗声瘦"既是孟郊的奇创，又有所依据："声音有肥有瘦，是儒家音乐理论的惯语；《礼记·乐记》：'肉好顺成和动之音作'，郑玄注：'肉，肥也'，又：'曲直繁瘠，廉肉节奏'，孔颖达疏：'瘠谓省约…… 肉谓丰满’。”（《通感》）人们在生活中也常有“听声知味”、“听声类形”的经验，孟郊此诗中的“风哭酸”、“干铁鸣”、“孤玉咆”、“洗声瘦”，正是巧妙地采用了人们在日常生活中表达这种通感经验的习惯语言，并进一步提炼出“多感性”的诗的语言，从而触动了读者的各种感觉，引起心灵的强烈共鸣。

无情有恨何人见？露压烟啼千万枝

这是唐代诗人李贺的七绝《昌谷北园新笋四首》（其二）的后一联。昌谷，在福昌县（今河南宜阳）内，是李贺的故乡，那里有青山碧水，茂林修竹。此诗咏竹，抒发郁积心中的哀怨。前一联：“斫取青光写楚辞，腻香春粉黑离离。”说他在竹皮上题诗，使散发着芳香铺满白粉的竹节上墨汁淋漓。诗人以“青光”指代竹皮，意在显现其光色。但将“斫取”与“青光”连接，使无形无质的视觉意象“青光”竟然好像实在的物质“青皮”一样可以“斫取”，视觉感受与触觉感受在诗人创造性的想象中交感相通了。竹并没有香味，李贺却说竹有“腻香”即浓香。他常常把没有香味的东西写出香味，如《四月》中的“衣微香雨青氛氲”。后一联说：竹似是无情，又似是有恨，却无人得见，无人得知。我却看见千枝万枝竹子笼在烟雾之中，压在竹枝竹叶上的露水不时地滴落，好像是竹在悲哀哭泣。这结尾一句又用了通感。“烟啼”，也有人直释为烟雾啼哭。但不管是烟啼还是竹啼，都有声响的效果，都是化视觉形象为听觉形象。李贺在唐代诗人中是最有幻想力的，他的幻想以虚荒怪诞为显著特色。他常以奇妙的联想和幻想沟通五官在感知中的相互作用，创造出具有“通感”的独特意象，例如“羲和敲日玻璃声”（《秦王饮酒》），“玉炉炭火香冬冬”（《神弦》），“东关酸风射眸子”（《金铜仙人辞汉歌》）、“烹龙炮凤玉脂泣”（《将进酒》）、“冷红泣露娇啼色”（《南山田中行》）等。

大星光相射，小星闹若沸

这是宋代诗人苏轼的五言古诗《夜行观星》中的一联。嘉祐五年（1060）春，青年苏轼由湖北江陵赴汴京途中作。诗中叙写了观察星星的思索。作者认为天象和人事本不相干，批判了宣扬天人感应的神秘主义的星象说。“小星闹若沸”是诗中的警句，被清人纪昀赞为“语恣奇特”（《纪评苏诗》卷二）。星星是没有声音的，但在擅长诗意的联想和想象的诗人看来，这繁多的、在夜空中光芒闪烁的小星星，就好像一群顽皮的孩童，聚在一起嬉戏、吵闹，声音沸沸扬扬。苏轼用听觉的感受来表现视觉的印象，把小星说成“闹若沸”，从而新奇形象地表现出了小星星强烈的令人目不暇接的光芒。钱锺书先生说：“宋人诗文里常把‘闹’字来形容无‘声’的景色。”他在《通感》一文里洋洋洒洒地举出了一串例子，诸如晏几道的“风吹梅蕊闹”，毛滂的“水南梅闹雪千堆”，黄庭坚的“润础闹苍藓”和“车驰马骤灯方闹”，陈与义的“三更萤火闹”，陆游的“百草吹香蝴蝶闹”，范成大的“行入闹荷无水面”等等。他说，这些“闹”字都是把景物的“无声的姿态说成好像有声音的波动，仿佛在视觉里获得了听觉的感受。……都是‘通感’或‘感觉挪移’的例子”。

避人幽鸟声如剪，隔岸奇花色欲燃

这是《永乐大典》卷五三四五《潮》字引林东美《西湖亭》诗的一联。诗写西湖景色。此联上句写声，下句写色，都用了通感的表现手法。上句说，因为避人而隐藏在密林深处的鸟儿，婉啭啼鸣的声音像剪刀剪物那样流利轻快；下句说，湖对岸的各种奇花一片火红，红得发热，好像要燃烧起来。诉诸听觉的鸟声，诗人竟用视觉形象“剪”来表现；视觉印象的花色，却转成了触觉，可以有温度。这奇妙的通感的诗句，把鸟声和花色表现得生动、形象、新鲜、活泼，可感性那么强，它们强烈地刺激着读者的视觉、听觉、触觉神经与美的想象力，酿造出浓郁的诗味。

意象的叠映

美国意象派代表诗人庞德曾经创作了一首《地铁车站》，仅两句："这些面庞从人群中涌现/湿漉漉的黑树干上花瓣朵朵。"诗人把两个意象重叠映现在一起，巧妙地传达他刚走出阴暗、潮湿的地铁车站时忽然看见一些美丽面孔的独特感受，成为脍炙人口的传世名篇。这种把两个或两个以上不同时空意象在一起重叠映现，并使它们相互映衬对照的艺术手法，在中国古典诗歌中也有精彩的例子，而且表现方式和情境多种多样，有实景与实景的叠映，有虚拟之景与写实之景的叠映，有同一时间不同空间之景的叠映，也有不同时空之景的叠映。

一骑红尘妃子笑，无人知是荔枝来

这是晚唐诗人杜牧的《过华清宫绝句三首》（其一）的三、四句。唐朝天宝年间，杨贵妃喜吃鲜荔枝，唐明皇便命蜀中、南海并献，驿骑传送，六七日间飞驰数千里，送到长安，色香不变。杜牧此诗选取这一个新鲜角度，揭露唐明皇与杨贵妃荒淫误国。华清宫，故址在今陕西临潼区骊山，是唐明皇与杨贵妃的游乐之地。起首二句："长安回望绣成堆，山顶千门次第开。"诗人从长安回头遥望华清宫所在地骊山，林木葱茏，花草繁茂，宫殿楼阁耸立其间，宛如团团锦绣。次句，写他望见山顶的宫门，忽然一道接着一道缓缓地打开。接下来的第三句，是诗人想象的两个镜头的叠映：宫外，一名专使骑着驿马，风驰电掣般疾奔而来，身后扬起一团团红尘；宫内，杨贵妃看见了新鲜荔枝即将送到，不禁嫣然一笑，乐不可支。诗人把"一骑红尘"与"妃子笑"两个特写镜头组接在一起，使之彼此叠映，两相对照，玄宗荒淫好色，为讨宠妃欢心而恣意妄为；贵妃恃宠而骄，贪吃新鲜荔枝不顾专使死活；专使们策马急驰，挥汗如雨、人马僵毙之惨状。以及诗人对统治者骄奢淫逸生活的愤怒谴责，都从这个鲜明对照的画面中透露出来。其艺术效果，比诗人直抒胸臆强烈百倍。末句，才点出是"荔枝来"，又用"无人知"三字作深刻讽刺，语意蕴藉，发人深省。

可怜无定河边骨，犹是春闺梦里人

这是晚唐诗人陈陶的乐府诗《陇西行四首》（其二）的三、四句。此诗高度概括了唐代长期的边塞战争给人民带来的痛苦和灾难。前二句“誓扫匈奴不顾身，五千貂锦丧胡尘”，叙写唐军将士誓死杀敌，奋不顾身，不幸五千精良之兵，全部丧生于胡尘，令人痛惜。三、四句，诗人匠心独运，把两个不同时空的意象叠映在一起：一个是战场上的悲惨景象，无定河边，乱草丛中，到处都有战死者的枯骨；一个是春闺少妇的梦境，“誓扫匈奴”的征人，是那么年轻英俊，意气昂扬，在少妇眼前活灵活现，少妇仍在盼望他早日归来团聚。这两个意象画面的叠映，使征人与思妇、现实与梦境，枯与荣、死与生，两两鲜明对照，特别是“河边骨”与“梦里人”叠映重合，再加上一个“可怜”、一个“犹是”的深沉慨叹，便使全诗产生震撼人心的巨大悲剧力量。这一联诗的意思，在唐人的诗文里都有，例如李华《吊古战场文》：“其存其殁，家莫闻知。人或有言，将信将疑。悁悁心目，梦寐见之。”许浑《塞下曲》：“夜战桑干北，秦兵半不归。朝来有乡信，犹自寄寒衣。”但因没有采取类似电影蒙太奇镜头叠映的表现方式，所以都不如陈陶此诗警绝感人。明人王世贞《艺苑卮言》赞赏这一联“用意工妙”。工妙，正源于诗人将不同时空意象作了叠映。

蝴蝶梦中家万里，子规枝上月三更

这是晚唐诗人崔涂的七律《春夕》的颔联。崔涂曾久在巴蜀、湘鄂、秦陇等地为客，自称是“孤独异乡人”（《除夕春怀》）。此诗是他旅居湘鄂时所作。首句云“水流花谢两无情”，春水远流，春花凋谢，诗人深感春光易逝，岁月无情。次句说“送尽东风过楚城”，写他在异乡楚地即将送走春光，由此触动了思乡之情。颔联进入正题，写残春之夜。上句写梦境。因日有所思，遂至夜间成梦，梦里回到了万里之外的家园。诗人以“蝴蝶”修饰“梦”，既借蝴蝶的意象实写春天之所见，又暗用庄子的典故。庄周梦见自己变成蝴蝶，翩飞于花间，醒来后，蝴蝶还是蝴蝶，庄周还是庄周。这里用来抒写梦中曾获得片刻回乡之乐，但梦境毕竟虚幻而短暂。梦醒后，发现自己依旧孤眠异乡，家园依旧远隔万里，于是内心更加空虚，失望，孤寂。下句写梦醒后的情景：此时夜已三更，窗外月光如水，杜鹃鸟在树枝上悲哀啼唤：“子归！子归！……”诗人辗转难眠，非常痛苦哀伤。这一联诗，把梦中景象和现实景象组接、叠映在一起，诗意既连贯一气又前后对照。从连贯说，由思乡而入梦，梦醒而更思乡，把旅思乡愁逐层深入地抒写出来。从对照说，蝴蝶梦与子规啼，一乐一悲；家万里与月三更，一空一时；蝴蝶梦与家万里，一虚一实；子规啼与三更月，一声一色，从各个方面互相映衬、烘托，构成一片清冷、凄凉、悲惨的气氛，诗的意境曲折、幽深。此联与陈陶的《陇西行》一样，同是用时空意象的叠映，且同是梦境与现实对照，却又有相异处。《陇西行》是先写实境再写梦境，是同一时间不同空间的意象对照；这一联诗却是先写梦境再写实境，是在前后相承的时间中不同空间的意象对照。

雨中黄叶树，灯下白头人

这是唐代诗人司空曙的五律《喜外弟卢纶见宿》的颔联。外弟，表弟。卢纶，中唐诗人。此诗当作于安史之乱中诗人寓居江南之时，抒写自己在战乱中的苦闷心情和贫困生活，并表现他与表弟卢纶的手足深情，颔联是被人传诵的名句。明人谢榛《四溟诗话》卷一曾将此联与韦应物的“窗里人将老，门前树已秋”（《淮上遇洛阳李主簿》）以及白居易的“树初黄叶日，人欲白头时”（《途中感秋》）相比较，认为“三诗同一机杼，司空为优”。这个看法是很有艺术眼光的，可惜未能说出司空曙这联诗“为优”的原因。其实，明眼人不难发现，司空曙诗句没有一个动词，诗人把雨、树、灯、人、黄叶、白头等意象巧妙地组合起来。由于把情事隐藏在意象之中，采取的是意象直接呈示的表现方法，故而比韦、白的诗句更含蕴不露。同是十个字，司空曙诗的意象，也较韦、白诗具体、生动、鲜明、丰富。更精彩的是，这联诗的上下两句，产生了意象叠映的艺术效果。“雨中黄叶树”与“灯下白头人”这两个意象画面，一在窗外，一在窗内，互相映衬对照，又互为隐喻象征。在读者的凝视中，这两个意象画面逐渐地融而为一，从而体验到人和树所共有的凄凉、孤苦、迟暮、衰飒的情感意绪。诗人司空曙，简直像是现代电影蒙太奇镜头组接的高手。

桃李春风一杯酒，江湖夜雨十年灯

这是北宋诗人黄庭坚的七律《寄黄几复》诗的颔联。此诗作于神宗元丰八年（1085），其时诗人监德州（今属山东）德平镇。黄几复，名介，是诗人少年的好友，此时知四会县（今属广东）。全诗抒写对友人的怀念、赞美、同情、惋惜之情。这一联上句追忆与友人少年时京城相聚之乐。他们在春风骀荡、桃李盛开的京城里，把酒谈心，真是少年得意，何等快活。下句抒写别后相思之苦。用“江湖夜雨”和“灯”表现出二人别后各自漂泊江湖，每逢夜雨，独对孤灯，互相思念，深宵不寐。两句诗不用一个动词，也无一字抒情，采取的是意象直接呈示的表现手法，而且，这两两时空不同的意象组合成的画面，又互相叠映，彼此对照衬托。“桃李春风”与“江湖夜雨”，前者秾丽欢乐，生气勃勃；后者暗淡萧瑟，凄凉悲哀，对照何等强烈；“一杯酒”与“十年灯”，又夸张对比出当日欢聚的短暂和别后思念的漫长。这今昔迥异的两个镜头的叠映对照，给读者提供了广阔的想象空间，它所传达出的情事之具体生动与丰富深厚，胜过千言万语。黄庭坚的诗友张耒评这一联诗为“奇语”（《王直方诗话》引），却未能揭示出“奇”之奥秘。我们今天看来，奇，正在不同时空意象的叠映、对照之中。

诗歌时空的艺术设计

诗人创造意境，离不开对于时间空间的把握和艺术设计。因为大千世界万事万物都只有在时间和空间中才能存在和运动。中国古代杰出的诗人们在创作中积累了时空设计的丰富的艺术经验。他们或将时空分设对映，或把它们交糅错综，或使它们彼此交感和互相转换，或构筑主观感情色彩极浓郁的心理时空，从而创造出思想深、层次多、容量大、境界阔远的佳作。

秦时明月汉时关，万里长征人未还

这是盛唐诗人王昌龄的七绝名篇《出塞》的前两句。诗题名《出塞》，可知是一首乐府诗。古代有关边塞的乐府诗中很常见的两个意象是“明月”和“边关”。所以诗人一起笔便用这两个典型意象点破了题。然而令人惊异的是，他在“明月”和“关”之前，用“秦”、“汉”这两个表示时间的概念去修饰，于是抽象的时间意识被空间化和具象化了。表示悠长时间的“秦时”、“汉时”，又同表示阔远空间的“万里”前后映照，两句诗互文对举，意蕴一贯而下，意谓明月仍是秦汉时的明月，边关仍是秦汉时的边关，战争自秦汉以来一直在进行。古往今来，有多少远戍万里的征人埋骨沙场，从未见到回来！从秦汉至唐，时间流逝了几百年，关山、边月却终古不变，诗人在时空流住的矛盾中寄寓了对于征戍之苦、边患之频、战争之残酷的深沉感慨，并且展开了富有哲理意味的画面。仅仅十四个字，囊括了如此广阔、悠久的时空，创造了一个雄浑苍茫而悲凉的独特意境。难怪前人极称这两句诗“发兴高远”。

秋草独寻人去后，寒林空见日斜时

这是唐代诗人刘长卿的七律名篇《过贾谊宅》的颔联。此诗是诗人被贬谪南方路过长沙时所作。贾谊，洛阳人，汉文帝时为太中大夫，因才能出众，遭受大臣谗毁，谪为长沙王太傅。诗人刘长卿名为吊古，实乃自伤。这一联围绕题中的“过”字展开描写。“秋草”、“寒林”、“人去”、“日斜”四个意象，不仅渲染出贾谊故宅一片萧条冷落的景色，而且象征着李唐王朝暗淡衰败的政治形势；“独寻”、“空见”，把诗人对贾谊的景仰向慕、寂寞兴叹、痛苦怅惘种种复杂情思抒写得沁人心脾；句中还巧妙地化用贾谊《鹏鸟赋》字面，确是情景交融、含蓄蕴藉、锤炼无痕的佳联。而从时空的设计来看，这两句表面上只是写此时此地情景，其实暗中概括了几百年漫长悠远的岁月。清代文评家金圣叹批点道:“‘人去后’，轻轻缩却数百年，‘日斜时’，茫茫据此一顷刻也。”（《贯华堂选批唐才子诗》）这两句评语非常精辟独到。因为这里有意无意揭示了诗人在时空境界设计上的艺术匠心，即是将几百年的时间凝缩在一个时辰里，以眼前特定的“一顷刻”去折射、反映那已经消逝了的“数百年”。这种“观古今于须臾，抚四海于一瞬”（陆机《文赋》）的想象，使诗中呈现的这“须臾”和“一瞬”，由于包蕴的丰富而获得永恒的艺术魅力。

欲就麻姑买沧海，一杯春露冷如冰

这是晚唐诗人李商隐的七绝《谒山》中的三、四句。“谒山”，即拜谒名山之意。全诗写诗人登高山望见水去云回、白日西沉的景象，感慨时间流逝之疾速和人生之短暂。情调悲凉消极，却极富于浪漫主义的奇思异想。首二句“从来系日乏长绳，水去云回恨不胜”，借用傅玄《九曲歌》的“岁暮景迈群光绝，安得长绳系白日”句意，认为世间绝不会有一条长绳能够系住白日不叫它西落，企图阻遏时光的流逝完全是徒劳的。诗人怅望逝川东去，白云归山，不免心中怅恨不已。后两句，由“恨”生发奇想。“麻姑”是古代神话传说中的女仙，她自称曾在短时间内三见沧海变为桑田。诗人因此认定沧海归属于她。既然时间之流终汇于沧海，诗人便天真地想，只要向麻姑买下了沧海，也就可以主宰全部时间，使它不再流逝。然而，这当然是幼稚的幻想。诗人从幻想中清醒过来，突然发现眼前只有一杯冷冰冰的春露。而且，顷刻之间它也将挥发、消失干净。沧海桑田的巨变，其速度之快，不就像这杯春露么？诗人把浩渺无际的沧海缩小为一杯春露，把漫长悠久的沧海变桑田的过程看作春露干涸那么迅疾。客观的物理的时空通过诗人极度的艺术夸张和变形，化作了主观的心理时空，从而深刻地揭示出时间的不可阻遏、自然规律的冰冷无情，也独特地抒发出无可奈何的失望情绪。这两句诗的意象固然是反逻辑、反理性的，但诗人借助幻想创构出的主观心理时空，也由于它同客观物理时空在映照中呈现出巨与细、慢与快的极大对比与反差，却又获得一种震颤读者灵魂的心理真实与心理深度。

却忆菩提湖上寺，绿荷擎雨看跳珠

这是宋代诗僧梵崇的七绝《春晚》诗中的后一联。诗题为“春晚”，照理说应该写暮春柳絮空蒙、落红如雨之景。为什么诗人却用一半篇幅写分明是初夏之景的“绿荷擎雨”呢？原来，这位富于诗才的僧人用了转换时空的艺术手法。诗的前一联“春光过眼只须臾，榆荚杨花扫地无”，写的确是春天傍晚景色。微风轻拂，诗僧只见纷纷扬扬的柳絮榆钱飘落地面，很快又被风吹掠一空，就像是被清扫掉似的。这使他感到时光飞逝，人生亦如同过眼云烟。然而，就在这迷惘之中，他想起了杭州，想起那风光旖旎的西湖和湖上的菩提寺。他或许曾在寺里修行，听晨钟暮鼓，看水光山色，留下了最美好的回忆。而尤其使他难以忘怀的，便是急雨洒落在那一柄柄绿伞似的荷叶上，激溅起无数颗珍珠般水花的情景。诗人巧妙自然地由眼前之景转入了忆念之景，由暮春之景联想到初夏之景，从而打通了时空界限，使四句诗绘出两幅画面，有近有远，有实有虚，有真有幻，诗情起伏变化，诗意更加灵动丰富。这一切，无疑得力于诗人善于变化时空的匠心。

僧屋翠微看月上，江山犹似永初年

这是南宋诗人林景熙的《宋武帝居今为寿丘寺》诗的后一联。此诗是诗人途经南朝宋武帝刘裕在江苏丹徒区的旧居时写的。前一联:“青衣梦破满林烟，一掷乾坤亦偶然。”用刘裕称帝前射伤蛇王，同“青衣童子”

（小蛇所化）对话的典故，意谓刘氏称王图霸的梦想早就破灭了，而今他的旧居唯见烟霭满林；其实他的帝业，也只不过像是赌徒投掷一次骰子那样侥幸取胜罢了。三、四句写诗人在刘氏旧居所见的景色和所触发的人生感慨。“僧屋”，即诗题中的“寿丘寺”，“永初”，是刘裕称帝改元所定的年号。在暮色苍茫时分，诗人仍在古寺旁驻足徘徊，眺望一轮皓月从青翠的山林雾霭中冉冉升起，想到林月如昨，江山依旧，而刘氏以及紧接他的几个朝代帝王早已名迹俱泯，倍感沧桑巨变，人事易逝，只有自然永恒，宇宙无穷。全篇以刘宋遗事暗寓赵宋亡国之悲，名为怀古，实乃伤今。妙的是诗人借眼前的自然景色，打通了今古时空。结句更把空间意象“江山”同时间概念“永初年”交感相融，从而加深了诗的哲理意蕴，扩展了诗的境界，引发读者遐思悠悠，体味无穷。

古典诗歌中的“空镜头”

电影艺术中有所谓“空镜头”，即是一种没有人物、只有景物的画面。这种描写性、再现性的镜头，或写景，或状物，通过烘托、渲染、比喻、象征等手法寓情于景，借景抒情，表现人物的感情、情绪，营造不同的环境氛围，创造出视象鲜明、饶有弦外之音的意境。而在中国古典诗歌中，也有大量类似电影“空镜头”的写景画面，常常在叙事抒情的段落间插入，更多地置于诗歌的结尾，借以烘托、渲染、暗示人物的内心世界，使抽象的感情化作生动鲜明的视觉形象，成为诗人们创造含蓄隽永、耐人寻味的意境的一种重要的艺术手段。

不觉碧山暮，秋云暗几重

这是唐代诗人李白的五律《听蜀僧濬弹琴》的尾联。全篇写他听蜀地一位法名叫濬的和尚弹琴。诗的前三联是："蜀僧抱绿绮，西下峨眉峰。为我一挥手，如听万壑松。客心洗流水，余响入霜钟。"这位蜀僧抱着汉代司马相如用过的"绿绮"那样的名琴，飘然从峨眉山下来，为我挥手弹琴。琴声清越宏远，使我好像听见了万壑松涛的澎湃之声。琴声又如澄澈的流水，洗净了我心中的尘世杂念；它的余音，和薄暮时分山寺里的钟声融合在一起。这三联用比喻（"如听万壑松"）、典故（"客心"、"霜钟"）、衬托（"霜钟"）等手法，表现出琴师的不凡气度、琴声之高妙、诗人听琴时的感受，以及弹者与听者之间的感情交流。诗人运笔自然洒脱，一气贯注，又凝练含蓄，已显示出过人的才华。尾联紧接着颈联的"余响入霜钟"，推出一个写景的"空镜头"：他听琴入神，不觉向晚，但见四周的青山翠峰，已经笼罩上一层苍茫的暮色；灰暗的秋云重重叠叠，布满了天空。这一个展现山暮云深的空镜头，表现了诗人陶醉于琴声之中而不觉时间的流逝，描状出诗人从梦幻般美妙的音乐境界中突然惊醒过来时那种畅快愉悦又怅然若失的心情。而且又诱发读者的遐思逸想，使人感到那深广、迷蒙的碧山暮云之中，仍然萦绕着蜀僧清越宏远的琴音。

山回路转不见君，雪上空留马行处

这是唐代诗人岑参的七言歌行名篇《白雪歌送武判官归京》的结尾两句。全诗生动地描绘了边塞雪天瑰奇壮丽的风光，表现了唐代边防将士艰苦卓绝的爱国精神。全诗将送别与咏雪巧妙地结合在一起，分别写送别前之雪、饯别之雪、送行时之雪、送别后之雪。结尾抒写雪中送别友人武判官归京的情景。“轮台东门送君去，去时雪满天山路。”大雪纷纷扬扬，铺满了天山下的道路，其难行可想而知。然而友人依然跨马启程。诗人冒雪目送友人远去，直到“山回路转”，人已无法望见。结句，诗人把笔触从写自己和行人移向写景，推出了一个特写的景物“空镜头”——漫天雪花飘舞，边地一片寂静；而在白皑皑的雪地上，清晰地留下了两行马蹄印迹，一直延伸向远处。这一个没有人物，没有声音的景物空镜头，巧妙地表现出诗人长久伫立在雪地上、凝望友人留在雪上的马蹄印迹的形象，从而使人深深地感受到诗人惜别友人时的怅然心情。两行马蹄印，深情蕴其中，令人品味不尽。

数家砧杵秋山下，一郡荆榛寒雨中

这是唐代诗人韦应物的七绝《登楼寄王卿》的后一联。诗写登楼怀友之情。前一联:“踏阁攀林恨不同，楚云沧海思无穷。”开门见山，直抒胸臆：昔日，他同王卿曾携手登楼，纵目远眺；并肩攀山，寻幽探胜。如今，王卿已经远去楚地，自己还滞留在海边的州郡，遗憾不能与友人一同攀林踏阁，只能遥望楚云，对友人无限思念。这一联用“二二三”句式和句中自对手法，使绵绵离恨和茫茫愁思流荡在舒徐的节奏之中，高度概括了诗的主题，定下了抒写离情的调子。三、四句写景，景中寓情。而所写的景色，正是作者登楼时的所闻所见。句中“砧杵”，是捣制寒衣用的垫石和棒槌；“荆榛”，泛指高矮不等的杂树。这两句说：在萧瑟的秋风中，传来山下几家人零零落落的砧杵声；迷蒙的秋雨笼罩着整个郡城，只能隐约看到一片丛林灌木。这一幅烟雨郡城图，正是诗人精心设计的一个配以凄凉砧杵声的空镜头，既真切地展现了眼前的实景，又含蓄不露地传达出诗人对朋友的怀念以及由此引起的惆怅、孤寂之情，使读者的眼底心头也仿佛被雨幕风帘般的愁思笼罩。也正由于诗人“先叙情，后布景”，在诗的后半幅推出了一个渗透了离愁别恨的景物空镜头，此诗才有含蓄蕴藉的韵味。

孤灯寒照雨，
湿竹暗浮烟

这是唐代诗人司空曙的五律《云阳馆与韩绅宿别》的颈联。云阳，县名，在今陕西泾阳县西北；馆，驿馆，即今旅店；韩绅，一作韩升卿，疑即韩愈的四叔韩绅卿，与司空曙同时，曾任泾阳令。这首惜别诗，首联“故人江海别，几度隔山川”，写上次别后，已历数年，山川阻隔，相会不易。次联“乍见翻疑梦，相悲各问年”，写此次久别初见，又惊又喜，反疑是梦；随后又喜极生悲，互问年龄，彼此感叹岁月淹忽，人生易老。这一联状写久别倏逢的心情意态，真切传神，成为传诵的名句。尾联“更有明朝恨，离杯惜共传”，写二人即将再次离别，举杯劝饮，珍惜情谊，恋恋不舍。而在颔联与尾联之间，诗人楔入了“孤灯”、“湿竹”景联。这是一个用得极精妙的“空镜头”。镜头里展开一幅凄凉暗淡的景物画面：寒夜里，一盏孤灯，映照着窗外蒙蒙夜雨；湿漉漉的竹林深处，飘浮着浓云烟雾。这个空镜头的妙处是：一、它为两位友人的久别重逢与再次惜别，营造了一个真切生动、历历可见的典型境象和氛围，避免了全篇只是抒情叙事的单调；二、它用避实就虚的手法，借景物暗示二人深夜在馆中灯下叙谈的情景，省略了不少笔墨；三、它借描写眼前景物，渲染、映衬出二人惜别时悲凉、暗淡、伤感之情，又借自然景物象征人生的浮游不定。从这个角度看，它又是以实写虚，用实景虚写世事人情，从而拓宽、加深了诗的意境。

君问归期未有期，巴山夜雨涨秋池

这是唐代诗人李商隐在巴蜀任职期间寄赠长安亲友的七绝名篇《夜雨寄北》的首联。首句写他在秋雨淋涔的夜里，独对孤灯，思念远隔千里的亲友，以至在想象中同他们对话。诗人先虚拟对方询问自己何时归来，再向对方遥吐归期无日的心曲。一句之中，一问一答，中间有一个曼声吟哦，黯然神伤的停顿，已透出对亲友的深切思念与自己不得归的愁苦。次句描写想象中室外夜雨涨满秋池的情景。在一句中写了巴山、夜、雨、秋、池等六种物象，而用一个动词“涨”缩结，不仅点明了时间、地点和自己的处境，而且营构出一个情味浓挚、包蕴丰富的境象氛围。我们不只是看到了秋天的巴山夜雨使池水满涨起来的实景，更感觉到诗人客居异地的孤寂凄寒，对友人的深长思念以及郁积心底的种种愁思，似乎也都随着淅淅沥沥的单调雨声暗暗涨满了秋池。因此，诗人楔入的这一个景句，宛如电影中的一个“空镜头”，画面中的景象渗透着孤寂、凄清、寒冷、萧瑟的意味。景中没有人物，却渲染出真实的环境氛围，烘托了人物愁苦的情绪。诗中有了这样一个鲜明具体而又意在象外的景物镜头，诗的虚实搭配十分谐和，诗情和画意水乳交融。清人屈复评此诗:“即景见情，清空微妙。”（《玉谿生诗意》）这一个“巴山夜雨涨秋池”的空镜头确实具有“清空微妙”的艺术魅力，乃至成为古往今来羁旅愁思的象征。

虚笔暗写之妙

古代诗人状物写景，能以精练的文字绘形传神。其艺术表现手法丰富多样，不拘一格。有正写、实写，也有暗写、侧写、虚写，而且后者更显得毫不着力、不露痕迹、空灵奇妙。

空里流霜不觉飞，汀上白沙看不见

这是初唐诗人张若虚的七言古诗《春江花月夜》中的一联。全诗描绘春江月夜的明丽景色，抒写游子思妇的离愁，感叹人生的短暂，也表现出诗人对大自然的热爱，对青春年华的珍惜以及对美好生活的向往。诗扣紧题目中的五种事物来写景，重点写月，也写得最精彩。诗中写月，角度多变，手法多样。他描绘了初生于海上的月光，似霰一样洒落在花林上的月光，照在离人妆镜台上的月光，还有“玉户帘中卷不去，捣衣砧上拂还来”的月光，最后写了斜月、潭月，“摇情满江树”的“落月”。其中这一联，写得尤为空灵巧妙。上句说，因为月色如霜，所以空中的霜飞反而不能察觉了。古人以为霜是从天上落下来的，好像雪一样，所以说“飞霜”。下句说，在洁白的月光之下，江滩的白沙也不易分辨了。一句写天上，一句写地上，令人感到整个宇宙都浸染在皎洁明亮的月光之中，如此透明，如此纯净，像梦幻，像神话。诗人巧妙地以霜拟月，以白沙衬月，不直写月而满纸月光，令后人击节称赞不已。

清浅白石滩，绿蒲向堪把

《白石滩》是唐代诗人王维五绝组诗《辋川集》中的一首。这是诗的前二句，描写白石滩的月夜景色。何以见得诗人是写月夜呢？诗的后二句“家住水东西，浣纱明月下”，点出了“明月”。这样，回过头来看前二句，原来诗人是用暗示的手法写月光。你看，滩是那样浅，水是那样清，清澈得能看得见水底的磷磷白石；不仅如此，从那铺满白石的水底，到那清澈透明的水面，还可以清清楚楚地看到生长其中的绿蒲，它们在水波中摇漾舒展，长得又肥又嫩，差不多已可以用手满把地采摘了。如果不是月光格外明亮，照彻滩水，这些景物能看得如此分明吗？尤其是一个“白”字和一个“绿”字，状写石之光、蒲之色，更是画龙点睛之笔，将月光映衬得特别明亮夺目。正因为明月如此皎洁，一群住在水东水西的少女便不约而同地来到白石滩上洗衣浣纱了。所以，全篇都写月，前两句是通过刻画沉浸在月色中景物的光色来写，后两句则通过人物的行动来写。

南湖秋水夜无烟，耐可乘流直上天

这是唐代大诗人李白的七绝《陪族叔刑部侍郎晔及中书贾舍人至游洞庭五首》（其二）中的前二句。诗中写李白同李晔、贾至游洞庭情景。这两句写夜景，兼点明季节及泛舟洞庭事。洞庭在岳州西南，故称南湖。“耐可”，唐人口语，“安得”的意思。秋夜的南湖，波光潋滟，没有一丝儿烟雾。“无烟”，则湖上光明灿烂可知。未尝写月，却已掬出满湖月色，用笔超逸精妙。在读者的灵视中，已呈现出一轮秋月朗照南湖的澄澈空阔画面。紧接着一句“耐可乘流直上天”，更以大胆天真的奇想，更空灵的虚笔，渲染月景的迷人。正因水月交辉，湖天相接，才激起这位诗仙羽化遗世之思，欲乘流而直上青天。至此，“月”字尚未出现，我们却已感到南湖被月色净化成了一个琉璃世界，诗人也被湖光月色净化成了一个身心透明的轻飘飘的精灵。

鹊惊随叶散，萤远入烟流

这是唐代诗人、“大历十才子”之一钱起的五律《裴迪南门秋夜对月》的颈联。此诗是钱起到诗友裴迪家作客时观赏秋月而作，通篇写月下景色。诗云：“夜来诗酒兴，月满谢公楼。影闭重门静，寒生独树秋。鹊惊随叶散，萤远入烟流。今夕遥天末，清辉几处愁。”中间两联写裴迪的书楼重门紧闭，地面上投射着楼房的影子，院内一片寂静；一棵树孤零零地兀立着，令人感到冷飕飕的。树上的喜鹊忽然惊飞起来，秋叶随之纷纷飘落；萤火也越飘越远，渐渐没入流动的烟雾之中。这四句诗，句句都写出了月光。楼房有倒影，可见月光的照射；独树生寒，是月亮的银光凛冽；鹊惊，是因为月出；烟流，是指月光如烟般流动。写月光不明写，而是借重门、独树、惊鹊、飞萤烘托出来，这是很高超的艺术表现手法。笔墨空灵，不着色相，却把月光写得有明暗，有光影，有寒意，有远近，有动态，诱人想象，从而营造出一个明丽、清幽、旷远的意境。四句诗或颠倒错综，或紧缩省略，句法新奇，语言凝练，对仗工整，意脉流贯。因此，前人赞扬此诗“工于体物”（沈德潜《唐诗别裁》），“善于绘景”（宋宗元《网师园唐诗笺》），“刻划不伤气韵”（乔亿《大历诗略》），“清健有远神”（张文荪《唐贤清雅集》）等。

凉风吹堕双桐影，满地碧阴如水流

这是明代诗人、“吴中四才子”之一文徵明的七绝《中秋》的后两句。此诗写中秋夜景。前两句：“横笛何人夜倚楼？小庭月色正中秋。”中秋之夜，诗人仰望，只见有人倚楼吹着横笛，欣赏天上的圆月；向下看，小庭洒满了月色。十四个字写了天上圆月、小庭月色、倚楼吹笛人，还有欣赏着这些美景的诗人自己，写得精练、清丽、自然，但尚未有出奇之笔。三、四句紧承次句，写小庭月色。诗人见到庭中一双梧桐树的影子在摇漾，漾出满地碧阴，好像水一样无声流淌。诗人把双桐影想象是秋夜凉风“吹堕”地上的，又把摇动的桐影碧阴想象是碧水在流动。这两个奇妙的想象画出了中秋月色的流动之态与皎洁之光，与苏轼小品文《记承天寺夜游》中的“庭下如积水空明，水中藻荇交横，盖竹柏影也”同一机杼，都是运用高明的烘染手法妙写月光的勾魂摄魄之笔，都创造出冰清玉洁的透明境界。文徵明学习、借鉴了苏轼的表现手法，却又有自己的创造：苏轼笔下的月光静得像一池秋水，整个意境是静中有动；而文徵明诗中的月光却是一条流动的清泉，并多了风之“凉”与水之“碧”，整个意境是动中见静。

凭虚构象　虚实相生

中国古代诗人写景状物，有实写，有虚写。所谓实写，就是对客观的自然环境、生活场景和人物形象，作具体的真实的描绘，使人如闻其声、如触其物、如临其境、如见其人。所谓虚写，就是超越生活的本来样式，借助于想象、联想、幻觉、错觉、夸张、变形等手法，收到离形得似、达意传神的艺术效果。在杰出诗人的笔下，常能做到实中见虚，虚中有实，虚实相生，使意象既具体可感，又引人遐想无穷，意境更高远，更深邃。

月下飞天镜，云生结海楼

这是唐代“诗仙”李白的五言律诗《渡荆门送别》的颈联。荆门，即荆门山，位于今湖北宜都市西北，长江南岸，形势险要，是楚蜀之咽喉。诗题有“送别”二字，但诗中并无送别朋友的离情别绪，而是写诗人乘船出蜀渡过荆门所见的开阔景色和思乡深情。此诗的颔联是："山随平野尽，江入大荒流。"前句描绘船出三峡、渡过荆门山后长江两岸的特有景色：山逐渐消失了，眼前是一望无际的低平的原野。下句表现江水奔腾直泻的气势：诗人从荆门往远处望去，大江仿佛流入荒漠辽远的原野，显得天空寥廓，视野高远。这一联，写山有动感，写江有气势，十个字直贯而下，可谓语壮境阔。读至此，真担心诗人难以为继。不料天才的诗人在后两句又奇峰突起，以虚笔写云月，使人如入仙境。上句说：晚上，江面平静，俯视月亮在水中的倒影，好像天上飞来一面明镜；日间，仰望天空，云彩变幻，结成了海市蜃楼般的奇景。诗人不仅借月影如镜和云生海市反衬出荆门一带江水的平静和江岸的辽阔，补充、丰富了前一联；更以奇特的想象给眼前景物涂上了神异瑰丽的色彩，增添了浪漫的情韵，使诗显得既逼真又空灵。真可谓"实者逼肖，虚者自出"，虚实相生，诗境升华。

欲把西湖比西子，淡妆浓抹总相宜

这是北宋大诗人苏轼的七言绝句名篇《饮湖上初晴后雨二首》（其二）的后一联。此诗写杭州西湖的旖旎风光。前一联："水光潋滟晴方好，山色空蒙雨亦奇。”首句写晴日照射下荡漾的湖波，次句写雨幕笼罩下朦胧的山色，正是当天先后呈现在诗人眼前的真实景观。十四个字，写尽了西湖的水光山色，晴姿雨态，形象生动如画，又全面概括。继续实写，很难措手。不料才情横溢的诗人竟能因难见巧，运实入虚，遗貌取神，翻空出奇。他从西湖的美景联想到天下闻名的古代越国美女西施。西湖的“晴方好”、“雨亦奇”，不正像西子无论淡妆浓抹都无改其美吗？于是诗人兴会淋漓，挥笔写下了三、四句，用一个既空灵又贴切的比喻，传写出西湖山水美的意态、神韵。这真是妙手偶得的神来之笔。从此，西湖被称为“西子湖”，西子之喻“遂成为西湖定评”（清·陈衍《宋诗精华录》）。

凌波仙子生尘袜，水上轻盈步微月

这是北宋大诗人黄庭坚的七言古诗《王充道送水仙花五十枝，欣然会心，为之作咏》的首联。全篇咏水仙花。诗人落笔即描写水仙花的姿态，但他不用实笔写，而是化静为动，化物为人，凌空取神。建安诗人曹植《洛神赋》有“凌波微步，罗袜生尘”之句，描绘洛神飘然行水的神姿仙态。黄庭坚即用曹植笔下的洛神形象来比拟水仙。看，这亭亭玉立的水仙花，恰似凌波仙子在淡淡的月色下轻盈地漫步于水上。由于不粘滞于实，以虚笔传神，把植立盆中不动的水仙，写得意态楚楚动人。接着的两句:“是谁招此断肠魂？种作寒花寄愁绝。”点出洛神是用以比花，却又递进一层，从写花之姿态，到写花的心灵。看，这水仙花——凌波仙子好像是“泪湿春风鬓脚垂”，大概她是在为爱情而伤感吧？人们感觉到她的“断肠魂”，禁不住为她愁绝。这四句诗，清人翁方纲仍嫌是“着色相语”（《七言诗三昧举隅》），但毕竟诗人已化物为人，写态传神，颇得“离奇孤矫，骨瘦而韵远”（纪昀《书山谷集后》）之妙。方东树赞为“奇思奇句”（《昭昧詹言》卷十二），也是中肯的。

疑是晴江沙上雪，黄昏一点不分明

这是元代诗人叶颙的七言绝句《鹭立寒江》的三、四句。全篇描绘白鹭拳立寒江沙洲的图景。首句“青苔白石鱼鳞腥”，描写寒冬时节，江水清浅，水上历历可见绿苔、白石，还有游鱼的鲜红鳞光不时闪烁。这幅色彩鲜明的画面，正是诗中主角白鹭即将出现的衬景。次句“尽日独拳寒雨汀”，正面写白鹭。在寒雨蒙蒙的沙洲上，它缩颈团身，单脚独立，整日不动。七个字无一虚设，描绘鹭立寒江，已可谓穷形尽相。如继续实写，难免画蛇添足。诗人巧妙地运以虚笔，写自己的疑觉，开拓并深化诗境。因为白鹭尽日拳立，一动不动，故而诗人怀疑它是晴江沙上的一团雪。这时，已近黄昏，暮色苍茫，拳立的白鹭成了模模糊糊的一个白点。这虚写的两句，使白鹭的形象在变幻中增添了奇趣，画面也涂抹上迷蒙、深杳的色调，更活现出含情凝望的诗人的神态。

却向东蒙看霁雪，青天乱插玉莲花

这是清代诗人厉鹗的七绝《蒙阴》的后一联。蒙阴，即今山东蒙阴县。康熙五十九年（1720），厉鹗赴京应试，在岁暮路经蒙阴，写了这首山水小诗。诗的前一联“冲风苦爱帽檐斜，历尾无多感岁华”，用谐谑之笔，勾画出他顶风雪帽檐斜为功名奔波的狼狈形象，生动传神。“苦爱”和“感岁华”，揭示他自嘲自爱、自叹自赏的复杂心态，笔墨精练。后一联写他急匆匆赶向蒙阴县南的东蒙山去观看初晴雪景，只见青碧的天空中乱插着一簇簇皎洁如玉的莲花。诗人并不如实摹写东蒙山峰的皑皑积雪，而是驰骋想象，凭虚构象，把东蒙山雪峰比喻为插向青天的玉莲花。这奇丽的意象，饱含着诗人对大自然的惊叹、向往之情，又寄寓深意。玉莲花在青天上怒放，超尘出俗，清高纯洁，正是诗人人格理想的象征。诗人仿佛向人们表白：一旦我科场得意，金榜题名，平步青云，也要像这玉莲花一样，超越平庸与污浊，昂首青天，永远高洁。凭虚构象的写法，使此诗营造出一个壮丽高远的艺术意境。

分明一幅蔡侯纸，写出湖南千万山

这是清代诗人王士禛的七绝《裂帛湖杂咏》的后一联。裂帛湖在今北京市海淀区玉泉山下，泉水自湖底迸出，状如裂帛，故名。王士禛在京任职期间游玉泉山，作七绝六首，此首咏湖。诗的前一联："裂帛湖光碧玉环，人家终日映潺湲。"首句"裂帛湖光"是白描实景，"碧玉环"是想象比喻湖水澄洁光亮如碧玉，虚实结合。次句从首句"湖光"如镜引出，写湖边人家生活景象都倒映在潺湲流碧的湖面上，是实中见虚。在生动美妙的白描中，使人如见裂帛湖这面酿造诗意的神奇镜子。第三句进一步提升诗情、拓展画意，将裂帛湖想象为一张蔡侯（指纸圣蔡伦）纸，这洁白的巨大的画纸正铺展开来。此句纯用虚写，想象奇妙，比喻新颖。结句紧承三句，说这幅巨大的纸描绘出了裂帛湖南面西山的千万座青山翠峰。此句以虚写实，用画纸"写出"，巧妙地表现群山倒映水中的清莹、静美、空灵。诗人在此诗中以创造性的想象营构出一个个新鲜的虚实结合的意象，把自己的审美感受和感情融入其中，将裂帛湖的湖光山色、诗情画意表现得淋漓尽致。

以小景传大景之神

清代诗论家王夫之在《姜斋诗话》卷二中说："有大景，有小景，有大景中小景。'柳叶开时任好风'，'花覆千官淑景移'，及'风正一帆悬'，'青霭入看无'，皆以小景传大景之神。若'江流天地外，山色有无中'，'江山如有待，花柳更无私'，张皇使大，反令落拓不亲。"王夫之这段话有偏颇，直写大景未必不好。王维的"江流"、"山色"一联与杜甫的"江山"、"花柳"一联都是直写大景，非常精彩，早已脍炙人口，王夫之说它们"张皇使大"、"落拓不亲"是不符合实际的。但王夫之提出"以小景传大景之神"这一艺术表现手法，确实发人所未发，十分精辟。诗人抓住具有典型特征的小景物，在读者的灵视里呈现出大的境界，尤能发挥诗歌诱人想象、令人回味的艺术特长，往往比直接写大景更有诗意；同时，也更能显示诗人的灵心巧思。

梅花落处疑残雪，柳叶开时任好风

这是初唐诗人杜审言的七律《大酺》的颔联。大酺（pú），是古代封建帝王为表示欢庆所特许的大聚饮。此诗约作于天授元年（690）武则天改唐为周之时，全篇写百姓在大酺日中的欢庆景象，也抒发诗人希望“天长日久属年丰”的心愿。但诗中写得出色的只是这一联。王夫之称赞这联诗妙在“以小景传大景之神”，那是因为诗人所写的梅花纷落、风吹柳叶初开，都是小景物。从这些小景物中，人们可以感受到严冬已过、冰化雪消、东风骀荡、春意盎然的大景色，并进而联想到桃红柳绿、万紫千红景象的到来。可见，以小景传大景之神，可以唤起人们的生活体验，诱发人们的想象和联想，调动读者一同完成意境的创造。这是很高明的艺术手法。

潮平两岸阔，风正一帆悬

这是唐代诗人王湾的五律名篇《次北固山下》的颔联。北固山在今江苏镇江市北，三面临江。此诗写诗人行舟到江南的旅途情景。这一联上句说，诗人泊舟北固山下，放眼望去，但见春潮涌涨，江水浩淼，江面几乎与岸齐平，江岸亦因之显得非常开阔。这一句直写大景，写得恢宏阔大，应属佳句。下句尤见精彩。“风正一帆悬”，“悬”，是端端直直高挂着的样子。“风正”，说明既是顺风，又是和风，帆才能够“悬”。这五个字描绘小景，可谓生动、准确、逼真。而其妙处，在于它“以小景传大景之神”。通过“风正一帆悬”的小景，表现出平野开阔、江面波平浪静的大景。从一帆缓缓而前，又使读者联想到江流无尽。正如高明的画家，在一幅宽阔的白绢上只画一帆高悬，而留下大片空白，却令人在空白处想象出大江空阔无际的气象。

白云回望合，青霭入看无

这是唐代诗人王维的五律《终南山》的颔联。通篇写终南山的高大、辽阔、深邃景色。这一联上句说：诗人在登山途中仰视白云，原是一朵一朵的；登高之后向身后回望，白云却合拢来，连成一片。下句说：山间的岚霭，远看青翠可喜，仿佛走过去就可以触摸得到；但走了进去，非但摸不着，而且看不见了。这种奇妙的境界，凡有登山经验的人都可以体会到，王维这一联诗，把这种感受细微而真切地表现出来了，使人读后有身临其境的感觉。王夫之为什么说“青霭入看无”句是“以小景传大景之神”呢？那是因为诗人写的仅是眼前青霭忽有忽无，变幻不定，却使人想象那笼罩于蒙蒙青霭之中的千岩万壑、苍松古柏、怪石清泉、奇花异草。唯其朦胧模糊，忽隐忽现，才诱人浮想联翩，回味无穷。其实，王维此诗的尾联

“欲投人处宿，隔水问樵夫”，同样是“以小景传大景之神”的好句。试想：在山涧旁边，一个人隔水向着对面的樵夫大声呼喊。这小小的人影儿，不正反衬出山之高大、林之浓密、沟涧之幽深吗？所以王夫之也说：“‘欲投人处宿，隔水问樵夫’，则山之辽廓荒远可知。”（《姜斋诗话》卷二）

香飘合殿春风转，花覆千官淑景移

这是唐代大诗人杜甫的七律《紫宸殿退朝口号》的颔联。紫宸，皇宫便殿，也叫阁。夏历每月初一和十五，皇帝在便殿接受百官参拜，叫入阁。这首诗描写文武百官在紫宸殿参拜皇帝的情景。颔联上句写殿上受朝，下句写殿下朝拜。上句说：春风吹拂，满殿花香飘散；下句说，鲜花覆盖着殿下排列成行的千官，但见在日光下花影缓慢地移动。杜甫写的是风转香飘、花覆影移，景是小景，写得十分细致，但我们读来却感受到一幅皇帝临朝、千官朝拜的宏大壮丽的画面，并体会出诗人对“皇恩浩荡”的热烈颂扬。其奥妙在于：杜甫借小景传出了大景之神。清人仇兆鳌《杜诗详注》卷一引述吴见思《论文》云：“香随风转，言殿宇之宽。花下影移，言奏对之久。”他指出，上句显示了紫宸殿高大宽阔，下句表现出朝官奏对时间长久、气象庄严肃穆。清人纪昀也称赞道：

“情景宛然，似此写皇家富贵，乃是真从气象上写出。又在‘龙蛇’、‘燕雀’一联上，无论‘宫草’、‘炉烟’也。”（《瀛奎律髓汇评》卷二）纪昀所说“龙蛇”、“燕雀”，即“旌旗日暖龙蛇动，宫殿风微燕雀高”（杜甫《和贾至舍人早朝大明宫》），“宫草”、“炉烟”即“宫草微微承委珮，炉烟细细驻游丝”（杜甫《宣政殿退朝晚出左掖》），也写宫殿早朝气象，而且都是写小景，却创造出壮丽的意境。宋代大诗人苏轼就极赏“龙蛇”、“燕雀”一联“伟丽”（见《瀛奎律髓汇评》卷二引许印芳语）。

蜜蜂两股大如茧，应是前山花已开

这是宋代诗僧饶节（法号如璧）的七绝《偶成》的三、四句。偶成，即偶然成咏。诗写他在邓州香岩山的居处倚松庵中即目之景。前两句：“松下柴门闭绿苔，只有蝴蝶双飞来。”表现出山居环境的清幽。但这里虽然远离尘俗，幽僻静寂，却并非寂灭。那成双结对飞来的斑斓蝴蝶，不就透露出自然界的蓬勃生机和作者的生活情趣了吗？第三句紧接次句，写倚松庵不只有蝴蝶，还有蜜蜂。看，蜜蜂两股上拖着重重的花粉团来了。作者怎么知道蜜蜂采集了许多花粉？因为他见到了蜜蜂“两股大如茧”。由此可知，这位诗僧对大自然及其中的各种细小生物多么喜爱，多么注意细心观察。蝴蝶双双飞来，蜜蜂股大如茧，这都是小景，然而作者通过这些美丽的小景物忙忙碌碌的情态，展现出前山繁花遍野、姹紫嫣红的盛景，真是构思巧妙，既引人入胜，又耐人寻味。宋人吕本中说饶节诗“萧散”、“高妙”，此诗可见一斑。

借窗观景　小中见大

程千帆先生的《古诗今选》（上海古籍出版社 1981 年版）、林东海先生的《诗法举隅》（上海文艺出版社 1981 年版），都讲了古典诗歌中有一种“借窗观景”的艺术表现手法。程先生说：“通过一窗，使内外交流，小中见大，由窗中的小空间进入窗外的大空间。瞭望的角度随时不同，眼中所见也就跟着发生变化。这样，景物就无限地增多，美的享受也就无限地丰富了。”林东海先生补云：“窗户犹如画框，景物便如活的图画，通过有限联想到无限，‘物小蕴大’，意趣无穷。”

窗中列远岫，
庭际俯乔林

这是南齐诗人谢朓《郡内高斋闲望答吕法曹》诗中的一联。前一联“结构何迢递，旷望极高深”，先点明郡内高斋是一座名副其实的高层建筑，置身其上可以极目远眺，看得清楚高远深邃的景色。这一联接着具体描绘高斋闲望所见。上句写山，远处高低起伏的山峦，仿佛横列在长方形的窗框子里面。下句写树，从屋檐下凭栏俯瞰，是一片高大挺拔的树林。谢朓是继谢灵运以后的写景高手，但这一联诗写景既不生动，也不鲜明，仅仅是交代罗列见到了什么，也无多少意蕴可言。不过，它却是古典诗歌中比较早地表现窗中观景的艺术趣味的。诗人把远岫镶嵌在窗框中，借着这一个小小的窗框，把远山移近，叠合在一个平面。这样，窗框在读者的灵视中便成了画框，天然风景也就成了艺术图画。从这个角度看，诗人也多少传达出欣赏的兴味。也许他写这首诗时，只是实写凭窗外望的真切感受，并没有想到在运用绘画技法。但这样写，毕竟诱人想象窗框中风景如画的境界，使诗有了画趣。后来的诗人们感到这种写法新颖有趣，便有意识地模仿，并不断变化、发展，也就逐渐积淀成古典诗歌写景的一种手法了。

鸟向檐上飞，云从窗里出

这是梁朝诗人吴均《山中杂诗》的后一联。前一联是“山际见来烟，竹中窥落日”，可见写的是黄昏山中景色。从这四句诗看，诗人显然是在一栋高楼或一个山亭里，从窗内向外观赏。鸟儿成群结伴向着屋檐上飞，是天晚归巢了。下句把“窗”点出来。按理说，应当是云从窗外涌进来，诗人却反过来写云从窗里飞出去。这一笔，具体逼真地衬托出楼亭之高，所以，山上的云雾早就涌了进来。这会儿，也许是诗人开窗览胜，云雾才趁机飞出去，返回山岫。这样写，鸟和云都有了意趣。清人沈德潜说：“四句写景，自成一格。”（《古诗源》）其实，吴均是学谢朓的，但写得高明多了。谢朓仅仅是静止地罗列景物，吴均却描绘出了鸟和云“飞”、“出”的动态，以及它们飞出的方向，这就紧紧地牵引住了读者的视线。而且，鸟和云都归巢了，诗人仍然凝视着它们，可见他喜爱、向往自然的情意。明人钟惺评这首小诗：“板板四景，一字不曾粘人，居然有一闲人行坐其中。”（《诗归》卷十四）说得好。景中有人，景也就活了。顺带说，首句“山际见来烟”，同谢朓的“庭际俯乔木”句式、写法一样，但“来”字妙在传情。“竹中窥落日”句，不是借窗观景，而是借小景观大景，也妙。透过茂密竹林之间的细小缝隙，诗人窥见了一轮又圆又大的落日，在小景的背后，展现出壮阔境界。而在一片青翠竹林之中透露出火红落日，又富于色彩的鲜明对比、映衬，意境很美。

悬灯千嶂夕，卷幔五湖秋

这是唐代诗人孙逖的五言律诗《宿云门寺阁》的颔联。云门寺在今浙江绍兴境内的云门山上，晋安帝时建。这一联描写诗人到达寺中宿处后凭窗远眺的景象。诗人点燃油灯，卷起帷帘，观赏窗外夜色，仿佛见到壁立千嶂、浩淼五湖。这也是借窗观景。在表现上却有了发展、创新。其一，字面上不点出“窗”，而是用“悬灯”、“卷幔”的动作暗示自己凭窗远眺。文字更精练，意象更生动、丰富。其二，凭窗所见窗外之景，不再是眼前实景，而是想象中的虚景。因为在茫茫夜色中，悬灯与卷幔都不可能看到千嶂奇峰和五湖秋色。诗人逸兴遄飞，视通万里，以虚为实，无中生有，写出灵视中的壮美景致，从而表现了所宿处云门寺雄视千山、高耸入云的气势，创造了高远的境界，也显示出自己宽阔的胸怀。此诗颈联“画壁飞鸿雁，纱窗宿斗牛”，下句点出窗，也是借窗观景，但意象已转换，时间已推移。近人吴汝纶评此诗:“句句精湛，乃盛唐炼句之法。”（《唐宋诗举要》卷四引）是中肯的。

窗含西岭千秋雪，
门泊东吴万里船

这是唐代大诗人杜甫《绝句》中的后一联。诗的前一联“两个黄鹂鸣翠柳，一行白鹭上青天”，捕捉住初春的典型景物，组成有声有色、清新活泼的画面，传达出诗人无比欢快的心情。第三句写凭窗远眺西山雪岭。岭上冰雪终年不化，所以用了“千秋”二字形容。这二字，包含了丰富意蕴和情味。它使人联想到人间悠久的岁月，想到个体生命的短暂与大自然的永恒。它同上联连贯起来，又使人感到诗人内心世界的微妙变化：开始是观黄鹂鸣翠柳的喜悦，见白鹭上青天的心神俱往，随着视线的游移，景物转换为朝夕相对的西岭积雪，诗人触发了久滞成都，思念故乡的思绪。诗人用一“含”字，妙绘出一幅仿佛嵌在窗框中的图画，把阔远之景推到眼前。“含”字不仅含住了西岭千秋雪，而且妙在绾合诗的前三句，点明上述全部景物都是诗人在室内凭窗眺望所见。“含”字还使人感到窗户有情，它似是诗人心窗的外化或象征，它也在含情脉脉地赏景览胜呢！有了这一个“含”字，就不是冷漠地摹写自然，也不是匠艺式地刻板运用“借窗观景”技法，而是使这种表现技法更好地服务于抒情写意。

要看银山拍天浪，开窗放入大江来

这是宋代诗人曾公亮七绝名篇《宿甘露僧舍》的三、四句。甘露僧寺，即甘露寺，在今江苏省镇江市北固山上，下临长江。诗的前二句“枕中云气千峰近，床底松声万壑哀”，写夜宿甘露寺情景。从枕畔潮湿的云雾水气和床底翻滚轰鸣的松涛声进而表现幻觉。此时，诗人仿佛置身于千峰之上，又好像坠入万壑之中。这一联已是气势逼人，想象浪漫。接下去这一联，写他凌晨起床开窗俯瞰大江。第一笔就破空而来，设想新奇，不同凡响。“要看”传达出急盼一睹壮观大江的激动心情。用“银山”、“拍天”两个壮丽飞动的意象形容想象中大江的滔天白浪，更惊心动魄。写至此，似乎难以为继，不料结句奇峰陡起，又出神来之笔！诗人不直写他开窗见到大江，而是说他打开窗子，把这条巨龙般的浩浩大江“放”入室中来！这真是匪夷所思的奇想，令人拍案叫绝！它逼真、强烈地传达出诗人开窗见到大江一刹那间的惊奇、兴奋心情，表现了大江磅礴飞动的气势，也显示出诗人要把“万里写入胸怀间”的胸襟、抱负。从运用“借窗观景”手法的角度看，窗外景不再是静止地嵌在窗框中，而是“扑”进窗子里来，内外交流又融为一体，从而更富于诗意地表达了人与自然的亲密关系。

朱楼四面钩疏箔，
卧看千山急雨来

这是宋代诗人曾巩的七绝《西楼》诗三、四句，诗作于熙宁十年至元丰元年诗人任福州知州期间。西楼，当是依山面海的官邸楼房。全诗明写雨前之景，暗抒祈雨之情。前两句:“海浪如云去却回，北风吹起数声雷。”以海浪、雨云、北风、雷声，描绘雨前景色，渲染暴雨欲来的氛围，也在风云变幻中透露出作者盼雨、几经失望又陡然高涨起来的情绪。第三句写诗人兴冲冲地把红楼四面遮挡炎阳的竹帘一一挂起，等待欣赏急雨冲刷层峦叠嶂的壮美画卷。结句写他静静地躺下，欣喜地看着千山急雨铺天卷地而来。这一联诗，从借窗写景的角度看，细致、清晰地显示了抒情主人公挂帘引风到卧楼看雨的动作和心理，又借第三句的铺垫、蓄势，使第四句显得情感强烈，气势酣畅，境界壮阔而飞动。更妙在于，不仅暗抒悯农祈雨情怀，同时又显出一种不为风云变幻所动的雍容气度。可以说，这一联诗把窗外景与窗中人交融起来表现，人景俱活。后来大诗人苏轼的《南堂》诗中，也有“挂起西窗浪接天”之句，句意虽浓缩，但气势、境界、意蕴均不及此诗。从以上曾公亮、曾巩的诗不难见出，宋代诗人写景抒情，学习、借鉴了唐诗的艺术经验，又显得更细腻，灵活，立意措辞，求新求奇，别具风格。

纳须弥于芥子

中国古典诗歌中，充满了诗人的奇思妙想。有一些作品描写景物，居然能想象或驱使诸如江河山海乃至青天等特大景物进入小瓶、小杯、小墨池、小诗等小物象之中。此种想象，可谓纳须弥于芥子。诗人运用这种奇特的想象借以表现对景物的独特感受或抒发强烈的感情。

庐山南堕当书案，
湓水东来入酒卮

这是北宋诗人王安石的七律《思王逢原三首》（其二）的颈联。诗写于仁宗嘉祐五年（1060）。王逢原，名令，是王安石的连襟和挚友，有远大的理想抱负，才华横溢，于前一年秋去世，年仅 28 岁。这首诗抒写诗人和逢原生前深厚的情谊，对他的英年早逝表达了深切的悼念。此联追忆当年与逢原一起读书饮酒的豪情逸兴。嘉祐三年（1058），王安石提点江东刑狱，按临鄱阳，王令六月中便去鄱阳与安石聚会，诗句就是写这次会晤的情景：苍翠的庐山向南倾侧，犹如自天而降，对着我们的书案；湓水（源出江西瑞昌市西清湓山，东流经九江，北入长江的一条河）滔滔东来，像是流入了我们的酒杯。庐山如堕，湓水入杯，想象雄奇，境界壮美。诗人又借“当”、“入”两个动词，将自然山水景物与他们两人读书饮酒的情事融为一体。庐山南堕，好像是为了侧耳倾听他们读书、吟诗的琅琅之声；浩浩湓江流入酒杯，仿佛是要分享他们饮酒高歌的豪兴。小小的酒杯竟然能盛下一条奔腾不息的大江。这摄大入小的想象多么神奇！唯有如此表现，才足以显示他们当日的豪迈气概和诚笃情谊，由于此联诗有纳大江于小卮中的奇妙想象，使情景契合，成了王安石的名联，历来传诵。

我持此石归，袖中有东海

这是北宋大诗人苏轼的五言古诗《文登蓬莱阁下，石壁千丈，为海浪所战，时有碎裂，淘洒岁久，皆圆熟可爱，土人谓此弹子涡也。取数百枚，以养石菖蒲，且作诗遗垂慈堂老人》的一联。苏轼于元丰八年十月到登州（今山东蓬莱）知州任，五日后改任礼部郎中赴京。此诗作于在登州游览蓬莱阁之时。诗人在蓬莱阁下捡到几百颗被海浪淘洗得十分圆润可爱的石子，非常高兴。当他袖石归来时，似乎眼前还浮现着在蓬莱阁下拍击石壁的滔滔海浪，耳际仍回响着澎湃如雷鸣的浪声。他仿佛觉得自己并没有离开大海，因为他衣袖里就有大海馈赠的珍贵礼物，于是灵感袭来，忽发奇想，写出了这两句诗，说他短窄的衣袖里装着的不只是几百颗小石，而是无边无际、碧波滚滚的东海！多么瑰奇的想象，何等宏大的气魄！这脱口而出的诗句，把诗人获得海石的喜悦和对东海向往流连的感情表达得十分新鲜、独特、强烈。清人纪昀评此诗："笔笔奇警，不觉题之琐碎。"（王文诰《苏文忠公诗编注集成》卷三十一引）而此联诗因袖中有大海的想象，在全篇中尤为奇警。

大瓢贮月归春瓮，小杓分江入夜瓶

这是元符三年（1100）苏轼在儋州（今海南省儋州市）作的七律《汲江煎茶》的颔联。全篇写他汲取江水煎茶的情景意趣。春夜，天上有月，水里也映有月。诗人用大瓢舀水，似乎把一轮月亮也舀上来倒进水缸中了；诗人再用小杓把水舀进茶瓶里，好像是把大江的一部分分取了。请看，舀水煎茶，平常情事，在诗人笔下竟然表现得如此奇趣横生！南宋诗人杨万里《诚斋诗话》评此联："状水之清美极矣，'分江'二字，此尤难下。"似未能揭示诗意的精妙。清人查慎行《初白庵诗评》卷下云：

“贮月分江，小中见大。”颇切中肯綮。一只水瓢，竟能贮一轮明月，并将它装进瓮中；一把小杓，居然分取滔滔大江并把它纳入瓶中。诗人想象的奇妙之处，正在于纳须弥于芥子。唯其小中藏大，方能小中见大。此联诗可能从唐人韩偓《赠僧》“瓶添涧水盛将月”化出，却将平淡之句化作如此新奇的诗，可谓点铁成金。

拔地青苍五千仞，劳渠蟠屈小诗中

这是南宋大诗人陆游于淳熙五年（1078）自浙入蜀途经江山县（今属浙江）时写的七绝《过灵石三峰二首》（其一）的三、四句。灵石三峰：即位于浙江江山市南的灵石山三峰，峰上各有巨石，高数十丈，俗呼江郎三片石。全诗以奇思写奇峰。首联“奇峰迎马骇衰翁，蜀岭吴山一洗空”，以欲抑先扬手法，夸张地说奇峰扑面而来，巍峨险峻，气势逼人，把巴蜀和江南的山都比下去了。这是扬山抑人。不料诗人笔锋一转，写出了奇趣陡生的三、四句。面对着自恃高险的奇峰，衰老的诗人并未被吓倒。他轻挥诗笔，便使拔地五千仞（这是极度的艺术夸张）的山峰倏忽间屈身缩小，蟠在小诗之中。一首短小的绝句诗，竟然把千仞奇峰纳入其中，多么神奇，多么有趣！中国画家观察自然时“以大观小”，而在作画时则化大为小，缩龙成寸，将高山大川纳于尺幅之中。正如南朝刘宋时期的画论家宗炳所说："竖划三寸，当千仞之高；横墨数千，体百里之迥。"（《画山水序》）这种化大为小、小中见大的构图手法，被诗人陆游巧妙地用之于诗的构思，创造出大山蟠屈被收入小诗的新奇意象，从而表现出诗人的广阔胸襟、恢宏气度与幽默个性。这种以小纳大的艺术手法，后来清代诗人陈大章在《登小孤山》中也运用。诗中有"凭栏决眦倚半酣，尽卷乾坤入诗笔"之句。这位诗人在小孤山上倚栏远眺大江远山，仿佛觉得自己能把天地间的灵秀风光尽卷入诗笔。诗的气魄更雄豪，却缺少陆游句中"五千仞"与"小诗"的强烈对比反差，也没有"拔地青苍"、"劳渠蟠屈"这样生动、诙谐的具体描绘，艺术效果就差多了。

小点墨池成巨浪，
就中飞出北溟鱼

这是清代诗人顾陈垿的咏物名篇《砚》的三、四句。诗人借咏一方小小砚台，抒发自己要写出经世致用、千古不朽的伟大文章的抱负。此联诗说，我好像看见小小的墨池里忽然掀起了滔天巨浪，从中飞出了一只巨大的鲲鹏直冲云天。北溟鱼，语出《庄子·逍遥游》："北溟有鱼，其名为鲲。鲲之大，不知其几千里也；化而为鸟，其名为鹏。鹏之背，不知其几千里也；怒而飞，其翼若垂天之云。"北溟，即北海。诗人创造性地运用这个典故，把“翼若垂天之云”的大鹏鸟纳进一方小砚台之中，先幻想墨池巨浪翻滚，再幻想鲲鹏飞出。这一联诗化大为小、小中藏大的奇思妙想，其手法及意蕴，与陆游的“拔地青苍五千仞，劳渠蟠屈小诗中”相似。但陆诗写的是眼前实见的奇峰，顾诗写的却是作为宏伟诗文象征的鲲鹏；陆诗是把奇峰“蟠屈”入小诗之中，顾诗却是鲲鹏从小砚里“飞出”。二诗同具奇趣，顾诗的意境雄伟飞动，陆诗的韵味幽默隽永，都是纳须弥于芥子的妙笔。

反常合道　奇趣横生

宋代大诗人苏轼曾说："诗以奇趣为宗，反常合道为趣。"所谓"反常"，指在诗的内容或表现方法上不符合人所共知习见的常情、常理、常规；"合道"，则指这种反常的表现其实恰恰传达出诗人对生活独具的感受和发现，从而创造出不一般的新奇形象和意境，因而符合艺术创新的规律。在灿若浩瀚银河的中国古典诗词作品中，反常合道奇趣横生的警句宛如无数明星闪烁，光耀千秋。

但使主人能醉客，不知何处是他乡

这是唐代大诗人李白的七绝《客中作》的三、四句。诗题为《客中作》，按照常规应当抒写他乡作客之愁苦。豪放不羁的李白，却表现出一种旷达乐观的情绪。首二句"兰陵美酒郁金香，玉碗盛来琥珀光"，极言酒之醇美香浓，盛酒玉碗之晶莹润泽，毫无作客异乡的悲凉凄楚，却洋溢着一种面对美酒的愉悦兴奋之意。三、四句先以“能醉客”紧承“美酒”并点醒“客中”，然后笔锋一转翻出新意，写自己虽身在客中，却因客店主人豪爽醉客，以至乐而忘返，竟不知何处是他乡异地。我们说此诗“反常”，就是说它在内容上违反了这个通常是要写客愁的题目，在艺术上也突破了陈陈相因、人所习用的构思与表现方法。我们说它“合道”，因为从描写酒美、酒具美、地方美、人情美到抒发自己流连忘返乐于客中，有一条紧紧牵动人心的感情线索；更因为这样写，正好充分表现出诗人重友情、嗜美酒、爱游历的独特个性，袒露了他视祖国山川风物无处不美，将五湖四海都当作故乡的广阔胸襟，给予我们一种豪迈乐观的情绪感染和新鲜奇妙的美感享受。

妻孥怪我在，惊定还拭泪

这是唐代大诗人杜甫《羌村三首》第一首中的一联，诗写他在兵荒马乱的年月中归家的情景。亲人久别重聚，按照常情常理应该喜悦而不该惊怪。诗人却用一个“怪”字，把妻儿们对于他的突然归来而产生的惊、骇、疑、喜、怨种种复杂的感情都表达出来了。再加上一个“在”字，更使人感触到经过烽火战乱，颠沛流离，他们一家子能够活下来并且团聚一堂是多么侥幸！下句写他们直到惊魂既定，才“喜心翻倒极，呜咽泪沾巾”。不说相见欢笑，而说流泪不止，将骨肉团聚悲喜交集的情景写得何等逼真动人！杜甫这样写，便从一个家庭生活的小场面中曲折深刻地反映出那个时代的大动乱在人们心中浓重的投影。由此可见，“反常合道”绝不仅仅是艺术表现的技巧问题，它更主要地得力于诗人对生活的深切体验与独特的感受和发现。

晨钟云外湿，胜地石堂烟

大历元年（766）夏初，杜甫自云安（今四川云阳）迁往夔州（今四川奉节），行前在云安城下舟中作了一首五律《船下夔州，郭宿，雨湿不得上岸别王十二判官》。这两句是此诗的颈联，继颔联写夜雨江景之后，写江岸晨景。由于下了一夜的雨，清晨起来，两岸山峦，云雾弥漫。穿过云雾，传来了钟声；纵目远眺，想象夔州石堂胜景，也一定隐没在这茫茫烟雾里。钟声本来是诉之于听觉的意象，诗人却用同时诉之于视觉和触觉的“云外湿”来形容，真是神来之笔！乍一看，“云外湿”三字违反常情，不可思议。然而仔细寻味，当时船泊江中，寺在山上，钟声从寺中传来，穿过山上岸边的迷蒙云雾，仿佛它也被沾湿了。这一奇思妙想，正是诗人彻夜听雨的感觉与眼前云烟水雾中的钟声叠合而产生的。而且，它也浸染了诗人因夜雨阻隔而未能上岸与友人话别的怅惘、凄凉意绪。因而这奇幻的一笔，虽似“反常”，却又“合道”，有着客观环境与主观情思的充分根据。清人叶燮在《原诗》中妙评此句说:“斯语也，吾不知其为耳闻耶？为目见耶？为意揣耶？俗儒于此，必曰‘晨钟云外度’，又必曰‘晨钟云外发’，决无下湿字者。不知其于隔云见钟，声中闻湿，妙悟天开，从至理实事中领悟，乃得此境界也。”“晨钟云外湿”，正是叶燮最为激赏的那种从“幽渺以为理，想象以为事，惝恍以为情”中产生的“理至、事至、情至之语”。

南山塞天地，日月石上生

这是唐代苦吟诗人孟郊的五言古诗名篇《游终南山》的首联。孟郊在诗歌创作中刻意求新，意象奇险，造语生硬，这首诗突出表现了这些特点。诗人一落笔便说终南山塞满了天地，日月都是山中岩石生出来的。真是硬语盘空，奇险惊人。终南山无论怎样高大，绝不可能把天地都塞满了，诗人的想象太出奇，夸张亦悖于常情常理。但诗人身在山中，仰望俯瞰、前瞻后顾，除了山还是山，根本看不见山外还有什么空间，所以他感到山把天地都塞了个严严实实。日和月，当然不是“石上生”，更不会同时从“石上生”。但诗人在深山里漫游多日，朝见日升、夕见月出都在此山中，使他感到这漫山岩石，正是生育日月的母体。前人也写过日月从山海上生出，如张九龄的“海上生明月”（《望月怀远》）、王湾的“海日生残夜”（《次北固山下》）、杜甫的“四更山吐月”（《月》）等，都用了拟人手法，表现出山海日月的生命力，意境壮丽或优美，饶有情韵，但都没有孟郊诗句这种奇险生硬的特色。孟郊一句兼写“日月”，仿佛日月同时出生，已奇出意表；不说日月是在“海”上生、“峰”上生而说“石”上生，更是造语生硬。然而正是如此奇险生硬的诗句，才足以把他对终南山高大深广和神奇瑰美的真实体验、强烈感受，独特地不同凡响地表达出来。我们读这一联诗，不能不耳目耸动、心灵震撼，在惊奇中感受到诗人沉醉、赞赏终南山的激情，感受到他对这座名山所怀抱的神秘感和崇拜感，从而在心灵中留下深刻难忘的印象。清人潘德舆说他读了孟郊这一联诗“顿觉心境空阔，万缘退听”（《养一斋诗话》），即是例证。孟郊此诗正是以其异乎寻常的想象和夸张，创造了“有孤峰峻壑之气”（钟惺《唐诗归》评孟郊诗语）的意象，取得了独特的艺术效果。孟郊的“反常合道”，合于艺术独创之道。

了知不是梦，忽忽心未稳

这是宋代诗人陈师道《示三子》诗的尾联。不难发现，它本于杜甫《羌村三首》的结句“夜阑更秉烛，相对如梦寐”。杜甫万死一生，心有余悸，故虽与妻儿灯前相对，犹疑是在梦中。因为写得透心入骨，后人纷纷仿效，唯独陈师道点化老杜诗句，却能翻出新意。他在抒写了自己与妻儿久别重逢“喜极不得语，泪尽方一哂”的悲喜交集情景之后，以欲擒故纵手法先宕开一笔，说自己明明知道这已不是梦中相见。既然是真团聚，按常理此刻该放心了吧？不，他的一颗心依然是悬挂着、震颤着，恍恍惚惚，神不守舍。这一笔，可谓深透一层，将杜诗的“如梦寐”，生发为非梦而犹似梦，写出了他自己独特的感受。而此种似梦非梦、如真如幻的心态，令人感到诗人在同妻儿离别的岁月中，曾经有过多少次刻骨铭心的思念，多少回摧肝裂腑的失望与幻灭！骨肉至情与兴奋心态，渗透在这十个字之中。

醉后不知天在水，满船清梦压星河

这是元末明初诗人唐温如仅存的一首《题龙阳县青草湖》七绝诗（《全唐诗》误收）的后一联。龙阳县即今湖南省汉寿县，县境的青草湖在洞庭湖的东南边，两湖相通，因此湖南面有青草山而得名。此诗题青草而咏洞庭。诗的首联：“西风吹老洞庭波，一夜湘君白发多。”诗人一落笔便以奇思妙想写出奇情幻景。湖水无所谓“老”、“少”，诗人却从眼前的满湖白浪想到人的白发，因而抱怨西风“吹老”了湖水。这个联想，已是未经人道，奇妙之至。诗人进而又联想当洞庭之波被秋风吹老之时，湖上的女神湘君，一定也要发愁，一夜之间，白发更多。这一笔更是幻想奇谲，匪夷所思。正是这两笔奇幻的变形的描写，独辟蹊径地表现出洞庭秋景的萧瑟，也深深地融入了诗人悲秋的意绪。后一联写湖上夜色，竟又奇峰陡起。诗人在客船上把盏赏景。当夜幕降临，湖上风平浪静，耿耿星河倒映于湖中。而船则浮在水面上，星星和银河在船的下面闪烁、荡漾。诗人醉后入梦，恍惚觉得他的梦充塞船中，压在星河之上了。梦无形体，竟然可以“满船”装载；梦无重量，居然能够“压”住星河。委实无理，却又是梦中幻境所可能有的。这一笔，在奇幻中显出天真之趣，表现了诗人渴望摆脱现实中的失意苦闷而超尘出世的思想。由于创造出一个新鲜奇丽的意境，仅此一诗，作者的名字在诗史的星河上光彩不灭。

妙写无声之声

大千世界中有不少事物是静默无声或声音细微难以察觉的。但中国古代的杰出诗人为了创造出新奇独特的意象或意境，却使这些无声之物发出了声音。这些萦响在诗中的“无声之声”，是诗人们用他们的慧心灵耳捕捉到的，往往能传达出诗人们对客观外物独到的感受和新奇的体验。诗人们表现这些无声之声，又善于运用灵活多变的艺术手法：有的用否定命题来暗示预先假设着的肯定命题，有的通过描写景物动态表现其声响，有的妙用通感，给声音涂上鲜明的色彩。

万壑有声含晚籁，
数峰无语立斜阳

这是宋初诗人王禹偁的七律名篇《村行》中的颔联。诗为商州出游之作。一、二两句“马穿山径菊初黄，信马悠悠野兴长”，写他在山间小路上信马徐行，悠然地观赏初绽的金菊，野趣深长，游兴正浓。三句“万壑有声含晚籁”，写他渐入山村深处，听到深壑中传来山泉淙淙，而这山泉声又包含在傍晚的风声、虫声以及一切天然音响之中。第四句，写他忽见数座峭峰，在斜阳夕照中巍然耸立，静默无声。这一联诗，对偶精工，写景很美。从构图上看，是由下而上，由深而高，上下映衬，纵横交错。从表现感觉的角度看，上句以听觉写动景，下句以视觉写静景；上句写可闻而不可见之景，下句写可见而不可闻之景，可谓动静对比映衬。最妙的是“无语”二字。正如钱锺书所说:“山峰本来是不能语而‘无语’的，王禹偁说它们‘无语’……并不违反事实；但是同时也仿佛表示它们原先能语、有语、欲语而此刻忽然‘无语’。”(《宋诗选注》）因此“无语”二字就是用反笔把原先假设的正意暗示出来。它给予读者的感觉是：这些山峰是有生命有灵性的。它们同诗人心神契合，与诗人无语交谈。由于诗人暗示出自己用心灵之耳聆听到的山峰之声，使上句的真闻之声与下句的幻听之声相互交织烘托，这就在明丽宁静的山野景色之中显示出一种凄清、孤独的意绪，显示出人与大自然交感契合的妙理。

飘然一叶乘空度，卧听银潢泻月声

这是北宋诗人孔武仲的七绝《五鼓乘风过洞庭湖日高已至庙下》的三、四句。诗人在秋夜五更从岳州城乘船过洞庭湖到君山，诗写于旅途中。题中“庙”，指君山的二妃（舜之二妃娥皇、女英）庙。诗的前二句：“半掩船篷天淡明，飞帆已背岳阳城。”交代时间是五更，天色微明，点明船乃乘风而行，非常迅疾。这是实写，为下文运实入虚、升华诗境作了铺垫。第三句“飘然一叶乘空度”，用想象之笔，表现他在船上感到好像躺卧在一张小小的树叶上，被疾风吹得飘起来，凌空飞渡。最后一句紧承上句，写他觉得自己已飞到了天上银河边，听到银河中月光流泻的哗哗声。诗人运用通感手法，以耳代目，以听觉写视觉，使无声之银河与月光，竟能在流泻中发出声音。这样的意象和意境，多么瑰丽、神奇、诱人神往！这是诗人在空明、浩茫的洞庭湖上驾飞帆而行所产生的似真似幻的感受，发前人所未发。“银潢泻月声”的新奇意象使全诗生色，千古瞩目。

剪剪轻风未是轻，犹吹花片作红声

这是南宋诗人杨万里的七绝《又和萧伯和韵绝句》的前二句。此诗抒写他一生热爱春天，到了晚年却与春天疏离了。全篇诗意平淡，但前两句“剪剪轻风未是轻，犹吹花片作红声”在艺术表现上颇有独到之处。诗人说，这带着寒意的早春之风看似轻微其实并不轻微，它把枝头的花苞一一吹开了。轻风吹开花苞，拂动花瓣，声音细微，一般人感觉不到或往往忽略，心灵敏锐的诗人杨万里却感受到了。他把这细微的声音捕捉住，又从花瓣的嫣红，感觉出这风吹花瓣的声音也是红色的，创构出“红声”这一个视听通感的意象。有了这一个新奇独创的意象，全篇顿见精彩。如果按照常规的写法，“红声”应作“红云”，借以形容春风吹得花朵盛开宛若一片红云。意象也美，但只诉诸读者的视觉而不能同时诉诸听觉，美感不丰富；更主要的是缺乏新鲜感和神奇感。“红声”二字绘声绘色，兼以色摹声，奇妙地酿成了一团令人陶醉的热烈而富于生机的气氛。其成功的关键，就在于诗人以红艳的色彩摹写出了春风拂动春花的无声之声。

一夜桂花何处落？月中空有轴帘声

这是明代著名戏剧家兼诗人汤显祖的七绝《天竺中秋》的三、四句。天竺，指天竺山，在今杭州西湖西。诗写他于中秋夜在天竺山上赏月的独特感受。前两句:“江楼无烛露凄清，风动琅玕笑语明。”写天竺山上的夜景和赏月之人。江楼无烛，夜露凄清，是静景；风动琅玕秀竹，赏月人笑语清亮，是动景，构成了天竺中秋夜特有的那种静中有动的节日氛围。后两句："一夜桂花何处落？月中空有轴帘声。"诗人展开想象和幻想的翅膀，把天竺山的满地桂花，写成是从月宫中的桂树飘落下来的。这位凝视着桂花飘坠的诗人，在浮想联翩中，仿佛听到月宫里隐隐传来卷帘之声。这里，诗人用想象中的月宫卷帘声暗写月里嫦娥。在这美妙的中秋之夜，她的纤纤素手卷起窗帘，要俯瞰人间的美景哩！无声之月，居然被诗人听出其中有声。我们不能不击节赞叹诗人非凡的想象力。而句中一个"空"字，更是意蕴丰富：是诗人感叹嫦娥难耐月宫寂寞却不得回人间？还是诗人遗憾徒闻嫦娥卷帘之声而不见其神姿仙态？诗人没有点明，让读者自己去品味、想象。"月中轴帘声"这个新奇美丽的意象，使这首诗增添扑朔迷离的梦幻色彩。空际传音，使读者遐想无穷。

静闻空翠滴，间与片云留

这是清代嘉庆年间诗人吴震的五律《月夜游孤山》的颔联。孤山，在杭州西湖中，东接白堤，南连苏堤，四面环水。诗写月夜游孤山的见闻感受。首联："松顶一声鹤，露华满径流。"以动写静。诗人捕捉住松顶的一声鹤唳、满径流动的露珠，就把读者引入一个清幽的月夜境界之中。这十个字没有明写月色，但那满径流动的露珠，分明辉映着澄朗月光，才能让诗人如此清晰地见到。正因见到露珠满径流动，诗人才感觉到那弥漫空际的苍翠山色，仿佛也像水珠般滴落下来，乃至在幽静中可以听到它们滴落的声音。唐代诗人王维《山中》有“空翠湿人衣”的名句，渲染初冬终南山中无边的浓翠，浓得几乎使整个空间都充满了翠色的分子，使置身于空翠之中的游人微微感觉到一种细雨湿衣的凉意。王维这句诗同时传达出自己的视觉、触觉和感觉对于“空翠”似幻似真的感受。吴震描写四面环水的孤山上的“空翠”，由于在静夜里，人的听觉格外敏锐，因此专从听觉落笔。诗人夸张地说好像听到空翠滴落的声响，比王维更进一层，从而把水气更重湿度更大的空翠表现得可见可闻，可触可感。吴震学习、借鉴了王维诗，却能自出机杼，表达自己独到的感受。二诗可谓异曲同工，各臻其妙。

隔物闻声　借声想景

自从东晋诗僧帛道猷写出了“茅茨隐不见，鸡鸣知有人”（《陵峰采药触兴为诗》）的佳句之后，历代诗论家陈岩肖、苏轼、胡仔、杨慎等人一再赞赏，诗人们也不断学习、模仿、借鉴、翻新，根据各自对于类似生活情景的真切独到体验，写出一首首诗情画意浓郁、令人回味无穷的佳作，以至成为中国古典诗歌写景的一种表现手法。这种手法，笔者称为“隔物闻声、借声想景”。

柴门闻犬吠，
风雪夜归人

这是唐代诗人刘长卿的五绝名篇《逢雪宿芙蓉山主人》的三、四句。全篇描写诗人暮夜投宿和山家风雪人归的情景。前两句：“日暮苍山远，天寒白屋贫。”上句写诗人在漫长山路上行进，眼看日暮，活画出他孤寂劳顿的旅况和急于投宿的心情。下句写他遥遥望见山间茅屋，在寒冬的衬托下，使人感到这户人家境况的贫穷。这两句诗，画面活，层次多，蕴含丰厚，文字极其凝练。“天寒”二字又为下面写夜来风雪伏笔。三、四句写夜已来临，他已就寝，忽然听见柴门外传来犬吠声，他猜想，一定是山家主人冒着风雪归来了。这两句从听觉下笔写“闻犬吠”，不仅是因为他在黑夜中卧榻上只能听到而不可能眼见风雪与归人，更是由于写“犬吠”，可让读者在言外想象出这幅风雪人归的画面，并从画面中感受这山居的荒凉，环境的孤寂，居人的劳苦，同时体味借宿的诗人惊喜、同情、感喟等复杂的感情。借闻犬吠以写雪夜归人，不用“知”字，读者可想而知，表现得非常清新奇妙。明人吴逸一《唐诗正解》评：“极肖山庄清景，却不寂寞。”清人黄叔灿《唐诗笺注》曰：“上二句孤寂况味，犬吠人归，若惊若喜，景色入妙。”

夜深知雪重，时闻折竹声

这是唐代大诗人白居易谪居江州时写的五言绝句《夜雪》的三、四句。诗的前两句：“已讶衾枕冷，复见窗户明。”夜静更深，辗转难眠的诗人感觉衾枕愈来愈冷，睁开眼向窗户望去，却见在漆黑的夜里窗纸上反而亮晃晃的。这两句巧妙地从侧面烘托，借触觉、视觉的角度写出了夜雪已下得很久，下得很大，积得很深。否则，诗人不会感到衾枕寒冷，也不会有强烈反光在窗上而让诗人在暗夜里看到。三、四句仍用侧写，却转从听觉表现。诗人不时地听到窗外传来竹枝被压折的声音，这才知道深夜雪势愈增，落在枝头的积雪也愈重了。诗人借折竹之声写出对窗外夜雪的感知，手法同帛道猷的“鸡鸣知有人”一脉相承。但已将“闻声”与“知”分为两句来表现，状景更生动、曲折、细致。

人家在何许？云外一声鸡

这是北宋诗人梅尧臣的五律名篇《鲁山山行》的尾联。鲁山，一名露山，故城在今河南鲁山县东北，接近襄城县西南边境。仁宗康定元年（1040），梅尧臣知襄城县，作此诗。诗的前三联：“适与野情惬，千山高复低。好峰随处改，幽径独行迷。霜落熊升树，林空鹿饮溪。”诗人用“移步换形”手法，曲折婉转地写他在秋天深山里游览所见。在一幅幅不断变换、充满动态的清幽野景中，饱含着诗人山行的浓郁野趣。“熊升树”与“鹿饮溪”之景，尤见诗人闲静愉悦之情。尾联，写他远望，但见白云团团浮动，不见人家，于是自言自语：这山里的人家，究竟在何处？恰在这时，云外传来一声鸡鸣，仿佛是有意回答诗人的提问：“这里有人家哩，快来休息吧！”这两句诗，写出诗人望云闻鸡的神态及其喜悦心情，又借云外鸡鸣巧妙点出深山人家，使全首不致枯寂，其画意跃然可见，宛然可想，余音袅袅，引人入胜。

数声柔橹苍茫外，何处江村人夜归

这是北宋诗僧道潜的七绝《秋江》的后一联。全篇写秋江黄昏的幽美景色。前联："赤叶枫林落酒旗，白沙洲渚阳已微。"在夕阳的辉映下，经霜的红色枫叶与徐徐落下的青白色酒旗相互映衬，绚丽耀目。但只一瞬间，就见江中白色的沙渚上，阳光已经昏暗。这两句色彩的对比丰富，写秋江岸上和水中的景色也很美；光线由明到暗，又透露出一种惆怅的情调气氛。三、四句紧接"阳已微"，自然转入对微阳朦胧中的江村的描写。但诗人不是直接推出江村之景，而是先写他听到几声轻柔的橹声从暮色苍茫的远处传来。"外"字下得无理而妙。本来，苍茫暮色，充塞天地，难分内外；诗人偏要强调橹声是从苍茫"外"传来，这就巧妙地表现出江面的空阔、宁静，也状写出橹声的悠柔和清远。这同杜甫的"碧瓦初寒外"（《玄元皇帝庙作》）和"晨钟云外湿"（《船下夔州，郭宿，雨湿不得上岸别王十二判官》）有异曲同工之妙。结句说，不知哪一处江村有人夜归，更以疑问口吻道出凭空想象之景，景中妙传诗人在沉沉夜色中难辨舟船、不见江村的惋惜、惆怅情思。同样是借写闻声，虚笔点染江村之景，比起实写更符合实际，更逼真。诗中之声，已不是如帛道猷诗那样直接传来，而是在苍茫暮色之外隐隐入耳。诗意多了曲折，也因声音距离感的拉大而使意境更觉悠远空灵。

隔林仿佛闻机杼，知有人家住翠微

这是道潜另一首七绝《东园》的后一联。“东园”，未详何处，可能是道潜卜居的杭州西湖智果禅院的附近。此诗前一联云：“曲渚回塘孰与期，杖藜终日自忘机。”说他在曲折萦回的池塘与洲渚之间徘徊，究竟是同谁相约？但不管有无朋友相伴，他独自拄着手杖在这幽美的山水中徜徉终日，恬淡自处，早已忘却了尘世的荣辱得失，没有机巧之心了。三、四句说，忽然，他仿佛听到从树林的那边传来一阵阵纺织的轧轧声，这才知道还有人家住在青山云岚深处。这两句有声有色，状景如画。妙在画中的深山人家藏而不露，借着隔林闻机杼之声表现出来。而诗人向往清净出世之意，均从画面中透露。宋代陈岩肖《庚溪诗话》云：“其源乃出于道猷，而更加煅炼，亦可谓善夺胎者也。”胡仔《苕溪渔隐丛话前集》卷五十六载：当时道潜相从苏轼在黄州，士大夫以书抵坡（东坡）曰：“闻日与诗僧相从，岂非‘隔林仿佛闻机杼’者乎？真东山胜游也！”东坡以书示道潜，诵前句笑曰：“此吾师七字师号。”可见，道潜这两句诗当时脍炙人口，并深得大文豪苏轼的称赏。

菰蒲深处疑无地，忽有人家笑语声

这是北宋诗人秦观的七绝组诗《秋日三首》（其一）的后一联。这组诗写他的家乡扬州景色，集中写邗沟（从扬州流经高邮至淮安的一段运河）一带的泽国风光和亭园雅趣。第一首写邗沟附近的水乡夜色。前一联说：“霜落邗沟积水清，寒星无数傍船明。”微霜初降，邗沟秋水格外澄清。诗人夜里乘船经过，但见无数寒星，映照水中，如万颗珍珠，傍着船舷熠熠闪光。诗一开篇，便展现出秋江夜色无比幽美迷人。三、四句说，诗人看见邗沟两岸，丛生着密密匝匝的菰蒲，在月色朦胧之中，黑压压地一望无际。诗人正在怀疑，这么密集的菰蒲深处，究竟有没有藏舟之“地”，恰在此时，却听到从菰蒲中传来几声热烈、温馨的笑语声，方知岸上还有人家。这一联诗所描绘的，确是诗人秦观的所见所闻所感，并非虚构。但在艺术表现方法上，显然也借鉴了帛道猷的“茅茨隐不见，鸡鸣知有人”，又有自己的独创。他用“疑”、“忽”二字前呼后应，巧妙地表现出由怀疑无人到疑团忽解的惊疑乍喜之情，又有意去掉比较呆板的“知”字，直接出之以“人家笑语声”的描述性意象，这就显得更灵动，更有生气，也更富于诗情画意了。

新奇独创的“远取譬”

德国美学家黑格尔在论述诗歌语言形象化的一种主要艺术手段——隐喻时说：隐喻起于诗人“想象力的恣肆奔放”和“任意配搭的巧智”，“为着避免平凡，尽量在貌似不伦不类的事物之中找出相关连的特征，从而把相隔最远的东西出人意料地结合在一起。”（《美学》第二卷第三章）中国现代文学家朱自清先生在总结象征派诗歌的艺术特征时，提出了“近取譬”与“远取譬”之说。他认为：“所谓远近不指比喻的材料而指比喻的方法”，“远”，就是“在普通人以为不同的事物中间看出同来”，“发见事物间的新关系，并且用最经济的方法将这关系组织成诗”（《新诗杂话·新诗的进步》，作家书屋 1947 年版）。其实，中国古典诗歌最古老也最主要的比喻手法是“近取譬”。早在《论语·雍也》中就有“能近取譬，可谓仁之方也已”之言，把“近取譬”当作比喻的代名词。后来，刘勰又强调“比类虽繁，以切至为贵”(《文心雕龙·比兴》)。中国古代诗人追求亲切自然、静穆鲜明的诗美，故而比较注重在周围寻找可以比拟的类似现象，尽量缩小喻体和本体之间的距离。但是，中国古典诗歌中也不乏令人惊奇的“远取譬”。特别是在唐代以后，诗人们刻意追求诗歌意象的新颖独创，也就越来越多地运用“远取譬”以标新立异，出奇制胜。

白摧朽骨龙虎死，
黑入太阴雷雨垂

这是唐代大诗人杜甫的题画诗《戏为韦偃双松图歌》的一联。全篇咏赞画家韦偃所绘的一幅双松图。前一联“两株惨裂苔藓皮，屈铁交错回高枝”，描绘古松之形貌。上句用白描手法表现松树皮的裂痕和苔藓，下句以“屈铁交错”隐喻松枝的硬劲蟠曲，尚属就近取譬。下面一联描写古松之色，却以大胆惊人的想象，运用了“远取譬”手段。上句写古松皮裂后露出的白枝，好像龙虎死后在腐烂的皮肉中露出的森森白骨。下句写古松枝叶繁密，一片浓荫如乌云四起，浸入“太阴”（月亮）之中，遮住了月光，宛若墨黑厚重的雷雨向大地垂压下来。这两个喻象奇险劲怪，使人为之惊心动魄，既深刻地呈现画家韦偃的神妙画艺，也强烈地表现出诗人欣赏画中古松时所产生的独特的主观感受。这一联诗还十分逼真地传达出画家笔墨的奇妙效果。明代张綖注云：“白摧，言画之枯淡处。黑入，言画之浓润处。”（仇兆鳌《杜诗详注》卷九引）指出诗人同时呈示了这幅水墨画黑白、枯涩、浓淡的墨色变化。王嗣奭《杜臆》亦评曰：“写松止四句耳，而冥思玄构，幽致深情，更无剩义。”道出了杜甫善于把不伦不类的事物之间那隐蔽幽深的关联特征揭示出来的高超艺术本领。

欲知垂尽岁，有似赴壑蛇

这是宋代大诗人苏轼的五言古诗《守岁》的首联。诗是嘉祐七年（1062）苏轼在凤翔（今属陕西）辞岁而作。此诗以欲擒故纵手法，先写守岁徒劳无益，再写倘若知道爱惜将逝时光，守岁仍有理，表现了诗人积极奋发的思想感情。诗的前六句：“欲知垂尽岁，有似赴壑蛇。修鳞半已没，去意谁能遮？况欲系其尾，虽勤知奈何！”把一年将尽的时光，比成一条游向幽壑的小蛇，只剩下尾巴梢在外，谁也系不住。蛇是人们十分熟悉的动物，用来比喻抽象无形的垂尽年岁；诗人又对蛇这个喻象作进一步描写，借以表达人们眼看着岁月流逝而无法挽回的人生感慨。喻义既含情又寓理，既丰富又深刻。这个比喻，新鲜奇特，形象生动，看似不伦不类，却又十分贴切，真是妙趣横生的“远取譬”。写这首诗时，苏轼才二十六岁，就已显示出诗思敏锐、想象奇妙、长于譬喻的过人才华。

暗潮生渚吊寒蚓，落月挂柳看悬蛛

这是苏轼在元丰二年（1079）赴浙江湖州上任途中所写的七言古诗《舟中夜起》中的一联。全篇写他在舟中深夜惊醒后所见所闻的奇幻、凄冷、幽静景色，抒发人生忧患、清境须臾的感受。这一联写景。上句写耳闻：潮水暗涨其声低咽，好像是无数蚯蚓在寒夜中蠢蠢蠕动所发出的声音。下句写目见：西沉的落月挂在柳条之下，看上去犹似悬吊在游丝末端的一只可怜的蜘蛛。这两句诗都用了暗喻，喻体和本体直接联系。诗人竟然别出心裁，以寒蚓之音喻暗潮之声，用丝上悬蛛状落月挂柳，想象多么大胆新奇，富于刺激性，却又多么贴切传神！这两个奇诡独创的远取譬意象，共同营造出一个神秘、幽冷、诡异的意境氛围，把诗人当时满肚子不合时宜的思想感情含蓄地表现出来了。清人查慎行评此诗：“极奇极幻极远极近境界，俱从静中写出。”（《初白庵诗评》卷中）

心似蛛丝游碧落，身如蜩甲化枯枝

这是北宋大诗人黄庭坚于熙宁四年（1071）在河南叶县尉任上写的七律《弈棋二首呈任公渐》（其一）的颔联。任公渐，叶县县令，诗人的上司。全篇以弈棋为题材，表现弈棋的心态和着迷的情景。首联："偶无公事客休时，席上谈兵校两棋。"说自己在偶然没有公事要办、也没有客人来访的时候，就在座席上谈起兵法，较量一下棋艺。颔联接着描写下棋人专心致志的神情和姿态。"碧落"，青天。"蜩"（tiáo），即蝉。"蜩甲"，即蝉蜕。上句写神情：下棋人的精神，好像轻盈的蛛丝，悠悠地飘扬在天空。下句写姿态：下棋人由于精思苦想，凝神不动，全身仿佛都僵化了，好像蜕化后的蝉壳，挂在枯干的树枝上。这里用了《庄子》中佝偻丈人承蜩的典故。佝偻丈人专心捕蝉乃至将身体当作枯树，手臂当成树枝。黄庭坚却把蝉蜕和枯枝两个意象结合，一起作为下棋人姿态的喻象，用典灵活，又有创新。这一联上、下句各用"似"、"如"二字，应属明喻。作为喻象的"蛛丝"与"蜩甲"都取自常见事物。但诗人居然能够发现它们同下棋人的神情姿态有相似之处，把它们之间的微妙关系揭示出来，这就显得奇崛异常了。细加品味，这两个喻象新奇却有理有趣。下棋人在冥思潜想中那种深细浮动、倏忽变化的精神状态，同天空中随风飘荡的蛛丝的确有神似之处；下棋人寂然凝虑、游心物外、嗒然遗身的情态，难道不正酷肖这一个空虚干枯的蝉蜕吗？经过一番思索寻味，我们不能不惊叹诗人黄庭坚这两个远取譬拟物式的意象对下棋人神态的摹状，真是新颖奇特又逼真贴切极了。难怪清人蒋澜在《艺苑名言》卷一中赞曰：“此二语穷形尽相，真是绘水绘声乎！”

湘妃危立冻蛟脊，海月冷挂珊瑚枝

这是南宋诗人萧德藻的七绝《古梅二首》（其一）的前二句。全诗咏赞凌晨盛开的古梅。诗人一下笔便运用远取譬的隐喻手法，把古梅枝比喻为一条水中游动之蛟，读者从蛟伸缩击浪之形，不难想象出梅枝偃蹇蟠屈之状。“冻”与下句的“冷”二字，又烘染出古梅所置身的寒冷的环境氛围。枝上盛开的梅花，竟被诗人想象成那位在蛟脊上亭亭玉立的美丽女神湘妃了。诗的开篇，两个喻象突兀而起，奇峭冷艳，梅枝梅花的姿态风神已跃然纸上。但诗人并未停止他的奇思妙想。他凝视着这枝梅花，眼前乘蛟的湘水女神忽然又幻化成一个神奇的海底世界，但见一只只海月挂在珊瑚枝上。“海月”，是海中一种半月形的白色贝类。海月挂珊瑚，两个喻象自然结合，天衣无缝。在半透明的海水中隐现的珊瑚和挂在其上的海月，同晨光熹微冷雾迷茫中的梅枝梅花，乍看风马牛不相及，细想却形神皆似。在中国古代诗史上，咏唱梅花的诗歌不可胜数，只有萧德藻创构出如此新奇怪诞的喻象来描绘梅花。可谓灵心独运，空前绝后。故而近人陈衍在《宋诗精华录》卷三中赞叹："梅花诗之工，至此可叹观止，非（林）和靖所想得到矣！"

雾气如微虫，
波势如卧牛。
明月如茧素

这是晚清同光体诗人陈三立的五绝《十一月十四夜发南昌月江舟行》的前三句。全诗四句，竟然有三句都用了比喻，在诗史上实不多见。"雾气"与"微虫"，一为气象，一为动物，可谓不伦不类，然而诗人竟能发现二者的相似之处。当无数小虫铺天盖地浮游飞动，不正似那弥漫江上的迷蒙大雾吗？首句是远取譬。次句把江上涌起的波涛比作一头头卧着的水牛。二者相似处普通人似可联想得到，应属近取譬，但意象也颇生动新奇。第三句将四周白茫茫的月色比作一只硕大无朋的蚕茧，在想象中加上了夸张，又是奇思妙喻的远取譬了。第四句"裹我江上舟"，想象这只白色的大蚕茧把自己乘坐的江上舟紧紧地裹住，诗即戛然结束。全诗并无一字抒情言志，全以喻象状景，却已营造出一个朦胧冷隽奇峭而又有沉重压抑感、束缚感的意境，诗人的羁旅之思、漂泊之感以及心灵深受束缚的怨愤之情都饱含于此意境中。陈三立作诗师法黄庭坚，称赞山谷乃“镵刻造化手”（《漫题豫章四贤像拓本》）。从此诗连用三个生新瘦硬、浓深俊微的喻象妙状自然景物来看，此语亦是夫子自道。章培恒先生评陈三立诗说得精辟：“自然景物往往是作为震撼他的神经的、包围着他，甚至向他穿刺的东西出现的。”（《元明清诗鉴赏辞典》序言）此诗设喻状景即鲜明体现这种独创风格。

倒喻出新　更须传神

比喻是诗词创作的一种基本的修辞手法，用得最为普遍。比喻要新鲜，不落俗套，就要求诗人逆用想象，不犯正位，别出蹊径。例如，从《诗经》以来，诗歌作品中通常都是用花来比拟美人，几乎已成为一种定格。唐宋的诗人词人为了跳出这个窠臼，却倒过来用美人喻花，甚至用美男子来比花，有人称这种比喻手法是“倒喻”。但倒喻并不一定取得创新出奇的艺术效果，还要看作者是否善于运用。诗人应使喻体生动贴切又新颖鲜活地描状出本体，达到形神兼备、情景交融，唤起人们美妙的诗意的联想。如果一味地求新猎奇而用倒喻，就有可能弄巧成拙，成为恶札，令人生厌。

将飞更作回风舞，已落犹成半面妆

这是北宋诗人宋祁的七律名篇《落花二首》（其一）的颔联。全诗借咏落花抒写一种“虽九死其犹未悔”的执着精神，寄托遥深。首联：“坠素翻红各自伤，青楼烟雨忍相望。”暗用唐代杜牧《金谷园》“落花犹似坠楼人”句意，写落花自伤飘零，仍不忍忘怀青楼烟雨，内心中有极缠绵悱恻之幽愁暗恨。此联已用了拟人手法，以人拟花。颔联承上“落”意，上句写落花飞动之态，用美人“回风舞”姿来比喻，又暗用《洛神赋》“飘飘兮若流风之回雪”和《楚辞·九章·悲回风》“悲回风之摇蕙兮，心冤结而内伤”句意，在对落花如流风回雪的轻妙舞姿的摹状中，传出其内心哀伤之情。下句写落花终于落地，却仍不失红粉佳人的娇美容貌。“半面妆”用梁元帝徐妃的典故。《南史·后妃传》载，妃“以帝眇一目，每知帝将至，必为半面妆以俟，帝见则大怒而出”。全联用了“回风舞”和“半面妆”两个喻象，分别以美女的快舞与残妆形容落花飞空与委地，这是倒喻。再用“更作”、“犹成”表现动态过程，注入诗人强烈的惋惜、伤叹情绪。于是，人与花融为一体，咏物与抒情契合无间。这样来运用美女喻花的“倒喻”，就不是故作新奇，而是体贴物情，形神兼备。宋人刘克庄《后村诗话》指出此联学李商隐《和张秀才落花诗》“落时犹自舞，扫后更余香”，不错。

但宋祁描写落花的姿态更生动细致，却不失原句之神情，可谓善于点化出新。

雨中有泪亦凄怆，月下无人更清淑

这是宋代诗人苏轼被贬谪黄州时写的《寓居定惠院之东，杂花满山，有海棠一株，土人不知贵也》诗的一联。诗咏海棠，寄托身世感慨。其中“朱唇得酒晕生脸，翠袖卷纱红映肉。林深雾暗晓光迟，日暖风轻春睡足。雨中有泪亦凄怆，月下无人更清淑”都是用拟人手法描写海棠的警句。《诚斋诗话》云:“白乐天女道士诗云:‘姑山半峰雪，瑶水一枝莲’，此以花比美妇人也。东坡海棠云:‘朱唇得酒晕生脸，翠袖卷纱红映肉’，此以美妇人比花也。”可见，苏轼此诗是逆用想象，将一般以花比美人改成以美人比花，用了倒喻手法，又把喻体——美人的形象延伸开去，描绘美人醉酒后的脸上红晕，在红纱翠袖中掩映的肌肤，暖日中酣睡的娇态，以及在雨中凄怆落泪和月下无人时的清纯秀美。这一连串化美为媚的生动鲜活的描摹，把海棠的花和叶在不同环境中的色泽、质感、姿态，表现得淋漓尽致！其所产生的艺术效果，使人分不清诗人究竟是写花还是写美人。喻体和本体，融成一片，亦此亦彼，亦虚亦实，亦真亦幻。这样运用倒喻，创新出奇，逼真动人，并给人以丰富的美的联想。

障羞半面依篁竹，随意淡妆窥野塘

这是宋代诗人黄庭坚的七绝《梅花》的首联。诗人一下笔就兼用了倒喻和借喻的艺术手法描写梅花。说他用了倒喻，是因为一反常态，不是以花比美人，而是以美人比花；说他用了借喻，是由于完全省略了本体“花”，而直接描绘作为喻体的美人。“障羞”，即遮羞。“半面”，用梁元帝徐妃的典故。“依篁竹”，暗用杜甫《佳人》“天寒翠袖薄，日暮倚修竹”句意。这两句说：一位美人满脸娇羞地倚靠在翠竹旁，她只是淡妆打扮，天然风韵，随意地看着野地池塘中自己的倩影。下句还暗用了宋初诗人林逋的咏梅名句“疏影横斜水清浅，暗香浮动月黄昏”和“雪后园林才半树，水边篱落忽横枝”的意境，更加诱人想象在翠竹衬托、池塘映照中的梅花那种坚贞、幽独品格和清纯、淡雅风韵。黄庭坚作诗，讲究“夺胎换骨”，“点铁成金”，即巧妙地化用前人诗的词句或意蕴。此联既用倒喻，又不露痕迹地隐括了杜甫、林逋的诗意，因此含蓄蕴藉，耐人寻味。

露湿何郎试汤饼，日烘荀令炷炉香

这是黄庭坚的七律《观王主簿家酴醾》的颔联。全诗咏酴醾花。这一联用了两个典故。出句用《世说新语·容止》:“何平叔（晏）美姿仪，面至白，魏明帝疑其傅粉。正夏月，与热汤饼，既啖，大汗出，以朱衣自拭，色转皎然。”对句用东汉荀彧典故。荀为尚书令，其衣带有香气，人称令君香。《艺文类聚》卷七十引《襄阳记》：“（刘）季和曰：‘荀令君至人家，坐处三日香。’”又，唐人李端《赠郭驸马》：“薰香荀令偏怜少，傅粉何郎不解愁。”句中“炷”，点燃；“炉”，薰炉。上句描写被露水沾湿的酴醿花色白里透红，就像白面郎君何晏吃了热汤饼出汗一样；下句形容在阳光烘照下的酴醿花散发出阵阵清香，好似荀彧衣裳带着的薰炉香气。一般诗人用花比美女，黄庭坚别出心裁，用美男子比花，不仅用了倒喻，而且跳出了用美女比花的窠臼，追新求奇，所以当时孔平仲（见《孔氏谈苑》卷五）、惠洪（见《冷斋夜话》卷四、《天厨禁脔》卷上）、朱翌（见《猗觉寮杂记》上）等人都推崇备至。但平心而论，黄庭坚这一联诗虽用倒喻，却不精彩。第一，用美男子比花，并非他的首创，唐代诗人李商隐《酬崔八早梅有赠兼示之作》就有“谢郎衣袖初翻雪，荀令薰炉更换香”之句，分别用美男子谢郎的雪白衣袖和荀令的薰香衣裳比喻梅花的色香。黄庭坚只是袭用了前人的句意，已落下乘。第二，这一联诗对酴醿的描绘不具体不真切，给人“隔”的感觉，更谈不到在喻象中融入主观感情了。所以金代王若虚《滹南诗话》批评说：“花比妇人，尚矣，盖其于类为宜，不独在颜色之间。山谷易以男子，有以见其好异之僻，（彭）渊才又杂而用之（指彭《海棠》诗：“雨过温泉浴妃子，露浓汤饼试何郎。”），益不伦可笑。此固甚纰缪者，而惠洪乃节节叹赏，以为愈奇，不求当而求新，吾恐他日有以白皙武夫比之者矣！此花无乃太粗鄙乎？”

程婴杵臼立孤难，
伯夷叔齐采薇瘦

这是黄庭坚的七言古诗《寄题荣州祖元大师此君轩》中的一联。诗是元符二年（1099）庭坚贬居戎州期间作。荣州属梓州路，治荣德县（今四川荣县），在戎州之北。祖元大师姓王，善抚琴，诗人的朋友。此君轩，即竹轩，轩名取晋人王徽之赞竹“何可一日无此君”之意（《世说新语·任诞》）。此联描写环绕轩堂的翠竹，用四位古代忠烈之士作比，明显是用了倒喻手法。程婴和公孙杵臼是战国时赵国忠臣。据《史记·赵世家》，屠岸贾杀赵氏，赵朔妻避难宫中，生一男，程婴与公孙杵臼欲救此儿。公孙问：“立孤与死孰难？”程曰：“死易，立孤难耳。”公孙遂先死，程婴抚养孤儿赵武，使复故位，最后也自尽。伯夷、叔齐是商孤竹君二子。周武王伐纣，二人耻食周粟，逃到首阳山，采薇而食，饿死山中（《史记·伯夷列传》）。这四个人都以高尚守节、坚贞不屈而为历代士人称颂。黄庭坚用他们来比喻竹的坚骨劲节，摆落常套，新奇而贴切，使人联想这四个古代烈士忠勇悲壮的事迹，更加深刻地感受眼前森森翠竹的神采风骨。宋人胡仔《苕溪渔隐丛话后集》卷三十二说："前辈讥作诗多用古人姓名，谓之点鬼簿。其语虽然如此，亦在用之何如耳，不可执以为定论也。如山谷《种竹》云：'程婴杵臼……'善于比喻，何害其为好句也。"清人贺裳《载酒园诗话》批评这一联诗"终嫌晦涩。此不过言'苦节'二字耳"却欠中肯。因为这四个历史人物的事迹早已传诵人口，用以比喻竹之劲节并不晦涩。单就此联而言，这样写意蕴虽深但缺乏景象，有所不足。然而此诗前后数联如"当时手执数寸碧，声挟风雨今连云。此君倾盖如故旧，骨相奇怪清且秀"，"霜钟堂上弄秋月，微风入弦此君说"等，对竹作了绘声绘色、形神兼备的描绘，中间插入此联以人喻竹，确有以虚衬实、兀傲奇警之妙。

认假作真　妙想联珠

比喻是使诗歌语言形象化的最有效的表现方法之一。中国古代诗人不仅经常运用明喻、暗喻、借喻，而且善于运用难度较大的博喻和曲喻，把所要描绘的事物或所要抒发的思想感情生动具体、形象鲜活地传达给读者。所谓曲喻，是以此物与彼物相似的一面作比，然后从喻体形象出发，进一步发挥想象，从而写出本体形象本来并不具有的状态或动作，可谓认假作真，妙想联珠。正如钱锺书先生论李贺诗歌比喻的特征时说："其比喻之法，尚有曲折。夫二物相似，故以此喻彼；然彼此相似，只在一端，非为全体。……长吉（李贺）乃往往以一端相似，推而及之于初不相似之他端。余论山谷（黄庭坚）引申《翻译名义集》所谓：'雪山似象，可长尾牙；满月似面，平添眉目'者也。"（《谈艺录·长吉曲喻》）

玉轮轧露湿团光 这是中唐诗人李贺描写梦游月宫的诗《梦天》的第三句。诗人用“玉轮”作为喻体形象来描状本体形象“月亮”，用“露珠”比喻“星星”。说月亮像闪着皎洁光辉的车轮一样从天空滚滚而过，辗压着像露珠一样晶莹的星星，以至它那圆圆的光轮都被弄湿了。想象多么奇特！本来，“轧”的动作是月亮这个本体形象没有也不可能有的，但通过喻体形象“轮子”的特性，月亮竟然也具备了“轧”的动作。读之，仿佛听到月亮在繁星点缀的夜空中辗压而过的隆隆之声。同样，“星星”作为一种凝固的物体，它并不能使别的物体变“湿”，但通过喻体形象“露珠”架设了桥梁，它也具有了“湿”的行为动作。由于运用了曲喻，意象更生动、逼真，还从一个意象生发出另一个意象，形成了意象叠加，在读者的灵视中奏响了“视觉和弦”，诗意更加瑰奇迷人。

天河夜转漂回星，银浦流云学水声 这是李贺的游仙诗《天上谣》的开头两句。在一个晴朗的夜晚，诗人游目太空，但见天河在转动，回荡着银光闪闪的星星；天河岸上，星云也像水一样流动。诗人凝神谛听，仿佛潺潺有声。这两句都用了曲喻。天河既然能够转动，那么它的水流就可以漂浮起璀璨的星星；星云既然如水流淌，故亦如水之流而有声。诗人先将喻体形象“水”坐实，再从它生发出去，进一步驰骋想象，从而写出“云”这个本体形象本来并不具有的动态特征，把读者引入一个神奇瑰丽的幻想世界。

羲和敲日玻璃声　这是李贺《秦王饮酒》诗中的第三句，全诗借写秦始皇的恣饮沉湎，隐含对纵情享乐的唐德宗的讽喻之意。前二句“秦王骑虎游八极，剑光照空天自碧”，写秦王骑着猛虎周游各地，他手中的宝剑剑光照天，天都为之改容。这句紧接着写驾驭日车的神羲和畏惧秦王的剑光，惊惶地“敲日”逃跑。诗人用“玻璃”比喻太阳，因为太阳与玻璃都有光明的特征，“玻璃”被敲击，会发出清脆的响声，太阳似玻璃，故而敲击它，自然也要发出玻璃一样的声音了。诗人又一次用了曲喻，写出新奇惊人的名句。

王侯须若缘坡竹，哦诗清风起空谷　这是黄庭坚的《次韵王炳之惠玉版纸》诗中的一联。句中的“王侯”，指友人王炳之。诗人把王炳之的络腮胡须，比作缘着坡地（喻指瘦削的脸颊）生长着的竹丛，下句写王炳之吟哦诗歌，张口须动，就好像从空谷中刮起一股清风，吹掠得竹枝竹叶纷披乱舞。诗人由

“竹”的喻体形象出发，顺着这个思路，发挥奇特的想象，从而写出奇句，活画出友人哦诗时须眉毕现的形象，并展现出他的清高脱俗的品格。

笔者因黄庭坚这两句诗，忽然想到英国著名现代诗人艾略特（1888—1965）《窗前晨景》的两句诗：“我感到女仆们潮湿的灵魂/在地下室前的大门口沮丧地发芽。”诗人同情在地下室厨房终夜劳动的女仆，由于地下室的潮湿，使她们的灵魂也潮湿了，而这些灵魂也因为潮湿而“沮丧地发芽”，这也是妙用曲喻写出的奇句。

管城子无食肉相，孔方兄有绝交书

这是北宋诗人黄庭坚的七律《戏呈孔毅父》诗中的首联。此诗采用自我嘲戏的笔调抒写不得志的苦闷，故题头冠一“戏”字。句中的“管城子”，指毛笔。韩愈的《毛颖传》将毛笔拟人化，为之立传，还说它受封为管城子。“食肉相”，用《后汉书·班超传》的典故。文中记载，看相的人曾说班超“燕颔虎颈，飞而食肉，此万里侯相也”。后来班超投笔从戎，立功西域，果然封侯。孔方兄，钱的别称。古时的铜钱中有方孔，故有此称，语出鲁褒《钱神论》：“亲爱如兄，字曰孔方”，暗含鄙视与嘲笑之意。“绝交书”，则取自嵇康《与山巨源绝交书》。这两句诗的意思是：我靠着一支笔杆子立身处世，既升不了官，也发不了财。但作者不这样明说直叙，而是精心选择了四个本无关联的典故，把它们巧妙地组合到一起，构成了新颖奇特的联想。作者还巧妙地运用了曲喻。毛笔既然已比拟为管城子，作为士子，他就有可能食肉拜相，或许是布衣终身，一贫如洗；铜钱既然已称为“兄”，也就能够写一封绝交书给自己。诗人把喻体坐实，让它真正像人一样有行为、有动作，有或穷或达的前途。作者就这样结合运用借代、曲喻和用典的手法，将自己富贵无望的牢骚生动地表达出来，使诗意深曲，充满谐谑幽默的情趣。

柳条毕竟如儿女，一夜东风眼便娇

这是南宋诗人陈孔硕的《绝句》的后一联。全篇抒写春日出游的感受。前一联：“腊雪逢春次第消，等闲著脚上溪桥。”腊月的残雪遇到春回大地，便一点一点地消融了。诗人随便漫步踏上了溪桥，欣赏早春的新鲜景色。第三句是营造意境的关键一笔。诗人把柳条比喻为儿女，第四句即从喻体形象“儿女”出发，进一步发挥奇特的想象，妙用曲喻，认假作真：既然是“儿女”，就有一双双美丽的眼睛；既然是“儿女”，也就有母亲，母亲便是温暖的东风。于是诗人表达出新奇又亲切的诗意：这些好像是天真活泼的小儿女的早春嫩柳，才不过接受了母亲“东风”一夜的温柔爱抚，他们的一双双眼睛便变得如此娇憨可爱。诗人运用了妙想联珠的曲喻，把东风、嫩柳写得形神俱活，生气勃勃，从而抒发出他对早春的独特感受和愉悦心情。

双关隐喻　诱人寻味

我们汉语言文字有两种传统的积极修辞方法:“双关”和“隐喻”。所谓双关，就是用了一个语词同时关顾着两种不同事物。双关有纯用语辞谐音双关的，也有语辞的音形都可通用，只就字义不同用做双关的。隐喻是比喻的一种，古代汉语叫隐喻，现代汉语称借喻，就是完全省略了本体，而仅仅说出喻体，双关和隐喻最早在民歌中经常运用，后来被文人们学到手，成为中国古典诗歌常用的修辞方法，并发展成为写景、叙事、抒情的艺术手段。运用双关和隐喻，可以使诗歌语言生动形象，精练含蓄，收到以少胜多、一石二鸟的艺术效果。

理丝入残机，何悟不成匹

这是《乐府诗集》卷四十四《子夜歌四十二首》其中一首的三、四句。《子夜歌》属于南朝乐府民歌中的《吴声歌曲》。每首四句。这一首写一个少女倾诉不能与她所爱恋的小伙子结成婚姻的痛苦。前二句："始欲识郎时，两心望如一。"说她和他初相识的时候，经常在夜晚幽会，情意绵绵，两颗心都怀着相同的愿望，要结成恩爱夫妻，直到百年。然而，小伙子却变了心，撇下她走了。她心烦意乱，魂不守舍。三、四句说，她白天身儿坐在织机面前，魂灵儿却还在他的身边。她把洁白的生丝理齐了，喂进织布机里。谁知这可憎可恼的破机子总是有意同她作对，任她怎么操纵费劲，就是织不成匹段。

这首诗歌写少女失恋的痛苦，巧妙地选取她在理丝织布的劳动情景来表现。作者用"残机"，即得了毛病的织机隐喻变了心的薄情郎，用"丝"谐音双关情思的"思"，又用"不成匹"，谐音双关两人不能匹配。这样，抽象无形、难以言说的烦恼、怨恨、痛苦，便被生动地、形象地表达出来，令读者可见可闻、可触可感，诗歌也显得活泼有趣，诱人寻味。

雾露隐芙蓉，见莲不分明

这是另一首《子夜歌》中的三、四句，写一位少女对恋人的埋怨、不满。前二句："我念欢的的，子行由豫情。”直接抒情言事，用对照手法表达自己与恋人对待爱情的不同态度。她称自己的恋人为“欢”，犹如现在所说的“亲爱的”。她是那么真诚、专一地爱着他，态度明朗（“的的”，即明朗、显著），而他却犹豫（即“由豫”）动摇，态度暧昧，若即若离。接下去两句，就用比喻和双关手法，把她失恋、幽怨的情事，富有诗意地、形象地表现出来。她把恋人比喻成水中的芙蓉，却被一层轻纱般的薄雾遮掩着，隐隐约约，朦朦胧胧，恰似他那暧昧不明的态度。这个比喻多么优美、贴切、奇妙，既形象地描绘出对方的神情意态，也揭示出自己又爱又怨的心理。更奇妙的是，在隐喻中还运用了谐音双关手法：“芙蓉”暗指“夫容”，“莲”暗指“怜”（即“爱”），字异而音同。这两句意思是：爱人啊，你的脸面就好像被雾露遮掩着的荷花一样，我怎么能看清楚你的态度和感情呢！全篇四句，先直抒胸臆，再用隐喻双关来曲折表达，从而活灵活现地刻画了一个对恋人爱极而怨的纯情少女的可爱形象。诗的意境优美、含蓄。

黄檗万里路，道苦真无极

这是《乐府诗集》卷四十六《读曲歌八十九首》其中一首的三、四句。《读曲歌》也属南朝乐府民歌中的《吴声歌曲》，每首四句。像一般南朝民歌一样，这首诗的抒情主人公也是一位女子，全篇描写她与情人久别重聚之夜恩爱缠绵的情景。前两句:“一夕就郎宿，通夜语不息。”在叙事中抒情。这个少女毫不羞涩，主动地与情郎同床共枕，而且整夜里在情郎耳边絮语，倾诉衷肠，不停不息。为什么她的感情如此炽烈、缠绵？作者含而不露，让读者先自寻味。接着，忽然插入一句“黄檗万里路”，点明了她同情人长久天涯远隔，情人刚从万里以外，风尘仆仆地归来相聚。第四句承接“语不息”和“黄檗”，巧妙地将个中情事表达出来。“黄檗”（bò），即黄柏，树名，树皮可做药，其味苦涩。六朝民歌常用作比兴，引出“苦”字。“道苦”，既指黄檗味道之苦，又用以暗指女子诉苦。“道”字，谐音双关“道路”之“道”和“说道”之“道”；“苦”字，谐音双关“苦树”之“苦”与女子“相思”之“苦”。全篇最奇妙的一笔，便是创造出“黄檗万里路”的意象，它不仅承上启下、引出了谐音双关语，而且它本身又以生动、具体的形象，诱发读者种种诗意的联想。这一条栽满了黄檗、长达万里的道路，既象征着这对情侣天涯远隔，又象征着少女心中倾诉不尽的相思之苦。这首诗意味直率而委婉，明朗而含蓄，朴素而优美，皆得力于奇妙的隐喻双关手法的运用。

东边日出西边雨，道是无晴还有晴

这是唐代诗人刘禹锡的《竹枝词二首》（其一）的后一联。竹枝词是巴渝（今四川省东部和重庆市一带）民歌中的一种。唱时，以笛、鼓伴奏，同时起舞，声调宛转动人。歌词杂咏当地风物和男女爱情，富有浓厚的生活气息。刘禹锡任夔州刺史时，听到这个曲调，遂依声作词，写了十来首。这一首写一位初恋少女的心理。前一联："杨柳青青江水平，闻郎江上踏歌声。"在一个春日里，江边杨柳，青条垂拂，江中流水，一平如镜。就在这个美好的撩人情思的环境中，她忽然听到了江边传来熟悉的歌声，原来是她的心上情郎踏歌而来了。"踏歌"是民间的一种歌调，唱歌时以脚踏地为节拍。后两句紧接前文，在写了她的耳闻目见之后，刻画她的内心活动。她想：这个小伙子倒有点像是眼前晴雨不定的天气哩！说它是晴天吧，西边还下着雨；说它是雨天吧，东边又还出着太阳，可真叫人捉摸不定。这里晴雨的"晴"，是谐音双关爱情的"情"。"道是无晴还有晴"，也就是"道是无情还有情"。诗人学习民间情歌的表现手法，巧妙地用眼前的景物环境来比喻少女对小伙子心态的揣测，从而明朗又含蓄地揭示出少女对心上人的喜爱和疑虑、眷恋和迷惘、期待和不安等微妙复杂的心理。明人谢榛评此诗"简而妙"（《四溟诗话》卷二）。近人俞陛云说：“此首起二句，以风韵摇曳见长。后二句言东西晴雨不同，以‘晴’字借作‘情’字。无情而有情，言郎踏歌之情，费人猜疑。双关巧语，妙手偶得之。”（《诗境浅说续编》）

铅华不可弃，莫是藁砧归

这是唐代诗人权德舆的《玉台体十二首》（其十一）的后一联。南朝徐陵曾把梁代以前的诗选作十卷，定名《玉台新咏》，中多艳情之篇，后世称为“玉台体”。此诗是仿效之作，写一位闺中少妇思念丈夫、盼他归来的心情。诗的前一联：“昨夜裙带解，今朝蟢子飞。”写她昨夜里结腰系裙的带子无缘无故地松弛坠落了。因为思夫心切，她觉得这是丈夫归来的好兆头。为此，她整夜睡不安稳。今天早上起床，又看见屋顶上捕食蚊虫的蟢子在飞舞。“蟢子”，是蜘蛛的一种，一名喜子，又名喜蛛，因为“蟢”与“喜”同音，所以她以为这也是喜兆。三、四句说，吉祥的兆头接连出现，使她喜出望外，于是她想：真是丈夫要回家了，那些搽面画眉的粉黛都不应当丢弃，我得好好梳妆打扮一番，迎接丈夫归来。句中的“藁砧”，本是切草的砧石，切草要用𫓧（同“斧”），“𫓧”与“夫”同音，故古人把“藁砧”或“𫓧”作为代指丈夫的隐语。这首诗妙在捕捉住一般人往往忽略的生活小事小物来营造艺术细节，细致入微地表现女主人公的痴情。通篇的语气口吻，无不切合深闺独守的少妇的身份、情态。但不可否认，诗中两次运用谐音双关手法，也增添了诗的情趣和生活气息，使诗的意蕴含蓄，耐人寻味。

本体和喻象的巧妙焊接

日本弘法大师撰《文镜秘府论·地卷》“十七势”云：“一句直比势者，‘相思河水流’。”此书校注者王利器先生认为，“十七势”为唐代诗人兼诗论家王昌龄已失传的《诗格》中语。所谓“一句直比势”，即是指诗人在一句诗中运用比喻，并将比喻的本体（如例句中的“相思”）和喻体（如“河水流”）直接焊接在一起，而二者之间不用诸如“像”、“若”、“如”、“是”等连接词。这种本体和喻象的剪辑、拼接，句式新奇，句中留下空白，本体和喻象在并置中互相对比、映衬，极有利于唤起读者积极主动的联想。它们好像电影中的蒙太奇镜头组接，产生意象叠加、意象的视觉或听觉和弦等特殊的艺术效果。由于省略了连接词语，诗句也更紧凑洗练，精纯严整，挺拔有力。学者蒋寅在其专著《大历诗风》中指出，大历诗人们为了炼饰诗句，使其生动和富于表现力，很喜欢用这种“一句直比势”手法。其实，擅于此技的不仅是大历诗人。唐宋及其后的许多杰出诗人都有运用此法写成的名句。

浮云游子意，落日故人情

这是唐代大诗人李白五言律诗《送友人》的颈联。全篇抒写与友人离别的深情。这一联上下句都用了比喻，而且把本体与喻体剪辑在一起，省略了连接词，属“一句直比势”。“浮云”、“落日”，既是诗人同友人告别时所见的实景，是兴象，但诗人又巧妙地用它们作为喻象来表现情意。天空中一抹白云，随风飘浮，象征着友人行踪不定，任意东西；西山上一轮火红的夕阳正徐徐落下，好像不忍遽然离开长天大地，隐喻诗人对老朋友依依惜别的神情。这样，一联诗中既有景，又有情；既有兴，又有比；既有实景，又有虚景；既写了送者，又写了去者，情景交融，比兴相合，对仗工整，文字精练，富于象征意味。

浮云一别后，流水十年间

这是唐代诗人韦应物的五律《淮上喜会梁川故人》的颔联。此诗描写诗人在淮上（今江苏淮阴一带）遇见了梁川故人的情景。首联“江汉曾为客，相逢每醉还”，写他昔日在江汉作客，经常同这位老朋友欢聚，每次都尽情畅饮，扶醉而归。颔联笔锋一转，情调陡然一跌，从甜蜜的回忆引发十年阔别的感伤。这一联说：自从分别以后，我们两人漂泊不定，人世沧桑变幻无常，就好像飘荡天空的浮云一样；而十年之间，岁月奄忽，年华易逝，又多似此刻脚下淮河的滔滔流水！这一联上下句都属于“一句直比势”。诗人以“浮云”、“流水”作喻象，同比喻的本体“一别后”与“十年间”直接拼接，显然借鉴了李白《送友人》诗的颈联。但李白诗用“浮云”比喻“游子意”，用“落日”比喻“故人情”，作为本体的情意比较具体、明确；韦应物这联诗中，本体“一别后”和“十年间”，却是抽象的漫长广阔的时间与空间，其意蕴不确指而更诱人想象。从对仗来看，李白那一联用正对，韦应物这一联却用了流水对，更显得自然流畅。

生事萍无定，愁心云不开

这是唐代诗人钱起的五律《穷秋对雨》的颔联。此诗大概作于天宝十载（751）诗人及第之前。诗人屡试不第，栖迟困顿，在诗中抒写他穷秋对雨叹息贫困、嗟伤不遇之情。这一联说：自己的生涯，就像浮萍一样漂泊无依；自己的心中积郁了太多的忧愁，正如同深秋天空中凝结不散的阴云一样。上下句分别用喻象“萍无定”和“云不开”与本体“生事”、“愁心”紧密焊接。但与李白、韦应物的那两联不同的是，钱起此联本体在前，喻象在后，而且对喻象加以描写，句意更生动，也流走自然。钱起写诗追求新奇研炼。他在工整的五言对仗句中将所要抒写的情意与喻象剪辑在一起，已属难能，而且还能对喻象作动态描述。其研炼之工巧，令人佩服。

树暖燃红烛，江清展碧油

这是唐代诗人李益的五言排律《送襄阳李尚书》中的一联。题中“李尚书”，指李逊。唐宪宗元和十年（815）十月，李逊以检校工部尚书出为襄州（治今湖北襄阳市）刺史，廷臣三十余人相送，李益此诗当作于此时。诗中描写了襄州的风土人情，颂扬李逊文武双全，期望他到襄州后建功立业并且诗作丰收。这一联写昔年冬天诗人到襄州时所见的奇丽景色：在那里，“天寒发梅柳”，寒冷的天气中仍然有梅花开放柳叶萌发。一树树梅花好像燃点着无数枝红蜡烛，令人感到暖烘烘的；江水那样清澈，仿佛无数碧绿色的车篷布向远方铺展。句中“碧油”，指碧油幢，即古代一种涂以青绿色油料的车篷。这一联诗，上下句都用了比喻，也都是本体与喻象之间不用连词而直接拼合，但作为本体的“树暖”、“江清”并非抽象的情事、意念，而是具体的景象，但它们还不够鲜明、生动。诗人调动艺术想象，用“燃红烛”和“展碧油”对它们作比喻、形容，诗句顿时画面生动、亮丽，产生了极佳的视觉效果，可以说是视觉意象的叠加或和弦。李益的诗，其艺术风格以雄浑深婉为主，此联诗却显示出清丽秀朗之致，反映了南国风光对他诗歌创作的影响。

浮云时事改，孤月此心明

这是宋代大诗人苏轼的五律《次韵江晦叔二首》（其一）的颔联。建中靖国元年（1101），被贬谪到海南岛的苏轼遇赦北归，经过虔州（今江西赣州）时作此诗。江晦叔，即江公著，字晦叔，桐庐人，时为虔州知州。诗中抒发了诗人政治上连续遭受残酷打击迫害后仍不改变自己匡国济民的人生态度。这一联诗，上下句用比喻，都是喻象与本体直接，属“一句直比势”。上句说：政局变化，人世沧桑，就好像天上变幻不定的浮云一样；但我的一片忠心，仍然像一轮孤月光明莹洁。显然，上句化用了李白《送友人》的“浮云游子意”，下句兼用杜甫《江汉》的“永夜月同孤”和“落日心犹壮”两句。点化之妙，如同已出，比喻贴切，情景相融，创造出如杜甫诗那种“含阔大于沉深”的意境。

山河破碎风飘絮，身世浮沉雨打萍

这是南宋爱国诗人文天祥的七律名篇《过零丁洋》的颔联。诗作于祥兴二年（1279），作者被元军俘获的第二年正月过零丁洋（在今广东中山市南的海面）之时。元军主帅张弘范一再逼迫他写信招降在海上坚持抵抗的南宋将领张世杰，文天祥断然拒绝，挥笔作此诗以明志。此诗以慷慨悲壮的格调，表达出诗人舍生取义的民族气节，体现出诗人的伟大人格和凛然正气，是诗人用生命谱写的光辉篇章。诗的首联“辛苦遭逢起一经，干戈寥落四周星”，从纵的方面，概括追述他步入仕途的坎坷经历和起兵勤王以来艰苦的戎马生涯。颔联变换笔墨，从横的方面形容渲染。上句写大宋江山已经破碎，好像狂风中飘零的柳絮；下句写自己作为亡国孤臣，身世浮沉，有如被急雨扑击的无根浮萍。诗人用凄凉的自然景象比喻国事的衰微和个人的厄运，深切地表现出他内心的悲愤。这一联上下句都采用了“一句直比势”手法，本体和喻象直接焊接。上下句的比喻本体是主语，而它们本身是主谓结构的描写句，作为谓语的喻象更是有主谓宾结构的陈述句。诗人充分发挥七言句的功能，运用复杂的句式，生动地描写出山河破碎和个人身世浮沉的情状。由于省略了比喻主体和喻体之间的连接词，这一联诗格外紧凑、凝练，十四个字中意象密集，诗的节奏回旋舒缓，具有杜甫七律那种沉郁顿挫的风格。

诗中的象征意蕴

中国传统诗歌多有比兴寄托，类似于现代诗学所说的象征性。所谓象征性，就是所描绘的形象不仅表现其本身所代表的事物的性质、意义，而同时又能表现某种更深远的精神的性质、意义。有人很通俗地说，象征就是用小事物表现或暗示大事物。诗人艾青也说过：“象征是事物的影射；是事物相互间的借喻，是真理的暗示和譬比。”有一部分诗篇是通篇象征，更多的诗是局部象征。读者要善于发现和开掘诗中的象征性意蕴，才能够深刻领略诗歌语言的凝聚、精练和诗意的丰富、含蓄，获得充分的审美再创造的愉悦。

玄都观里桃千树，尽是刘郎去后栽

这是唐代诗人刘禹锡的七言绝句《元和十年自朗州至京，戏赠看花诸君子》的三、四句。永贞元年（805），刘禹锡参加王叔文政治革新失败后，被贬为朗州司马，直到元和十年（815）才被召回京城长安。此诗作于这一年。“看花诸君子”，指一起承召回京的柳宗元、韩泰、韩晔等志同道合者。全篇描写人们去玄都观（道教庙宇名）观看桃花的情景，骨子里却是辛辣讽刺保守派的新贵。诗的前二句:“紫陌红尘拂面来，无人不道看花回。”描写看花的盛况：长安街上车马川流不息，行人络绎不绝，以致红尘滚滚，扑面而来；那些往回走的人，没有一个不笑逐颜开、得意洋洋，都说是饱看了桃花归来。这两句用夸张手法渲染桃花盛开满城观花的喧闹景象，借以影射朝中的保守派新贵们平步青云，占尽春光，也勾画了那些“看花人”即奔走权门、趋炎附势的投机分子的丑态。这两种人气焰熏天，甚嚣尘上，弄得朝野内外政治昏暗，空气污浊。三、四句说，玄都观里那灿若云霞的千株桃树，都是我刘郎被贬逐出长安以后所栽植的。诗人以“桃千树”隐喻新贵，揭露他们是靠落井下石、打击迫害革新派之后才飞黄腾达的，也暗示他们终将如桃花一样萎谢凋零。此诗明褒暗贬，似扬实抑，以戏谑之笔表达冷峻的讥刺。通篇运用隐喻象征手法，使象征的景物形象与被象征的人物、意蕴一明一隐、一实一虚地出现于诗中，构成了两个各自完整而又和谐的境界，而前一个境界既掩盖着又暗示着后一个境界。明代周敬、周珽辑《唐诗选脉会通评林》引敖英评语："讽刺时事，全用比体。"引唐汝询评语："首句便见气焰，次见附势者众，三以桃喻新贵。"都指出了此诗通篇运用影射象征的特色。刘禹锡此诗"语涉讥刺，执政者见而恶之"（《唐诗评注读本》），因此被再贬播州等地。十四年后，他才再度入京，任主客郎中，又写了一首《再游玄都观》："百亩中庭半是苔，桃花净尽菜花开。种桃道士归何处？前度刘郎今又来。"诗人仍以通篇隐喻象征手法，以胜利者姿态，辛辣嘲讽那些打击革新运动的当权者和新贵们已如树倒猢狲散，显示了自己倔强不屈的性格和昂扬斗志。

云散月明谁点缀，天容海色本澄清

这是宋代大诗人苏轼于元符三年（1100）遇赦北还，在赴廉州途中渡琼州海峡时写的七言律诗《六月二十日夜渡海》的颈联。全诗抒写绝处逢生的喜悦，显示出诗人深感祸中得福的爽朗豁达襟怀，是苏诗的名篇。首联："参横斗转欲三更，苦雨终风也解晴。"写夏季夜深的景象：参宿横空，斗宿移动，持续很久的风雨也懂得要放晴了。这两句既描绘夜景，又用隐喻手法暗示自己所遭遇的政治风雨即将过去，已有深一层的象征意味。颈联中的“点缀”，用了《晋书·谢重传》的典故。晋朝会稽王司马道子同骠骑长史谢重夜坐，道子很赞叹当时的月夜明净，谢重却认为不如有点云彩点缀。道子开玩笑说：你自己心地不干净，还想将天空也弄得污秽吗？苏轼用这个典故描绘云散月明、海天一色的光明灿烂景象，同时以隐喻、双关手法诘责迫害自己的政敌，表白自己的胸襟品格。因此，这联诗具有深层的象征意蕴。诗人要表达的是：我虽然长期被人诬陷迫害，但我本来是清白纯洁的，现在终于真相大白，一切诬蔑不实之词都像乌云一样散尽了。因为运用了隐喻、双关手法，这首诗的前四句不仅写景真切，境界空明壮阔，而且情意深厚，展现出诗人光明磊落的胸襟和倔强乐观的个性。清人纪昀评云：“前半纯是比体，如此措词，自无痕迹。”（《瀛奎律髓刊误》卷四十三）是中肯的。

地沉星尽没，
天跃日初熔

这是近代维新变法的改革家谭嗣同的五律《晨登衡岳祝融峰》的颈联。祝融峰是南岳衡山的主峰，七十二峰之最高处。峰巅有上封寺，寺东有观日台，是观日出的好地方。光绪十七年（1891）秋天，年仅26岁的谭嗣同在晨光中登上祝融峰，写下了这首气势豪迈的诗，抒发自己奋起变革现实的壮志抱负。首联“身高殊不觉，四顾乃无峰”，写他登上峰巅，仍不觉得身在最高处；环顾四面，众山俯伏，又被云遮雾罩，所以说“四顾无峰”。颔联“但有浮云度，时时一荡胸”，写众峰虽不可见，却有浮动的白云时而飘过，荡涤自己的心胸。这两联融情于景，表现出自己的高迈意气和阔大胸襟，但并无象征意蕴。颈联开拓出一个瑰丽境界：太阳未出，大地沉沉，众星光芒消失，尽皆隐没；忽然天际浮现红霞，一轮旭日好像燃烧的火球，跃然升起，霎时光焰夺目，染红了整个天空。诗人先写地沉星尽，再写红日跃起，一下一上，一暗一明，一抑一扬，对比强烈，气势磅礴，境界壮美。很明显，诗人在这里明写日出奇景，暗寓象征意蕴。在这位青年改革家看来，当时古老的中国尽管夜气沉沉，但这已是黎明前的黑暗，新生的中国必将如红日喷薄而出。因此，这联诗既象征当时的政治形势，又表现了诗人对光明的向往，对实现理想壮志的坚定信念。诗句亦实亦虚，熔情、景、理于一炉，读来气壮神旺。诗人继续展开这种象征性的构思写出尾联：“半勺洞庭水，秋寒欲起龙。”从俯视洞庭设想蛟龙欲起，以蛟龙暗喻，表达自己跃跃欲试变革现实的抱负，完成了象征境界的营构。

塞上秋风悲战马，神州落日泣哀鸿

这是伟大的革命先行者孙中山先生的七律《挽刘道一》的颈联。

刘道一是留学日本的湖南籍学生，同盟会会员。光绪三十二年（1906）春，他被派回湖南，秘密联络会党发动武装起义。起义失败后，他被清政府逮捕，壮烈牺牲。孙中山诗是为沉痛哀悼他而写的。前二联:“半壁东南三楚雄，刘郎死去霸图空。尚余遗业艰难甚，谁与斯人慷慨同!”诗人叹息刘道一的牺牲，使夺取东南半壁江山的宏伟革命计划落空了。而死难烈士遗留下来的革命事业仍十分艰巨，有谁能像他那样地慷慨献身呢！四句诗一气呵成，慷慨激昂。颈联从眼前的哀挽情景宕开，描绘了两幅悲壮的图画：一幅是塞上烽火熊熊燃烧，战马却在萧瑟的秋风中悲鸣；另一幅是一轮夕阳正沉落在神州大地上，漫山遍野回荡着哀鸿的啼泣之声。显然，这两幅情景悲壮的图画并非诗人耳闻目见的实景，而是诗人根据当时中国充满内忧外患的危机形势想象、虚构并经过典型概括的象征性景象。前幅景象暗示外国列强正虎视眈眈，伺机入侵，清政府却一味妥协忍让，使爱国志士报国无门，悲愤填膺；后幅暗喻清王朝正如日薄西山，气息奄奄，使广大民众陷于水深火热之中。这两幅象征性图景烘托了哀悼烈士的悲痛情绪，又激发作为革命领袖的作者写出尾联“几时痛饮黄龙酒，横揽江流一奠公”，发誓要推翻清政府，直捣黄龙，然后酾酒临江，祭奠烈士。全篇一、二、四联都是直抒慷慨悲壮情怀，第三联插入意象生动、境界壮阔的象征性画面，使全篇有情有景、情景相生相激，大大加强了诗的感人力量。

云磨雨洗天如碧，日炙风翻水泛红

这是晚清“南社”诗人陈去病的七律《中元节自黄浦出吴淞泛海》的颈联。诗是 1908 年作者由上海乘船渡海赴广东从事革命活动时作。中元节，旧以阴历七月十五日为中元节。黄浦，上海黄浦江。吴淞，即吴淞口。吴淞江与黄浦江在上海会合后，出吴淞口，汇长江入海。诗中借写海上景物，抒发了对国家危亡的忧虑和投入革命斗争的慷慨情怀。首联:“舵楼高唱大江东，万里苍茫一览空。”写他站立在船上的楼舱之上，高唱“大江东去”，极目海空，万里苍茫，景象无限阔远。次联:“海上波涛回荡极，眼前洲渚有无中。”写他俯瞰波涛，回旋激荡，由近及远，无穷无尽；由于波涛起伏，眼前的洲渚便时隐时现，若有若无。这两联写景，视野高远，境界阔大，气势豪壮。诗人融情入景，显示出豪迈奔放情怀。颈联写他在烈日下忽遇阵雨，继而云散雨霁，海天一碧；在日光反射下，风翻海波，泛出耀目的彤红之色。与前二联相比较，这一联意象密集，色彩鲜丽，境界瑰奇，句中又多转折顿挫。显然，它是经过诗人精心构思与着力刻画的。“磨”、“洗”、“炙”、“翻”四个动词，描述云、雨、天、日、风、水等意象，使人感到诗人要表达一种思想：只有经过“云磨雨洗”、“日炙风翻”的艰难锻淬，才有可能出现“天如碧”、“水泛红”般的崭新壮美境界。这就是诗句中蕴含的、象征的、带有哲理的意味。诗的尾联：“唯有胥涛若银练，素车白马战秋风”用伍子胥的典故表现自己为革命视死如归，即使死了也要成为鬼雄继续为革命推波助澜的英雄气概。这慷慨激越的情怀，正是上一联象征意蕴的引申发展，前后相承。

具象与抽象的嫁接

西方现代派诗人在创作中很善于运用精确传神的动词，把具体的意象与抽象的意象嫁接，形成一种特有的句式，绝妙地传达出内心的感觉与体验，从而增加诗的容量与韵味。中国现代一些著名诗人学习了这种手法，使虚实结合，使景物情思化。例如，臧克家就写过“两双大手拉着六月天，受伤的木身白血飞迸”，“汗珠里亮着坦荡的舒服”，“把希望放在指尖上”，“蛛网下斜挂着一眼热闷”等等奇警诗句。其实，这种具象与抽象结合的艺术表现手法，中国古代许多杰出的诗人早已运用自如，得心应手。具象与抽象结合的方式，最常见的是将抽象予以具象化，这是诗的形象思维所必不可缺的，不言自明；此外，还有将具象予以抽象化、具象和抽象嫁接这两种。这里从古代诗歌中撷取数例，说明具象和抽象嫁接这种手法的妙处。

孤灯然客梦，寒杵捣乡愁

这是唐代诗人岑参于天宝元年（742）七月自长安东行途中所作五律《宿关西客舍寄东山严许二山人……》的颔联，抒写羁旅乡愁，意思是：旅途中独对孤灯，引动了行客的思归之梦；阵阵捣衣的杵声摧人心腑，惹起了旅人思乡的愁绪。诗人通过动词“然”（即“燃”）和“捣”，把具体的意象“孤灯”、“寒杵”同抽象的意象“客梦”、“乡愁”嫁接起来，这样，孤灯燃出的不是烛光，而是“客梦”；寒杵捣的不是冬衣，而是“乡愁”。具象与抽象竟然如此自然而奇妙地结合起来，平常的动词“然”、“捣”显得那么新鲜、奇警，光彩传神！诗人仅用十个字就描写出眼前凄凉孤寂的景象与心中丰富复杂的情思，并使二者水乳交融。唐代诗评家殷璠《河岳英灵集》评岑诗“语奇体峻，意亦造奇”。岑参这首写于早期的诗就显示出“语求奇警”的特色。奇就奇在借助动词将具体与抽象巧妙地焊接。岑参还有一联诗“塞花飘客泪，边柳挂乡愁”（《武威春暮闻宇文判官西使还已到晋昌》），亦同一机杼。

南山与秋色，气势两相高

这是唐代诗人杜牧的五绝名篇《长安秋望》的后二句。全篇赞美远望中的长安秋色。前二句：“楼倚霜树外，镜天无一毫。”诗人登上高出于经霜后金黄色树林之上的楼台远望，只见天空明净澄洁得好像一面纤尘不染的镜子。后二句说，远望中的终南山峻拔入云，它那高远无极的气势，像是要同秋色一争高低。在这一联诗中，“南山”是具体有形的意象，“秋色”是抽象虚泛的意象。诗人别出心裁地用“南山”衬托“秋色”，以实托虚，虚实相生，使很难描写的“秋色”有了令人可见可感的形态，其高远的气势和精神也就跃然纸上了。由于诗人把具象与抽象结合起来，并同时赋予它们峻拔向上的动态，从而也就表现出了诗人当时那种心旷神怡的感受，高远澄净的心境以及奋发向上的抱负，诗的意境也显得高远遒劲。这是单纯运用具体意象所难以达到的艺术效果。

人行秋色里，雁落客愁边

这是宋代诗人方岳的五律《泊歙浦》的颔联。诗写游子的羁旅之感。首联:“此路难为别，丹枫似去年。”诗人暂时泊舟在歙县（今属安徽）的江边，岸上火红的枫叶勾起了去年的回忆。年复一年，漂泊依旧，使诗人对它格外留恋。颔联说，诗人孤苦伶仃地漂泊在萧瑟的秋色里，举目无亲，只有南归的大雁好似同情他的孤寂愁苦，暂时停下来陪伴着他。以上情景，诗人用“雁落客愁边”这样新奇的诗句来表达。雁是具体的有形的实物，“客愁”是无形的、抽象的感情，说雁落到了“客愁边”，真是匪夷所思，把具体的形象同抽象的感情结合起来，从而使无情的鸿雁仿佛也具有了人的同情心，而抽象的“客愁”也顿时可触可见了。如果诗人径直写成“雁落客身边”，一味实写具象，诗的意味便淡薄了。具体与抽象相结合所产生的绝妙艺术魅力，从此例不难看出。

一声孤棹响，残梦落清淮

这是清初诗人潘高的五绝名篇《秦淮晓渡》的后两句。首联：“潮长波平岸，乌啼月满街。”秦淮河水正涨早潮，与岸齐平；此时残月未隐，清辉满街，街上寂静无人，只有栖鸦偶尔发出几声啼鸣。这一联为后面描写晓渡创造了一个朦胧、空寂的环境氛围。后两句写晓渡，只听得船桨一声欸乃，孤舟已经划到秦淮河中心，河上的晨雾开始消散，天边残月也在沉落。末句是全篇点睛传神之笔。诗人不说残雾或残月落清淮，而是说“残梦落清淮”。“残梦”这一个抽象的意象，既显示出具体的意象残雾与残月，更象征着朝代的兴亡，使人联想到诗人刚刚经历的明清鼎革的动乱，也含蓄地表达出诗人对这场动乱的迷惘恍惚情思。而这个动词“落”字，更是精妙无比，它把抽象的“残梦”与具象的“清淮”连接起来，既使“残梦”具象化，又使“清淮”涂染上明朝覆亡的时代阴影。诗人创造性地运用具体与抽象相结合的手法，使这首写景小诗具有较强的艺术概括力，在自然景色中融入了丰富的历史内涵。据说当时金陵诗社诸名流同以此题赋诗，潘高出示此作后众皆叹服，推为绝唱。

赋中有比　耐人寻味

中国古典诗歌中的意象，有赋象、喻象、兴象、拟象、隐象、典象等种类。其中，赋象就是诗人运用赋的手法，即铺展开来，直接加以描绘而创构的意象。喻象，就是诗人运用比喻手法所营造，借以喻事喻情喻理之意象。但诗人们常常把赋的手法同别的手法配合使用于一首诗中，形成诸象交相映射的意境。而当诗人在创构意象时兼用“赋”和“比”的手法，就产生了“赋中有比”的双重意象。这种赋中有比的意象，亦实亦虚，既生动鲜明、饱含感情，又兼有比兴寄托，寄兴在有意无意之间，不见痕迹，因此其蕴含的情意格外丰厚深邃，耐人寻味。

惊风乱飐芙蓉水，密雨斜侵薜荔墙

这是唐代诗人柳宗元的七律《登柳州城楼寄漳汀封连四州》的颔联。永贞元年（805），柳宗元参加王叔文等领导的政治革新活动失败，与刘禹锡等七人一道被贬为州郡司马，史称“八司马”。元和十年（815），柳宗元、韩泰、韩晔、陈谏、刘禹锡这五人又分别被任命为柳州（今属广西）、漳州（今属福建）、汀州（今福建长汀）、封州（今广东封川）、连州（今广东连州）刺史。这首诗是柳宗元初到柳州登城楼有感而作，抒发自己无辜被贬的悲愤和对同遭厄运的朋友的深切怀念。首联：“城上高楼接大荒，海天愁思正茫茫。”从登楼落笔，展现出宏阔境界和浩茫愁思，可谓大气包举，发兴高远。颔联写近景：在疾风骤雨的吹刮、打击下，塘水四溅，荷花摇颤，城墙上蔓生的薜荔也枝叶离析。因为是近处所见，写得真切细致。明人廖文炳说：“惟惊风，故云‘乱飐’，惟细（密）雨，故云‘斜侵’。”（《唐诗鼓吹注解》卷一）清人纪昀精辟地指出：“三四赋中之比，不露痕迹。”（《瀛奎律髓刊误》卷四）屈原在《离骚》中以芙蓉、薜荔等香草比君子，此联即暗用了《离骚》语意，用以比喻自己和四州同志人格美好、品质芳洁，却横遭保守势力的迫害。但这种比喻象征意味蕴含在生动真切的自然意象之中，犹如水中着盐，不见痕迹，正是诗人艺术表现的高明之处。

天意怜幽草，人间重晚晴

这是唐代诗人李商隐的五律《晚晴》的颔联。大中元年（847）作者应聘随桂管观察使郑亚到桂林（今属广西）任幕僚。此诗是他在这年初夏抵达桂林不久后写的。诗中描写初夏晚晴的景象，表达了诗人乐观开朗的心情。这一联从生长在幽暗处不为人注意的小草落笔，暗寓晚晴，意思是：雨后晚晴，小草既得到雨水滋润，又得到阳光照耀，它们生意欣欣，正是天意的垂爱；雨后晚晴，空气清新，光景美丽，然而短暂，更为人间所珍重。这一联写景观察细致，用笔轻灵秀美，又能融情入景，把幽草人格化，表现出一种欣慰喜悦之情，更进而写出对晚晴别有会心的感受。作为赋象来看，正是难得的佳句。更妙的是，“幽草”与“晚晴”这两个意象还有比兴寄托意味，它们蕴含着诗人的身世之感。诗人在踏上仕途不久就被卷入党争漩涡，饱受排挤打击，屡遭厄运，因此把郑亚的聘用看作是生命旅途中的幸遇，倍感欣慰。但他又担忧这种机遇有可能匆匆即逝，故而分外珍重。联系诗人的身世和当时的心境，也就不难体会到这一联诗托寓的深意。清人宋宗元《网师园唐诗笺》就指出这一联诗有“风人比兴之意，纯自意匠经营中得来。”今人刘学锴、余恕诚《李商隐诗歌集解》说：“妙在触景兴感，情与境偕，脱口道出，浑融无迹，寄兴在有意无意之间。既富诗情，又寓人生感受与人生哲理。诗之寄托，此为上乘。”评析更全面精到。

座中醉客延醒客，江上晴云杂雨云

这是唐代诗人李商隐的七律《杜工部蜀中离席》的颈联。大中五年（851）冬，作者在东川节度使柳仲郢幕府任节度判官，被派往西川（今成都）推狱。次年春，事毕将返梓州（今四川三台），在饯别宴席上作此诗。杜工部，指杜甫，曾受检校工部员外郎的官衔。此诗模仿杜甫风格，好像是代杜甫所作，故题上加“杜工部”。诗人作此诗时，唐王朝虽已收复被吐蕃占领的秦、原、安乐三州及石门第七关，并平息了党项动乱，但边地局势仍然紧张，故诗人借描绘离席情景，抒发伤时忧国情怀。这一联中，“醒客”是作者自指，“醉客”指饯行席上的醉者。意思是：在宴席上已经喝得酩酊大醉的客人们，还一再延请我这没有喝醉的客人干杯；窗外，锦江波翻浪涌，江上天色变幻不定，但见晴云还夹杂着雨云。这两句所写情景，都是赋象，一写席中醒者醉者之态，一写江上晴云雨云错杂之状。但细加品味，又兼有比喻象征。上句用《楚辞·渔父》“众人皆醉我独醒”语意。“醒客”，喻指自己对当时蜀中干戈未靖、战乱未已的紧张复杂形势有着清醒的认识；“醉客”，暗讽那些不明时势、浑浑噩噩的庸碌之辈。下句象征雪岭松州动乱不安、变幻莫测的形势，又透露出作者的深深忧虑。由于赋象又兼喻象，使这一联诗写景、叙事与抒情紧密结合，气魄宏大，意味深长。近人张采田《玉溪生年谱会笺》评此联云：“一醉一醒，或晴或雨，比喻显然。”

秋风片帆急，暮霭一山孤

这是宋代大诗人苏轼的五律《南康望湖亭》的颔联。绍圣元年（1094）六月，苏轼在赴英州途中，又接到被再贬为建昌军（今江西南城）司马、惠州（今广东惠阳）安置的诰命。此诗是赴惠州途中经南康军（今江西星子县）时所作，全篇表现了诗人被贬南荒时慷慨苍凉的情怀。首联：“八月渡长湖，萧条万象疏。”用精练的语言叙写他在八月中渡过鄱阳湖。虽是初秋，眼前已是万象萧条，草木稀疏。颔联更生动具体地描写他在旅途中凄凉、孤独的情景：秋风萧瑟，茫茫湖面上只有他所乘坐的一叶孤舟，正被风浪推涌着急急行进；在迷蒙的暮霭中，隐约可见远处一座山峰，孤零零地兀立着。这里的“片帆”和“一山”，是诗人在心情孤苦中有意捕捉的意象。诗人运用白描手法，以“秋风”、“暮霭”衬托，画出了它们的迅急和孤独之态。这是实景，是赋象。然而我们反复咏吟，就不难体会到两个赋象又兼有比喻、象征意味。这片被秋风猛烈地吹刮的船帆，正好像被赵宋朝廷中的当权者们一再打击、迫害的作者；而在暮霭中的一座孤山，不就是作者前途暗淡、处境凄凉孤独的喻象么？

水远山长双属玉，身闲心苦一舂锄

这是宋代诗人黄庭坚的七律《池口风雨留三日》的颔联。元丰三年（1080）秋，黄庭坚自汴京归江南，赴江西太和县任，经过安徽贵池县池口镇，遇风雨，停留三天，写了这首诗，表现他与世无争的恬淡心情和消极无为的思想。首联："孤城三日风吹雨，小市人家只菜蔬。"点出时间、地点、环境，表现池口小市镇的贫困，笔墨很简练。颔联写景。属玉，小鸟名，似鸭而大，长颈、赤目、紫绀色。舂锄，即白鹭，像其水边啄食的动态。这两句说：在辽阔的天地间，一双属玉自由自在地飞过；水边有一只白鹭呆站着，看起来它似乎很悠闲，但实际上却为寻找食物而焦虑。显然，诗人写的是眼前所见的山水自然景物。属玉和舂锄这两个动物意象都是诗人用白描手法直接描绘出的赋象，十分鲜明生动。但细细品味，诗人将"水远山长"与"身闲心苦"、"双属玉"与"一舂锄"对照描绘，又暗含深意。舂锄隐喻着诗人"身闲心苦"的境况，属玉寄托着诗人对摆脱官场羁束的自由生活的向往。于是，这属玉和舂锄，同时又是意蕴丰富的喻象了。清人方东树《昭昧詹言》卷二十评云："三四以物为兴，兼比。……此诗别有风味，一洗腥膻。”

草合离宫转夕晖，
孤云飘泊复何依

这是南宋爱国诗人文天祥的七律《金陵驿二首》（其一）的首联。诗为祥兴元年（1278）文天祥被俘后，次年押赴元都燕京（今北京）途经金陵（今江苏南京）时所作。全篇抒写作者的亡国之痛与报国之心。首联描绘金陵驿所见之景。金陵是六朝故都。南宋初，高宗也曾短期留驻于此，建有离宫，即行宫。当初，这里是金碧辉煌的宫殿、楼阁，何等富丽气派。如今，一片惨淡的夕阳斜照在长满衰草荒凉破败的离宫上。天边一片孤云在飘飘荡荡，无依无靠，也不知道它要飘泊到何方。显然，这是作者远望、仰看所见之实景，景中融入了作者的黍离之悲。但它们又隐含着象征意味。这被夕阳笼罩和荒草掩没了的南宋离宫，也可以看作南宋朝廷覆亡和国土沉沦的象征；而天上的孤云，分明喻指着作者自己。他作为地上的孤臣，与天上的浮云互相映照，一样地无依无靠，不知归宿，可谓同病相怜。作者在这一联诗中创构出离宫和孤云这两个赋中有比的意象，借以抒发自己深沉而又复杂的内心感情和感受，使十四个字包蕴丰富而深刻。

小诗绘人物　形与神俱活

在中国古典诗歌中，有许多短小篇章是借刻画人物来抒情咏志的。尺幅之中，寥寥数语，便使笔下各种各样的人物形象，无不形神兼备，栩栩如生，跃然纸上，令千载以下读者叹为观止。

巧笑倩兮，美目盼兮

这是《诗经》中的《卫风·硕人》中的两句。诗是赞美卫庄公夫人庄姜的，可以说是古典诗歌中描绘人物之美的最早名篇。诗的第二章前五句是："手如柔荑，肤如凝脂，领如蝤蛴，齿如瓠犀，螓首蛾眉。"说庄姜的手像草芽一样细嫩柔滑，皮肤像凝结的脂肪一样洁白无瑕；颈子像天牛的幼虫一样又白又长，牙齿像瓠瓜的子儿一样白亮而整密；头额像螓首一样宽广方正，眉毛像蚕蛾一样弯曲细长。一句一个比喻，把庄姜的美写得尽态极妍，淋漓尽致。但因为都是以实比实的静态描绘，不免使人感到板滞。诗人添加了"巧笑倩兮，美目盼兮”两句，捕捉住人物嫣然一笑、美目流注、顾盼生情的一瞬间，作生动传神的描绘，化静为动，使人物形神皆活。文艺复兴时代意大利诗人阿里奥斯陀在《疯狂的罗兰》诗中描绘美女阿尔契娜的眼睛“娴雅地左顾右盼，秋波流转”。对此，德国18世纪文学批评家莱辛在其名著《拉奥孔》中非常欣赏，并指出：这是一种“化美为媚”的艺术手法；“媚是动态中的美”，“是一纵即逝而却令人百看不厌的美”。《卫风·硕人》的这两句诗更早地运用了“化美为媚”的艺术手法，给中国历代诗人从动态中表现人物的精神气韵以很大的启发。

科头箕踞长松下，白眼看他世上人

这是唐代诗人王维的七绝《与卢员外象过崔处士兴宗林亭》的后二句。卢象，字纬卿，王维的诗友。崔兴宗，王维的姑表兄弟。处士，古称有才德而隐居不仕的人。王维与卢象一同访问崔兴宗。前二句“绿树重阴盖四邻，青苔日厚自无尘”，以清幽无尘的林亭景色烘托崔处士绝尘脱俗的高士风韵。这两句正面刻画崔处士形象。“科头”，不戴帽子，古人以为是不合时宜的表现。“箕踞”，坐时两脚伸直岔开，形似簸箕，是一种轻慢放肆的姿态。“白眼”，眼睛向上或向旁边看，眼眶内多现白的部分，是轻蔑、傲慢的眼神。《晋书·阮籍传》说，阮能为青白眼，见世俗之士，用白眼看之，见知己好友，用青眼（正视，眼珠在正中）。王维用白描手法，刻画崔处士在高高的松树下科头箕踞，白眼冷看世人的独特姿态神情，写得生动逼真，使一位清狂傲世的隐士形象栩栩如生，呼之欲出。

荷叶罗裙一色裁，芙蓉向脸两边开

这是唐代诗人王昌龄的七绝《采莲曲二首》（其二）的首二句。全诗描写采莲少女的欢乐劳动景象，表现她们充满青春活力的美。诗人巧妙地把采莲少女置于田田绿荷和艳艳红莲之中，使人物与美丽的大自然融为一体。这两句诗，乍看是“比”，说少女们的罗裙绿得像荷叶一样，而她们的脸庞红润艳丽更如同出水的荷花。但细细品味，其实是“赋”：荷叶与少女们的绿罗裙一色，难以分辨。她们的脸庞，掩映在盛开的荷花中间。当她们荡舟前进，看上去仿佛鲜艳的荷花正朝着她们的脸庞开放。诗句分明是从梁元帝萧绎《采莲曲》中的“莲花乱脸色，荷叶杂衣香”化出，但写得更富于动态美，具象感更鲜活，也更有情致。清人黄叔灿《唐诗笺注》说：“‘向脸’二字却妙，似花亦有情。”由于诗人以一支彩笔，描画出这幅荷叶与罗裙一色、莲花与人面映照的美丽图画，使人感觉绿荷与红莲已化身为少女，具有了生命；而采莲少女亦化身为绿荷与红莲，成了它们的精灵。人与大自然化合为一，意境奇丽，引人遐思。

欲得周郎顾，时时误拂弦

这是唐代诗人李端的五绝《鸣筝》的三、四句。全诗写一位弹筝女子的邀宠之情。一、二句“鸣筝金粟柱，素手玉房前”，写弹筝女子坐在华美的房舍前，撩拨筝弦，奏出美妙乐音。“柱”，系弦部件。“金粟”，柱上华贵装饰。三、四句抓住体现人物心理的典型细节，曲曲传出她意欲博取心上人青睐的微妙心态。“周郎”，指三国吴将周瑜。他 24 岁为将，时称“周郎”。他又精通音乐，即使喝得半醉，也能听得出别人奏曲的错误，于是便转过头去看演奏者。所以时谣说:“曲有误，周郎顾。”（见《三国志·吴书·周瑜传》）这里以周郎比喻弹筝女子属意的知音者。你看，她一再地乱弹一气，故意出错，为的是要心上人看她一眼，可见她的深情和聪慧。清人徐增说:“手在弦上，意属听者。在赏音人之前，不欲见长，偏欲见短。见长则人审其音，见短则人见其意。李君（李端）何故知之得恁细。”（《而庵说唐诗》）对这首诗婉曲细腻地揭示女性内心隐秘，可谓体贴入微。

路人借问遥招手，怕得鱼惊不应人

这是唐代诗人胡令能的七绝《小儿垂钓》诗中的三、四句。一、二句:“蓬头稚子学垂纶，侧坐莓苔草映身。”描写一个小孩头发乱蓬蓬的，正在小河边学钓鱼。他是那么聪明，选择一个僻静无人连阳光也很少照到的地方放下钓丝。他专心致志地注视着在水面上浮荡的钓标，以至随意坐在潮湿的莓苔上也毫不介意；诗人远远看去，只见青青草色映着他的身影。这两句重在写人物的外形、动作，以及人物所处的环境景色，却也透露出山乡垂钓小儿聪明、朴野、自信的可爱性格。三、四句写忽然有行人远远地向他打听路径，他没有答应，却连连向路人招手。为什么他只招手而不答话呢？原来他是害怕惊扰了鱼儿不来上钩。这两句诗重在借动作传神。小儿听到路人隔溪向他打听道路的呼喊声时，他的焦急神态，他急中生智地用手势代替答话的情景，读者都可以想象出来。诗写到此便戛然而止。一个聪明活泼的小儿形象，已形神兼备，跃然纸上。描写儿童的诗，写得天真活泼，童趣盎然，确实难得。

碧眼胡儿三百骑，尽提金勒向云看

这是宋初诗人柳开的七绝名篇《塞上》的三、四句。全诗描写北方少数民族健儿善于骑射的英武风姿和剽悍性格，艺术构思非常新奇。诗一开篇，便以“鸣骹（qiāo，箭）直上一千尺，天静无风声更干”的奇句，展现出万里晴空，辽阔草原，数百名健儿正扬鞭跃马，联翩奔逐。忽然，一支响箭呼啸着直刺高空。“直上”和“一千尺”表现箭的锐不可当之势和射程之远。“干”字绝妙地描状出箭声在天静无风的干燥草原上格外地清脆、尖厉、刺耳。诗人用表现触觉感受的“干”来形容听觉感受，由于扣合着塞上草原的特定环境，十分妥帖。三、四句写这些草原骑士们听到锐箭呼啸之声，立即把战马勒住，一齐抬起头向云天仰望。诗人捕捉住急剧动态中一瞬间相对静止的场面，以一个有力的造型，塑造出精彩动人的英雄群像。“碧眼”画出了骑士们最突出的外貌特征和目光炯炯凝神仰望的风采；“提金勒”和“向云看”两个动作细节，既表现了他们骑术的高超、身手的矫捷，又显示他们聆箭声而警觉亢奋，跃跃欲试，要同射箭手一赛技艺的心理。这幅人物群像图，有动态，有气势，有色彩，有声音（锐箭的呼啸声和突然被勒住的战马狂怒嘶鸣声），雄壮有力，扣人心弦。更妙的是，诗中还暗写出一位并未出场亮相的射手。诗人通过“鸣骹”的声势和众人勒马观看的描写，表现出他臂力之强劲，射技之高超，以及人们对他的赞服。借英雄群像烘托出主人公形象，不露痕迹，手法高妙，令人叹服。

细节不细　曲写情意

恩格斯曾经精辟地论述真实生动的细节描写对于塑造典型性格的重要性。在借叙事以抒情的诗中，细节描写往往是表现抒情主人公的内心感情和意绪的点睛传神之笔，有时甚至是整首诗艺术构思和意境创造的支柱。中国古典诗歌有不少精彩的细节，或写一个平常生活场景中富于包孕性戏剧性的一瞬，或写人物的一句话语一个动作一颦一笑，或写景物微细的动态，就能把诗人很难说出的复杂、丰富、微妙的感情意绪，鲜明可触地表达出来，而且诗味浓郁，耐人咀嚼。

复恐匆匆说不尽，
行人临发又开封

这是中唐诗人张籍的七绝名篇《秋思》的三、四句。全诗抒写作客他乡的诗人对家乡亲人的深切怀念。首句“洛阳城里见秋风”，说他客居洛阳，又见秋风。“见”字平中出奇，把无形的秋风写成处处可见，含蓄地表达出凄凉摇落的秋思情景。次句“欲作家书意万重”，正面写“思”字。因思乡而欲作家书，但铺纸伸笔之际，又觉得心里涌动的千愁万绪不知从何处说起，也不知如何表达。这一句借迟迟不能下笔的生动意态，把自己深切强烈的乡思已写得鲜明可触。三、四句，诗人撇开写信的具体过程和具体内容，只剪取家书就要发出时的一个行动细节来突出描写。诗人因托“行人”之便捎信，匆匆书写，但当捎信的行人就要上路的时候，却又忽然生怕刚才匆忙写就的信里，可能漏掉了什么重要内容，于是又匆匆拆开信封。这个在疑惑和担心的心理基础上产生的行动细节，非常真实，是生活中许多人都有的，诗人自然而巧妙地捕捉住了，因此，它具有典型性；同时，又富于诗情和戏剧性，把游子对家乡和亲人的深厚情意表达得那么真切、细腻、传神。清人沈德潜说：“亦复人人胸臆语，与‘马上相逢无纸笔’一首同妙。”（《唐诗别裁》）今人刘拜山先生评曰：“‘临发又开封’，终似有未尽之语也。思家之情，栩栩纸上。此种人情恒有之事，一经指出，自能沁人心脾。”（《千首唐人绝句》）一个日常生活的小小细节，竟产生了抒写情意极切和刻画心理入微的绝妙艺术效果。

打起黄莺儿，莫教枝上啼

这是唐代诗人金昌绪的五绝《春怨》诗的前一联。全篇写少妇怀念征人。首句即如奇峰陡起，写少妇把黄莺儿打起，引人悬念。次句即说出她打黄莺的目的，是不让它啼鸣。第三句再递进一层，说明不让莺啼是怕惊醒她的梦。最后一句才揭开谜底，原来是惟恐莺啼惊破她去辽西的美梦。于是，少妇对远戍辽西的征人的刻骨相思，悲怨之情，尽于言外曲曲传出。通篇由“打起黄莺儿”这一个行动细节引起，却用倒叙手法，犹如剥茧抽丝，层层剥开。从诗的章法结构看，诚如沈德潜所说，有“一气蝉联而下”（《唐诗别裁》）之妙。而从选择和提炼典型细节的角度看，“打起黄莺儿”，极平常，又极奇妙。因思念深切，自然积思成梦，梦中可到辽西与夫婿相会，又恐莺啼惊起，使梦不成，故而怨莺嗔莺以至要赶走莺。少妇的无聊极思、痴情深怨，尽发于“打起黄莺儿”这一个奇怪、反常的行动中。上举岑参与张籍的诗，是先写抒情主人公的思想活动、心情意态，再用行动细节作点睛之笔；此首诗落笔即写行动细节，再逐层揭示此细节所内蕴的情意。由此诗可以领悟：如果诗人找到了一个既平常又独特的细节，并且善于利用它，深掘它所隐藏的意蕴，一首小诗佳作也就完成了。金昌绪仅存此诗，在诗史上即有了一席位置。

斜拔玉钗灯影畔，剔开红焰救飞蛾

这是中唐诗人张祜的七绝《咏内人》的三、四句。古人称皇宫为大内，内人即宫女。全篇写宫女怨情。诗人既不正面描写她们凄凉寂寞的生活，也不直接道出她们内心的痛苦哀怨，而是匠心独运，捕捉一位宫女在月下、灯畔的两个动作细节，生动、准确、微妙地展现出宫女们悲惨的命运和痛苦的灵魂。首句“禁门宫树月痕过”，写时间、地点、环境气氛。暗淡朦胧的月光，先后投射到宫门、庭树和这位宫女的住室之内。次句“媚眼惟看宿燕窠”，写人物。夜色沉沉，万籁俱寂，宫女却无法成眠，一双娇媚的眼睛不看别处，惟独盯着房梁上那已经熟睡了的燕子窝巢。从这一双媚眼里，透露出她微妙复杂的内心活动：孤独寂寞之感，对双飞双宿的燕子的羡慕，对自由和幸福的渴望。三、四句由静态转向动态。这时，她在灯影旁忽然看到一只飞蛾，扑向灯焰，眼看这无知的小动物即将丧生，于是她立即拔下斜插在头上的玉钗，剔开红红的火焰，把飞蛾救了出来。这两句的动作细节描写不仅细腻优美，而且饱含丰富深邃的情意：飞蛾投火，使宫女感伤自己的命运同飞蛾恰恰相似；对飞蛾的挽救表现了她的善良和富于同情心，也是出于对自己命运的哀怜；飞蛾还有她来相救，而她又有谁来救呢？诗人只是客观地描写了宫女凝视燕巢和救飞蛾两个细节，却真切深刻地展现出宫女的悲惨境遇和内心世界，也抒发了他对千千万万类似飞蛾的宫女的同情，其典型概括和细节描写的精妙，确实令人叹服。今人刘拜山云：“看宿燕而默羡双栖，救飞蛾而相怜遭遇，宫人心事，写来如见。”（《千首唐人绝句》）评析中肯。

登高回首坡垄隔，但见乌帽出复没

这是北宋大诗人苏轼的七言古诗《辛丑十一月十九日，既与子由别于郑州西门之外，马上赋诗一篇寄之》的一联。嘉祐六年（1061），苏轼出任签书凤翔府判官，前去赴职。其弟苏辙（子由）送兄赴任，一直送到离京城一百四十里的郑州西门外，苏轼写下了这首抒发离愁别恨的名篇。这一联写他们兄弟俩分别后，苏轼登上高处，回望归去的弟弟，却被坡垄所遮蔽，只见弟弟的乌帽时出时没。诗人不直写惜别之情，而以登高回首、坡垄阻隔、乌帽出没的行动和景物细节表达。十四个字，写动态之景逼真如画，诗人回望弟弟的怅惘凄恻神情也跃然纸上。陈岩肖《庚溪诗话》说：“昔人临岐惜别，回首引望，恋恋不舍遽去而形于诗者，如王摩诘云：‘车徒望不见，时见起行尘’；欧阳詹云：‘高城已不见，况复城中人’；东坡与其弟子由别云：‘登高回首坡垄隔，但见乌帽出复没’。咸纪行人已远而故人不复可见，语虽不同，其惜别之意则同也。”指出了苏诗之所本，又点明了这两句写出“惜别之意”。吴师道《吴礼部诗话》评这两句“模写甚工”，纪昀批点《苏文忠公诗集》赞曰“写难状之景”。同陈岩肖所举王维、欧阳詹诗相比，苏轼诗的细节描写更生动，更有独创性，从而也更真挚感人，并给人以深刻难忘的印象。

有约不来过夜半，闲敲棋子落灯花

这是南宋“永嘉四灵”诗人之一赵师秀的七绝《约客》的后一联。全篇写约客相会而久候不至的情景。首联:“黄梅时节家家雨，青草池塘处处蛙。”描写黄梅时节的雨声和青草池塘的蛙声交织成一片，把人们带入了典型的江南夏夜，又表现出一个孤寂者深夜候客不至的特殊感受。因为他一直静候着友人的叩门声，才感到窗外的雨声、蛙声格外喧聒盈耳。第三句才点明“约客”的诗题，也暗示正是夜雨绵绵不断使友人未能践约。“过夜半”，足见他期待之久、希望之切。如果诗仅写到此，虽有富于时令特色和地方风味的一联景句，全篇却缺少诗情韵味。末句，诗人捕捉住候客者的一个小小动作细节：“闲敲棋子”。棋子本不是敲的，他竟用来敲打。这一个下意识的单调机械的动作，多么绝妙地表现出他的失望焦躁百无聊赖的情绪。“落灯花”是敲打棋子所引起的，却也暗示灯芯燃久、期客时长的情形，并使读者宛然如见此人怅望灯花掉落的神情意态。而室内一灯如豆、棋声笃笃所渲染出的阒静无聊，又恰与前一联雨声、蛙声的繁响不绝构成鲜明对照。在对照中，更深地显出此人落寞失望的情怀。一个敲棋的典型细节，可见可闻，可触可感，胜过千言万语，使全诗语少情深，余韵不绝。

借色抒情　设彩造境

马克思曾说："色彩的感觉是一般美感中最大众化的形式。"（《政治经济学批判》第一篇第二章）在人的各种感觉中，视觉可谓是最先，也是最重要的感觉。而色彩就具有唤起人的第一视觉的作用，唤起人的物理的、生理的和心理的感受、情愫及种种美的联想。因此，诗人、画家都十分重视色彩的表现，把色彩作为塑造意象、抒发情怀乃至创造意境的重要手段。中国古代的杰出诗人们不仅能够表现色彩的浓淡、深浅、明暗，表现多种色彩的映衬、对照，还能画出色彩的动或静、实或虚，画出光和色的闪烁明灭、瞬息变幻，甚至能把色彩拟人化，使它具有性灵，画出它们的肥瘦、冷暖、悲喜、生死，从而巧妙地表达出诗人自我新鲜独到的感受，透露自己内心的感情奥秘。

山路元无雨，空翠湿人衣

这是唐代大诗人王维的五绝《山中》的三、四句。全篇描写终南山深秋景色。这两句说，他在深山中行走，忽然觉得衣裳湿了，以为是下雨，细看并未有雨。原来幽深的山林之中，弥漫着空明的苍翠欲滴的山岚，就像一片翠雾，把人都笼罩住了。诗人整个身心都被浸润，顿时产生一种细雨湿衣的凉意。林庚先生说：“到处都有新鲜的绿意，这绿意变成空气，化为细雨，构成了王维诗歌的总体气氛。”（《唐诗综论》，人民文学出版社 1987 年版，第 121 页）兼擅水墨丹青的画家王维在这两句诗中运用泼彩大写意的手法，给整幅画面涂抹和渲染出大片湿润、浓翠的底色，使作为远景的无边浓翠山色，同前两句“荆溪白石出，天寒红叶稀”中作为近景和中景的清溪、白石、红叶相互映衬，更显得色彩缤纷，从而显示出大自然的蓬勃生机与活力。张旭《山行留客》也有“纵使晴明无雨色，入云深处亦沾衣”之句，二诗的意境和表现手法都很相似。但比较起来，王维写得更精练，色彩也更为鲜明、丰富。

彩翠时分明，夕岚无处所

这是王维的五绝组诗《辋川集》中《木兰柴》的三、四句。前二句是“秋山敛余照，飞鸟逐前侣”。木兰柴是王维隐居的辋川别业附近的一个风景点。全篇说：夕阳的余晖在秋山上逐渐收敛，一群群归巢的鸟儿前后追逐着掠过山腰。飞鸟的翠羽在秋山夕照中时而缤纷闪耀，时而暗淡模糊。最后，深蓝、灰暗的山间雾霭一团团涌出来，飘忽不定，把一切都掩盖了。诗人笔下的自然景物，尽管色彩缤纷，却随生随灭，如同海市蜃楼，不过是变幻莫测的假象。也许，他是要通过这种景象描绘，表达佛教“色即是空”的理念。但从诗美的创造与欣赏的角度看，王维在这首诗中以一位画家对光和色彩的敏锐感觉，画出秋山夕照中飞鸟、山光、岚影闪烁明灭、变化迅疾的瞬间景象，宛然西方印象派画家笔下的对景写生，给人以极真切、鲜明的印象和奇妙、丰富的视觉美感享受。特别是“彩翠时分明”，多么亮丽！这跳跃、飞动的彩翠之色，是自然生命的闪光？是诗人心灵的颤动？是禅家瞬间的顿悟？我们感到其中含蕴着许多意味，却又美不可言。这真是色彩的音乐，色彩的诗。

两个黄鹂鸣翠柳，一行白鹭上青天

这是唐代大诗人杜甫住在成都草堂时写的《绝句四首》其三的前联。后联是：“窗含西岭千秋雪，门泊东吴万里船。”全篇描写春天的景色，表现诗人的开朗、乐观情怀和离蜀东游的心愿。二十八字，绘出一幅色彩鲜丽生机勃勃的天然图画：画面的中心是丛丛翠柳，两只黄莺儿在枝头婉啭啼鸣；画的上半部是湛蓝的晴空，一行白鹭向着高天飞去；近景是草堂，从草堂的窗上可以见到天际积雪皑皑的西岭；草堂门前是一条大河，水面停泊着远方来的船只。前两句写了黄鹂、翠柳、白鹭、青天，四景四色，绚丽夺目。诗人把两笔鹅黄点染在一片翠绿之中，在澄蓝的空间斜勾出一条白线，点线面有机结合，高低远近，位置经营得十分讲究，使画面产生清晰的空间感。而色彩的运用，尤见诗人的艺术匠心。黄与翠、白与青，互相映衬，物象的色相、明度、彩度之间是那么协调，整幅画面是统一的暖色调，造成一种开朗明亮、清新活泼、欢快热烈的情境气氛，浸润着诗人在新春中的喜悦情绪。可谓先“色”夺人，设“彩”造境、借色抒情的杰构。宋人曾季貍《艇斋诗话》说:“韩子苍云：老杜‘两个黄鹂鸣翠柳，一行白鹭上青天’，古人用颜色字，亦须匹配得相当方用，‘翠’上方见得‘黄’，‘青’上方见得‘白’。此说有理。”指出了杜甫这联诗敷彩设色的和谐美妙。

秋白鲜红死，
水香莲子齐

这是唐代诗人李贺的五言古诗《月漉漉篇》中的一联。此诗是李贺南游过会稽（今浙江绍兴）月夜泛舟鉴湖之作。此联之前，有“月漉漉，波烟玉”，“谁能看石帆，乘船镜中人”之句。烟波之中，秋月如镜，光明莹润，投影湖心。湖边石帆山也好像随着诗人乘船，在镜中游动。这一联写湖中荷莲。诗人不说湖水而说“秋白”，突出表现皎洁月色下湖光水色的白亮；不说荷花萎谢而说“鲜红死”，更是奇幻凄丽。这样写，仿佛荷花鲜红的血液已经流尽，丰满的肌肤也已化为水。荷花虽萎，却把清香留在湖水中，又孕育出了翠绿如玉整齐饱满的莲子，可见美好的生命是不会死灭的。在李贺这位被称为“鬼才”的诗人笔下，经常出现这种美艳绝伦又虚荒诞幻的意象。而这些意象所具有的冷艳凄丽色彩，如碧、青、黑、白、红等，竟然直接同诸如冷、暖、热、枯、瘦、老、死等动词或形容词直接搭配。这样，色彩既具有客观具象美，又有诗人主体感应美，有时还兼具种种象征意蕴，以及人的情感性格。又如“冷红泣露娇啼色”（《南山种田行》），“细绿及团红，当路杂啼笑”（《春归昌谷》）等，同“秋白鲜红死”一样，都能强烈地刺激读者的心灵和视觉，令人战栗与惊悸，让人感受到一种谲怪瑰奇的美。

好是雨余江上望，
白云堆里泼浓蓝

这是北宋诗人潘阆的七绝《九华山》的后一联。九华山，在今安徽青阳县西南。山有九峰，原名九子山，李白游江汉，见九峰如莲华（花），改名九华。

它和峨眉、五台、普陀合称中国佛教四大名山。诗的前一联:“将齐华岳犹多六，若并巫山又欠三。”把九华山同华山三峰相比，它多出六座山峰；跟有十二奇峰的巫山相比，它又少了三座山峰。在比较中暗示九华山也如华山一样雄奇险峻，像巫山那么神秘瑰丽。从山峰的数字落笔，颇见巧思，但不算精彩。三、四句，诗人抓住观赏九华山的最理想时间和角度，又运用画家敷彩设色的技法，说：最好是在雨后天晴时从江上望去，在团团舒卷的白云堆中，就能见到九华山那碧翠、浓蓝的奇峰。云之“白”与山峰之“浓蓝”，色彩相互映衬和糅合，十分和谐、亮丽；那个“泼”字，无异于把造物主比喻为一位丹青妙手，他正在白云堆里泼洒浓蓝之色，把九华山的色彩之美和缥缈神奇之美，展现在世人的面前。这首诗启发我们，敷彩设色，往往也是诗人创造美的意境的主要手段。

以二维平面再现三维空间

客观的自然景物总是在空间中并列的。而各个景物都是立体的，存在于三维空间。画家描绘自然景物，其艺术奥秘是以二维的平面去再现三维的立体空间。正如黑格尔老人所说:“绘画压缩了三度空间的整体。”（《美学》，商务印书馆 1979 年版，第三卷上册，第 229 页）中国古代的杰出诗人往往具有画家的眼睛。他们观察外界景物常如画家般格外注意远近景物的重叠关系，或偏爱将远处景物悬挂在近处的树杪上、屋檐边或栏杆旁；或以大景近景衬托小景近景；或反过来，如钱锺书先生所指出的,“以小景物作大景物坐标”（《宋诗选注·张耒〈和周廉彦〉注》）。这样，诗中景物就具有画意，就产生高远、平远或深远的绘画构图效果，从而传达出景物的空间层次感。

山中一半雨，树杪百重泉

这是唐代大诗人王维的五言律诗《送梓州李使君》的颔联。诗写送别友人到梓州（今四川三台县）做官。前四句描绘巴蜀的山川风光，流露出对友人前往赴任的欣羡、向往之情。首联“万壑树参天，千山响杜鹃”，以如椽大笔、淋漓泼墨，挥洒出巴蜀层峦叠嶂、岩壑险峻，林木高耸云天，杜鹃啼鸣千山振响，如同展开一幅气势磅礴的山水大轴，令人耳目耸动，气壮神旺。颔联更扣紧蜀地山高林密、雨水充沛的特点来写。上句描绘深山冥晦、千岩万壑中晴雨相半的奇景，同诗人在《终南山》中所写的“阴晴众壑殊”景象相似。下句画出雨中山间道道飞泉悬空而下。诗人远远望去，泉瀑就像从树梢上倾泻下来似的。这一句绝妙地表现出远近景物互相重叠的错觉。诗人王维身兼画家，善于以画家的眼睛观察景物并运用画法入诗。他在这里将三维空间的景物叠合于平面的二维空间。若非深谙画中三昧，绝不能大胆地将远处、高处的泉瀑描画在稍近、稍低的树梢上。这样写就表现出了山中景物的高远、层深，使画面富于立体感，把人引进一个雄奇、壮阔而又幽深、秀丽的境界。清人王士禛击节称赞这四句诗：“兴来神来，天然入妙，不可凑泊。”（《带经堂诗话》卷十八）

水国舟中市，山桥树杪行

这是王维的五言排律《晓行巴峡》中的一联。全诗描写巴峡的风土人情，颇富地方色彩。这一联，上句写巴峡两岸山高岩险，没有大片平地，故而当地居民把舟船聚泊起来，就在江上舟中形成了热闹的集市。这一情景，非身历目见，难以如此真切地白描出来。下句写峡上风景。由于崖陡谷深，人们在山谷之上架桥通行。诗人在舟中仰望，只见桥上往来行人，好像是在山上的树林梢头行走。就诗人所面对的景物相比而言，山崖上的繁树茂林在低处近处，山桥行人在高处远处。诗人抬头仰视，可以看到树杪后面的山桥和行人。而诗人把它化为诗中之画，就取消了二者的空间距离，使之“叠合”为平面，从而把三度空间予以二度化。读者在欣赏画面时，又在想象中把这二度空间的平面“还原”为三度空间。这样，便感受到景物远近分明、层次清晰。前一例是“树杪画泉”，这一例是“树杪画人”，用的都是绘画技法，突出了高远之势，使诗句饶有画意。苏轼称王维“诗中有画”，洵非虚语。

夕阳鸟外落，新月树端生

这是宋代诗人梅尧臣的《中秋新霁，壕水初满，自城东偶泛舟回》诗中的一联，写傍晚的美景。诗人所描写的都是眼前的景物。钱锺书在《宋诗选注》中指出，梅尧臣这两句诗的艺术表现技巧，就是“把一件小事物作为一件大事物的坐标，一反通常以大者为主而小者为宾的说法”。飞鸟、绿树是小事物，距离诗人近；夕阳、新月同它们相比，是大事物，距离诗人远。诗人不是以大托小，而是反过来以小衬大，把大事物放置在小事物的某一方位上。在画面中，小景物为主体，大景物为宾。这样写，表现出景物图画的深远之感，又造成一种新奇的景趣，同样是诗人借鉴了绘画技法的结果。

会看千字诔，木杪见龟趺

这是宋代大诗人苏轼的《同年程筠德林求先坟二诗》其二《归真亭》中的结尾两句。诗人应友人之请，为其先辈坟墓题咏，属应酬文字，并非佳作。但这两句，却显示出苏轼善于用画家的眼睛观察和表现景物的才能。龟趺，即墓碑上的底座。古代的贵族官僚，五品以上，死后就可以竖立螭首龟趺的石碑。诗意说：我要读墓碑上的千字诔文，仰头一看，只见树木的顶端上，隐约现出龟趺碑座。显然，诗人是在山下仰视山上，才有可能见到远处的墓碑悬挂在近处的树杪之上。诗人把这种真实的视觉感受再现出来，绘出了一幅以二维平面再现三维立体空间的生动画图。宋人叶梦得对这句诗有精妙的体会，他说：“学者多议子瞻‘木杪见龟趺’，以为语病，谓龟趺不当出木杪。殊末之思。此题程筠光墓归真亭也。东南多葬山上，碑亭往往在半山间，未必皆平地，则下视之龟趺出林杪，何足怪哉!”（《石林诗话》卷中）深谙画理的苏轼同王维一样，是很偏爱表现这种将远处景物悬挂在近处树杪上的“高远”画面的。他在《与客游道场何山，得鸟字》诗中亦云：“清溪到山尽，飞路盘空小。红亭与白塔，隐见乔木杪。”

贪看白鹭横秋浦，不觉青林没晚潮

这是苏轼的七言绝句《澄迈驿通潮阁二首》（其一）的后联。诗作于元符三年（1100），诗人离儋州之前。澄迈，县名，在今海南省；通潮阁，一名通明阁，在澄迈县西。诗的前联“倦客愁闻归路遥，眼明飞阁俯长桥”，开门见山地描写他在旅途颠沛并因归路迢遥而愁思之际，登上了凌空而起的高阁，俯视跨水长桥，眼目为之一亮，心情也为之一振。后联很自然地描写登阁所见之景：秋浦水天一色，清旷空阔，一队白鹭在秋浦上空飞翔。诗人“贪看”着，视线久久地追随它们移动，仿佛觉得这一队白鹭如同一条白线，“横”于秋浦之上。就在诗人久久眺望之中，时光消逝，晚潮也悄然而退，只有原先被晚潮遮蔽着的一片青葱树林，此刻兀立眼前，映着落日的余晖。诗人匠心独运，用绘画技法来写景构图。上句以小景物白鹭作为大景物秋浦的坐标，小中见大，置大于小。又妙用一个“横”字，化动为静，真切地传达出他在开阔背景上长久观察小动物的主观感受。而这变为静态的白鹭，则使诗的画面富于“平远”的空间层次感。下句恰好相反，以大托小，借由涨而退的一大片晚潮，衬托出了远方天边的一片青葱树林，可谓大中见小。顺带说，这组七绝的第二首有“杳杳天低鹘没处，青山一发是中原”一联，也是借一只高飞远去逐渐消逝于天际的鹘鸟，衬托细如一根头发的青山，那里就是他日思夜想的中原啊。这联诗气韵两到，语带悲壮，饶有画意，深受历代诗论家赞赏。

新月已生飞鸟外，
落霞更在夕阳西

这是宋代诗人张耒的七言律诗《和周廉彦》的颔联。周廉彦名锷，鄞县人，诗人的朋友。这首和人之作描摹芳郊暮色之美，抒写携酒踏春之乐。颔联显然脱胎于梅尧臣那一联，同样是“把一件小事物作为大事物的坐标”，但经过诗人独到的感受和再创造，比梅诗形象更饱满，意境更明丽。诗人捕捉住新月、落霞、夕阳、飞鸟四种景物意象，把它们组合成一幅美妙的晚景：在归飞的孤鸟之外，新月已冉冉升起；于下沉的夕阳西边，落霞仍舒卷着缤纷的绮罗。小景物孤鸟、夕阳，分别衬托着大景物新月、落霞。大小相衬、远近有致，而且画面上光色绚烂，显出浮沉、生灭、变幻的动态，实在赏心悦目。

自我入画中　诗情画意浓

自从苏轼称道王维“诗中有画”（《书摩诘蓝田烟雨图》）之后，这四个字便成了评论古典诗歌的一个重要美学原则。诗人们在创作中努力创造鲜明生动的形象，并有意识地借鉴绘画艺术中的构图、色彩、线条等技法运用于诗，把抽象的思想感情图画化。诗人们不仅以诗情驾驭画笔，而且往往在诗的画幅上点染出或静态或动态的自我形象。画中有人，使山水景物增添了灵机与生气，诗情画意更浓郁，有的画幅还因此具有更深邃的思想内涵。诗人运用山水画家这种借人物点景的手法，有很多成功的创作实践成果。

欲投人处宿，隔水问樵夫

这是唐代诗人兼画家王维的五律《终南山》的尾联。全诗是为一座终南山传神写照。首联“太乙近天都，连山接海隅”，以夸张手法勾画终南山的总轮廓，说它地近长安，高峰接天，绵延直到海边，烘托出其雄伟壮阔气势。颔联“白云回望合，青霭入看无”，写近景，即诗人山行所见云烟变幻景象。诗人运用画家水墨淡彩的渲染手法，把山行实感表现得既真切，又空灵奇妙。白云与青霭忽合忽散，时有时无，使山中景物由清晰而朦胧，由朦胧而隐没，令人无比神往，又回味无穷。颈联“分野中峰变，阴晴众壑殊”，当诗人立足中峰，纵目四望，山南山北天气阴晴各异，阳光浓淡不一，可见终南山何等高深辽阔！以上三联，从总揽一笔到移步换形的多侧面多角度描绘，已经富于空间立体感地画出了终南山雄伟磅礴的形象。尾联更是画龙点睛的妙笔。诗人在这幅巨大的山水画面上，点染出“我”隔着深沟大涧向樵夫打听住宿处的情景。添上了两个人物的小小身影，山更显得雄峻、深邃、空寂、神奇。可以激发读者想象樵夫砍樵时回荡幽谷的丁丁斧声，想象诗人寻声而来发现樵夫时的欣然之态，还可以想象樵夫口答手指之状，空寂的山水画幅顿时洋溢出生活的情趣和气氛。诗人畅游不觉日暮、急欲投宿以期明日再游之情，亦不难想见。终南山峰转溪回、空阔深邃的景观，也因这一笔而化实为虚，空灵蕴藉。诗人把自我与樵夫绘入画中，可谓深得诗画神理。

溪上青山三百叠，快马轻衫来一抹

这是宋代大诗人苏轼的七言古诗《自兴国往筠宿石田驿南廿五里野人舍》中的起首二句。此诗作于元丰七年（1084）。诗人在这一年春天游览了风景绝美的庐山，此刻，要到筠州去看望弟弟苏辙。诗写在旅途中。诗人心情畅快，所以一下笔便展现出一幅雄奇秀丽的山水风景画面：一道清澈的溪流，蜿蜒曲折地流过，溪上山峰青翠欲滴，重重叠叠，直上蓝天，又把它们的巍峨身影，倒映入溪水之中。首句七个字画出的图画，有山有水，绘声绘色，还有空间层次感和立体感，却又出语自然，毫不着力。次句，诗人旋即在这幅“溪上青山”的画面上，再点染上一位“快马轻衫”的人物，这就是诗人的自我形象。一“快”一“轻”，人物催马而来扬鞭而去，身影迅疾，风神潇洒；其轻松畅快心情也洋溢纸上。“一抹”二字更妙，语带双关，既写出自己在青山碧水间一掠而过，又喻指出自己仿佛是给这幅山水风景画涂抹上生动的一笔。添上这一笔，不仅诗中有画，而且自我入画，整幅画面都活了起来，情趣横生。

凭栏对僧语，如在画图中

这是北宋诗人陈尧咨的五绝《普济院》的后两句。这首小诗写浙江余姚普济院的秋天景色。首二句“山远峰峰碧，林疏叶叶红”，十个字状景如画。深秋树木凋零，才有“林疏”；也正由于林疏，诗人才能够见到远山之碧。眼前仍留在树枝上的红叶，同远处碧峰，形成了色彩的鲜明对照。这幅秋山图色彩艳丽，层次分明，确有引人入胜之美。诗人在后面二句，再给这幅画面的前景添加上两个人物——这就是凭栏赏景愉快交谈的诗人同普济院的僧人。这二句点醒了诗题，更点活了诗中图画。画上有人物的神情意态，有人物对语之声，既显出生活气息，又传达出一种超脱俗尘、融入自然的情趣。这就是有意识地以“图画”状景并把自我引入画中所带来的艺术魅力。

可惜不当湖水面，银山堆里看青山

这是宋代大诗人黄庭坚的七绝《雨中登岳阳楼望君山》（其二）的三、四句。前二句：“满川风雨独凭栏，绾结湘娥十二鬟。”写他在风雨中登楼眺望君山，由君山想到传说中居住在君山的湘夫人，因而把君山比作湘夫人头上盘结的美丽发髻。比喻生动，想象瑰奇。后两句虽从唐代诗人刘禹锡的“遥望洞庭山水翠，白银盘里一青螺”（《望洞庭》）化出，但将原句湖平如镜之静态美换成白浪如山之动态美，逼真地状写出风雨中洞庭湖的雄奇壮险气象。而且诗人设想身处湖面风涛之中，把自我置身于画面，在滔滔银山之中观看青山之美。在表达上却以“可惜不当”的惋惜感慨句出之，更强烈地抒发出对君山湖水美景的由衷赞赏。诗人以其舟游湖上置身画中之奇想，诱使读者也仿佛身临胜境，同他一道“银山堆里看青山”，由此可悟“自我入画”之情境。

客船自载钟声去，落日残僧立寺桥

这是南宋诗僧昙莹的七绝《姚江》的后两句。姚江是流经浙江余姚县境的一条河。诗的首二句:“沙尾鳞鳞水退潮，柳行出没见渔樵。”描写黄昏时分，江边滩头正在退潮，波纹如鳞，岸上绿柳成行，来往忙碌的渔人、樵夫忽隐忽现。这两句写景生动，形象鲜明，气氛浓烈。三句写寺院钟声好像被客船载去，余音悠远。“载”字化无形之声为有形、有重量，新奇警策。这一句还为结句先作衬垫。结句写寺僧。“残”，剩余，与上句“载去”对应，诗思细密。这位僧人，就是诗人的自画像。原来，前三句的江景，都是他眼中所见。由于贪看江景，他在落日中仍久久地伫立在寺院门前的桥上。他为什么感到“客船”径自把寺院的钟声载去？细细品味，此“客”，当是来寺院看望他的友人。客人乘舟远去，不仅载走了钟声，也载走了友情，一股黯然伤神的离情别绪已漫溢纸上。诗人入画，而且作为画中主体，使诗中画的种种物象，都渗透了诗人的感情，从而动人心弦。

水墨丹青妙拟天然风景

钱锺书先生在《宋诗选注·文同小传》中指出：古代诗人们在诗里描摹天然风景，不仅使它有画意，而且常常跟绘画联结起来，具体的把当前风物比拟为某种画法或某某大画家的名作，从而为中国的写景文学添了一种手法。这种手法，可以说是从北宋大画家兼诗人文同正式开始的，它标志着诗和画这两门艺术在北宋前期更密切地结合起来了。在文同以后，这就成为写景诗文里的常用技巧。

阴沉画轴林间寺，
零落棋枰葑上田

这是宋初诗人林逋的七律《孤山寺端上人房写望》的颔联。全篇写一个秋日的傍晚，诗人在杭州西湖畔的孤山寺端上人（上人，和尚的尊称）房饱览风景。这一联即写望中之景。上句说，阴沉沉的树林里，隐隐约约地闪现出几所寺院；在苍茫的暮色中，这一景象暗淡得就像一轴退了颜色的画。下句说：更远处，但见水面上零零星星地飘荡着一块块的架田，犹如棋盘上那一个个方格子似的。“葑上田”又称架田，在木框子中安着葑泥、浮在水面播种的菰米田。葑，菰根，即茭白根。这一联诗，“画轴”与“棋枰”两个比喻十分贴切，显示了诗人想象的奇妙；而“阴沉”和“零落”，又渲染出秋日傍晚乡野那种幽深清寂的意境氛围，所以王渔洋品评此联“写景最工”（《池北偶谈》）。单就上句说，以绘画比拟天然风景，正如钱锺书先生所云，在林逋以前，偶然一见，如唐代诗人韩偓的“叠石小松张水部，暗山寒雨李将军”（《山驿》），林逋另有“忆得江南曾看着，巨然名画在屏风”（《乘公桥作》）。稍后，大画家文同就更多地在诗中“具体的把当前风物比拟为某种画法或某某大画家的名作。……例如他的《晚雪湖上寄景孺》：‘独坐水轩人不到，满林如挂暝禽图’；《长举》：‘峰峦李成似，涧谷范宽能’；《长举驿楼》：‘君如要识营丘画，请看东头第五重。’”（钱锺书《宋诗选注》）而林逋这一联直接将“林间寺”嵌入“画轴”之中，手法尤妙。

浅深山色高低树，一片江南水墨图

这是宋代诗人刘敞的七绝《微雨登城》中的后一联。诗写江南微雨中的自然景物。前一联“雨映寒空半有无，重楼闲上倚城隅”，便已细致真切地描绘出秋天细雨濛濛与天空相映的那种似有似无、恍若半透明的情状，并且传达出一种清冷生寒的季节特征。这一联的上句，用更精练的笔墨，展现出远眺所见的山和树：在霏霏细雨之中，远处的青山隐隐约约，看得不大真切，似乎山色浅淡；近处的山峦却是分明，自然觉得山色浓深。而山上树木，则更为混茫，无可分辨，但见层层叠叠，高低错落，与云山交互掩映而已。以上三句，紧扣题中“微雨”，画出了空阔、朦胧的美妙景象。但都是写实。妙在全不着色，为结句的喻象作好铺垫。结句，诗人由实入虚，将眼前景色比喻为一幅描绘江南的水墨图画，便显得自然凑泊，水到渠成。用墨汁淋漓、富于透明感和流动感的水墨画，来概括出眼前景色所给予自己的美感享受，启发人去想象秋雨山树的空灵清逸、萧疏淡远韵致。以虚托实，虚实相生，诗境得到升华。而诗人的由衷赞美和极度愉悦之情，即已饱含在这一个精妙的比喻之中，自然美与艺术美也就融合起来了。

浓岚四合冻云痴，
水墨连屏斗崛奇

这是宋代诗人李昴英的七绝《雨行梅关》诗中的首联。梅关，古称秦关，又称横浦岭，距今广东南雄城九十里，宋时以砖砌路面，榜悬“梅关”二字，故称“梅关”。此诗描写诗人在早春时节冒雨经过梅关所见的山景。诗人见到连绵的大庾岭笼罩在浓厚的雨雾之中。天上的寒云和四合的浓雾融为一体，沉沉不动。无数山岭在雾中云下，好像绘着水墨画的屏风连接在一起，在迷蒙中显出莽苍突兀之姿，它们似在争斗着各自的奇崛呢！显然，这又是用绘画比拟天然风景的一例。同刘敞的《微雨登城》相比，因为这里描写的是冬末早春景色，诗人用了更浓重的笔墨。写“岚”用“浓”修饰，写“云”用“冻”修饰，诗人犹嫌未足，又加以“四合”与“痴”三字渲染其弥漫、厚重、凝固之态。然而，这四合的浓岚与痴重的冻云，毕竟无法封锁巍峨高峻的山峦。它们仍能冲云破雾而出，在诗人的眼前显示奇崛伟岸之姿态气势。“斗”字以动写静用得非常有力，也透露出诗人的惊奇赞叹之情。刘敞诗中的水墨图是静静地垂悬着的，而这首诗的水墨图却像是向诗人眼底飞扑而来。

山色蒙蒙横画轴，白鸥飞处带诗来

这是宋代诗人俞桂的七绝《过湖》中的三、四句。诗写他乘船渡杭州西湖的情景。前二句：“舟移别岸水纹开，日暖风香正落梅。”写轻舟离岸，漾开水纹。这时阳光温煦，惠风和畅，湖边梅树疏影横斜，香气沁人，梅瓣如细雨般悄悄地飘落。十四个字扣题、叙事、写景，兼点时令。从视觉、嗅觉、触觉多方面传达出西湖早春的旖旎风光，并透露出诗人赏心悦目之感、愉快轻松之情。三、四句写诗人在舟中远眺对岸山色：只见苍翠的山峦蒙着一层淡淡的雾气，像是横铺开一幅山水长卷画轴。诗人不说“如画轴”，而说“横画轴”，化明喻为暗喻，使自然之景与画境相合，又赋予画面以动态，并传达出一种平视远眺的角度，从而显出画境的开阔、旷远。第四句，写忽有一只白鸥翩翩飞来，在蓝天、丽日、青山、碧水之间，悠然自得地翱翔。诗人不说“白鸥飞入画中来”，而说白鸥带诗飞来，移情于物，把白鸥写成一名诗的使者，将豁人眼目之画又化作诱人无穷遐思之诗。这一笔，想象新奇，充满情趣，使全诗呈示出实景→画境→诗境的一再变化和飞跃，诗画相融，可谓妙笔生花。

洞中穿过高楼望，人在荆关画里游

这是清代诗人张宝的七绝《风洞题壁》的三、四句。诗描写他在桂林叠彩山看到的秋天美景，题刻于山腰的风洞壁上。首句：“奇石嵯峨古渡头。”诗人来到漓江之畔的木龙古渡，仰望叠彩山，但见秀峰突兀嵯峨，山峰表面奇石层层横断，石中挺出许多深浅不一的树木，有如彩锦相叠。次句：“訾洲红叶桂林秋。”写登高望远所见。南望象鼻山对岸的訾洲，红枫如火，层林尽染，桂林秋色生机蓬勃，美如画卷。第三句补叙出远眺訾洲的立足点，也暗写出自己的游踪。原来诗人急于观赏更多美景，从木龙渡拾级而上，穿过山腰的风洞，登上洞边的叠彩楼，立即被訾洲上红胜春花的枫林所吸引。结句，写诗人纵目览景，心旷神怡，如醉如梦，仿佛进入了五代时著名山水画家荆浩、关仝所描绘的画境之中。这一句犹如画家的点睛之笔，将眼前自然之景化作古代丹青妙手所描绘的画境，借画境之呈示提升诗意，使全诗意境由实入虚，虚实结合，既具体又空灵，兼具自然之美与文人画卷之气息。

写景状物的“微雕”艺术

中国古代绘画有所谓疏体和密体，有大笔写意和工笔细描两种表现技法。古代诗歌写景状物，也有类似绘画的两种不同的表现方法。前者是大处着墨，重在传神写意，在传神中显形，三笔两笔便勾画出景物的总体印象和大的轮廓，至于景物的细微之处，则由读者引发的联想去补充、再现。这类诗歌的意象往往是巨大的，意境往往是壮阔的。后者，小处着墨，用白描手法精细地刻画景物的细节，以形传神。这类诗歌的意象多是细小的，其意境也多是幽深的。唐代诗人中，杜甫在这两方面都有极高的艺术造诣。他的一部分诗篇，对自然景物的观照刻画细致入微又生动传神，令人惊叹！但杜甫又能够把大笔写意和工笔细描二者结合起来，或大中显小，或小中见大，使其笔下的意象巨细映照，意境深邃壮阔。大历诗人直到晚唐的贾岛、姚合等诗人学习了杜甫精工细致地刻画小景的艺术技法，也显示了高超的白描功力。但由于他们缺乏杜甫的深厚情志和宏大气魄，常使作品局限在细小的物象上，意境狭窄，诗味浅薄。

仰蜂粘落絮，行蚁上枯梨

上元二年（761），杜甫在成都草堂过着暂时安定的小康生活，写了一首《独酌》:“步屧深林晚，开樽独酌迟。仰蜂粘落絮，行蚁上枯梨。薄劣惭真隐，幽偏得自怡。本无轩冕意，不是傲当时。”这首五律，前半篇写他在深林中对景独酌，后半篇抒幽居闲适自得之乐。这一联，写诗人漫步在深密的树林中，直到傍晚。为了排遣懒散、寂寞的情绪，他才坐下来，开樽独酌。正在这时，他一抬头，看见从树上飘落的柳絮，粘住了一只蜜蜂，这小动物扑扇着翅膀想抖落它们吧。诗人低下头来，又见到一行小小的蚂蚁，正在急急忙忙地爬上一株枯死的梨树。杜甫是大手笔，能写出“岱宗夫如何？齐鲁青未了”（《望岳》），“无边落木萧萧下，不尽长江滚滚来”（《登高》），“江间波浪兼天涌，塞上风云接地阴”（《秋兴》）等雄浑壮阔景象，但在这里，他却表现一般人注意不到的细小幽微的自然物，而且刻画得如此生动有趣，令人惊叹。为什么呢？原来人们观察、感受景物，总是受心情的影响的。杜甫当时心情闲适，又有点寂寞，故而注意到蜂粘落絮、蚁上枯梨。这些自然界的小动物怡然自乐或为生计忙碌的活泼情状，与诗人当时的心情是一致的。诗人饶有兴味地精细表现它们，也反映出诗人厌弃功名世务、渴望闲适生活的心绪。因此这些幽细的景物意象，便蕴含着丰厚的思想感情，可谓小中见大。正如前人所评："一种幽微之景，悉领之于恬退之情。"（清·浦起龙《读杜心解》）"大手笔人偏善状此幽微之景。"（清·杨伦《杜诗镜铨》）

卷荷藏露滴，黄口触虫丝

这是唐代诗人、"大历十才子"之一钱起的五言排律《山园栖隐》中的一联，全篇抒写诗人安贫守静、栖隐自怡之情，此联是诗中唯一的写景联，也是最精彩的一联。上句描写池塘里嫩绿的小荷叶还没有舒张开。诗人猜想，它们是为了把珍珠般晶莹可爱的露滴收藏起来，才这样卷曲着吧！下句"黄口"，指初生的幼小黄雀，口吻尚带黄色。小黄雀正在学习寻觅啄食小虫。诗人忽然看见它的黄色口吻触着了一根细微的白色虫丝，那神态似乎又惊又喜，用小嘴巴小心翼翼地拉扯着虫丝不放。卷荷、露滴、黄雀、虫丝，都是细小景物。特别是虫丝，细于毫芒。如果诗人不是饶有兴趣地留心观察，如果诗人没有锐敏精细的感觉，是不可能发现它们的。诗人钱起不但发现了它们，而且观察入微，并把它们刻画得精工异常又生动传神。“藏”、“触”二字研炼得非常准确，既描摹出景物的状态，又移注入诗人的主观感受和情意。于是，卷荷与黄雀的色彩、形状、神态、情趣，便活灵活现地展示在读者眼前。前人评钱起诗“清气中时露工秀”，却缺乏浑厚、深远的韵味（参见沈德潜《唐诗别裁》、施补华《岘佣说诗》)，也早已认识到他写景的长处和局限。

虫丝粘户网，鼠迹印床尘

这是唐代大历诗人郎士元的五律《送张南史》的颈联。诗云:“雨余深巷静，独酌送残春。车马虽嫌僻，莺花不弃贫。虫丝粘户网，鼠迹印床尘。借问山阳会，如今有几人?”全篇情绪异常消沉，应是诗人晚年罢刺史任后，因贫病衰老留滞郢州之作。诗中首联写他送别友人后，在深巷陋居中独酌，送别残春。颔联写友人不嫌弃他居处幽僻、生计贫窘而来探望，使他心中充满感激。颈联中的“户网”，即门窗扉，上刻方格，其状如网，故称。无聊独酌的诗人环顾自己的陋室，但见缕缕虫丝，粘在户网上，在风中飘飘拂拂；床榻落满了尘土，老鼠爬过以后，就在床尘上留下了足迹。虫丝、鼠迹，都是细微物象，反映出诗人深巷陋居的冷落；虫丝鼠迹无人打扫清理，也可见诗人生计窘迫、穷愁潦倒。诗人此刻留意于虫丝鼠迹，又透露出他内心的孤独寂寞。大历诗人不仅善于写自然界的幽细景色，也擅长表现对日常生活细腻入微的感受，并捕捉出未经人道的琐屑而生动的细节。此联诗可见一斑。盛唐诗人王维有“青虫飞网户，暮雀隐花枝”（《春闺思》）之句，郎士元此联上句似从王维诗中化出，下句却是他新鲜独到的发现。后来，中唐诗人孟郊嗟伤老病穷愁的名篇《秋怀》（其二）中的“席上印病文，肠中转愁盘”一联，其上句可能受到郎士元此句的启发。

鸟窥新罅栗，龟上半欹莲

这是唐代大历诗人包佶的五律《秋日过徐氏园林》的颈联。诗云：“回塘分越水，古树积吴烟。扫竹催铺席，垂萝待系船。鸟窥新罅栗，龟上半欹莲。屡入忘归地，长嗟俗事牵。”全篇写他秋日中游览徐氏园林的情景，诗意浅薄，缺少余味。但这一联状景极工细。诗人在园林中发现鸟儿窥视着刚刚裂开缝的栗子，似乎准备飞过去啄食。池塘里，有一张莲叶半倾斜着，小乌龟觉得有机可乘，便毫不犹豫地爬上去玩耍。这里写的鸟儿、乌龟的神情动态十分生动细致，颇有意趣，可以说是工笔白描、体物入微的佳句。而诗人对它们的观察与表现，也显示出他在游园中的勃勃兴致。意象幽峭刻削，实开晚唐姚合、贾岛一派的先声。正如清人纪昀所评：“四句亦工，然工处正是纤小处。……已逗漏晚体。风云渐移，机必先兆。”（《瀛奎律髓汇评》）

穴蚁苔痕静，藏蝉柏叶稠

这是晚唐诗人贾岛的五律《寄无可上人》的颈联。无可是贾岛的从弟，少年即出家。上人，对僧人的尊称。无可曾与贾岛同居于长安附近的青龙寺。贾岛此诗似是回忆与无可秋夜同游青龙寺的情景，结尾表示要到嵩丘与无可重聚。诗的中间二联所写景色，均承首联“凉天忆重游”的“忆”字生发而出。颔联“磬过沟水尽，月入草堂秋”，上句写闻，下句写见，均为粗笔勾勒，已显出秋夜月下寺院的清幽。颈联进一步具体描绘寺中的幽细景物。上句说，连蚂蚁都在巢穴中安息，湿厚的苍苔上，死寂得一点动态声息都感觉不到。下句说，高大的柏树枝繁叶茂，白天啼鸣不休的蝉儿也许是太累了，都躲藏在稠密的柏叶中睡眠。这里，蚁与蝉均非诗人所目见，而是想象虚拟之景物，故而诗人分别以“穴”、“藏”二字形容。这二个字很准确，不可省。“静”字、“稠”字更是状写秋夜寺院清奇幽僻境界的点睛传神之笔，不能移易。唐代诗僧皎然《诗式》说："'静'字尤下得妙。"妙在何处？"静"字正好与"穴蚁"紧密衔接、呼应，有力地渲染寺中夜境的幽寂，如改用"净"，就不符合夜晚的情境了。由此可见贾岛诗心极细，炼字精妙。宋代王安石七绝名篇《书湖阴先生壁》诗中有"茅檐长扫静无苔"句，也是用"静"字而不用"净"字，可能受到贾岛诗句的启发。

露垂庭际草，萤照竹间禽

这是晚唐诗人姚合的五律《县中秋宿》的颔联。全篇云："鼓绝门方掩，萧条作吏心。露垂庭际草，萤照竹间禽。棋罢嫌无月，眠迟听尽砧。还知未离此，时复更相寻。"姚合曾任武功县主簿，此诗即摹写官况萧条，山县荒凉。姚合同贾岛都学杜甫五律状景幽细这一方面。二人诗中所写景物大多不离苔、草、竹、萤、蝉、蛩等，描写琐细，意境清僻。比较起来，贾诗清奇，姚诗清浅，韵味不及贾诗丰厚。此诗颔联状景幽细，清浅自然，但仅是一般化的叙述，没有独到的描摹刻画，意象不够具体生动。清人查慎行指出，"露垂庭际草"句从杜甫"月明垂叶露"句化出，但杜句"因垂叶之露，非月明不见，且夜景晶莹，恍在言外。若此诗'露垂庭际草'，单薄无意味"（《瀛奎律髓汇评》）。查慎行的比较评析是中肯的。既然姚诗中所写是无月之夜，"露垂"在黑暗中是见不到的。"露垂”与“萤照”对举，似是描状露滴之声，但“垂”字并不足以唤起人们清晰、生动的听觉感受，难与孟浩然的名句“竹露滴清响”（《夏日南亭怀辛大》）媲美。可见，同是写幽细之景，亦有高下之别。

水中倒影　奇幻空灵

中国古代的山水画不画水中倒影，但中国古代的诗歌中，却不乏表现水中倒影的画面。诗人描画倒影，或明写，或暗写，或虚写，有静有动，亦真亦幻，甚至赋予倒影感情和性灵。他们借助水中倒影，创造出具有朦胧美、空灵美、神奇变幻之美等多种境界，达到以小见大，以少总多的艺术效果。

风声动密竹，水影漾长桥

这是梁朝诗人何逊的《夕望江桥示萧咨议杨建康江主簿》诗中的两句。诗是赠友之作，抒写山水行旅之思、朋友离合之悲。前六句写景，后四句抒情。首二句写夕阳西下，残霞半消，江上气氛寂寥凄清。这里是三、四句。上句描写北风吹掠过茂密的竹林，传来阵阵萧萧飒飒的声音；下句展现江波粼粼，长桥的倒影在水中荡漾。诗人凝神聆听摇动竹林的风声，正可见他黯然伤情默然无语的神态；而荡漾不定的水中桥影，也就将此时此刻漾在诗人心头的一缕忧愁悄悄地烘托出来。这联诗，写景摹声取影，笔致工细而活泼，情感、氛围均从景物中透露。从写“影”的角度说，不直写长桥横卧于江上，而取其荡漾于水中之倒影，化实为虚，虚中见实。长桥有形有影，有静有动，意象便在单纯中显出丰富；又借一“漾”字情景兼写，意境空灵、隽永，耐人寻味。何逊善于描绘江景，又喜爱捕捉水中倒影。他另有“薄云岩际出，初月波中上。黯黯连嶂阴，骚骚急沫响”（《入西塞示南府同僚》）之句，写波影荡漾，似觉初月从水波中冉冉而上，两岸群山叠嶂阴云连绵，江上波浪萧骚、急沫翻腾。状景如画，画上阴冷之气扑面而来。杜甫喜其意新境奇，改为“薄云岩际宿，孤月浪中翻”一联，动静相生，文字浓缩，表达得更透彻明快。二诗均属写水中月影的佳句。

人行明镜中，鸟度屏风里

这是天宝十二载（753）秋后李白游安徽贵池时写的五古《清溪行》的第三联。清溪源出石台县，流经贵池城，与秋浦河汇合后泻入长江。全诗描写清溪水色的清澈，寄托诗人喜清厌浊的情怀。这一联，诗人以“明镜”比清溪，又以“屏风”喻两岸青山。你看，诗人在岸上行走，鸟在山中穿度，人和鸟都好像在明镜中，屏风里这是一幅多么美丽、空灵的图画呵！水之清澈见底，山之浓绿欲滴，人之心旷神怡，全都流溢于这幅倒影图中。宋人胡仔云："《复斋漫录》云：山谷言：'船如天上坐，人似镜中行。'又云：'船如天上坐，鱼似镜中悬。'沈云卿诗也。……予以云卿之诗，原于王逸少《镜湖》诗所谓'山阴路上行，如坐镜中游'之句。然李太白《入清溪山》亦云'人行明镜中，鸟度屏风里'。虽有所袭，然语益工也。"（《苕溪渔隐丛话》）李白这一联为何胜于前人，胡仔语焉不详。笔者认为，李白在十个字中兼写人和鸟、水光与山色，又以"行"、"度"描画其动态，把如此丰富生动的意象分别纳入一面明镜之中和一座彩色屏风里面，不着痕迹，真有化工之妙。

浮萍破处见山影，小艇归时闻草声

这是北宋词人张先的七律诗《题西溪无相院》的颔联。西溪在今浙江湖州境内，流入太湖。无相院是西溪畔的一个佛寺。诗的首联"积水涵虚上下清，几家门静岸痕平"，从远处、大处落笔，展现西溪全景。雨后西溪，溪水涨满，远远望去，天光水色上下清朗，浑然一体。临溪人家，门庭清静，仿佛平卧在潋滟水面上。颔联笔触一转，从小处、近处着墨，专写水上之景。微风乍起，浮萍移动，好像原先铺满水面的一幅翠縠被撕破了，诗人惊喜地发现了水中青山的倒影。“浮萍破”，几无声息，微细至极，一般人不易察觉，竟被灵心慧眼的诗人捕捉住，以“浮萍破”之“动”，反衬环境的清静，又借“浮萍破”这一小景，映照出寺院外群山环抱的大景，正是王夫之《姜斋诗话》中所谓“以小景传大景之神”。下句写小艇夜归之时，划开水草，可闻其细微声响。全联以动态和声响与首联所写静境相映成趣，又起到开拓境界的效果。苏东坡十分赞赏此联写景取影之妙，认为可以“追配古人”。顺带说，此诗颈联中的下句“过桥人似鉴中行”，写西溪似镜，照彻人影乃至人心，渲染出一个清净无尘的禅悦境界。此句写影，将明写变为暗写。可见诗人张先善写影，人称“张三影郎中”洵非虚誉。

分明看见青山顶，船在青山顶上行

这是清代诗人袁枚的七绝《由桂林溯漓江至兴安》诗中的后一联。全诗极力渲染漓江水之“清”，而且通篇都是运用暗写水中山影的手法妙传这个“清”字。诗的首句“江到兴安水最清”，点醒“清”字，作为一篇之诗眼。次句“青山簇簇水中生”，不直写水中山影极清晰，却发神奇之思，说簇簇青山都是从江水中生长出来的。仅此一笔，将山与水都写活了，已可见水是何等清澈、明净！但诗人意犹未尽。又在后一联说他在江水中极真切地看见了青山的一个个顶峰，而他所乘的船儿，正在连绵不尽的青山顶上轻快行进。诗人捕捉住船行山顶的动态镜头，极形象也极美妙地表现出了漓江之清，创造出一个超越并提升了真景的空灵澄澈境界。宋人张先以善用“影”字闻名，袁枚在一首诗中接二连三地画出水中山影而不着一“影”字，可以说后来居上。

两岸蒙蒙空翠合，
琉璃镜里一帆行

这是清代诗人纪昀的七绝《富春至严陵山水甚佳》中的后联。南朝吴均在《与宋元思书》中绘声绘色地描写过富春江上奇特秀丽的山色水光。纪昀这联诗也写得很出色。诗人先写山色之翠。看，两岸的群山叠嶂，都消融在一片蒙蒙空翠之中。一个“合”字，生动地表现出这一片蒙蒙空翠夹岸而来，生气蓬勃，似乎要越过江水的阻隔，合为一体。下句写江水之清。一片白帆在澄碧的江面上轻快移动。在诗人感觉里，仿佛白帆是滑行在一面碧绿色的琉璃镜似的。江既如琉璃镜，那么两岸的青山翠岚、天光云影，无疑地也同着这一片白帆一道，倒映在这面琉璃镜之中。这里用暗写手法画影。水中倒影，使诗的画面构图增添了一种朦胧迷离、如梦似幻的美。

影送清江上，人归碧落中

这是清代诗人赵嗣晋的五律《九华雨霁》的颈联。“九华”，即九华山，在安徽青阳县西南，因九峰似莲花般秀美，故名。全篇描画雨后九华山的奇姿丽色。前两联展现秋雨过后，蓝天如洗，群峰之上挂着断裂的长虹，瀑布奔泻喧闹，水花飞溅，在阳光下也腾起一道流动的彩虹，九华山如拔地而生的芙蓉，无一丝云翳遮掩，亭亭玉立，分外秀丽。九华山下有一条清江，所以这一联就借清江继续写山水相映之美。上句开头就是一个“影”字，突出九华山在清江上的倒影。“送”字用得新奇，把山影写得富有情趣。仿佛是九华山为了把清江打扮得更美丽，而把自己青莲般的倒影特地送来。下句“人”与上句“影”相对，指在江上乘船的人。“碧落”，指碧空。人驾舟于清江之上，因为水中还倒映着青天，船正行于水中天，船上的人不就恍若飘然翔游于碧空中了吗？这一联由于诗人画出了水中山影、人影和青天之影，并予以浪漫的想象，遂把读者引入神奇美妙的九华仙境之中。

工于发端

诗的发端是诗的艺术构思的重要环节。古代诗人很重视诗的起势。宋人严羽《沧浪诗话·诗法》说："对句好可得，结句好难得，发句好尤难得。"明人王世贞《艺苑卮言》也说："七言律不难中二联，难在发端及结句耳。"为了使诗的构思新颖奇警不落俗套，使诗意完整韵味含蓄不尽，诗人们对诗的开头狠下功夫，精心探索，巧妙落笔。有的如天外奇峰劈面而来；有的似狂风卷浪，气势磅礴；有的像爆竹骤响，先声夺人，有的若晓雾乍收，略显佳景。写法多种多样，不拘一格，都能收到扣人心弦或引人入胜的艺术效果。

大江流日夜，客心悲未央

这是南齐诗人谢朓《暂使下都夜发新林至京邑赠西府同僚》诗的开篇两句。诗作于永明十一年（493）。当时，在荆州随王西府任职的诗人受长史王秀之中伤，被召还京邑（今江苏南京）。全诗叙写还京途中的眼前和意中景色，抒发被谗返京的悲愤，远离谗害的欣慰，以及得以回到京邑家中的喜悦，表现出作者在政治斗争漩涡中的复杂心绪。在刚离开西府时，诗人的心境是异常悲凉的，所以诗的起首二句劈头就写大江，描绘眼前滔滔的长江水，滚滚东流，日夜不息，恰似自己在旅途中跋涉，一腔悲愤之情，无端无极，汹涌不息。这两句以景兴情，景是大景、壮景、动荡之景，又蕴含象征意味。这苍茫浩荡、日夜奔腾的大江，不仅兴发并象征了诗人无止无息的悲愤，展现出情景交融的境界，而且以雄浑壮阔的气象笼罩全篇，一下子就紧扣住了读者的心弦。齐梁诗评家钟嵘《诗品》中卷赞谢朓“善自发诗端”，清人陈祚明也说谢朓“发端结响，每获骊珠”（《采菽堂古诗选》卷二十）。作为诗的发端，这两句确实起得自然新警，雄阔苍凉，铿锵有力。清人沈德潜评赞说：“滔滔莽莽，其来无端。”（《古诗源》）

结庐在人境，而无车马喧

这是东晋大诗人陶渊明《饮酒二十首》（其五）的开篇两句。全诗记结庐之事，写田园之景，抒隐居之情。

首句说，自己的住所建造在人来人往的环境中。诗句平平道出，却意味深长。诗人借此表明自己隐居躬耕是生活在现实人间的，是脚踏实地的，同那些寄身山林岩穴，炼丹辟谷，寻仙访道，不食人间烟火的隐士迥然有别。既然在人境结庐，就很难避免世俗喧嚣的困扰。不料次句却接以“而无车马喧”。自己虽住在人间，却听不到车马往来的喧闹之声。这一转笔出人意料，耐人寻味。诗人只用一个“而”字就轻轻转出，使诗意翻进一层，似未曾着力而实有力。朱自清先生说：这是“从前诗里不曾有过的句法”（《陶诗的深度》）。这一转折，还造成悬念，诱人疑问：“为何结庐人境而不闻车马喧阗？”这就自然引出第三句：“问君何能尔？”以问人的口吻自问。第四句风趣地回答：“心远地自偏。”在一问一答之中，传达出诗人悠然自得、自足自信的口吻神情，显示出他鄙夷世俗、不慕利禄的清高节操，更饱含精辟的人生哲理。它告诉我们：人的心灵是可以自我净化的。人只要保持纯真本性，归复自然，也就可以疏远那些奔逐名利的车马客，进入一个超脱世俗利害困扰的纯然平和宁静的美好境界。这一充满智慧的哲理，是从开篇两句引发，用自然轻松的语调道出，因此浑然无迹，犹如春风化雨。清人温汝能赞赏此诗开篇“奇绝妙绝”（《陶诗汇评》卷三）。奇妙，正由于诗人下笔能在平易中有转折，造成悬念，引发疑问。诗意的起承转合犹如行云流水，非常自然。

风劲角弓鸣，将军猎渭城

这是唐代诗人王维的五律名篇《观猎》的首联。全篇描写一位将军打猎，赞颂他的矫健勇武。诗一起笔就扣人心弦。诗人描绘强劲的北风吹过拉开的紧绷着的弓弦，发出尖锐的颤音。这个精彩的特写镜头立即造成紧张的气氛，抓住了读者的心。将军还没有出场，读者已仿佛见到他那双强有力的控弦即发的健臂，那迎着呼啸北风凝视猎物的锐利眼神。诗人不按常规先写将军打猎情形，而是运用“倒卷”笔法，把“风劲角弓鸣”作为起句，正如清人张谦宜所说:“倒戟而入”，“一句空摹声势，一句突出正面”（《𫄧斋诗谈》卷五）。这样，诗的起势即如险峰陡立，突兀峻嶒，非常奇警。而这北风、角弓和脱弦之箭的呼啸之声，亦“如爆竹，骤响亦彻”（明谢榛《四溟诗话》），收到先声夺人的艺术效果。所以，清人王士禛一再称赞这两句“警策”、“工于发端”（《师友诗传续录》、《渔洋诗话》卷中）。

噫吁戏！
危乎高哉！
蜀道之难难于上青天

这是唐代大诗人李白的乐府诗名篇《蜀道难》的开篇三句。此诗是因送友人入蜀而写的。诗的创作时间和意旨聚讼纷纭，迄无定论。但诗人以主要笔墨描绘由秦入蜀之路的奇险壮丽，则是明显的。诗以惊叹语开篇。“噫吁戏”是惊叹词，和屈原诗里的“已矣哉”、汉乐府里的“妃呼稀”、“伊那何”一样。不过，据《宋景文笔记》说“蜀人见物惊异，辄曰噫嘻，李太白作《蜀道难》因用之”，那么它可能只是蜀人惊叹时特有的叹呼声。次句感叹蜀道的高危险峻。继而用一个九字长句，并以艺术夸张手法，咏叹蜀道之艰难险阻，难于上青天。这三个惊叹句，从三言、四言到九言，一气奔迸而出，点出了主题，以火山喷薄般的强烈感情为全诗奠定了雄奇奔放的基调。而其长短参差的句式，也仿佛营造出一种蜀道高峻凸凹的感受。正如清人贺裳《载酒园诗话又编》所说，开头七个字就给人感觉“累棋架卵”之险，后面又让人颠簸得仿佛“剑阁阴平如在目前”。以下，随着感情的起伏和自然场景的变化，“蜀道之难难于上青天”的咏叹反复出现。李白真是一位天才的作曲家，一下笔便写出了这首宏大壮丽交响乐的主旋律，激荡着读者的心弦。

春风疑不到天涯，
二月山城未见花

这是宋代诗人欧阳修的七律《戏答元珍》的首联。仁宗景祐三年（1036）五月，欧阳修降职为峡州夷陵（今湖北宜昌）县令。次年，友人丁宝臣（字元珍，其时为峡州军事判官）有诗相赠，欧阳修便写了此诗作答。全诗描绘夷陵初春景物，并以自嘲排遣内心的苦闷。诗人落笔即破“早春”之题。首联说：夷陵小城，地处偏远，山重水隔。尽管已是二月，却感觉不到春风吹来，不见花开。十个字，叙写了作诗的时间、地点和山城早春寒冷萧瑟的气象，流露出自己被贬谪到山城后的抑郁寂寞心情。首句似从唐人王之涣的“春风不度玉门关”点化而出，暗寓对皇恩不到的怨怅。这个开篇起得超妙，妙在也用了“倒卷”笔法。诗人因未见花开才怀疑春风不到天涯，却倒转过来，先写怀疑春风不到天涯。这就显得新奇突兀，避免了平淡。前句是疑问，后句是回答。初看首句，似乎问得突然，问得奇怪，令人莫名其妙，及读次句，方觉问得有理，问出了一种怨苦情绪。欧阳修自己也很欣赏开篇这一问一答。他在《笔说·峡州诗说》中说：“若无下句，则上句何堪？既见下句，则上句颇工。文意难评，盖如此也。”程千帆先生阐释说：“能在一转手间改变读者的思路，正是它的妙处。”（《宋诗精选》）又由于这两句破题巧妙，为后面深入细致地描绘春景留有充分余地，才使得“以后句句有味”（方回《瀛奎律髓》）。

三万里河东入海，
八千仞岳上摩天

这是宋代爱国诗人陆游晚年退居故乡山阴时作的七绝《秋夜将晓出篱门迎凉有感二首》（其二）

的首联。诗人开篇即用如椽大笔，饱蘸激情，勾勒出他梦魂牵萦的黄河与华山的形象。“三万里”，极言黄河之长；“五千仞”，极写华山之高。然而，如此壮丽河山，却被南宋小朝廷割弃，陷于敌手，怎能不令诗人扼腕悲叹！诗人以“东入海”描绘黄河，它仿佛挟着雷霆之怒，奔腾咆哮，不管征程万里，千回百折，一直向东，注入大海。“上摩天”更把静止的华山写得威风凛凛，它好像一个巨人挺立，昂首伸臂，欲与苍穹比试高低。显然，诗人是把黄河与华山当作中华民族的象征，以如火热情赞颂其恢宏磅礴的气势和坚强不屈的斗争精神。如此开篇，不仅展现出一个阔大深沉的意境，而且唱出了志士仁人对祖国壮丽河山无限热爱的激情。这样，也就自然地引发出后两句：“遗民泪尽胡尘里，南望王师又一年。”黄河两岸华山脚下的遗民百姓泪尽眼枯仍苦盼王师收复失地，正同诗人一样，再也不能忍受敌人蹂躏祖国的大好河山了！这一股炽热的爱国感情，把看似不相连接的两联诗紧密糅合，浑然一体。也正因为开篇描绘出雄浑壮丽的山河景色，全诗所抒发的感情，才显得悲壮而不颓唐，在深哀剧痛中回旋着勃郁不平之气，于失望里仍满怀着希望与信心。从此诗可悟发端对于奠定全篇感情基调的重要作用。

篇终接混茫

前一篇我们谈了古典诗歌发端开篇的艺术。这里再谈谈结尾。古代诗人和诗论家们也是十分重视诗的结尾的。杜甫就说过“意惬关飞动，篇终接混茫”（《寄彭州高三十五使君适……三十韵》），认为诗的结尾应当使全篇浑然一体，诗意悠远无穷。托名白乐天撰的《金针诗格》指出：“落句欲似高山放石，一去无回。”沈义父《乐府指迷》云：“结句须要放开，含有余不尽之意，以景结情最好。”谢榛《四溟诗话》卷一也说：“结句当如撞钟，清音有余。”他们都主张诗的结尾必须有余韵，即言有尽而意无穷。应当补充说：凡是能够深化、拓展或升华诗的意蕴的结尾，都是好的。至于结尾的具体写法，在古典诗歌中更是千变万化，不拘一格。以景结情，留下一个生动的画面，或者画面兼有画外音，固然能给人深刻印象，诱人遐想和回味；有时直赋其事，突插一笔，也能产生出奇制胜、震撼人心的艺术效果。结尾更多地用比兴，但也可以用赋；可以纯用兴或纯用比；也可以兴兼比喻，兴兼对比，兴兼用典。林东海先生在《诗法举隅·兴法起结》中对结尾的这几种艺术手法都作了精到的分析，可参看。

回看射雕处，千里暮云平

这是唐代诗人王维的五律名篇《观猎》的尾联。全篇描绘一位将军在咸阳原野打猎的情景。前三联云：“风劲角弓鸣，将军猎渭城。草枯鹰眼疾，雪尽马蹄轻。忽过新丰市，还归细柳营。”既写了将军射猎时的风发意气，又写了将军罢猎归来的愉悦心情。首联起得奇警突兀，先声夺人；颔联和颈联意象一密一疏，借助景物细节和典故刻画人物，使将军的形象栩栩如生。到了尾联，诗人又用“勒回追想”笔法，托出新意：将军快到军营时，得意地回首远望，只见刚才紧张射猎之处，暮云低垂，笼罩原野，一片苍茫，无边无际。“回看”句好像舞台上的英雄人物在落幕之前的一个精彩造型，显出将军踌躇满志、怡然自得的神情意态，其中“射雕”二字又暗用北魏斛律光曾射落大雕的典故，赞美将军臂力强劲，射技高超。“千里”句展现出一个辽阔悠远的境界，衬托将军豪爽的气概和开阔的胸襟，留下不尽的意味。这个结尾还同开头呼应。开篇风啸弓鸣，气氛紧张激烈；结尾野旷云低，笔致纡徐舒放，形成鲜明对比，使全诗由张而弛，渐入辽远。清人王士禛说得好：“为诗结处总要健举，如王维‘回看射雕处，千里暮云平’，何等气概！”（清·何世璂《然灯记闻》引）

孤帆远影碧空尽，
唯见长江天际流

这是唐代大诗人李白的七绝名篇《黄鹤楼送孟浩然之广陵》的后联。前一联“故人西辞黄鹤楼，烟花三月下扬州”点了题，描叙了送别友人的时间、地点以及友人所要去的地方。“烟花三月”的迷人景色，“黄鹤楼”和“扬州”这两个地方所具有的富于诗意的生活内容，都含蓄地表达出这两位风流潇洒的诗人的深厚情谊，表达出一种充满诗意的离别。李白为了更深更浓地把自己对朋友的一片深情、一心向往抒写出来，在尾联中运用兴兼比喻、以景结情的艺术手法。表面看，这两句纯是写景，但景中有人，景中含情。我们仿佛看到，李白一直把孟浩然送上船，船已经扬帆而去，他还久久伫立江边目送，一直看到帆影逐渐模糊，消失在碧空尽头，可见目送时间之长，可见他对友人依依不舍之深情。而浩浩荡荡流向天际的一江春水，既是眼前景象，是“兴”，又暗喻两位诗人离别时的深长情意。李白没有用一个字说出离情别绪，而其离情别绪却如长江不尽，碧空无涯。这幅画面不仅境界壮阔渺远，而且情含景中，神传象外，真是精彩！李白在另一首《送别》中也用了这两句的意境，写作“云帆望远不相见，日暮长江空自流”，但“望远不相见”五字稍嫌直露，又少了“碧空”、“天际”四字，未能传达出辽远的空间感受和渺茫的视觉效果，故而不及此一联。

鸡虫得失无了时，注目寒江倚山阁

这是唐代大诗人杜甫的七古《缚鸡行》的尾联。诗作于大历元年（766）冬，时杜甫在夔州西阁。前三联云:“小奴缚鸡向市卖，鸡被缚急相喧争。家中厌鸡食虫蚁，不知鸡卖还遭烹。虫鸡于人何厚薄？吾叱奴人解其缚。”写的是一件有趣的生活小事：杜甫家中的仆人厌恶鸡食虫蚁，于是把鸡缚了要拿到市上去卖。杜甫认为家人不知道把鸡卖了，鸡也要遭受宰烹。因此他责问家人何必厚于虫而薄于鸡，便叫把鸡放了。尾联接着写杜甫的内心矛盾。“鸡虫得失无了时”，就是说鸡虫不能两全，不是虫死，就是鸡烹，矛盾无法解决，他感到为难、苦闷。表面看，这不过是写鸡虫得失的小事，其实是写诗人对于动乱社会现实的忧虑。当时，西川军阀混战，连年不息，翻云覆雨，争权夺利，这不正类似鸡虫得失吗？他们的争斗，都是危害国家人民利益的，用不着去分个什么厚薄，为他们操上一份心。想到这里，杜甫对“鸡虫得失”的事厌烦了。于是他回过头来，“注目寒江”。诗句中显然流露出诗人陡然的冷漠，而这冷漠，又蕴藏着强烈的鄙视和痛苦的感情。杜甫认为诗的结尾应当做到“篇终接混茫”，这首《缚鸡行》的结尾，不著一句议论，而以一个生动画面，唤起读者的无限深思与遐想，其意韵丰富深邃，有不确定性，正是“篇终接混茫”的极好范例。宋人洪迈评《缚鸡行》说：“结语之妙，尤非思议所及。李德远赋《东西船行》全拟其意：‘东船得风帆席高，千里瞬息轻鸿毛。西船见笑苦迟钝，流汗撑折百张篙。明日风翻波浪异，西笑东船却如此。东西相笑无已时，我但行藏任天理。’此诗语意极工，几于得夺胎法。但‘行藏任天理’，与‘注目寒江’，不可同日语耳。”（《杜诗详注》卷十八引）其所以“不可同日语”正在于：李诗结尾径直说出诗的意蕴，杜诗却留下情景交融的生动画面诱人无穷回味。

正是江南好风景，落花时节又逢君

这是杜甫的七绝《江南逢李龟年》的后联。这首诗大约作于大历五年（770），亦即杜甫去世的一年。李龟年是开元、天宝年间的著名乐师，深受唐玄宗赏识，曾起大宅于东都，豪华逾于公侯。安史乱后流落江南，每逢良辰美景，为人歌数曲，闻者无不掩泣。诗的前联："岐王宅里寻常见，崔九堂前几度闻。"追忆往昔与李龟年的接触。岐王即李范，睿宗第四子。崔九，即秘书监崔涤，"岐王宅"和"崔九堂"是开元时文艺名流经常雅集的场所，杜甫当年出入其间，同李龟年相遇相识。"寻常见"与"几度闻"有意重复，拉长了回味的时间，流露出诗人对于开元盛世和青春年华的美好回忆与无限眷恋之情。这一联，下语似乎轻松，感情含蕴却很深沉凝重。尾联，诗人从梦一般的回忆中回到眼前的现实，写自己在漂泊颠沛、贫病衰老之时同李龟年重逢。"江南好风景"，表明自然风光与当年相见时一样美好，然而地点已经变了，是在"江南"，而非京都。"正是"二字，使江南好风景同乱离时世和二人的沉沦身世形成了有力反衬。"落花时节"既是点时令，写眼前景，又像是别有寓托，使人联想到世运的衰颓、社会的动乱，想到诗人和乐师青春早已消逝，而今形容憔悴、衰病漂泊。这种有意无意的象征寄兴，最为含蓄蕴藉，浑然无迹。诗人写到"又逢君"，即黯然而收，在无言中包孕着对时代沧桑、人生巨变的深沉慨叹，却又用一个"又"字，把往事今情，隐隐追出。就全篇说，正如近人孙洙所评："世运之治乱，年华之盛衰，彼此之凄凉流落，俱在其中。”（《唐诗三百首》）。就结尾的艺术看，这种欲言又止、一点即收的写法，正如清人沈德潜所评：“含意未申，有案未断。”（《唐诗别裁》）宋顾乐进而说：“案而不断，神味无穷，老杜绝句，此首最佳。”（《唐人万首绝句选》）

曲终人不见，江上数峰青

这是唐代诗人钱起的五古名篇《省试湘灵鼓瑟》的尾联。从诗题“省试”，可知是钱起参加科举考试时写的，试题即“湘灵鼓瑟”，是从《楚辞·远游》“使湘灵鼓瑟兮，令海若舞冯夷”句中摘出。诗的首联“善鼓云和瑟，常闻帝子灵”，点题，赞扬湘灵善于鼓瑟。中间四联云：“冯夷空自舞，楚客不堪听。苦调凄金石，清音入杳冥。苍梧来怨慕，白芷动芳馨。流水传湘浦，悲风过洞庭。”诗人展开想象的羽翼，极力描绘湘灵鼓瑟的神奇力量，写得颇为瑰丽多姿。但倘若诗到此为止，仍不过是比较一般化的作品。不料诗人写出了尾联：瑟弹完了，乐音停止了，却见不到美丽而神秘的湘水女神，只见江上几座青翠欲滴的山峰。这两句之妙，从听觉上说，使诗境突然由瑟声、水声、风声、人声的喧闹转而为静谧，而这静谧又引发出一种幽远的令人遐想不尽的韵味，可谓“此时无声胜有声”。从视觉上说，它让湘灵鼓瑟所造成的一片似真似幻、绚丽多彩、神秘诡谲的世界，在一瞬间烟消云散，使人回到了眼前“江上数峰青”的现实之境，产生一种如梦初醒、迷茫怅惘之感，当神志清醒以后，必然要对消逝了的梦境悠然回味。这样，诗的韵味就加深加浓了。可见，这一联诗真是神来之笔！明人谢榛说：“合两句味之，殊有含蓄。”（《四溟诗话》卷四）据说钱起就是由于这两句诗中了进士，并赢得了诗名。后来李德裕的“曲终却从仙官去，万户千门空月明”、陈季的“数曲暮山青”都是对这两句的摹仿，却缺乏这种曲终人散惟见江上青峰的静谧、幽深韵味。

是岁江南旱，衢州人食人

这是唐代诗人白居易的讽喻诗《轻肥》的结尾两句。诗题“轻肥”，取自《论语·雍也》中的“乘肥马，衣轻裘”，用以概括豪奢生活。全诗淋漓尽致地描绘宦官和神策军将领们的饮宴场面：“樽罍溢九酝，水陆罗八珍。果擘洞庭橘，脍切天池鳞。食饱心自若，酒酣气益振。”揭露他们的骄奢淫乐。结尾笔锋一转，突出一个对立面：“是岁江南旱，衢州人食人！”当这些宦官、大夫、将军酒醉肴饱、意气骄横之时，江南却遭遇旱灾，正在发生“人食人”的惨象。这结尾二句直赋其事，不用比兴，不作议论，却如同奇峰突起，使全诗顿生波澜；又如反戈一击，直刺统治者的要害。这样写，使读者惊心动魄，并从“水陆罗八珍”与“衢州人食人”这两幅画面的鲜明对照中领悟阶级对立的深广内涵，可谓精警的收结。

宋诗的“打诨出场”

宋代诗人黄庭坚首倡“作诗正如作杂剧，初时布置，临了须打诨，方是出场”（《王直方诗话》引）之说。其后，孔平仲《孔氏谈苑》卷五、王立之《王直方诗话》、吕本中《童蒙训》、陈善《扪虱新语》下集卷一、张元幹《芦川归来集》卷九都对此说续称引之，并多有补充发明。当代学者王季思《打诨、参禅与江西诗派》、莫砺锋《江西诗派研究》、张高评《宋诗之新变与代雄》、周裕锴《中国禅宗与诗歌》等论著，也先后对宋诗“打诨出场”的艺术技法作了深入浅出的理论阐释。他们指出：“打诨”是借用宋代参军戏中的术语，原意为“答以出乎寻常意想以外之解释”。对于诗歌来说，就是在结尾时来个一百八十度的大转折，多数以诙谐的语言点明诗的旨趣所归。这种结尾，往往既“切题可笑”，又使读者“退思有味”。也有虽不可笑，却能使诗境诗意在出其不意的转换中获得升华与深化的。宋代诗人苏轼、黄庭坚、杨万里最擅长运用这种“打诨出场”的艺术技巧。

却似西川杜工部，海棠虽好不吟诗

这是苏轼的七绝《赠黄州官妓》的后一联。据宋人陈岩肖《庚溪诗话》、周煇《清波杂志》等书记载，元丰七年（1084），苏轼奉诏离黄州移汝州安置，友人为他饯行。席上，一位名叫李宜的歌女请他在披风上题一首诗。苏轼在黄州生活了五年，从没有听说过她的名字。于是，他叫她磨墨，并提笔迅速写了诗的开头二句：“东坡五载黄州住，何事无言及李宜?”然后他放下笔，继续和朋友们喝酒谈笑。在场的人都觉得这两句诗平淡无奇，而且没有完篇，有点奇怪。等到酒席要散，李宜再次上前请求苏轼把诗写完。苏轼大笑说:“我差点忘了‘出场’!”于是再次拈笔，毫不思索，立即写出了后二句。这后二句，正是东坡巧妙运用杂剧“打诨出场”的艺术技法创构出来的绝佳结尾。乍一看，它们与前二句风马牛不相及，意脉断裂，逻辑乖离，但细细品味，东坡用杜甫流落西川多年却从未为当地著名的海棠花赋过诗的故事，含蓄巧妙地回答了前二句，赞扬歌女李宜的天生丽质，又对自己五年来未能结识这位风姿绰约的歌女表示了遗憾和惋惜。全篇前后章法变幻不测，却自然巧妙地转折衔接，浑然一体，确实做到了“切题可笑”、“退思有味”。据宋人何薳《春渚纪闻》载，东坡这两句一出，“一席击节，尽醉而散”。李宜这位歌妓，也因此诗成了诗史佳话中的角色。

舟中贾客莫漫狂，小姑前年嫁彭郎

这是苏轼的题画诗《李思训画长江绝岛图》的尾联。李思训是唐代著名画家，善山水树石，曾官左武卫大将军，他的金碧山水被称为“李将军山水”，开创了我国“北宗”山水画风。诗的前九句是对画中山水景象的描绘：“山苍苍，水茫茫，大孤小孤江中央。崖崩路绝猿鸟去，惟有乔木搀天长。客舟何处来？棹歌中流声抑扬。沙平风软望不到，孤山久与船低昂。”诗人不仅生动地展现画中山水苍茫、两山对峙、山势险峻、乔木参天之景，而且融入自己舟行时的亲身体验和丰富想象，写出了在中流时抑时扬的棹歌之声，以及船在江上低昂浮泛之势。苏轼这种化静态为动态，化无声为有声，化画面之一瞬为长时间持续活动景象的写法，可谓以诗写画的绝妙再创造。至此，画上景物已写完，不料诗人奇想突发，写出“峨峨两烟鬟，晓镜开新妆”二句，将江面和湖面比喻为“晓镜”，将大小孤山比作对着晓镜理妆的女子的发髻。紧接着的结尾一联，更引入了有关大小孤山和彭郎矶的民间传说，用谐声双关手法，把比喻再加引申、发挥，风趣地提醒画上的舟中贾客莫要浪漫狂放，可知道美丽的“小姑”前年已嫁给了“彭郎”。这一笔既用当地的民间传说丰富了画境，进一步渲染出画中山水的美丽神奇，又由于用了杂剧打诨的诙谐笔调和语气，使诗歌增添了幽默风趣，惹人发笑。因此，清人翁方纲《石洲诗话》称赞这个结尾是“就俚语寻路打诨”。台湾学者张高评先生也指出，正是由于运用了“打诨出场”的技法，诗人“将咏画之主题由自然山水转向人文传说，将读者之思绪拓向画外深广之空间”（《宋诗之新变与代雄》，台北洪叶文化事业公司1995年版，第388页）。

忽看高马顿风尘，亦思归家洗袍裤

这是黄庭坚的七绝《题伯时顿尘马》的后一联。元祐三年（1088）初，庭坚在礼部试院任参详官，同主考官苏轼等人一起评阅试卷。阅卷之余，他们常观画题诗遣闷。此诗题咏画家李伯时的一幅“顿尘马”（即抖落风尘的马）。前二句：“竹头抢地风不举，文书堆案睡自语。”意思是：竹梢低垂着地，风也吹不起，文书堆满了案头，人在瞌睡中还喃喃地说着梦话。这两句用诙谐的笔调，十分形象地表现了诗人被困在试院中百无聊赖、昏昏欲睡的情景，完全同题画无关，没头没脑，令人莫名其妙。这是“打猛诨入”。第三句说，我忽然抬头，看到一匹高大的骏马，正在迎风踢踏，抖落身上的尘土。这一句插入正题，却以真写画，认画作真，七个字把画马写得生机勃勃，又写出了自己忽见画马时惊奇振奋的神态和心理，笔墨简洁有力。更妙的是结句，紧承“顿风尘”而出，说不由得联想到自己也应当回家去洗换袍裤，洗净身上的污浊了。这一句寓庄于谐，既风趣地表达自己久困试院而思家的心情，又不露痕迹地赞扬了李伯时画马逼真传神的高超艺术。联系前两句细加品味，原来一篇主旨，是要抒发对沉闷乏味、充满风尘污浊的官场生活的厌恶，却借着对“高马顿风尘”的羡慕有力地反衬出来。诗人妙用“打猛诨入，又打猛诨出”的技法，使此诗韵味隽永，耐人咀嚼。

诚堪婿阿巽，买红缠酒缸

这是黄庭坚的五言古诗《子瞻诗句妙一世，乃云效庭坚体，盖退之戏效孟郊、樊宗师之比，以文滑稽耳。恐后生不解，故次韵道之。子瞻〈送孟容诗〉云：“我家峨嵋阴，与子同一邦。”即此韵》的结尾两句。此诗的题目如同一篇小序，交代了写诗的缘由。苏轼《送杨孟容》诗，自称仿效黄庭坚的诗体。庭坚认为这是东坡一时的戏笔，就好像当年唐代诗人韩愈在《答孟郊》、《酬樊宗师》等诗中，摹拟孟、樊的艺术风格一样。黄庭坚怕后人误会他的诗高于苏轼，特地写了这首诗来表明自己对苏轼艺术才能的倾倒，再加上这篇小序，来说明苏诗远在自己之上。诗云:“我诗如曹郐，浅陋不成邦。公如大国楚，吞五湖三江。赤壁风月笛，玉堂云雾窗。句法提一律，坚城受我降。枯松倒涧壑，波涛所舂撞。万牛挽不前，公乃独力扛。诸人方嗤点：渠非晁张双。但怀相识察，床下拜老庞。”赞美苏诗的宏伟气象和句法、笔力，颂扬苏轼的知音识察以及自己的敬仰心情，都是用生动的形象来表达抽象的事理。构思新颖，设喻奇特，妙语横生。诗写到此，似乎题意已尽，却忽然冒出结尾四句，先说:“小儿未可知，客或许敦庞。”意思是：我的小儿将来怎样，虽未可知，但也有来客称赞他忠厚朴实的（敦庞，犹敦厚）。接下去说，如果他真能跟阿巽（苏轼的孙女）订亲，那我先买些红彩来缠在酒缸上吧。表面看，这几句完全抛开了谈诗的话题，但实际上他说自己的儿子或许可与苏轼的孙女相配，正暗示自己是苏轼的门生晚辈，诗才不足与苏轼相匹。作者用诙谐的语言，作旁敲侧击的表白，使人读来不禁会心而笑，而诗篇也就在幽默亲切的气氛中深化了敬仰苏轼的主题。这是杂剧的“打诨出场”在诗的结尾的绝妙运用。想来，生性诙谐、同样擅长“打诨出场”技巧的苏轼读到此处也会忍俊不禁。

似妒诗人山入眼，千峰故隔一帘珠

这是南宋诗人杨万里的七绝《小雨》的后一联。全篇写小雨。首联：“雨来细细复疏疏，纵不能多不肯无。”写雨从天上飘落，一开始就很细微，但仍较密；过一会儿，就变得稀稀疏疏、断断续续的了。诗人感觉这细雨很怪，尽管它不大，却不肯停止。这一联首句客观描状细雨，次句分明已移情于雨，使细雨隐约带着一种古怪的性情。后联以“似妒”的比喻拓出新境，显然吸收了杂剧的“打诨出场”技法，为细雨作了一个新奇的“谐趣设计”。他把客观的自然的雨变成人，把人与雨之间的关系赋予了世态人情：原来这细雨所以不肯停止，是因为它妒嫉青山太获诗人的青睐，所以它故意制造一幅珠帘，把青山与诗人相隔开，让诗人先看到帘，再看到山，即使看到了山，也是朦朦胧胧看不清楚。这“打诨出场”的一笔，将自然人化，给细雨灌注了鲜活的生命情趣，从而表现了诗人与自然十分亲切的关系，也创构出诚斋体诗独有的山水灵境。

乃是山农垦斜崦，倚锄无力政无聊

这是杨万里的七绝组诗《桑茶坑道中八首》（其三）的后一联。组诗写他在桑茶坑路上所见的景色。此首前一联云：“沙鸥数个点山腰，一足如钩一足翘。”他远远望见山腰上有几只沙鸥，它们都是一只脚钩曲，另一只脚翘起来。诗人只勾勒一笔，沙鸥的意态便那么逼真，看来这些小动物多么悠闲自在。但“沙鸥”是生活在水边的，“山腰”上怎会有呢？诗人仔细一看，原来不是沙鸥——“乃是山农垦斜崦，倚锄无力政无聊。”“斜崦”就是山坡；“政”，意同“正”。因为山农的耕地太少，不足以养家糊口，所以要在山坡上开垦土地。在荒山垦地是十分沉重艰苦的劳动。他们实在太累了，就倚着弯弯的锄头，跷着腿，稍微歇息一下，无聊地茫然地望着煞费力气才开辟出的巴掌大的耕地。显然，诗人用了“打诨出场”的手法，写出了这令人绝对意想不到的后两句。作为“打诨”材料的山农“倚锄无力”的意象，确实同沙鸥翘足的形态颇为相似，才使诗人有此妙想奇喻。但沙鸥如此悠闲自在，山农却是疲惫无力、无聊倦怠！二者极不相称，形成强烈对比。正是由于用了“打诨出场”的技巧，这首诗由写自然景物突然转向写社会问题，使读者欣赏动物的兴趣在刹那间消失得无影无踪，心情变得沉重起来，为山农的艰辛劳动和贫困生活而忧虑、深思。诗人的语调是诙谐的，我们却无法笑出来，而是感受到一种苦涩。用“打诨出场”的手法深化诗意，正是杨万里这首小诗的独到之处。

诗中问答之妙

在古典诗歌中，有不少采用问答的方式构思谋篇的佳作。有的诗有问有答，一问一答；有的诗有问无答，戛然而止；有的诗省略问语，寓问于答；有的诗匪夷所思，答非所问。更多的诗，用人物的行为动作或自然风景画面作为回答。诗人采用问答的手法，可以巧妙地刻画出人物的神情意态、内心活动，可以把人物的生活环境和自然风景展现出来，可以使诗歌富于戏剧性，还可以节省笔墨，以简驭繁，制造悬念，增添诗味，引人入胜，令人神往。

来日绮窗前，
寒梅著花未

这是唐代诗人王维的《杂诗》（其二）的三、四句。诗写久客思乡之情。开头两句“君自故乡来，应知故乡事”，即写抒情主人公向来自故乡的旧友讯问故乡情事。这两句诗不假修饰，纯用口头语，如叙家常，传神地表达出抒情主人公急欲了解故乡风物、人事的心情。“故乡”一词迭见，正显出乡思之殷，“应知”强加于人，更流露欲知乡事之情的急切。三、四句，诗人把抒情主人公深厚的思乡情绪，凝聚在“寒梅著花未”的问话上。这绮窗前的一株寒梅，很可能蕴含着他当年家居生活中或亲切或有趣或温馨，总之深印心扉的情事，因而成了他的思乡之情的寄托物。用问语而不用直叙句出之，更传达出一种真挚缠绵的眷念之情。只问而不写对方的回答，尤意味深长，诱人想象。正如清人宋顾乐评曰：“问得淡绝妙绝。”（《唐人万首绝句选》）王文濡亦赞曰：“通首都是讯问口吻，而游子思乡之念，昭然若揭。”（《唐诗评注读本》）

君问穷通理，渔歌入浦深

这是王维《酬张少府》诗的尾联。诗的主旨是规劝友人张少府归隐。前三联：“晚年惟好静，万事不关心。自顾无长策，空知返旧林。松风吹解带，山月照弹琴。”叙写自己隐居山林的原因和隐逸生活乐趣，表明自己晚年逃避现实、恬淡好静、万事不问的人生态度。近人俞陛云评释颈联云：“松风山月，皆清幽之境，解带弹琴，皆适意之事。得松风吹带，山月照琴，随地随事，咸生乐趣，想见其潇洒之致。”（《诗境浅说》）尾联回到酬张少府的题旨。其意云：“您要问我有关穷通的道理吗？请听那河浦深处传来的渔歌吧。”诗人用一问一答形式，妙在答非所问，借渔人驾舟唱渔歌渐逝于深浦的有声画面，使友人顿悟自由自在、超尘出俗之乐，也使全诗富于佛家禅宗的机锋和理趣。这种匪夷所思、以景代答的写法，用于诗的结尾，真有杜甫所说“篇终接混茫”之妙。

问余何意栖碧山，笑而不答心自闲

这是唐代大诗人李白的七言绝句《山中问答》前两句。诗作于诗人隐居安陆（今属湖北）之时，抒写超脱现实的闲适心情。通篇采用问答的构思法。起句即写俗人问他为什么要幽居在苍翠的山中？起得突兀，突出题旨，唤起读者的注意。次句笔锋一转，出人意料，“笑而不答”，既显出诗人喜悦而故作神秘的情态，又造成悬念，诱发人们遐想、思索的兴味。“心自闲”点出自己闲适心境，并增添一种“悠然心会，妙处难与君说”的情味。今人赵其钧说得好：“第二句接得迷离，妙在不答，使诗增添了曲折变幻。”（《唐诗鉴赏辞典》，上海辞书出版社1983年版，第317页）更妙的是三、四句“桃花流水窅然去，别有天地非人间”，暗用陶渊明《桃花源记》诗意，描写“碧山”之景，以景作答。诗人勾绘出一幅青山翠谷中桃花随着溪水窅（yǎo，形容深远）然远逝的图画，并且赞美它是人间所无的宁静、幽美“天地”，把他“栖碧山”的生活表现得多么富于诗情画意！这种不答而答、似断实连的艺术构思，使此诗具有引人入胜的魅力。无怪清人王闿运叹赏此诗“超妙”，是“仙才”的表现（《湘绮楼说诗》）了。

君家何处住？妾住在横塘

这是唐代诗人崔颢的《长干曲四首》（其一）的开头两句。《长干曲》是南朝乐府中“杂曲古辞”的旧题。长干，地名。金陵（今江苏南京）五里有山冈，其间平地民庶杂居，有大长干、小长干、东长干。这首诗写一水乡女子在江上与邻船男子攀谈问话的情景。全诗四句，都是这位女子的说话。“君家何处住？”她主动发问，大胆率直，完全不受封建社会“男女授受不亲”的礼俗约束。她问了之后，不待对方答复，就急于自报：“妾住在横塘。”竟把自己的居住坦率地告诉陌生人，既显出她纯真无邪、开朗爽快，又表现了她听得男子乡音后喜出望外、急于结识的心态。三、四句“停舟暂借问，或恐是同乡”继续写女子的说话：“我不过趁船儿暂停在这儿随便问问，或许我俩是同乡呢！”这是男子反问后她的解释？还是她怕引起对方误解而加以补充？所有这些，诗人都没有写，留下了大片

“空白”，让读者充分地想象。通篇是女子之言，口吻传神，其音容笑貌，活灵活现于纸上。而场景、情节、细节以及另一个人物，皆从女子的说话中显现出来，如一出独幕剧。清人王夫之评此诗：“墨气所射，四表无穷，无字处皆其意也。”（《姜斋诗话》）指出此诗笔墨高度凝练和意蕴极其丰富。这就是问答体诗宜于创造戏剧情境的艺术魅力。

只在此山中，云深不知处

这是唐代诗人贾岛《访隐者不遇》诗的后两句。此诗亦以问答方式构思，但诗人省略了问话，寓问于答。首句“松下问童子”不言所问何事。次句“言师采药去”是童子回答，据此可逆推“我”所问是“师往何处去”。第三句“只在此山中”仍是童子答话，又省略了“采药在何处”的问语。结句“云深不知处”，分明是童子答复“我”再三追问其师采药究竟是在山中哪一个方位的问题。三番问答，本来至少要写六句，诗人采用以答句包赅问句的手法，仅用三句十五个字即已表达得含蓄有味。急盼见到隐者的“我”，从满怀希望到陷入失望，再从重燃一线希望直到惘然若失的感情变化，也凭藉这“寓问于答”得以揭示。童子最后一答，答非所问，妙趣无穷。全诗并未直接描绘隐者和深山景色，我们的眼前却浮现出一幅云烟杳渺、幽静深远的水墨山水画。画上，高山大壑，白云悠悠，苍松巍巍，“我”在松下向青衣童子问话；而一位鹤发童颜风神散朗的隐士，在采够了为人治病的草药之后，也仿佛正从白云深处向我们走来。明人蒋一葵评曰：“设为童子之答，以状山居之幽。”（《唐诗选汇解》）清人李锳说：“一句问，下三句答，写出隐者高致。”（《诗法易简录》）都指出了此诗运用问答手法之妙。一首诗仅二十个字，写了三个人物，写了“我”与童子三问三答的戏剧场面，写了山乡景色，写了“我”未见隐者的怅惘和敬慕之意。而且，正如已故的杰出学者吴战垒所说：“从中还可以引申出某种哲理性的意蕴：人们在探寻真理或追求理想的过程中，往往会感到某种困惑，即直觉地感到所探寻和追求的事物就在近处，却由于种种原因而不能发现或得到。”（吴战垒著《中国诗学》，人民出版社 1991 年 9 月版，第 91 页）贾岛即使仅此一诗，就可在中国诗史上留下名字。

矛盾逆折　顿挫奇警

诗论家黄永武先生在《中国诗学——设计篇》中提出，“用矛盾逆折的语法，可使诗句警策”。另一位诗论家李元洛先生更进一步把矛盾逆折看作诗歌创作的一种艺术手段。他引述当代美国学者勃鲁克斯与华伦合著《现代修辞学》的一段话：“矛盾语法是适宜于诗的，甚至可以说是诗中无法避免的语言。只有科学家的真理才要求一种丝毫没有矛盾迹象的语言；而很显然的，诗人们所要抒写的真理只有靠矛盾语法始足以获致。”（见李元洛《矛盾逆折，新颖警策——读诗随笔》）黄、李二人都具体地阐析了矛盾逆折在诗中的表现形态。其一是体现在全诗的整体艺术构思之中的，如王昌龄《闺怨》、陈陶《陇西行》、白居易《轻肥》等，因已越出“句”的范围，这里不作论述；其二是在同一诗行或连贯而下的两行诗中，直接运用矛盾修辞法或在造意中用两个冲突的意思紧接在一起，构成内在的顺逆相荡的波折和高潮，从而使诗句新警动人。

少小离家老大回，乡音无改鬓毛衰

这是唐代诗人贺知章《回乡偶书》（其一）的前两句。全篇抒写久客还乡的深沉感慨，是传诵千古的七绝名篇。首句点出“回乡”，七个字概括了他自己久客不归的漫长岁月，句中便已包含相对相反、矛盾逆折的意蕴。少小的时候离家，没料到老了才得以回来。“少小离”与“老大回”，环绕着中间的一个“家”字，既相对，又逆折，给这次回乡增添了不平常的悲剧性情味。次句写他一踏上家乡的土地，便听到最亲切的乡音，遇到熟人，很自然地讲起家乡话来。于是在自己的感觉和别人的反应中，意识到自己尽管离乡多年，而乡音未变。“乡音无改”四字，流露出浓挚的乡情，也表达出心头的欣慰。不料后三字“鬓毛衰”突然一折，虽然乡音无改，但因经年累月寄居异地，而今已鬓斑发稀、年岁老迈了。“鬓毛衰”感叹岁月的无情，又揭示自己心境从欣慰到悲哀的瞬间微妙变化。诗人把两个矛盾冲突的意思紧密组接在一起，造成了绝好的顿挫。对人生的无穷感喟，即寓其中，诗句也就显出了密度与张力。诗的后一联："儿童相见不相识，笑问客从何处来？"写"相见"而"不相识"，又以儿童的"笑"来面对老人之"悲"，同样含有矛盾逆折意味，真是悲喜交集，感慨无穷。

落日心犹壮，秋风病欲苏

这是杜甫晚年流寓湖湘时写的五律《江汉》中的颈联。前两联："江汉思归客，乾坤一腐儒。片云天共远，永夜月同孤。"写他客滞江汉的窘境和思归北地之情。这一联的"落日"既是实指夕阳，又是喻象。正如黄生所说，乃是"借喻暮齿"，诗人怀才见弃，宏图未展，北归无望，生计日蹙，年迈体衰，正如日薄西山，境况十分惨淡悲凉。尽管他身处逆境，仍孤忠耿耿，关怀社稷，壮心不衰。"落日"与"心犹壮"，相连而逆折。下句"秋风"与"落日"相对，是写实景兼点明时令。"苏"，即复苏，有康复意。诗人漂流江汉，面对飒飒秋风，感触萧瑟秋意，竟无悲秋之感，反而觉得精神旺盛、病情好转。"秋风"与"病欲苏"，紧接又冲突。十个字，连用了两次矛盾逆折笔法，正反两层意思相互对照，把诗人那种"烈士暮年、壮心不已"的精神品格，表现得格外集中、强烈、动人。清人纪昀赞赏说："落日二句提笔振起。"（《瀛奎律髓汇评》）顺便说，台湾现代诗人覃子豪极赏爱此联，在其《追求》诗中化用，写出了“大海中的落日/悲壮得像英雄的感叹”的名句，颇为感人。

风吹古木晴天雨，月照平沙夏夜霜

这是唐代诗人白居易晚年在杭州写的七律《江楼夕望招客》的颈联。全篇描绘他在江楼眺望中所见所闻的夏夜佳景，表达邀请朋友前来共同赏景消暑之意。这一联，上句写风吹古木，其声飒飒，使诗人惊讶晴天何来骤雨；下句写月照平沙，寒光闪闪，诗人仿佛觉得有如夏夜流霜。“晴天雨”和“夏夜霜”是绝妙的矛盾修辞。妙在借幻写真，以虚托实，表现出风声月色在诗人心中所引发的惊奇、赞赏心情，诗句也显得新颖奇警，发人之所未发。苏轼赞赏这一联写景“高妙”。清人潘德舆《养一斋诗话》却说:“东坡谓白（居易）诗晚年极高妙，或问之，曰:‘风生古木晴天雨，月照平沙夏夜霜。’余按此二语殊平浅，非白诗之妙者，不解东坡何以赏之?”苏轼从白居易众多的诗中独举出这一联诗，作为白氏晚年“高妙”诗境的范例，可见他已懂得矛盾语反常合道的妙处；而晚八百年的潘德舆，反而“不解东坡何以赏之”，说什么“二语殊平浅”，审美鉴赏力显然不及苏轼。唐代张籍《隐月岫》诗中也有“月出深峰里，清光夏亦寒”之句，诗意与白诗的“夏夜霜”相似，但白诗直接用“夏夜”修饰“霜”，大胆创造出这一个矛盾语，使诗句格外新警、奇妙。

今朝香气苦，珊瑚涩难枕

这是唐代诗人李贺《贾公闾贵婿曲》诗中的一联。此诗借用晋人贾充女婿韩寿的典故，对唐代的贵婿富贵骄奢、寻花逐柳的恶劣行径予以讽刺。这一联写贵婿婚后厌弃妻室。诗人不是直接揭露，而是以奇妙的想象含蓄地暗示。《世说新语》载，贾充之女曾以外国所贡历月不歇之奇香，诱韩寿与之私通。诗人却说而今韩寿婚后竟以香气为“苦”。香气怎么会苦？那是因为韩寿厌恶妻子，故而鼻中的馨香，转为口中的苦味了。珍贵的珊瑚枕是滑腻、清凉的，而今韩寿竟感到它粗涩刺人，如枕针毡，可见他不愿待在家里。这一联诗借物写人，运用通感手法，把嗅觉感受移到味觉和触觉上去，意象新奇，耐人寻味。同时，这两句诗也借助矛盾逆折的语法，使“苦”、“涩”之情意在“香”、“滑”的反衬下，显得更强烈、深刻。

白发齐生如有种，青山好去坐无钱

这是宋代诗人黄庭坚的七律《次韵裴仲谋同年》诗的颈联。此诗作于熙宁二年（1069），诗人任叶县（今属河南）尉时。裴仲谋名纶，时为舞阳尉，与庭坚同年登进士第，故称“同年”。此诗前半首叙写自己与裴的交情。这一联提笔宕开，发抒感慨。“有种”，借用《史记·陈涉世家》“王侯将相宁有种乎”的字面。下句亦暗用一个“买山钱”的故事。唐朝苻载派人致书于頔，乞买山钱百万，于頔如数给他（见《云溪友议》卷上“襄阳杰”条）。诗人慨叹自己白发齐生，好像脑袋里埋有白发种子一样；倦于宦情，想去归隐青山，却无钱买山，故青山虽好，也只是枉然。上句七字流贯而下，下句前四字与后三字却作一逆折。张相在《诗词曲语辞汇释》中，将“好去”解释为“居者安慰行者之辞”，将“坐”解释为“因为”。但那样解释，诗句就失去了矛盾逆折的妙处。台湾诗论家黄永武认为，“好去”，“应即是好好地去”；“坐”，“是徒然枉然的意思”，见解精当。清人吴汝纶评这句诗“绝好顿挫”（《唐宋诗举要》引），正是看到了“坐无钱”有矛盾逆折语意才赞赏的。

书当快意读易尽，客有可人期不来

这是宋代诗人陈师道《绝句四首》（其四）的首联。此诗作于诗人困居徐州、生计维艰之时，表现他在日常生活中的寂寞、惆怅、失望以及旷达自慰等感情。诗人贫困而孤独，读书以排遣精神苦闷。得到一本好书，非常愉快，没想到一口气就把它读完了，于是又复感到无聊；读完好书，非常盼望能同相知的友人一起交流读书所得，讨论诗歌创作甘苦，没想到这些可爱可亲的好朋友却偏偏一个也盼不来。这一联诗，上下两句都有矛盾逆折语意，上句波折小一些，下句矛盾大一些。正因为读书与盼客皆不如意，都同自己的主观愿望相违背，所以第三句自然得出“世事相违每如此”的结论。矛盾逆折的笔法，恰到好处地表现出诗人对于希望和现实总是相违背的人生体验，使这首诗既有情趣，更富理趣。如果改作“书当快意读难尽，客有可人期则来”，失去了矛盾冲突，诗就索然寡味，甚至令人不知所云了。

重言错综　声情俱美

在唐代的近体律绝诗中，有一种重言错综句法，分别见于单句、一联或上下联。完全相同为重言，部分重合为错综。一般来说，作近体律绝诗忌讳重字，但有时诗人为了强调、突出某种情感和意义，或加强意象的鲜明性，或使诗的音韵具有循环、复沓、和谐之美，使受韵律束缚较紧的律诗获得既严谨又流动、既有规律又自由的艺术效果，便探索运用重言错综法。宋人葛立方说："杜荀鹤、郑谷诗，皆一句内好用二字相叠，然荀鹤多用于前后散句，而郑谷用于中间两联。"（《韵语阳秋》卷一）有学者考证此种手法在七律中起始于中唐前期的卢纶、戎昱、窦叔向等人（见赵谦《唐七律艺术史》第五章，台湾文津出版社 1992 年版），其实，钱锺书《谈艺录》补订本早已指出："此体创于少陵（杜甫），而名定于义山（李商隐）。少陵闻官军收两河云：'即从巴峡穿巫峡，便下襄阳向洛阳'；《曲江对酒》云：'桃花细逐杨花落，黄鸟时兼白鸟飞'；《白帝》云：'戎马不如归马逸，千家今有百家存。'义山《杜工部蜀中离席》云：'座中醉客延醒客，江上晴云杂雨云'；《春日寄怀》云：'纵使有花兼有月，可堪无酒又无人'，又七律一首，题曰《当句有对》，中一联云：'池光不定花光乱，日气初涵露气干。'"钱先生称为"当句对"体者，即重言错综。

即从巴峡穿巫峡，便下襄阳向洛阳

这是唐代大诗人杜甫的七律《闻官军收河南河北》的尾联。唐代宗广德元年（763）正月，官军先后收复洛阳、相州、幽州等河南、河北地方，历时七年多的安史之乱终于平息。杜甫这时正流落在梓州（今四川三台县），听到这个消息，欣喜若狂，写下了这首脍炙人口的名作。诗的前三联，诗人抒写了自己初闻胜利消息刹那间悲喜交集的复杂心理；又用妻子儿女的无愁衬托自己的喜极忘情，以致乱卷诗书，手舞足蹈；再写自己从狂喜到狂想，想到痛饮，以庆祝胜利，想到还乡，趁着有春光作伴。尾联紧接颈联，写自己设想的还乡路线，即先走水路，然后再走旱路直奔洛阳的计划。这一联用了重言错综法，叠用“巴峡”与“巫峡”、“襄阳”与“洛阳”四个地名，既各自对偶，又前后对偶，而用“即从”、“便下”绾合，两句紧连，一气贯注，成为活泼流走的流水对。再加上“穿”、“下”、“向”对动态生动准确的描绘，两个“峡”字和两个“阳”字的重复，在读者眼前便出现疾速飞驰的画面，以急促的节奏，生动真切地表现出诗人在狂喜中飞驰想象心回故乡的情态。可谓声情并茂，一齐奔涌纸上，成为老杜“生平第一首快诗”（浦起龙《读杜心解》）中最后也是最高最急的感情浪峰。

少年轻会复轻离，老大关心总是悲

这是中唐前期诗人窦叔向的七律《酬李袁州嘉祐》的首联。李嘉祐，字从一，大历著名诗人，于大历六、七年间曾为袁州刺史。这首诗后三联云：“强说前程聊自慰，未知携手定何时。公才屈指登黄阁，匪服胡颜上赤墀。想到长安诵佳句，满朝谁不念琼枝。”此诗当是窦叔向晚年被贬为溧水令后作。诗中对友人的才华备极赞扬，而对自己则流露出一种迟暮之悲与前途渺茫之感。诗的首句用重言错综句法，叠用两个“轻”字，强调少年时血气方刚，豪迈乐观，入世不深，不懂得人生“相见时难别亦难”，故而对于聚会与离别都不以为意。这样，就突出了少年时代的轻率、洒脱，与次句所叙写的暮年的沉重悲怆形成强烈的对比，从而使诗一开篇便扣动着读者的心弦。

竹影朦胧松影长，素琴清簟好风凉

这是中唐前期诗人卢纶的七律《题贾山人园林》的首联。诗的后三联云:“连春诗会烟花满，半夜酒醒兰蕙香。五字每将称玉友，一尊曾不顾金囊。长沙流谪君非远，莫遣英名负洛阳。”从诗中看，这位贾山人是作者的诗友，他们曾在一起举行诗酒之会，后来贾山人被流谪长沙。诗人重访贾山人在洛阳的园林，追忆昔日欢会，同情友人不幸，写下了这首感怆的诗篇。诗的首句有意运用重言错综句法描绘贾山人园林景色，突出一个“影”字，把竹影朦胧与松影之长并置，使它们互相衬托，在白天的园林中创造出一个萧森、迷离、溟蒙的氛围，借以加浓感念友人的孤凄、萧索、深邃的意绪。

烟笼寒水月笼沙，夜泊秦淮近酒家

这是晚唐诗人杜牧抚景感事的七绝名篇《泊秦淮》的首联。诗人一开篇便渲染月夜泊舟秦淮的环境、气氛。首句用了重言错综法，叠用两个“笼”字，极为传神。它们把“烟”、“寒水”、“月”、“沙”四个意象和谐地融合在一起，使人对秦淮河上的月色烟雾有一种朦胧、迷茫、冷寂的感觉，在幽静中又隐含着微微浮动流走的意态。这种朦胧的色调，表面上似乎与酒家歌舞喧闹的气氛很不协调，但它却最本质地烘托了这喧哗热闹背后的空幻、悲凉和冷漠。从全篇说，这首绝句是散体单行，即截取七律的首尾两联写成。首句用了重言错综句法，造成句中对仗，诗的音律节奏便显得丰富而不单调，严整而又流动。

鸟去鸟来山色里，人歌人哭水声中

这是杜牧的七律名篇《题宣州开元寺水阁》的颔联。诗作于唐文宗开成年间，时杜牧任宣州（今安徽宣城）团练判官。开元寺在宣城中，本名永乐寺，建于东晋时代，是宣城名胜之一。此诗抒写了诗人在寺院水阁上俯瞰宛溪、眺望敬亭山时的怀古伤今之情、人世变易之感以及壮志未酬之慨。诗的首联“六朝文物草连空，天淡云闲古今同”，写登临览景，勾起古今联想。诗人感慨六朝的繁华已成陈迹，放眼望去，只见草色连空，那天淡云闲的景象，倒是自古至今一直如此。颔联紧承首联，从眼前景象落笔，展现出两幅图画，一幅是深山鸟乐图：在宛如巨大的翠色屏风的敬亭山掩映之中，从古到今，飞鸟一直是自由自在地来去出没；另一幅是人间歌哭图：宛溪两岸，百姓临溪夹居，世世代代，他们由生到死，喜庆丧吊，欢歌与悲哭之声总是掺合在水声之中。这两幅画面不是诗人一时所见，而是平时积下的印象，在登览时触发而出。诗人在这一联诗里运用重言错综句法，使“鸟去鸟来”与“人歌人哭”既在句中自对又上下对仗，从而加强了鸟与人以及它们各自所象征的自然界与人类社会按照各自的规律运行的强烈对照。一边是无情无知、无忧无虑，一边是大恸大悲、大歌大哭，处于两极，又高度统一在混茫澒洞且永恒不变的宇宙之中。这样，就使这一联诗具有深邃的哲理意蕴。从形式角度来看，这种重言错综上下相对的句法，又使诗对偶工整而动荡，音韵回环复沓。高度完美的语言形式与丰富深刻的思想感情融和在一起。于是，格律束缚的律诗，便显得严整而流动，产生了与句式参差的古体诗韵味不同的艺术效果。后来罗隐《春日游禅智寺》里的“花开花谢长如此，人去人来自不同”，大约受了杜牧这一联写法的影响，而形象、内涵与韵味都远不及杜牧之句。

春风春雨花经眼，江北江南水拍天

这是宋代诗人黄庭坚的七律《次元明韵寄子由》的颔联。元丰四年（1081），黄庭坚任吉州太和（今江西泰和县）县令。当时，苏轼的弟弟苏辙（字子由）在筠州（今江西高安市）监管盐酒税。庭坚的哥哥黄大临（字元明）曾赠诗寄给苏辙，庭坚次元明韵写了此诗。诗中着力表现他和苏轼苏辙兄弟的深情厚谊，也抒写了他想弃官问道的心愿。首联："半世交亲随逝水，几人图画入凌烟。"意思说，兄弟、朋友间的亲情交谊，随着逝水般的时光，已快过半世了，但有几个人能够建立功业，使自己的画像放进凌烟阁呢？诗一开篇便用对句，字面上对得很工，以阁名"凌烟"对"逝水"，十分巧妙。但首句平平叙起，次句接得不测，意思一气直下，笔势却很开阔，使人不觉其为对句。颔联说：又是一番春风，又是一番春雨，我们都亲眼看见春花年年开落；我怅望着江北，我的哥哥元明怅望着江南，但见春水生时，波浪拍天。这两句表面看似乎跟首联不相承接，但"春风"一句隐含年华如流的意思，正与首句"逝水"呼应；"江北江南"一句，也暗示江山辽远，亲朋阻隔，正是从次句"几人"联想而生。十四个字，生动地描绘了春天中繁花盛开、绿水潋滟的美好景色，笔势更宏放，展现出广远的时空境界。句中没有一个抒情的词语，画面上却渗透了两家兄弟、多年朋友感叹聚散无端、很难再会的深情。这一联也用了重言错综句法，“春风春雨”与“江北江南”既当句对又上下对，两个“春”与两个“江”字的重复，使本句和对句一气流转，意脉贯通，音节流畅，诵读起来，琅琅上口。此联可谓兼具景美、情美、韵律美的佳句。

奇妙连语添诗味

古代诗人和诗论家都认为，诗歌应有不同于散文的“诗家语”。所谓“诗家语”，固然主要在于其意象生动、情意深厚、文字精练、音节谐美、韵味无穷等。从语法的角度看，“诗家语”常常有反常奇特的句式。诗人懂得最大限度地利用汉语言文字语法的灵活性，或颠倒词序，或使诗语错位、省略、浓缩等等，造成特殊的艺术效果。其中，避开日常语言习惯的辞语连接法，往往能够产生新奇灵趣和增添诗的韵味。

垂钓绿湾春，春深杏花乱

这是唐代诗人储光羲的田园诗名篇《钓鱼湾》的首二句。此诗描绘钓鱼湾春色，抒发隐居乡村的闲适心情。首句即写自己在春意盎然的钓鱼湾垂钓。“绿湾”交代环境、地点，“春”字点明时令。“绿湾”与“春”紧连，便画出钓鱼湾草木葱茏、翠色欲滴的迷人春色。此句妙在造语新奇。诗人为了在一个五字句中表现出丰富的内容，采取繁密的意象衔接和浓缩句法。他在“绿湾”后面省略了状语副词“边”，换成了“春”字。这样一来，“垂钓”和“绿湾春”两个意象便直接组合起来，“绿湾春”成了“垂钓”行为的对象。会心的读者，便不停留于“诗人春日垂钓于绿湾”这一浅层意蕴，而能妙悟出诗人垂钓并非为鱼，而是要钓出这一湾浓绿的春色！置于句尾的“春”字，又同下句“春深杏花乱”紧密衔接，形成了音节流畅谐美的连珠格，把钓鱼湾的旖旎春光渲染得格外深浓热烈、生机勃勃。倘若换成“垂钓绿湾边”，诗句便平板无趣了。

面上三年土，春风草又生

这是杜甫的五律《不归》诗的尾联。天宝十四载（755）冬，安史叛军陷河北诸郡。杜甫的表弟于次年死于战乱之中，诗人悲伤不已。乾元三年（760）春，诗人在东都洛阳写下了这首沉痛悼念亡弟的感人诗篇。诗的前三联:“河间尚战伐，汝骨在空城。从弟人皆有，终身恨不平。数金怜俊迈，总角爱聪明。”俱是叙事言情。诗意两句一转，把丧乱之感、死生之痛、生前之念，叙写得痛彻入骨。三、四句直吐胸臆，已有怨天咒地之悲恨；五、六句追忆表弟幼时俊迈聪明识数金钱一事，怜爱、惋惜之情更溢于纸上，催人泪下。结尾一联，写景收题，绘出亡弟墓上宿草又生的凄凉景况，抒发身后之悲。明明是“坟上”三年土，诗人却偏说“面上”三年土。以“面上”取代“坟上”，非常动人地表现出诗人因极度悲痛而心神恍惚，宛如见到坟中躺卧的亡弟面上被黄土覆盖之情状。“面上”与“三年土”的联接，实是诗人于悲痛至极而陷入痴想之所得，深情不尽。正如台湾诗论家黄永武评析此句说：“这种避开日常语意联接的手法，带给读者一阵意外的惊愕，这‘面上’二字，带着触觉的感受，用于挚友的坟上，教人更具有切身感受的意味。”（《中国诗学·设计篇》，新世界出版社 2010 年版，第 252 页）

却寄双愁眼，相思泪点悬

这是唐代大诗人杜甫客居成都时写的五律《得广州张判官叔卿书使还以诗代意》中的尾联。张叔卿，鲁人，生平事迹不详。杜甫曾在《杂述》一文中赞扬他“聪明深察，博辩宏大”，并说张视己为益友，可见杜甫同他交情深厚。全诗抒写感激张叔卿来信慰问之情和伤感远隔久别之意。诗的前三联：“乡关胡骑满，宇宙蜀城偏。忽得炎州信，遥从月峡传。云深骠骑幕，夜隔孝廉船。”抒情真挚，但语言质直，形象薄弱，诗味不足。不料诗人在尾联笔锋一振，奇想顿生，妙句跃出纸上。“却寄双愁眼”一句，本意是点明自己以诗代简，托信使寄给友人张叔卿。但诗人不直说寄信，却说寄的是一双含愁的眼睛。眼睛不能寄，诗人偏在动词“寄”的下面接以“双愁眼”三字。这一出人意料的意象连接，使读者仿佛见到诗人的一双含泪的愁眼，在信笺上闪闪发亮！“寄双愁眼”，很明显是学习李白的“我寄愁心与明月”（《闻王昌龄左迁龙标，遥有此寄》），但想象与造语更加新颖奇警。清人王嗣奭《杜臆》（卷四）赞扬这句诗说：“公所寄者诗，而云‘却寄双愁眼’，出语甚奇，盖写诗时，泪点沾纸，则泪眼与诗同去矣。”赏析甚妙。

白昼绿成芳草梦，起来幽兴有新诗

这是北宋著名的政治家兼诗人寇准的七绝《春昼》的首二句。全篇写春日的幽兴闲情，意蕴不深，但写景抒情的技巧有可资学习、借鉴之处。首句落笔不凡，造语奇特。句意无非说自己枕着碧绿的芳草，在清静悠长的春日里睡熟了，进入了梦乡。但诗人不是平实地直叙，而是把“白昼”、“绿”、“芳草”、“梦”这几个意象予以奇妙的组接。他用“白昼”作全句的主语，将形容词“绿”字作为动词活用，并以“梦”作为动作结果的宾语，而又大胆地以“芳草”为定语修饰“梦”。这样，成为“被动主语（白昼）＋谓语（绿成）＋宾语（芳草梦）”的句式。诗意便可以理解为：春天的白昼也被芳草染绿而沉入了梦乡。诗人不说自己入梦，而移情于白昼，说成是白昼做了一个绿色的梦。于是，我们再三品味，便感受到春日的清寂、悠长、撩人睡思，也仿佛见到那扑人眉睫的一片浓浓的草绿。而诗人的闲情逸致幽兴，也从这奇特的意象连接中渗透出来。古人把诗中的词序错位和语辞的奇妙搭配看作“诗家妙法”，把这类新鲜奇特的句子称为同散文有别的“诗家语”。寇准这一句“白昼绿成芳草梦”，即是佳例。

多事鬓毛随节换，尽情灯火向人明

这是宋高宗建炎二年（1128）诗人陈与义写的七律《除夜》的颔联。当时诗人因避兵乱转徙到了湖南岳阳，除夕作此诗，抒发颠沛流离之苦，并寄托对于国势好转的期望。诗的首联：“城中爆竹已残更，朔吹翻江意未平。”写除夕所闻：城中通宵放爆竹，已经到了残更；城外北风吹动江水，涛声澎湃，似有激愤不平之意，由此触动了诗人的愁怀。颔联写他揽镜自照，见两鬓鬓毛已随着季节由黑变白；眼前惟有灯火多情，一直在明亮地对自己照耀着。这一联诗，妙在诗人于“鬓毛随节换”和“灯火向人明”的前面，分别添加了“多事”与“尽情”二语。这两个不平常的定语，顿时使句法新活，诗意变得含蓄深厚。上句，“多事”的本是诗人，诗人因遭遇种种事故，所以鬓毛很快更换；但“多事”与“鬓毛”一连接，好像多事的是鬓毛，惹起诗人怨怪之情。下句“尽情”的也是诗人，因为心事浩茫，故而他一直在挑灯秉烛，尽情地苦思愁想；而“尽情”同“灯火”一搭配，仿佛尽情的成了灯火。本来无知无情的鬓毛与灯火，便饱含了诗人凄怆的情怀与感受。诗人慨叹避兵转徙备尝艰苦之意，感触客居岑寂无人相慰之情，全都曲曲传出。陈与义的诗，常借助拟人手法和新奇的语辞连接，深化诗的情味，这对后来杨万里诗歌的“奇趣”与“活法”很有启发。清人纪昀评此诗“气机生动，语亦清老”，吴北江更赞赏它“句句惊创”（《唐宋诗举要》卷六引），颇中肯。

句法紧缩　意蕴丰厚

以五言和七言为主的中国古典诗歌，本来就具有语言精练、言简意深的艺术特点。许多杰出诗人尚不满足于此。他们还要精益求精，对五言或七言诗句千锤百炼，用新奇的句法使它紧缩凝练，使它的密度、强度、张力增大到极致。在这些紧缩的诗句中，常留下宽阔的意义空间，可以让读者充分想象和补充；这些诗句的意蕴，又往往能令读者作多层次、多角度、多歧义的体会阐释，从而获得积极参与诗歌意境创造的喜悦。

丛菊两开他日泪，
孤舟一系故园心

这是唐代大诗人杜甫大历元年（766）写于夔州的七律《秋兴八首》其一的颈联。此诗抒发诗人在异乡漂泊中的故国之思。“丛菊两开”，是说他到夔州已经两年，本想出三峡返回洛阳故里，不料仍然滞留此地，两度看到菊花盛开。“他日泪”，是过去的泪，可见他忧国思家，流了多年的老泪。他把回乡的希望寄托在一条船上，然而“孤舟”总是系在江边，开不出去，还乡之梦难圆。诗人运用紧缩凝练的句法，分别用动词“两开”、“一系”，把“丛菊”与“他日泪”、“孤舟”与“故园心”连接起来，使这一联诗内涵加大，启发读者的联想。“他日泪”，既可以看作是诗人见丛菊两开触动乡愁，抑不住老泪纵横；也未尝不可以看作是丛菊多情，有感于诗人的飘零身世而洒泪。而“故园心”之前用了动词“系”，使读者感到缆绳不仅系住了孤舟，而且还紧紧地系着诗人这颗饱经伤痛的心，使它无法飞返故园。于是，“丛菊”与“孤舟”仿佛都人化了，都被涂染上诗人浓郁的主观感情色彩。宋人吴沆《环溪诗话》卷上说杜诗一句说得多样事，杨万里《诚斋诗话》说杜甫能用七个字说出三重意思，都是指杜甫善于锤炼出省略的紧缩的诗句，使其意脉深藏曲折，意味丰厚。

鸡声茅店月，人迹板桥霜

这是唐代诗人温庭筠的五律名篇《商山早行》的颔联。商山，在今陕西省商州区东南，又名地肺山、楚山。此诗是温庭筠离开长安赴襄阳路上所作，诗中描写旅途景物，表现了诗人的羁愁旅思。这一联句法结构奇特，没有一个动词和虚词，全是名词。诗人以“鸡”、“声”、“茅”、“店”、“月”、“人”、“迹”、“板”、“桥”、“霜”十个名词，精心创构出“鸡声”、“茅店”、“月”和“人迹”、“板桥”、“霜”六个景物意象，并按照时空顺序，把它们巧妙地搭配起来。正如明人李东阳《麓堂诗话》所说“止提掇出紧关物色字样”，便组合成一幅情景交融、绘声绘色的《商山早行图》。图上景物环境气氛凄清、冷寂、空微、淡远，把长途跋涉的游客的道路辛苦及其羁旅愁思都含蓄地表达出来了。宋代诗人梅尧臣十分称赞这一联诗，把它作为“意新语工，得前人所未道”、“能状难写之景如在目前，含不尽之意见于言外”的范例（参见欧阳修《六一诗话》）。这一联诗之所以成为描写早行的千古绝唱，固然主要得力于诗人对羁旅行役的真切感受与独特体验，得力于他善于捕捉山乡秋晓最动人的典型景物意象并将它们巧妙地组合；同时，诗人淘洗闲字、精心炼句也起了很大作用。像这种没有动词全是景物名词却能成功地表现出人的动态情意的诗句，恐怕是前无古人的。

红楼隔雨相望冷，
珠箔飘灯独自归

这是唐代诗人李商隐的七律《春雨》中的颔联。诗写春天雨夜重寻旧地不见所爱女子的感伤情怀。首联："怅卧新春白袷衣，白门寥落意多违。"写爱人离去后的失意情景。新春里他独自穿着白布夹衣怅然卧床，过去与她欢会的地方（"白门"）一片寂寞凄凉。颔联接着写他怅卧时回想不久前寻访爱人的情景。"红楼"，指所爱女子原来的住处。"珠箔"，珠帘，暗喻细雨飘洒。诗句说：他隔着细雨，久久地凝望红楼，越发感到寒冷；因为人去楼空，他只得提着灯笼在细雨飘洒中独自归来。刘学锴、余恕诚先生赏析这一联说："纯用白描，于色彩与感觉之对照（红与冷），雨帘与珠箔之联想中暗寓今昔之鲜明对比。'相望冷'、'独自归'之现境愈益触动对往日红楼高阁、珠帘灯影间旖旎风光之追忆，而现境之凄冷寥落亦愈加不堪。"（《李商隐诗歌集解》，中华书局 1988 年版，第 1773 页）可见，诗人只用十四个字便创构出相互对照、映衬的两种境界：即往日欢聚的温馨情景与今夜怀人的凄凉现境。读之，如见高明的电影摄影师拍出的一个对比式蒙太奇叠印镜头。诗句凝聚紧缩，字字有意，画面朦胧，意蕴深长，令人寻味无穷。义山诗密丽细腻的风格，于此可见一斑。

潜鳞有饥蛟，掉尾取渴虎

这是宋代大诗人苏轼绍圣二年（1095）贬谪广东惠州时作的五言古诗《白水山佛迹岩》中的一联。白水山在惠州北，为罗浮山之东麓，山中有瀑布悬注百丈余，又有佛迹岩等古迹。全篇写山中雄奇景色，抒发向往大自然的情怀。此联写白水渟滀处惠州城内古潭的传说。诗人只用了十个字，就把这个传说故事生动完整地概括出来。苏轼的弟子唐庚《唐子西文录》指出这一联诗凝练紧缩之妙:“东坡诗叙事，言简而意尽。惠州有潭，潭有潜蛟，人未之信也。虎饮水其上，蛟尾而食之，俄而浮骨水上，人方知之。东坡以十字道尽。……言‘渴’则知虎以饮水而召灾。言‘饥’则知蛟食其肉矣。”可见，“饥”、“渴”二字非常准确、精练。其实“潜鳞”、“掉尾”四字同样精彩，活画出饥蛟潜伏水中守候猎物和发现渴虎后疾速紧追捕猎的意态和动作。十个字，没有一个是多余的，真是研炼到了极致。清人赵翼说:“坡诗不以炼句为工，然亦有研炼之极，而人不觉其炼者。如‘年来万事足，所欠为一死’，‘饥来据空案，一字不堪煮’……‘潜鳞有饥蛟，掉尾取渴虎’，此等句在他人虽千锤万杵，尚不能如此爽劲，而坡以挥洒出之，全不见用力之迹，所谓天才也。”（《瓯北诗话》卷五）说得精到。

小雨藏山客坐久，
长江接天帆到迟

这是宋代诗人黄庭坚的七律《题落星寺四首》其三的颔联。落星寺在江西南康（今赣州市南康区）。传说有星坠落在鄱阳湖北的彭蠡湾中，化为巨石，因名落星石，石旁建造此寺。此诗描绘落星寺的幽静景色，表现诗人的清虚绝俗之情。这一联写景：蒙蒙细雨遮住了近山远峰，客人们在寺中安闲久坐；遥望长江连接天际，远处的帆船缓缓地驶来。这一联纯用白描，对仗工稳而一气流走，句子既浓缩又清畅，写景曲折，饶有余味。上句“小雨藏山”从唐人贾岛《晚晴见终南山诸峰》“半旬藏雨里，今日到窗中”化出，凝练精警，远胜于原句。原句十个字只是客观地描叙山被雨雾遮掩；庭坚却以“雨”为主体，将它拟人化，写它有意把山藏起来，仅四字就把雨和山都写活了，而且写出了情趣。“客坐久”，写出游客的安闲：他们既喜欢观赏这雨中的朦胧山色，又耐心等候天放晴后翠峰一一出现的景象。从客人的安闲，也反衬出山寺主人的好客。写雨景又暗寓晴景，山寺清幽僻静的环境气氛已跃现纸上。下句暗用了唐人韦应物《赋得暮雨送李胄》“漠漠帆来重，冥冥鸟去迟”句意，用得自然贴切，使人浑然不觉，又丰富了诗味。“长江接天”四字，把诗笔从山寺拓展出去，呈现出大江空阔浩茫的境界，由此可见落星寺确是人们游目骋怀、观赏山水的胜地。“帆到迟”，感受真切，又借天际风帆久驶不至反衬寺院的远离尘嚣。再加品味，上下句都有因果相生之妙：上句因“小雨藏山”而“客坐久”；下句因“长江接天”而“帆到迟”。十四个字，写景有山有水，有近有远，有动有静，有藏有露，有幽有壮；景中有人，人兼主客；景中含情意，情为清雅闲淡之情，意为赏奇览胜、超尘脱俗之意。读之，给予我们如此丰富的诗美享受。诗人黄庭坚锤炼字句之功力，令人击节称叹。

多重境界　意蕴层深

古典诗歌中有一些诗句，或一句三折、四折，传达出多层递进的意蕴；或一句中压缩进多个意象，而这些意象中的每一个又包含着若干意象，形成今昔、虚实、前后的意象叠映。这样的诗句，如果两句相连，或承接或对比，它们所呈现的画面、境界与所传达的意味，就更曲折层深了。其容量之大，足以使人回味寻绎以至无穷。这种具有多层意义或多重境界的诗句、诗联，最能体现古典诗歌言少意丰、高度精练的艺术特色。

尘中老尽力，
岁晚病伤心

这是乾元二年（759）杜甫寓居秦州同谷（今甘肃成县）时作的五律《病马》的颔联。全篇以深厚的感情咏赞一匹同他患难相依的病马，生动地表现了诗人“仁民而爱物”的精神。这一联，上下句各作三折，可读为：“尘中——老——尽力，岁晚——病——伤心。”诗意上并无转折而有递进。诗人说：“这匹马在风尘之中，而且老了，还在为我尽力；当此岁晚天寒之时，况又有病，哪得不使人为之伤心。”十个字写了六层意思，既咏物，又抒情，物我情融。更深一层看，杜甫哀怜病马，赞叹它的仁爱善良，同时也是在哀怜自己，是诗人仁爱善良性情品格的自我写照。《杜诗详注》引申涵光评语说：“杜公每遇废弃之物，便说得性情相关，如《病马》、《除架》是也。”认为杜甫一生忠君爱国忧民，却为朝廷所遗弃，潦倒困厄，因而借“病马”、“病鹘”等被“废弃之物”的形象托寓自我。从这个角度看，此联诗除了咏赞病马的六层意外，还有象征诗人自我身世、遭际、品格的深层意蕴。

万里悲秋常作客，百年多病独登台

这是杜甫的七律名篇《登高》的颈联。全篇描写登高所见秋天巫峡萧瑟悲壮景色，抒发了诗人长年漂泊、老病孤愁、忧国伤时的复杂思想感情。诗的前两联：“风急天高猿啸哀，渚清沙白鸟飞回。无边落木萧萧下，不尽长江滚滚来。”以一密一疏的句法写景，情与理融于景中。颈联再变颔联的一气浑成写景句为多层句抒情，从时空两个方面着笔，倾诉出离乡万里、人在暮年的深沉感叹和久客孤独、悲秋苦病的复杂情思，诗句的容量极大。宋人罗大经《鹤林玉露》卷十一说，此联有八层意在："万里，地之远也；悲秋，时之惨凄也；作客，羁旅也；常作客，久旅也；百年，齿暮也；多病，衰疾也；台，高迥处也；独登台，无亲朋也。十四字之间，含有八意，而对偶又极精确。"在古今诗歌中，杜甫这一联诗是意蕴层次最多的，突出显示了杜诗浓缩精练、沉郁顿挫的风格。

昆山玉碎凤凰叫，
芙蓉泣露香兰笑

这是中唐杰出青年诗人李贺的乐府诗《李凭箜篌引》中的一联。李凭，唐代善于弹箜篌（kōng hóu）的一名宫廷乐师。箜篌，古代的弹拨乐器。引，古乐府诗歌体裁名。李贺这首诗以神奇的想象、极度的夸张、浓艳的色彩，再现了李凭弹奏箜篌的美妙乐声和强烈的艺术魅力。这一联上句以声拟声，下句以形写声，意思是：时而众弦齐鸣，声音清脆，好像昆山美玉破碎；时而又一弦独响，宛如凤凰放开歌喉鸣唱。乐曲悲抑，像芙蓉哭泣垂泪；旋律欢快，如香兰含笑仰头。李贺诗歌艺术上的一个重要特点，是意象密集。在这一联诗中，上句是"昆山玉碎"和"凤凰叫"两个喻象的直接衔接，用以形容众弦齐鸣和一弦独响时乐声的美妙动人。我们可以看作是两个实象与两个虚象的映照。而下句，正如罗宗强先生《唐诗小史》（陕西人民出版社 1987 年版）所分析的："芙蓉泣露和香兰笑……是两个意象的叠合，而且这两个意象中的每一个，又都压缩进若干个意象。乐声的悲伤，如泣如诉，这是一个声象；带露的明丽的荷花，这是一个形象；想象带露的荷花是在哭泣，露珠乃是它的泪水，这个明丽的形象便变成了一个明净的带着感伤意味的意象。这个意象很容易使人联想到纯真少女淡淡的哀伤。'芙蓉泣露'这样一个意象，是由这一系列意象压缩成的。它也就有着很大的容量，足以使人回味寻绎以至无穷。'香兰笑'也是如此。乐声的明丽，使人想到欢笑，这是一个声象；由欢笑而想到明丽的兰花，如兰花那样明丽的欢笑，笑得犹如明丽的兰花，等等，可闻的声象变成了可视的形象，可视的形象又蕴含着音乐韵律的暗示。"由此可见，李贺诗中意象高密度的压缩，在欣赏者的想象中呈现出多重意象的映衬、叠合，使诗句情思浓烈、意蕴丰富，令人品味不尽。

于今腐草无萤火，终古垂杨有暮鸦

这是晚唐诗人李商隐的七律《隋宫》的颈联。题目"隋宫"，指的是隋炀帝杨广在江都（今江苏扬州）营建的行宫。全篇句句用典，又以大胆的想象虚构之笔，活画出隋炀帝贪欲淫昏的本性，深刻揭示其亡国后仍至死不悟的愚蠢丑恶灵魂。颈联是意象多重、意蕴层深的名联。出句用“放萤”的典故。据《隋书》记载，大业十二年（616），炀帝在东都洛阳景华宫征求萤火虫数斛，夜出游山时放之，光遍岩谷；他在江都也放萤取乐，还修了“放萤院”。萤火虫生于腐草之中，古代有“腐草为萤”之说。这里说“腐草无萤火”，在读者眼前展现出荒宫腐草离离，萤火虫早已绝迹，满目幽暗凄凉的画面。寄寓在画中的含意是：杨广为了放萤夜游，穷搜极捕，弄得萤火虫断了种。而今日之“无”，正透露出往昔之“有”。于是读者的灵视中自然映现出昔日炀帝夜游隋宫，漫山遍谷萤火光华闪烁的奇丽情景。下句用“栽柳”的典故。垂杨，指隋堤杨柳。大业中，炀帝开通济渠及邗沟，沿堤一千三百里，遍植杨柳，世称隋堤。白居易曾在《隋堤柳》诗中写道：“大业年中炀天子，种柳成行夹流水。西至黄河东至淮，绿野一千三百里。大业末年春暮月，柳色如烟絮如雪。南幸江都恣佚游，应将此树映龙舟。”而李商隐这句意思说，自从隋朝灭亡，长久以来，隋堤垂杨之上，只有暮鸦聒噪，一片荒凉冷落。这里说终古“有”，自然暗示当日“无”。于是昔日炀帝乘兴南游的景象便叠现而出：千帆万马，水陆并进，鼓乐喧天，旌旗蔽空；隋堤杨柳之间，处处是热闹繁华，哪里见得到一只暮鸦！诗人在这联诗中以“有”、“无”作今昔对比，却只写出对比的一方，让读者去想象出另一方，于是在十四个字中，便展现出多重境界、多层含意。这些虚实交映饱含历史沧桑感的物象与图景，既含蓄蕴藉，又淋漓尽致地揭示出隋朝由兴盛到衰亡的原因。清代方南堂评这联诗:“不过写景句耳，而生前侈纵，死后荒凉，一一托出，又复光彩动人，非惊人语乎?”（《方南堂先生辍耕录》）方东树说:“兴在象外，活极妙极，可谓绝作。”（《昭昧詹言》）二人都已体会到这联诗象外有象、象外有兴的妙处。

小楼一夜听春雨，深巷明朝卖杏花

这是南宋大诗人陆游的七律《临安春雨初霁》的颔联。淳熙十三年（1186），62 岁的陆游又被起用，他从家乡山阴（今浙江绍兴）到临安（今浙江杭州）觐见皇帝，住在西湖边的旅舍听候召见，写下了这首诗，抒发报国无门、闲居无聊的牢骚悲愤。这一联写他只身住在小楼上，整夜听着春雨淅沥；次日清晨，深幽的小巷中传来了叫卖杏花的声音，这才知道春已深了。钱锺书先生说，陆游的诗善于“咀嚼出日常生活的深永的滋味，熨帖出当前景物的曲折的情状”（《宋诗选注·陆游小传》），此联即是典型一例。全联语言清新而隽永、明快而浑成，上下句既对仗工整，又一气贯注，自然圆转，曲折层深地写出多重境界、多层意蕴。吴熊和先生说，这一联“典型地表现了江南二月的都市之春。小楼听雨，是一诗境；春雨如丝，杏花繁丽，是一诗境；深巷卖花，又是一诗境。从今夜的雨声到明朝的卖花声，正写出杏花春雨之间的‘消息’，写得形象生动，富于韵味。清舒位《书剑南诗集后》：‘小楼深巷卖花声，七字春愁隔夜生’，指出诗的背后还暗寓有对春事的关怀和惜花伤春之念”。（《唐宋诗词探胜》）吴先生分析这一联诗的多重诗境和诗人惜花伤春之念，十分精细有味。这里还想进一步引申说，陆游正是要用明媚的春光对照自己报国壮志成空的惆怅落寞情怀。全联可以说是以乐景写愁情，景愈美而愁愈深。

对面着笔　曲折深婉

在古典诗歌中，有一种被称为“对面着笔”的艺术手法。诗人在抒写思乡怀人之情时，不说或不仅仅说自己如何思念亲人，却说亲人如何思念自己，反而更加曲折深婉地表达出自己的思念之情。这种手法，从《诗经·魏风·陟岵》篇滥觞，经过历代诗人的发挥、创造，形成多种样式，或把写自己与写对方结合起来，相互映衬，或通篇纯从想象对方展开艺术构思，或明写，或暗写，产生了许多感人肺腑的作品。

遥知兄弟登高处，
遍插茱萸少一人

这是唐代诗人王维的七言绝句《九月九日忆山东兄弟》诗中的后一联。诗人因重阳节在长安思念家乡亲人而作。王维家居蒲州（今山西永济），在华山之东，所以题称“忆山东兄弟”。首联是：“独在异乡为异客，每逢佳节倍思亲。”朴素无华而又高度概括了作客他乡的游子思乡怀亲的普遍感情体验，成为千古传诵、家喻户晓的警句。诗至此已形成感情高潮。倘若顺着“佳节倍思亲”的思路继续写下去，不易转出新意，难免画蛇添足。诗人创造性地学习、借鉴《诗经·魏风·陟岵》篇写远役人登高思亲，以回忆、遥想亲人对他的叮咛嘱咐的写法，从对面着笔，写出了三、四句。遥想故乡的兄弟在今天重阳佳节登高之时，每人身上都佩带了避灾的茱萸，忽然发现少了一位兄弟——自己不在内，一定会因为自己独在异乡未能和全家人共度佳节而惆怅、遗憾。这样写兄弟登高相忆，情景历历如绘，而如此情景又出自诗人的独居凝想，则诗人思兄弟之深，不必再着一言，便已加倍写出，可谓透过一层。由于以曲折有致、出乎常情的笔法，显示出思乡怀亲之情的真切、深厚，诗的构思也新颖脱俗。清人李锳评赞云：“不言如何忆兄弟，而但言兄弟之忆己，沈归愚谓‘即《陟岵》诗意’，可见祖述《三百篇》，不在摹其词。”（《诗法易简录》）切中肯綮。

遥怜小儿女，未解忆长安

这是唐代大诗人杜甫的五言律诗《月夜》中的颔联。诗写于天宝十五载（756）八月，诗人被安史叛军拘留于长安期间。全篇抒发望月思家的深情。题为《月夜》，诗人看到的是长安月，照理说，应从自己方面落墨，写客中独看长安月的情景。但诗人一入手便写出了“今夜鄜州月，闺中只独看”，从对面着想，写寄居在鄜州的妻子今夜闺中独看明月，真不知是怎样为自己身陷乱军之中的艰险处境焦急揪心。首联这十个字，不仅开篇另辟蹊径，出人意料，而且一笔绾合双方，透过一层，表现出这一对患难夫妻在离别后相互刻骨思念的挚爱之情。可是，妻子尚有儿女在旁，为什么也“独看”呢？颔联解开了这个悬念。原来妻子看月，并不是欣赏秋月之美，而是“忆长安”，而儿女幼不解事，还不懂得“忆长安”。“遥怜”二字，饱含深情厚意，不只是怜小儿女的天真幼稚，更是怜妻子照料儿女负担之重而无人为她分忧，写得感人肺腑。这一联，用小儿女的“不解忆”反衬妻子的“忆”，突出了那个“独”字，又进一层。诗人只写妻子“独看”鄜州之月而“忆长安”，而自己的“独看”长安月而忆鄜州，已包含其中。杜甫在此诗所运用的摆落现境，纯从对面着笔的艺术手法，显然也是对《诗经·魏风·陟岵》篇和南朝徐陵《关山月》的“思妇高楼上，当窗应未眠”的创造性借鉴。清人许印芳说：“少陵此等诗从《陟岵》篇化出。对面着笔，不言我思家人，却言家人思我，又不直言思我，反言小儿女不解思我，而思我者之苦衷已在言外。”

（《瀛奎律髓汇评》卷二十二）评得深切。

遥怜儿女寒窗底，指点灯花语夜深

这是南宋诗人胡朝颖的七言绝句《旅夜书怀》中的三、四句。诗写旅宿春寒而思乡怀归。前两句:“十日春光九日阴，故关千里未归心。”点明时间、人物，紧扣诗题的“旅”字。诗人诉说连日阴云不开，春寒袭人，旅夜辗转不眠，遥忆千里以外的乡关，归思难以排遣。三、四句笔锋一转，运用杜甫《月夜》从对面写的手法，并直以“遥怜”二字领起，想象家中儿女思念自己的情态。因为悬念父亲，他们也是更深未眠，坐在寒窗下，指点着爆成花形的灯芯，猜测、计算父亲归来的日期。全篇从自己写到对方，以儿女思念自己巧妙地、深一层地抒写思乡情怀，实写与虚写前后映照，笔法开阖变化。虽说“遥怜儿女”模仿杜诗痕迹稍露，但“指点灯花语夜深”的情景写得声态并作，逼真细致，洋溢着温馨的人情味，故仍有独到之处，能够打动人心。

应是不眠非守岁，小窗春意入灯花

这是南宋诗人姜夔的七言绝句组诗《除夜自石湖归苕溪十首》中第四首的尾联。绍熙二年（1191）冬，姜夔到范成大家石湖（在苏州）作客，住了一个多月，除夕乘船回湖州（即苕溪）住家。组诗即作于归途中，杂写所见所感。这一首写思归之切。首联“千门列炬散林鸦，儿女相思未到家”，说家家户户都点起灯烛迎接新年，惊散了林中的乌鸦；孩子们一定在惦念，父亲怎么还不回家。诗人抒写自己思家，却从对方——家中儿女对自己的思念着笔，写法与杜甫《月夜》相同。三、四句进一步揣测、想象儿女们在除夕之夜通宵不眠，不是为了“守岁”，而是焦急地悬望父亲；而在一夜之间，那妩媚的春色，已透过小窗，融进了点点灯花。此诗构思、意境都与上面胡朝颖的《旅夜书怀》相像，似受胡诗启发，但各有特色。胡诗中“指点灯花语夜深”句，重在描摹儿女们指点灯花不倦地谈论父亲归期的动作、声音，写得具体、细致，逼肖儿女情态。姜诗先以悬想之笔略作点染，继之以“小窗春意入灯花”这一富于诗意的景物画面，诱人想象家中春意的温馨，笔致显得空灵、隽妙。而“应是不眠”也较“遥怜儿女”脱略了模仿杜甫《月夜》诗的痕迹。

敲断玉钗红烛冷，
计程应说到常山

这是南宋诗人郑会的七言绝句《题邸间壁》中的三、四句。诗见于明人李蓘编《宋艺圃集》。诗人在羁旅中怀念妻子，有感而题于旅舍壁间。通篇无一字明写自己，全是想象妻子在家中如何思念自己，却更婉曲、深沉地表达出自己怀妻思家之情。一、二句“酴醿香梦怯春寒，翠掩重门燕子闲”，设想家中酴醿花香气四散，妻子本可趁此做个好梦，但春夜寒意袭人，不得安眠，只好起床枯坐，凝望着被碧草绿树掩映着的家门，又呆看梁上双双呢喃的燕子出神。这两句诗文字绮丽，句法新奇，含蓄蕴藉地表现了妻子心怀远人、难以入睡的情态。三、四句转入夜深情景的描写。房中烛火渐弱，红光愈暗；窗外雨声淅淅沥沥，也逐渐零落止息。妻子想着在旅途中的丈夫，计算行程，此时恐怕已经到了浙江常山县。“敲断玉钗”，今人倪其心、许逸民注释说，是指零落的雨声，因唐代韩偓《闻雨》诗有“玉钗敲著枕函声”句，以玉钗敲枕喻雨声，此诗“敲断玉钗红烛冷”句当从韩诗化出。又云:“这首诗前三句叙妇人心事重重，竟不知为何，及至‘计程应说到常山’，方知是思念远人，章法甚奇。”（《宋人绝句选》，齐鲁书社 1987 年版，第 369 页）对面着笔的写法，有明写和暗写两类，此诗应属暗写。诗中人物的性别、心态，是通过景物环境的描绘暗示出来的。

逆挽笔法的妙用

中国古代诗人在叙事、写景、抒情时，巧妙地运用一种名为“逆挽”或叫“倒卷”的笔法，即是不按照事情的先后、因果次序来描叙，而是颠倒过来，或“倒戟而入”，或“勒回追想”，借以突出引人入胜的情景，制造扣人心弦的悬念，渲染突兀奇警的气势，产生曲折委婉的韵味。“倒卷”的笔法大都用于开篇，使诗“工于发端”，也有用于篇中的。

几时杯重把？昨夜月同行

这是唐代诗人杜甫的五言律诗《奉济驿重送严公四韵》的颔联。奉济驿，在成都东北的绵阳县。严公，即严武，曾两度为剑南节度使。杜甫在成都草堂居住期间，曾得到他的接济。宝应元年（762）六月，唐代宗召严武入朝，杜甫送别并作此诗相赠。因为先前曾写过一首诗送严武到绵州，所以这里说“重送”。律诗双句押韵，八句诗四个韵脚，因此称“四韵”。诗的首联：“远送从此别，青山空复情。”诗人为严武送行，一直送到了二百里外的奉济驿，才依依惜别。就连道路两旁的青山，也好像脉脉含情，目送行人。当诗人忧伤地望着友人远去，自然想到“昨夜”的情景：皎洁的月亮也和自己一起“同行”，一程一程地送别友人。他和友人，昨夜曾在月下把杯倾谈，同饮共醉。而今一别，后会难期。这是诗人内心的感情流程。但诗人落笔时不是先叙写昨夜相送情景，而是先来一句“几时杯重把”，满怀深情地向友人也向自己发问：在这个动荡的年月中，不知道什么时候才能再度把杯重聚呢？“杯重把”三字，具体形象地表现出诗人想象中重逢的情景，感慨深长。接着，诗人才补叙出“昨夜月同行”。这里用了“倒挽”手法，把事件的先后次序和感情的自然流程颠倒过来表现，使诗的前四句呈现出“今日——将来——昨夜”的结构方式，读来感到新鲜曲折，饶有情味。如果按照“昨夜——今日——将来”的次序写，诗就显得平直而少味。所以清代仇兆鳌《杜诗详注》说：“三四言后会无期，而往事难再，语用倒挽，方见曲折。若提昨夜句在前，便直而少致矣。”

花近高楼伤客心，万方多难此登临

这是杜甫的七律《登楼》的首联。诗作于代宗广德二年（764）。当时，安史之乱刚刚平定，吐蕃又大举入侵，朝廷宦官专权，地方藩镇割据，社会经济凋敝，百姓流离失所，李唐王朝内外交困，灾患重重。这年春天，流寓成都的诗人杜甫满怀愁绪登上高楼，写下了这首诗，抒发忧国忧民的情怀。诗人凭栏远眺，锦江的澄碧流水挟着蓬勃的春色从天际汹涌而来，大地上洒满了灿烂的阳光，到处繁花竞放，诗人感到万紫千红的春花离高楼很近。然而这美丽的阳春烟景没有引起诗人的愉悦，反而使他更加黯然心伤。诗一开篇，便以乐景反衬哀情，写出了见花伤心的反常情景，制造了扣人心弦的悬念，然后再点明这是由于他是在“万方多难”之际“登临”的。诗人运用“逆挽”手法，因果倒装，使诗的起势突兀。而这情景反衬的诗句，又以一种雄丽悲壮的气象和高屋建瓴的气势笼盖全篇。如果按照先因后果的次序来写，首句过于平直而无奇崛感，诗的气象和气势就要大大减弱。所以清人查慎行说：“发端悲壮，得笼罩之势。”沈德潜也指出：“首二句妙在倒装，若一掉转，便是近人诗。”（《瀛奎律髓汇评》卷一）

缺月昏昏漏未央，一灯明灭照秋床

这是宋代诗人王安石的七律《葛溪驿》的首联。诗约作于皇祐二年（1050），诗人31岁，自故乡临川（今属江西）赴钱塘途中。葛溪驿，在今江西弋阳，驿是官府设立的伕马站和旅舍，葛溪驿正在临川至钱塘的交通线上。全篇描叙旅夜的悲苦境况，抒写出强烈的忧国思乡感情，是王安石的七律名篇。第二句写他在旅舍独卧秋床，目不交睫、辗转难眠，看着一灯如豆，忽明忽灭。按照叙事次序，这句应当放在前面，因为秋夜景物，都是不眠人的所见所闻所感。但诗人一落笔却以情布景，写他仰视窗外，但见半轮“缺月”，而且月色“昏昏”，好像被一团灰暗的云雾笼罩着，这使得想与家人隔千里共赏明月的诗人非常扫兴。既然缺月昏昏难以寄托乡思驱遣愁情，那就索性睡了吧。不料室内计时的漏壶故意作难，滴水声越来越响，吵得诗人心绪更加烦乱。诗人将融情之景置于篇首，读者一读立即进入黯淡的环境中，同诗人一起感受旅况的孤苦寂寞。王安石的七律诗学杜甫。这首诗的题材与意境同杜甫的七律《宿府》十分相似，首联很明显学习了杜诗首联“清秋幕府井梧寒，独宿江城蜡炬残”的逆挽笔法，颠倒因果，使诗的起势突兀奇警，凄清悲凉的情调气氛笼盖全篇。如果先写“一灯”句再出“缺月”句，发端平直，艺术感染力就要大打折扣了。

县楼三十六峰寒，王粲登临独倚栏

这是宋代诗人黄庭坚的七律《和答登封王晦之登楼见寄》的首联。诗作于熙宁四年（1071）春，诗人26岁，在叶县（今属河南）尉任上。登封，县名，在河南嵩山之南十里。王晦之，诗人的朋友，在登封县做官。全诗是：“县楼三十六峰寒，王粲登楼独倚栏。清坐一番春雨歇，相思千里夕阳残。诗来嗟我不同醉，别后喜君能自宽。举目尽妨人作乐，几时归得钓鲵桓？”诗的前四句想象友人王晦之登楼的情景。首联即用逆挽笔法，挟嵩山三十六峰于纸上，使一股高远清寒之气逼人而来，真是不同凡响的发端。次句再想象友人如东汉诗人王粲那样登楼北望，独倚栏杆，气度悠闲从容。高寒壮美的山峰与襟怀高洁的友人相映生辉，诗情画意全出，颇得力于妙用逆挽。也正因用了逆挽，次句“王粲登临”与三、四句上下紧密衔接，句句精神抖擞，一气呵成，情深景美。

晚岁犹思事鞍马，当时那信老耕桑

这是宋代诗人陆游的七律《雪夜感旧》的颈联。诗作于庆元三年（1197），诗人73岁闲居浙江山阴时。开篇四句便写对往事的回忆：“江月亭前桦烛香，龙门阁上驼声长。乱山古驿经三折，小市孤城宿两当。”一句一个地名：江月亭，在小益（今四川广元）道中；三折，即三折铺，在夔州至梁山道中；两当，指两当县，在今甘肃东南。当年，诗人从戎南郑，为抗金事业奔波劳碌。至今，他总忘不了那江月亭之夜，桦树皮做成的烛散发出阵阵芳香；也忘不了龙门阁上，叮咁的驼铃声在山林栈道间久久回响；他曾在夔州至梁山的险路上跋涉，经过那乱山环拥的古老驿站三折铺，也曾在两当县的小市孤城中住宿。这四句诗叙事真切，状景如画，笔挟浓情，活泼流走，意境幽美迷人，流露出诗人对昔日从军生活的温馨回忆和神往情味。诗的第三联笔锋一折，陡然从忆昔转到抚今，用“晚岁”二字领起，抒写自己如今年老体衰仍渴望策马沙场杀敌报国。接着用逆挽笔法，表明当年身在前线，意气昂扬，怎能相信竟然报国无门、老于农村耕桑之中！这补叙“当时”心事的一句，既将壮年时期的风发意气和盘托出，又有力地反衬今日的极度失望与悲愤，使上句所抒永不衰竭的报国热忱，突然跌落而为沉痛悲慨。所以清代纪昀说:“六句逆挽有力。”

化用典故　如盐融水

用典使事，是中国古代诗人在创作中常用的艺术手法。当诗人要在作品里表达不便明说的或不容易用几句话说出的思想感情，或是诗人感到直接表达某种思想感情可能缺少诗情画意时，诗人就往往借用历史典故，形象地、含蓄地、精练地表现自己的思想感情。凡是用得贴切、精彩的典故，都是诗歌作品中具有哲理或美感内涵的故事的凝聚形态，是诗的一种特殊的词汇，它们使诗在精练的形式中包含丰富的、多层次的内涵。当然，有些诗人为了自炫博学，拼命堆垛典故，或者专门搜猎奇书，穿穴异闻，使诗歌变得矫揉造作、生硬晦涩。高明的诗人，善于精心选择贴切的典故，或用其深邃的意蕴，或用其精美的意象辞语，或正用，或反用，或糅合在一起用而赋予新的意义，用得灵活、精妙、隐秘。更妙的是把典故融化在诗句里，痕迹不露而使诗意更浓，就好像盐融化在水里，看不出盐而有盐味一样。杜甫、李商隐、苏轼、黄庭坚就是最善于用典使事的诗人。

荒庭垂橘柚，古屋画龙蛇

这是杜甫的五律《禹庙》的颔联。唐代宗永泰元年（765），杜甫出蜀东下，途经忠州（今重庆忠县），参谒了建在临江山崖上的禹庙，写了这首歌颂大禹治水英雄业绩的诗歌。诗的首联："禹庙空山里，秋风落日斜。"以荒凉的"空"山，衬托禹庙的巍然独峙；又用瑟瑟秋风，渲染萧森的气氛；更借落日晚霞，呈示庙宇的鲜明庄严。起笔便抑扬相衬，状景逼真，情思丰富，令人读之肃然而生敬意。颔联写他步入庙内，但见庭院荒芜，房屋古旧，颇为凄凉、冷落。但庭中橘柚硕果垂枝，壁上古画神龙舞爪。这橘柚和龙蛇，却给荒庭古屋带来一片生气和动感。"垂橘柚"、"画龙蛇"，既是眼前实景，又暗含着歌颂大禹的典故。据《尚书·禹贡》载，禹治洪水后，九州人民得以安居生产，远居东南的"岛夷"之民也"厥包橘柚"——把丰收的橘柚包裹好进贡给禹。又据《孟子·滕文公》载，禹“驱龙蛇而放菹（泽中有水草处）”，使龙蛇也有所归宿，不再兴风作浪。这两个典故正好配合着眼前景物，由景物显示出来。典故融化在景物之中，就好像盐融化在水里，看不出盐而有盐味。前人称赞这两句“用事入化”，是“老杜千古绝技”（明·胡应麟《诗薮》），“点染禹事，妙在无迹，极镜花水月之趣”（清·胡本渊《唐诗近体》）。这样用典，读者如果看出来了，更觉诗句意味深浓，体会到诗人对大禹英雄业绩的崇敬与歌颂；即使看不出它是用典，也照样可以欣赏这古色古香又富有生气的古庙景色，产生如临其境之感。用典有深意而没有痕迹，这是用典的最高艺术境界。

五更鼓角声悲壮，三峡星河影动摇

这是大历元年（766）冬杜甫寓居夔州西阁时所作七律《阁夜》的颔联。诗中抒写夜宿阁中的所见所闻所感，表现了诗人忧国忧民的悲壮深沉情怀。此联写夜中见闻：五更欲曙之时，传来了悲壮的鼓声、号角声；峡江流水，使群星的倒影随波摇动。上句写出战乱未平，就连夔州也有战争的气氛；下句表现了峡江夜景的伟丽。全联绘声绘色，境界壮阔，富于动感和气势。在悲壮、伟丽的景色氛围中深蕴着诗人对时局的深切关怀和对祖国江山的赞赏之情。这一联诗，看来纯是对景写生，其实在写景中暗用了典故。宋人蔡絛《西清诗话》指出："杜少陵云：'作诗用事，要如禅家语：水中着盐，饮水乃知盐味。'此说，诗家秘密藏也。如'五更鼓角声悲壮，三峡星河影动摇'，人徒见凌轹造化之工，不知乃用事也。《祢衡传》：'挝《渔阳操》，声悲壮。'《汉武故事》：'星辰动摇，东方朔谓民劳之应。'则善用事者，如系风捕影，岂有迹耶！"蔡絛说杜甫在这联诗中用了两个典故，其一是祢衡被曹操贬为鼓吏后奏《渔阳操》鼓曲，宣泄内心悲愤；其二是东方朔对汉武帝说，星辰动摇，是因为黎民百姓过分劳苦。杜甫从典故中选取与当前景色切合的辞语，融入诗意中，就像盐化于水，使人感觉不出来。了解典故的读者，能够从典故的内涵中更深地体会到"声悲壮"、"影动摇"象征民劳世乱和人生失意的悲愤；不知道用了典故的，照样可以欣赏这奇丽壮阔的景色并感受诗人悲壮深沉的情怀。这样用典，毫不妨碍诗意的传达，却加深了诗意的内涵与诗情的氛围，是最高明的。

庄生晓梦迷蝴蝶，望帝春心托杜鹃

这是唐代诗人李商隐的七律名篇《锦瑟》的颔联。锦瑟是一种漆有织锦纹饰的古弦乐器。诗以开头两字做标题，实际上等于"无题"，故而引起了古往今来对诗意的种种猜测，有悼亡、自题诗集卷首、咏乐器、自伤人生、讽喻时政、暗恋别家侍女等说法。启功先生说:“这首诗，实际只是说了‘半辈子，梦，心，泪，热，早已知道’几个意思，是诗人对自己生活经历的回顾。”(《汉语诗歌的构成及发展》，《文学遗产》2000 年第 1 期）这里只谈谈中两联的用典。“庄生”句用了《庄子·齐物论》中的故事，庄子梦中幻化为“栩栩然蝴蝶”，但突然梦醒，惊觉后，恍然迷惘，“不知（庄）周之梦为蝴蝶欤?蝴蝶之梦为（庄）周欤?”“望帝”句用《华阳国志》里的故事。望帝是古蜀国皇帝，他禅位退隐，死后化为杜鹃，暮春啼鸣至于口中滴血，鸣叫声凄苦哀婉。庄子的典故隐含着对人生的困惑，对于死与生、梦与醒、物与我，不知孰真孰假。李商隐用这个典故传递对人生对生命的迷惘感，而用望帝典故表现一种青春已逝的悲哀感。诗的颈联:“沧海月明珠有泪，蓝田日暖玉生烟。”上句用《博物志》的一个故事：据说南海外有鲛人，水居如鱼，哭泣时流泪成珠。下句典故出处不详，据《汉书·地理志》说，“蓝田山出美玉”；晚唐司空图《与极浦论诗书》引戴叔伦语:“诗家之景，如蓝田日暖，良玉生烟，可望而不可置于眉睫之前也。”李商隐取泣泪成珠的意象，传递无限哀伤的情绪，用玉生烟的意象，表达对往昔可以意会不可言传的恍惚失落感。这样，四句诗便传达了他在“思华年”时丰富复杂的内心感受如迷茫、悲凉、伤感、恍惚，烘托出一个能使读者心灵产生强烈而深长共鸣的情绪氛围。这四个典故的情感、意象、色彩、情调同整首诗的情感、意象、色彩、情调协调一致，水乳交融。由于李商隐巧妙地提炼了典故的意象辞语并借以营造出美妙迷人的艺术意境，正如当代著名作家王蒙所说，使读者“神游沧海蓝田，神交明月暖日，神感珠泪玉烟，又寥阔又寂寞，又悲哀又温暖，又高贵又无奈，又阔大又深幽又艳丽，又迷离又生动，又阻隔又亲切”（王蒙《双飞翼·一篇锦瑟解人难》），显示出诗中用典的巨大艺术魅力。

可怜夜半虚前席，不问苍生问鬼神

这是晚唐诗人李商隐的七绝《贾生》的后一联。贾生，即贾谊，西汉初期著名政论家、文学家，曾多次上书，主张削弱诸侯王势力，巩固中央集权；抗击匈奴侵扰，加强国防；重农抑商，积贮粮食。借贾谊被贬谪抒写怀才不遇之感，久已成为诗人的熟套。本篇作者独辟蹊径，特意选取贾谊自长沙召回、宣室夜对的情节作为诗材，托汉文以讽时主，慨贾生而悯自身，深刻地揭示出封建君主表面上敬贤重贤，实际上不能识贤任贤、重鬼神而“不问苍生”的腐朽本质，并且寄寓了自己怀才不遇的深沉感慨。首联：“宣室求贤访逐臣，贾生才调更无伦。”宣室，汉未央宫前殿正室。才调、才气、才情。这两句，由“求”而“访”而赞，层层递进，表现了文帝对贾生的推服器重。三、四句突然转折，由扬转抑，用了《史记·屈原贾生列传》中贾谊的典故，却不是正面用，而是反用，以“可怜”、“虚”这两个似轻实重的词语寄寓讽刺之意与唱叹之致，意思是说：可惜汉文帝空自夜半移坐向前，虚心问询，却不向贾谊请教老百姓生计命运的大事，而是询问鬼神之道。“问”与“不问”，对照强烈，贬抑格外有力。诗人李商隐反用典故，借古讽今，寄寓讽慨，手法高妙。明代严有翼在《艺苑雌黄》中评论说：“虽说贾谊，而反其意用之矣。……直用其事，人皆能之，反其意而用之者，非识学素高，超越寻常拘挛之见，不规规然蹈袭前人陈迹者，何以臻此！”

水底笙歌蛙两部，山中奴婢橘千头

这是苏轼的七律《赠王子直秀才》的颈联。绍圣元年（1094）十月，苏轼到达惠州贬所，此诗是次年初在惠州作。王原，字子直，是苏轼在惠州的新交。诗的首联：“万里云山一破裘，杖端闲挂百钱游。”写王子直生活清贫却性情潇洒。次句用了《晋书·阮修传》的典故。阮修，字宣子，时常持杖出游，杖头挂百钱，至酒店，即买酒独饮。颔联：“五车书已留儿读，二顷田应为鹤谋。”说王子直是读书人家，也薄有山田。上句典出

《庄子·天下》:“惠施多方，其书五车。”旧时因称读书多为“五车书”。下句典出《史记·苏秦列传》:“苏秦曰:‘使我有雒阳负郭田二顷，吾岂能佩六国相印乎?’”“为鹤谋”是由王氏住鹤田山触发的想象。颈联描写王子直田园宅舍环境幽雅，门庭蛙声不断，山坡果树成荫。“蛙两部”，是用《南史·孔稚珪传》的典故。孔稚珪不乐事务，门庭草莱不剪，中有蛙鸣，他高兴地说:“我以此当两部鼓吹。”鼓吹，犹言乐队。“橘千头”，用李衡的故事。习凿齿《襄阳耆旧传》载，吴国丹阳太守李衡派人往武陵龙阳县汜洲种柑橘千株，临死，对儿子说:“吾州里有木奴千头，不责衣食(不要求你供养他们的衣食)。”尾联:“幅巾我欲相随去，海上何人识故侯。”意思是说，我愿意头戴幅巾跟随你归隐江湖。在这海边有谁能认识我这个旧日的官员呢!全诗连用五个历史人物的典故，生动活泼地表现了王子直的住处环境、生活状况、性格爱好。特别是颔联和颈联，巧妙运用典故中的数目字，组织成多少不等、大小相形的对仗，又凭借典故使诗中活现“鹤”、“笙歌”、“蛙”、“奴婢”、“橘”等意象，这就比直叙增加了诗的趣味。诗人腹笥丰富，又善于联想，故而驱遣典故，挥洒自如。但全篇八句，有六句用了数量词，略显重复。

翁从旁舍来收网，我适临渊不羡鱼

宋神宗元丰三年（1080）秋，诗人黄庭坚自汴京归江南，赴太和县（今属江西）任，途经安徽贵池县池口镇，遇风雨，停留三天，写了一首清新有味的七律《池口风雨留三日》，这是诗的颈联。首联：“孤城三日风吹雨，小市人家只菜蔬。”用简练的笔墨点出地点、时间、环境，突出小市镇的贫困。颔联：“水远山长双属玉，身闲心苦一舂锄。”属玉，水鸟名，似鸭而大，长颈、赤目，紫绀色。舂锄，即白鹭，俗称鹭鸶。这两句说，在辽阔的天地间，一双属玉自由自在地飞过；水边有一只白鹭呆站着，看起来似乎很悠闲，实际上却为找寻食物而内心焦虑。这一联写所见景物，兴而兼比，在属玉与舂锄的对照中表现作者向往着无拘无束的生活。颔联写一个渔翁从邻舍来收起渔网；我却面对着潭水，也不贪恋那些鱼儿。下句用了《淮南子·说林训》“临河而羡鱼，不如归家织网”的典故。《汉书·董仲舒传》引用董仲舒的《贤良对策》说：“古人有言曰：‘临渊羡鱼，不如退而结网。’”这个典故原来是比喻有愿望不如先做实事，后来引申为要想做官，就先得发愤攻读。渔翁收网，本来是极平常的生活情景，敏感的诗人却由网及鱼，进而联想到“临渊羡鱼，不如退而结网”的典故成语，却又反其意而用之，表达自己不求仕进、自甘淡泊的心境。这里，典故是诗人从生活琐事触发联想而引出来的，它闪射出思想的火花，颇类似禅宗的机锋妙悟；诗人又借典故锤炼出“我适”句，与“翁从”句对照成联，使诗意上下承接而又转折自然，体现了诗人用典的巧思。清代方东树评：“此诗别有风味，一洗腥腴。”（《昭昧詹言》卷二十）

点化与出新

在古典诗词作品中，我们经常看到作者借用、点化前人或别人诗意诗句的现象。有的人一味模仿甚至抄袭，谈不上点化；有的人确实是点化了，却手法拙劣，点金成铁，贻人笑柄。而优秀的诗人，总是善于在学习、借鉴别人的杰作中推陈出新。他们点化别人写景状物的诗句，往往比原作描写得更具体生动、更丰富细致，创造出新的境界；他们在表达类似的思想感情时，也往往比原作者说得更深刻尖锐、更集中凝练，因而也更激动人心。还有的诗人，善于借用别人的词语融化到自己创造的全新意境之中。文学创作不可能没有继承和借鉴，因此，学习古代诗人点化创新的艺术经验是很有必要的。

疏影横斜水清浅，暗香浮动月黄昏

这是北宋诗人林逋的七律《山园小梅》中的颔联，是千古传诵的咏梅名句。明代李日华《紫桃轩杂缀》说，林逋这一联是点化五代时南唐江为的残句："竹影横斜水清浅，桂香浮动月黄昏。"所据不详。我们姑且承认江为有这两句在前，也不能不赞叹林逋点化、创新之妙。江为这两句既写竹，又写桂，笔墨分散，不仅没有写出竹的形态特点，更未能表现桂花的风神。而林逋只改了两字，将"竹"改成"疏"，将"桂"改成"暗"，使这两句诗都变为写梅花，山园的清浅池水映照出梅枝的疏秀清瘦，昏黄朦胧的月色烘托出梅香的清幽淡远，一同营造了迷人的意境。"疏影"、"暗香"这两个新颖的意象，鲜明又微妙地表现出梅花的神清骨秀、高洁端庄、幽独娴静的气质风韵，深得梅花之魂，成为梅的代名词。后来姜夔咏梅的两首著名的自度曲，即以《暗香》、《疏影》为调名。陈与义《和张矩臣水墨梅》诗写道："自读西湖处士诗，年年临水看幽姿。晴窗画出横斜影，绝胜前村夜雪时。"他认为林逋把唐人齐己"前村深雪里，昨夜一枝开"（《早梅》）那些咏梅诗都压倒了。

天外黑风吹海立，浙东飞雨过江来

这是苏轼的七律《有美堂暴雨》的颔联。全诗写他在杭州吴山上所见所闻的迅雷、疾风、暴雨奇景。这一联驰骋想象、挥笔速写暴雨突来、风起云涌之势，状景有声有色，雄奇、壮丽、飞动，是苏诗的佳句。但宋人蔡絛《西清诗话》、马永卿《嬾真子》和吴曾《能改斋漫录》指出，上句点化了杜甫《三大礼赋》中“九天之云下垂，四海之水欲立”和关子阳“天去人尚远，而黑风吹海”之句，清代林昌彝《海天琴思录》卷三说，“浙东”句全用唐人殷尧藩《喜雨》诗：“山上乱云随手变，浙东飞雨过江来。”可见，苏轼这联诗全是点化乃至搬用前人的语句。天才横溢而又博览群书的苏轼，面对眼前的奇景，在即兴挥毫时竟然能将出自前人不同作品中的意象、词语、句子驱遣于纸上，熔为一炉，创造性地组织成景象雄奇、气势飞动、对仗工整又一气贯通的诗联，使人感到纯是从他的胸中笔下自然奔迸而出，无点化之痕，亦不见牵合之迹，真是大魄力，大手笔。

孤臣霜发三千丈，每岁烟花一万重

这是南宋诗人陈与义于高宗建炎四年（1130）在邵阳（今属湖南）作的七律《伤春》的颈联。这一年正月，金兵攻破明州，以舟师追高宗，高宗泛海逃到温州。作者听到这个消息，为国家的危亡忧心如焚，作此诗抒发情怀。诗的前二联云：“庙堂无策可平戎，坐使甘泉照夕烽。初怪上都闻战马，岂知穷海看飞龙。”四句一气贯注，慨叹朝廷没有平戎之策，致使金兵深入，在攻取汴京之后，又逼使皇帝浮海逃亡。颈联用形象而概括的手法哀时议政，倾吐自己的忧国深情。诗人巧妙地化用了李白、杜甫的诗句。“孤臣”，失势无援之臣，作者自指。“霜发三千丈”，用李白《秋浦歌》“白发三千丈，缘愁似个长”句意。“烟花一万重”，杜甫《伤春五首》（其一）有“关塞三千里，烟花一万重”之句。上句化用李白的诗句，说自己虽是漂泊异乡的孤臣，仍然忧伤国运，使头发都变白了。下句引用杜甫诗句，说自己远在湖南，又遇到春天，春日的繁花不解人意，年年岁岁仍开得密密重重，使忧念朝廷危难的人倍加伤心。杜甫的诗题同是“伤春”，而且此诗是杜甫流离阆州时忧念朝廷之作，同陈与义当时的境况与心情非常相似，所以这里用杜诗来托喻，非常贴切。李、杜原句都用了极度夸张的手法抒发强烈的感情，李诗写自我形象，杜诗写客观景物。陈与义用这两句诗巧妙地构成对仗，使哀情与乐景强烈对比，正如缪钺先生所说:“既能义蕴丰融，而又兴象华妙”（《宋诗鉴赏辞典》，上海辞书出版社 1987 年版，第 849 页）。他将李诗原句“白发”改为“霜发”，使得形象更鲜明，又与下句“烟花”对仗更工稳。这样，上下句气格雄浑，音声浏亮，对仗精工而自然，毫无牵强排比之弊，借古人之陈言而自出新意，这就是江西诗派所津津乐道的“点铁成金”。陈与义作为江西诗派的宗主之一，亦精擅此技。清人纪昀评此联诗："'白发三千丈'，太白诗，'烟花一万重'，少陵句，配得恰好。"（《瀛奎律髓汇评》卷三十二）

春色满园关不住，一枝红杏出墙来

这是南宋诗人叶绍翁的七绝名篇《游园不值》的后一联。诗写游园的见闻感受。此联借一枝伸出墙外的红杏，表现出满园的盎然春意，景中不仅蕴含着诗人热爱春光、热爱生活的优美感情，还揭示了生机勃勃的新事物是禁闭不住、压制不了的深刻哲理，是富于诗情、画意和理趣的名句。这联诗当然是诗人在游园中的敏锐观察和新鲜发现的艺术结晶，但在表达诗意的过程中也点化、熔铸了前人的诗句。钱锺书先生说："这是古今传诵的诗，其实脱胎于陆游《剑南诗稿》卷十八《马上作》：'平桥小陌雨初收，淡日穿云翠霭浮。杨柳不遮春色断，一枝红杏出墙头。'不过第三句写得比陆游的新警。《南宋群贤小集》第十册有另一位'江湖派'诗人张良臣写的《雪窗小集》，里面的《偶题》说：'谁家池馆静萧萧，斜倚朱门不敢敲。一段好春藏不尽，粉墙斜露杏花梢。'第三句有闲字填衬，也不及叶绍翁的来得具体。这种景色，唐人也曾描写，例如温庭筠《杏花》：'杳杳艳歌春日午，出墙何处隔朱门。'吴融《途见杏花》：'一枝红杏出墙头，墙外行人正独愁。'又《杏花》:'独照影时临水畔，最含情处出墙头。'但或则和其他的情景掺杂排列，或则没有安放在一篇中留下印象最深的地位，都不及宋人写得这样醒豁。"(《宋诗选注》) 吴熊和先生说:"叶绍翁写园的一角，比陆游取景小而含意深。在'出墙来'的前面加上了'关不住'这个'关'字，突出了春意的活跃，使与'关'字相应的'出'字更有精神。'一枝红杏'与'满园春色'相对，又显出春光的洋溢，两句中含义有几层，诗意蕴藉。"(《唐宋诗词探胜》) 都在精细的比较赏析中指出了叶绍翁这一联诗"青出于蓝而胜于蓝"的妙处。

缠绵思尽抽残茧，宛转心伤剥后蕉

这是清代诗人黄景仁的七律《绮怀》诗的颈联。诗人少年时和他的表妹有一段恋情，却未能缔结连理。此诗是诗人追忆失去的青春的爱情之作，写得缠绵悱恻，动人心弦。这一联说：我的缠绵情思尽管也像春蚕那样吐尽了，没想到这情思（丝）又结成了茧，把我牢牢缚住；我的愁肠宛转，心已破碎，就好似那芭蕉被剥光了一层层叶子，快要枯萎了。这两句诗，分别点化了唐代诗人李商隐的"春蚕到死丝方尽"(《无题》) 和"芭蕉不展丁香结"(《代赠二首》其一)。李诗说春蚕直到死亡，才吐尽了丝，黄诗翻进一层，说春蚕吐尽了丝，丝又结成茧子，仍然把它缚住；李诗以蕉心未展开的芭蕉和缄结不开的丁香花蕾比喻一对情人不得相会的愁苦，黄诗更深入一步，说自己的心，就像被剥光了叶子的芭蕉一样破碎枯萎。两个诗人都表现出刻骨铭心、强烈深沉的恋情，但由于黄仲则在点化李商隐诗句中有意往深处挖掘，所以感情更加惨恻，也更惊心动魄。不过，化用和着力锤炼的痕迹比较明显，这一联诗不如李商隐的原句自然。在《绮怀》诗中，颔联“似此星辰非昨夜，为谁风露立中宵”，上句也化用了李商隐的“昨夜星辰昨夜风”（《无题二首》其一），但反其意而用之，再加上对句纯是自创，活现出自己孤身只影呆立于风露之中的痴情苦态，对仗工整，却自然得使人不易察觉，所以更为人传诵。

对仗的艺术（上）

对仗是汉语诗歌独具的艺术手段。汉语文字是方块字，一字一音，最适合对偶，造成诗歌语言形式均衡对称的建筑美。对仗更使诗的语音与意义都能显出错综对称、和谐统一，使诗句既有内在的密度，又有广阔的空间，既有合力，又有张力。中国古典诗歌的五律和七律的中间两联必须讲求对仗。所谓对仗，就是出句和对句字数相等、字面相对、词性相当（名词对名词，动词对动词，形容词对形容词，数量词对数量词，虚词对虚词），结构相同，平仄相对，但不能同字相对。对仗的规则、种类、手法繁多，主要的手法有正对、反对、借代、扇对、流水对、偏枯对、当句对等。对仗最忌“合掌”之病。所谓“合掌”，就是对偶词句的意义相同或相类，造成上下句只写了一个意思，如同二掌相合。好的对仗，要工切、匀称、自然、流畅。“流水对”上下句在字面、词性、结构、平仄既相对，又一意贯注，是最流畅的。自然，就是不生涩造作，没有斧凿痕，浑然天成。既要工切匀称，又要自然流畅，是很不容易的。但古代杰出诗人，特别是杜甫、李商隐、苏轼、黄庭坚、陈与义、陆游等人，却能因难见巧，妙手天成，写出不少脍炙人口的对仗句。

花径不曾缘客扫，蓬门今始为君开

这是杜甫寓居成都草堂时写的七律《客至》的颔联。诗写喜客心情，表现了诗人对朋友真率、诚挚的情谊。首联：“舍南舍北皆春水，但见群鸥日日来。”描写草堂绿水环绕，春意荡漾，环境清幽，又以“但见群鸥”透露无人来访的寂寞，为下文写喜客作了铺垫。颔联即写客至。上句说，长满花草的庭院小路，还没有因为迎客打扫过；下句说，一向紧闭的柴门，今天才第一次为您打开。“花径”与“蓬门”、“不曾”与“今始”、“缘客扫”与“为君开”，字字相对，妥帖工切。上下句意相反，又前后映衬。正是因为上句说从未有客，自己也不轻易延客，才格外衬出今日客至之喜与主客交谊之深。诗人采用与客谈话的口吻，更显得真率、亲切，有生活实感。上下两句诗意蝉联而下，形成了流水对，节奏轻快，渲染出诗人喜出望外的心情。这联诗对仗兼用了“反对法”和“流水对”法，语态传神，情味十足，历来为人们传诵。前人评赞云“流水入题”（《读杜心解》）；“只家常话，而有天然真致”（《唐七律隽》）；“喜意溢发纸上”（《唐诗偶评》）；“有掉臂游行之乐”（《初白庵诗评》），都很中肯。

一去紫台连朔漠，
独留青冢向黄昏

这是大历元年（766）杜甫在夔州写的七律《咏怀古迹五首》（其三）的颔联。诗咏昭君村，抒写对王昭君的同情和怀念，寄托了诗人热爱祖国和乡土的深厚感情。首联:“群山万壑赴荆门，生长明妃尚有村。”清人吴瞻泰在《杜诗提要》中说:“发端突兀，是七律中第一等起句，谓山水逶迤，钟灵毓秀，始产一明妃。说得窈窕红颜，惊天动地。”评析精到。颔联中，紫台，即紫宫，指汉皇宫；朔漠，指北方沙漠；青冢，昭君的坟墓，在今内蒙呼和浩特南。王昭君在汉元帝时选入皇宫，后朝廷为了和亲又将她嫁给匈奴呼韩邪单于，死于匈奴。所以这两句说昭君一离汉宫便北嫁匈奴，再也没有回来，只剩下坟墓孤立在黄昏的大漠中。“紫台”与“朔漠”对照，“青冢”与“黄昏”映衬，使人想象昭君离别汉宫后在异国殊俗、漫长岁月中所度过的艰辛、痛苦、孤寂生活。“‘连’字写出塞之景，‘向’字写思汉之心，笔下有情。”（清·朱瀚《杜诗解意》）“一去”、“独留”，如闻诗人叹惜之声。全联形象生动，境界悲壮，概括深广，情味丰富。从对仗角度看，上下句对偶工稳精切；句中又有“紫台”与“朔漠”、“青冢”与“黄昏”的“当句对”；上下紧密承接，一气贯注，形成流畅自然的“流水对”。清吴乔《围炉诗话》说：“浩然一往中，复有委婉曲折之致。”弘历《唐宋诗醇》云：“文势如天骥下坂，明珠走盘。”宋宗元《网师园唐诗笺》赞曰：“奔腾而来，悲壮浑成。”此联皆可谓当之无愧。

含风鸭绿鳞鳞起，
弄日鹅黄袅袅垂

这是宋代诗人王安石的七绝组诗《半山即事十首》（其三）的后一联。诗的前联“南浦东冈二月时，物华撩我有新诗”，以赋笔叙事抒情，散句单行直下。后联写春景：含着春风的河水，颜色像鸭头绿，泛起鱼鳞般的微微细浪；戏弄着日光的柳条儿，好似鹅毛般嫩黄，在风中袅袅垂拂。这一联状景生动鲜明，对仗工稳精切。“含风”对“弄日”；“鸭绿”和“鹅黄”都是借代词，分别代指春水和春柳，同时鸭、鹅同属禽鸟，绿黄并是颜色；“鳞鳞”、“袅袅”均为叠字形容词，而“鳞”字从“鱼”，“袅”字从“鸟”。无论是句子结构、词性字义，又无论是字面义、借代义，乃至字形及其偏旁部属，都一一对偶，属对精工巧妙，形成了“多重工对”，使这联诗兼具诗的绘画美、音乐美、平衡对称的建筑美令人叹为观止！而且，上句写风和水，下句写日和柳，一“起”一“垂”，正对中有反对，无“合掌”之病。南宋叶梦得《石林诗话》说:“王荆公晚年诗律尤精严，造语用字，间不容发。然意与言会，言随意遣，浑然天成，殆不见有牵率排比处。”从此联对仗的精工也可见一斑。

岂意青州六从事，化作乌有一先生

这是宋哲宗绍圣二年（1095）苏轼谪居惠州时写的七律《章质夫送酒六壶，书至而酒不达，戏作小诗问之》的颔联。章质夫是浦城人，当时任广州知州。他写信给苏轼，说已派人送六壶酒来。苏轼收到了信，酒却还没有送到。颔联就是用游戏的笔调写这件事，表达自己先欢喜后失望的心情。“青州从事”用了《世说新语·术解》的一个典故：晋桓公有个主簿，善于鉴别酒的好坏。有酒，总叫他先品尝。好酒，他就称为“青州从事”，劣酒就叫做“平原督邮”。因为青州有齐郡，平原有鬲县。

“从事”比喻酒到了肚脐；“督邮”，比喻酒只在膈上停留。这里用“青州从事”代指美酒。“乌有先生”典出司马相如《子虚赋》，赋中记乌有先生反诘子虚之语，此处用这个表示虚无的人名比喻想喝美酒而未得。苏轼用这两个典故辞语巧妙地构成一联对仗，“青州六从事”对“乌有一先生”，上下句都用拟人手法，以人事来比喻物事，字字相对，非常工整，而且用了流水对法，句意紧密勾连，自然承接，浑然一体，把“书至而酒不达”之意表达得生动、贴切、风趣、幽默，毫无斧凿的痕迹。历代不少诗评家对这一联诗十分赞赏。宋陈岩肖《庚溪诗话》说:“古今以体物语，形于诗句，或以人事喻物，或以物喻人事”，至苏轼此诗“岂意”二句，“则上下意相关，而语益奇矣”。吴曾《能改斋漫录》卷十《文贵自然》条，认为此二句“浑然一意，无斧凿痕，更觉其工”。元方回《瀛奎律髓》卷十九说此联“切题”，“见得酒不至也，善戏如此”。清查慎行《初白庵诗评》卷下赞扬说:“承蜩弄丸不足喻其巧妙。”

但知家里俱无恙，不用书来细作行

这是黄庭坚的七律《新喻道中寄元明用觞字韵》的颈联。崇宁元年（1102），黄庭坚到江西萍乡探望哥哥元明，住了十五天后，从萍乡赴江州（今江西九江），途经新喻（今江西新余），又想念起哥哥，写了这首诗。诗中表现兄弟之情，真挚朴质，很有韵味。这一联说：只要知道家里的人都没有什么病痛，您来信时，就不用细致地一行又一行地写了。下句化用了杜甫《别常征君》的“来书细作行”句。这联诗语言十分朴素，诗人准确地用虚词表现出对家中亲人的牵挂和对兄长的体贴；又传达出人人心中所有而笔下所无的思想感情，所以格外真切动人。初读时，好像听诗人说家常，甚至可以感觉到诗人深情叮咛的神态口吻。细细审察，才发现诗人用了不求字字工对而要上下一意贯注的流水对仗。这种质朴流畅、浑然天成的对仗句子，没有深厚的功力是绝对写不出来的。黄庭坚晚年写诗剥落浮华、力造平淡，用平淡的语言表现深挚的感情，这首诗就是一例。

惶恐滩头说惶恐，
零丁洋里叹零丁

这是宋代爱国诗人文天祥光照千古的名篇《过零丁洋》的颈联。祥兴元年（1278），文天祥兵败被元军俘获。第二年正月被押解过零丁洋（在广东中山市南、珠江口外）。元军将领张弘范逼迫他写信招降仍在海上坚持抵抗的张世杰，他出示此诗以明己志。全篇感情沉雄悲壮，表现了作者的爱国忠忱和民族气节，具有震撼人心的思想艺术力量。这一联叙述他的抗元斗争经历和抒发内心感情。上句说：我曾经在惶恐滩头诉说惶恐不安之情。德祐元年（1275），文天祥自赣江起兵经惶恐滩北上，当时元兵陷建康，逼近临安，形势危急，所以“说惶恐”，对时局忧惧不安。下句说，我现今不幸战败，身为俘虏，飘浮在浩渺无际的零丁洋上，怎能不深感孤苦零丁呢！作者巧妙地运用“惶恐滩”与“零丁洋”这两个地名组成对仗，从而形象地概括了他的起兵始末和艰苦转战经历。“惶恐”、“零丁”二语带着强烈的感情色彩，又语意双关，既表明当地形势之险恶，又表达出作者昨日“惶恐”眼前“零丁”的孤危境况与心情，可谓切时切地、切事切情，又使这一联诗空间广阔，意蕴丰富。在句中重复，又在上下句相对，宛若天造地设，音节回环往复，唱叹有致。这联对仗，似是从苏轼的“山忆喜欢劳远梦，地名惶恐泣孤臣”（《八月七日初入赣，过惶恐滩》）一联得到启发。但两相比较，文天祥借用地名叙事抒情的艺术效果更强烈深厚，可谓后来居上，堪称中国诗史上巧用地名对仗的绝唱。

对仗的艺术（下）

对仗除了造成诗歌语言结构均衡对称的建筑美外，还应当使两句之间在互相映衬、对比中产生更丰富的内涵和意味。但是过分工整的对仗，容易导致语境距离的狭窄，思想感情回旋的余地少，显得单调乏味。唐代杜甫、李商隐等诗人已感到了对仗过于工整精巧的弱点，他们尝试使对句的意蕴有对比和反差。宋代诗人更有意在对仗上求新求变。有的人如王安石，努力在工切精巧而又浑然天成方面超越唐人；苏轼、黄庭坚以及江西派诗人，则化工对为宽对，化正对为反对，化平稳为新奇。他们使情和景对，跨越事类对，即使两句都是写景状物时，也要造成大小、高低、远近、虚实、明暗、声色、动静、抑扬、开阖、起伏的差异和对比。总之，极力拉开两句的距离，造成宽广、深远的意义时空。他们在创作实践的基础上总结出

“宁对不工，不可使句弱”、“句意皆远而中实潜贯”等原则。读者在欣赏这些“句意皆远”的对仗时，往往会获得曲折变化、新奇丰富的审美感受。

敏捷诗千首，飘零酒一杯

这是杜甫的五律《不见》的颈联。公元758年，李白坐永王璘谋反事长流夜郎，次年行至巫山，遇赦获释，此后漂泊江南各地。公元761年，杜甫寓居成都草堂，不知李白的消息，忧思拳拳，写了这首诗。诗的前二联：“不见李生久，佯狂真可哀。世人皆欲杀，吾意独怜才。”直抒对李白不幸遭遇的深切同情和对他的天才的赞佩。颈联紧接“独怜才”，出句写李白才情洋溢，任意挥洒出如珠似玉的千首佳诗；对句写李白命途多舛，飘然一身，借酒浇愁，愁绪更多。这一联同颔联都用了反对法。形容李白超逸才思的“敏捷”与形容其落魄处境的“飘零”相反相对，“千首诗”之多与“一杯酒”之少相反相对。两句诗一扬一抑一赞一叹，鲜明突出地概括了李白的诗酒生涯与悲剧命运，也表达了杜甫对李白的敬爱、同情与关怀。葛兆光先生精妙地评析说：“在一个孤单的身影中隐约闪现着他过去意气洋洋的身影，而千首妙语连珠的诗篇则化为独酌的一杯苦酒，诗人的喟叹通过上下相反的对偶道出，而咏叹的对象（李白）的生平变迁也通过这彼此不同的两句写尽，这样，两句对仗便赢得了意义时空的张力。”（《汉字的魔方》，中华书局（香港）有限公司 1989 年版，第 113—114 页）

岭上晴云披絮帽，树头初日挂铜钲

这是苏轼的七律《新城道中二首》（其一）的颔联。熙宁六年（1073）二月，时任杭州通判的苏轼视察属县，经过新城（今浙江富阳区新登镇），写了这首诗。诗中描绘秀丽明媚的江南春光，赞赏繁忙热烈的春耕景象，表现了诗人厌恶俗务、热爱乡村田园的思想感情。此联写久雨初晴的山野迷人晨景：白色的云雾仍笼罩着高高的山顶，仿佛山峰戴了一顶白丝绵制的帽子；一轮朝阳正冉冉升起，远远望去，好像树梢头挂着一面又圆又亮的铜钲。铜钲，铜制打击乐器，俗称铜锣。上下句各用了一个比喻，比得贴切、生动、新鲜、有趣。作者在《铁沟行赠乔太博》诗中，曾有“山头落日侧金盆”，以金盆喻落日，与“铜钲”之喻同一设想，都有俗中见雅之趣，但“铜钲”暗示太阳有声如鸣锣，更妙。这一联对仗，虽是正对，又是景对景，但上下句所写景色，一高一低，一远一近；“絮帽”与“铜钲”一小一大，二者又形成一白一金的色彩对比，无声与有声的对比，可谓多重的对比、反衬。历代诗评家如方回、纪昀、汪师韩都不喜此联，认为俗、拙、着相，似是审美偏见。苏轼在对仗句中写景，很注意“小大为对”，使上下句景物形象大小气焰悬殊，借以拉远对仗的语境距离。南宋惠洪《冷斋夜话》卷四对王安石和苏轼几联诗比较品评，说：“对句法，人不过以事以意，出处备具，谓之妙。荆公曰：‘平昔离愁宽带眼，迄今归思满琴心。’又曰：‘欲寄荒寒无善画，赖传悲壮有能琴。’不如东坡奇特，如曰：‘见说骑鲸游汗漫，亦曾扪虱话酸辛。’又曰：‘龙骧万斛不敢过，渔舟一叶从掀舞。’以鲸为虱对，龙骧为渔舟对，大小气焰之不等，其意若玩世，谓之秀杰之气，终不可没。”所举苏轼以“鲸”与“虱”、“龙骧”与“渔舟”相对，形象的大小气焰悬殊更大，诗语更奇。但笔者认为，游戏笔墨的形迹太露，不够自然含蓄，不及“絮帽”、“铜钲”的对举风趣、有味。

舞阳去叶才百里，贱子与公俱少年

这是黄庭坚的七律《次韵裴仲谋同年》的颔联。裴仲谋，名纶，时为舞阳（今属河南）尉。同年，旧时对同榜登科者的称谓。诗作于黄庭坚任叶县（今属河南）尉时，抒写了两人愉快的交往和亲密的友情。首联:“交盖春风汝水边，客床相对卧僧毡。”在汝水边，春风轻拂，我们在路上邂逅相逢，倾盖相交，游赏畅谈。日暮投宿佛寺，躺在薄薄的僧毡上对床夜语。这一联写他们欢聚情景，笔墨潇洒，亲切有味。颔联说：舞阳县距离叶县很近，才不过百里路，何况我跟你都是青春少年人呢！“才百里”，强调距离近，暗示交游的密切；“俱少年”，指出年纪轻，暗示同游的欢愉。贱子，作者自谦之称。这两句追述二人平时交游情事，字面极平常，句意也很明快，却是经过作者精心锤炼、句法奇拗、意境清新的佳联。它的对仗，已突破唐诗中常见的那种过于工整、语境距离太近的对偶形式的束缚，字面上对得不很工切，句意也相去甚远。上句说地理距离，读者很难想到下句会用年岁俱轻来作对，这就产生了出乎意料的新奇之感。表面上风马牛不相及的两句诗，作者用“才”、“俱”两个虚词便奇妙地把它们组合在一起，并且上下连贯，因果相承，有一股青春年少的豪放意气与真挚情感流注其间，表现了二人当时亲密欢乐的交游。诗的颈联:“白发齐生如有种，青山好去坐无钱。”截断追述，笔意向纵深作新的开拓，说如今两人白发齐生，星星点点，好像有种子在萌发似的；本应回到故乡的青山里过悠闲生活，可惜没有买山的钱。上句妙用《史记·陈涉世家》载陈涉语“王侯将相，宁有种乎”的典故，以幽默风趣口吻感慨年华虚度，下句以“青山好去”对“白发齐生”，抒写归乡隐居的心愿，却又在后三字“坐无钱”忽作转折，顿挫有味。对仗同样出人意料，奇趣横溢。

道上风尘迷皂白，堂前水竹湛清华

这是黄庭坚的七律《稚川约晚过进叔，次前韵，赠稚川，并呈进叔》诗的颔联。诗作于元丰三年（1080）春，当时作者在京城吏部等候改官。稚川，姓王，名紘，作者的好友；进叔，姓时，二人当时都在京师。全篇抒写他和稚川在京师的欢聚游赏情景，赞美进叔隐于京郊的悠闲生活。首联：“人骑一马钝如蛙，行向城东小隐家。”说他骑着一匹鲁钝得像青蛙的劣马，慢慢地向城东隐士进叔的家走去。颔联写在路上和在进叔家所见景色：在大道上，风尘弥漫，黑白不分；但在进叔的堂前，池水澄清，绿竹华茂。皂白，黑白，比喻是非。葛洪《抱朴子·自叙》：“不能明辨臧否，使皂白区分。”臧否（zāng pǐ），好坏，善恶。湛清华，用谢混《游西池》诗意：“景仄鸣禽集，水木湛清华。”湛，澄清。这两句对仗，用“反对法”，一反一正，一抑一扬，上下对比，写实景而有象征寓意：上句比喻现实社会的污浊，人们是非不分，思想混乱；下句象征进叔胸襟澄清，品格高洁。正是成功地运用了对比，鲜明地呈现出一丑一美的两幅画面，含蓄地表达了作者爱憎褒贬的感情，正是“反对法”的优长。

老形已具臂膝痛，春事无多樱笋来

这是宋代诗人陈师道的七律《次韵春怀》的首联。诗写他在暮春中老病穷愁的情怀，结尾劝慰原唱作者“少年为句未须哀”。律诗首联不要求对仗，陈师道此诗却以对仗开篇。“老形已具”，任渊注说：“此借用《彭越传》‘反形已具’之语。”宋初诗人林逋早有“览照老已具，开樽人向稀”之句。“樱笋”，樱桃和竹笋，都是春深时物。这两句说：我已经有了龙钟老态，臂膝经常酸痛，对于春天的到来没有什么感觉；直到看见樱桃春笋上市入厨，方才意识到春天都快要过完了。起笔这一联，就感叹自己年老体衰，缺少生活的乐趣。诗人把古书中的成语和日常生活中的俗语一起融摄入诗，有意造成雅俗相生、朴拙新奇的语言风格。这两句意思相距很远，一说人事一写春事，却又有内在的紧密联系：人生之短暂与春光之短暂是相关连的，也正是由于诗人老而少趣才忽略了美好的春光。这正合南宋人葛立方在《韵语阳秋》中所说对仗“意甚远而中实潜贯者，最为高作”。所以元人方回评赞说：“‘老形已具臂膝痛’，身欲老也。‘春事无多樱笋来’，春欲尽也。前辈诗中千百人无后山此二句，以一句情对一句景，轻重彼我，沉着深郁，中有无穷之味。”纪昀也说:“起二句殊有别味。”（《瀛奎律髓汇评》卷二十六）这种句意甚远而中实潜贯的对仗，比起唐诗中和王安石诗中常见的那种过于工整和语境相近的对仗来，确实别开生面，有一种新鲜特殊的韵味。

句中对仗　颜色映照

钱锺书先生《宋诗选注》在注释乐雷发的诗句“红蜻蛉伴绿螳螂”（《秋日行村路》）时指出：“古人诗里常有这种句法和颜色的对照，例如白居易《寄答周协律》：‘最忆后庭杯酒散，红屏风掩绿窗眠’。”这是一个很有趣的发现。这种句法，我姑且称为句中对仗、颜色映照。既然是“古人诗里常有”，那么也可以算作古代诗人描绘意象、营造意境的一种手法。句中对仗，两种景物意象并置，并借助其间的动词表现它们的各种微妙关系，使诗句紧凑浓缩，言简意丰。颜色映照，则使景物意象更鲜丽悦目，并组合成美妙的画面。由于这种句子都是写景句，往往被诗人置于诗的结尾，借以融情入景，以景结情，使诗的意境含蓄不露，意味深长，成了全诗的点睛之笔。

回廊四合掩寂寞，碧鹦鹉对红蔷薇

这是唐代诗人李商隐的七绝《日射》后一联。诗写闺怨。前一联："日射纱窗风撼扉，香罗拭手春事违。"初夏的阳光射进闺房纱窗，清风摇撼着紧闭的门窗。少妇深闺独居，下意识地用香罗帕擦拭着手。这一个动作细节表现了女主人公寂寞无聊的心态。"春事违"，点出春天已经过去，既指少妇辜负了大好春光，也暗喻她虚度着青春年华，语意双关。第三句情景兼写，说闺房外曲折的长廊四面环合，这朱门深院掩蔽了少妇的寂寞苦闷，外人是无从知晓的。第四句却不再写少女，而是写暮春初夏庭院中的景物：那一只关在笼中的碧绿羽毛的鹦鹉，整日里同盛开的艳红的蔷薇花冷漠地相对。句中"碧鹦鹉"与"红蔷薇"对仗，这两个不同颜色的物象映衬、对照，色彩鲜丽，饶有画意。它们的无情相"对"，正反衬出少妇的有情，从而愈显出她内心的寂寞苦闷。诗人以景结情，使情寓景中，言外见意，含蓄不露，耐人寻味。所以清人姚培谦笺曰："末句妙，不能强无情作有情也。"冯浩笺引陆士湄评语也说："花鸟相对间，有伤情人在内。"纪昀批云："佳在竟住，情景可思。"评论的角度不同，都各得其妙。

深院下帘人昼寝，红蔷薇映碧芭蕉

这是唐代诗人韩偓的七绝《深院》的后一联。韩偓小时曾受到李商隐“雏凤清于老凤声”的称赞，他的诗学李商隐，一些香奁诗写得色彩浓重、艳丽精致，确实颇似李诗，这首《深院》就是典型的例子。诗写深闺女子昼寝情景。前一联：“鹅儿唼喋栀黄嘴，凤子轻盈腻粉腰。”“唼喋”（shà zhá），形容鱼鸟吃食时的样子。“栀黄”，栀子花那样的黄色，这里形容鹅嘴。“凤子”，大蝴蝶，见崔豹《古今注·鱼虫》。这两句说，在庭院中，黄嘴的鹅儿在呷水觅食嬉戏，美丽的蛱蝶在空中轻盈飞舞。深院是幽静的，诗人却绘声绘色，展现出一幅充满动态、生机蓬勃的闹春图画。第三句才点出深院闺房中绣帘下垂，闺中人竟在春日中酣睡不醒。结句又宕开一笔，不写人而写庭院景物。“映”字一作“架”字。诗人将“红蔷薇”与“碧芭蕉”并置，句中对仗，中间添一“架”字，令人如见开满红蔷薇的花架上，硕大的绿芭蕉叶密密地遮掩着花丛。两相比较，不用“映”字而显示出红碧相映之意象，较为含蓄。至此，诗人运用“唼喋”与“轻盈”这一对叠韵形容词，用“栀黄”、“腻粉”、“红”、“碧”一连串颜色字，把春日的庭院渲染得极其生动热闹、色彩繁丽。但这外在的热烈美艳，恰恰反衬出庭院的幽静冷落，并引人寻思无心观赏春光的帘内昼寝人慵懒倦怠、寂寞无聊的神情意态。“红蔷薇映碧芭蕉”这句诗，确是全篇意境创造中最美妙的一笔。这句诗的句法和颜色的对照，明显是模仿李商隐的“碧鹦鹉对红蔷薇”的。但李诗第三句点出了“掩寂寞”，使诗的情调意蕴比较清晰显豁，韩偓第三句只是客观地叙写“人昼寝”，诗意朦胧而不确指。各有好处，难分高低。

一片风光谁画得，红蜻蜓点绿荷心

这是宋代诗人陆游的七绝《水亭二首》（其一）的后一联。诗写夏日在山阴故居水亭纳凉的闲适情怀。前一联:“水亭不受俗尘侵，葛帐筠床弄素琴。”诗人喜爱水亭环境清幽，不受俗尘侵扰。他在葛纱帐中，坐在竹床上随意抚弄素琴。后两句说，眼前的这一片优美风景，不知道哪一位丹青妙手能够描绘出来呢？但见莲池里一只只红蜻蜓，点缀着碧绿的荷叶心。全诗前三句都是衬托，写得平实自然，结句是点睛之笔，“红蜻蜓”与“绿荷心”并置对映，中间着一“点”字，表现出红蜻蜓活泼的生趣，境界全出。与杨万里的“小荷才露尖尖角，早有蜻蜓立上头”（《小池》）意趣相似。但写得简略，不及杨诗细腻传神，却比杨诗色彩明艳。“红蜻蜓点绿荷心”句，从李商隐“碧鹦鹉对红蔷薇”、韩偓的“红蔷薇架碧芭蕉”以及王安石的“紫薇花点绿苔斑”（《和祖择之登紫薇阁》）

化出，所捕捉的景物意象不同，但都着眼于“红”、“绿”两种色彩的对照。尽管模仿痕迹较重，创新不足，却也表现出诗人乡居环境的自然野趣和田园风味，而没有李、韩诗于寂寞冷落中透出的华贵气。

一路稻花谁是主？红蜻蛉伴绿螳螂

这是宋代诗人乐雷发的七绝《秋日行村路》的后一联。诗写田园风光。前一联：“儿童篱落带斜阳，豆荚姜芽社肉香。”秋天的一个黄昏，诗人行走在乡村小路上，只见儿童在竹篱笆旁嬉戏，金黄色的斜晖照射着篱笆内的菜圃。圃中豆荚高悬，姜芽出土，肥硕茁壮，青翠喜人。凉风阵阵，吹来令人馋涎欲滴的肉香。这是村民们在烹煮社祭后分得的社肉。三、四句说，诗人放眼小路两旁，稻田绵延不断，稻花竞相开放。红的蜻蛉，绿的螳螂在稻花上自由自在，时飞时停。此诗一、二、四句以浓缩紧凑的句法和白描手法，展现出儿童、篱落、斜阳、豆荚、姜芽、肉香、稻花、红蜻蛉、绿螳螂等一系列农村里常见的景物意象，构成了一幅和谐自然、淳朴优美的农村风光，景中融入了诗人喜悦、神往、陶醉的感情。第三句有意设问，在问语中表现稻花无拘无束开放的情状。第四句是回答：因为日暮后农民们已收工归家，于是这些活泼可爱的红蜻蛉和绿螳螂就成了大片稻花的主人。末句采用句中对仗、色彩对映手法，“红”、“绿”二色对照鲜明悦目。“伴”字表现出两种小生物相依相伴、和美融合的情态，传神活脱，使这一句成为全诗最美妙的一笔。钱锺书先生说:“乐雷发的第三句比陆游的新鲜具体，全诗也就愈有精彩。”(《宋诗选注》) 评得精当。但需要补充的是：此诗第三句不仅“新鲜具体”，而且问得灵妙有趣，正是借助了这一问，才能出人意料地把蜻蛉、螳螂写成了“一路稻花”的主人，使全诗浑然一体，诗意新鲜有趣，含蓄隽永。

落日平江晚最奇，白龙鳞换紫玻璃

这是宋代诗人萧立之的七绝《武阳渡》的前一联。武阳渡，在今江西南昌市东南。诗写傍晚江畔待渡情景。诗人一落笔就泼洒浓彩，描画出一幅瑰奇迷人的黄昏江景：一轮落日冉冉地坠落西天边。日光由银白逐渐变成金黄、绛红、深紫，光色照射在平静的江面上，幻出奇丽的景象：只见原先像白龙的鳞片一样闪动的江水，渐渐地变成了一片绛红、深紫的玻璃，令人目眩神迷。诗的第二句用了句中对仗、色彩对映的手法。但与前面几例不同的是：前面几例所展现的景象，都是诗人用白描手法写出的实景；而萧立之此句所写的“龙鳞”与“玻璃”，却是诗人驰骋想象和联想所创构的借喻喻象，分别借代、描状、形容潋滟闪动的涟漪和江面的平静明亮。前面几例，“红”与“碧”相对，仅仅表现出色彩；而这一句，“白”与“紫”兼写出夕阳和江水的光与色的映照。中间的一个“换”字，又使景物画面显示出流动、变幻的动态过程。更值得注意的是：前面数例，这种句法和颜色的对照，都用在诗的结句，作为全诗意境创造最有力的一笔。此句却置于诗的前半部分。三、四句“老兵绝叫客争渡，催得船来失却诗”。换笔写人事，写人们在渡口喧闹争渡情景。结句写自己催得渡船到来，原先映现眼前的“白龙鳞换紫玻璃”的奇丽景象却消失了，或者说是被自己暂时忘却了，于是已经涌上心头的诗的灵感，也就如云烟消散，无踪无影。这两句蕴含着耐人寻味的理趣。它告诉我们：诗情画意，往往是在平静闲适的心态中不期而遇，自然得之；而人世间的功利纷争、扰扰攘攘，只能破坏大自然的美好诗意。由于诗人被争渡的情景分散了注意力，这色彩对映的写景句，在诗中成了“画龙”而非“点睛”之笔。由此诗，我们不难见出诗人萧立之不拘一格的艺术创新精神。

健字撑拄　活字斡旋（上）

宋代诗话家罗大经在谈论诗歌炼字时说："作诗要健字撑拄，要活字斡旋，如'红入桃花嫩，青归柳叶新'，'弟子贫原宪，诸生老伏虔'。'入'与'归'字，'贫'与'老'字，乃撑拄也。'生理何颜面，忧端且岁时'，'名岂文章著，官应老病休'。'何'与'且'字，'岂'与'应'字，乃斡旋也。撑拄如屋之有柱，斡旋如车之有轴。"（《鹤林玉露》甲编卷六《诗用字》）今人周裕锴先生在《宋代诗学通论》（巴蜀书社 1997 年版）中认为，罗大经这段话是宋诗学的一个重大发现，对"健字撑拄"与"活字斡旋"的意思、功能以及它们在宋代诗学上的意义作了理论阐述。这里，我们从诗歌创作与欣赏的角度通俗地解释。所谓"健字撑拄"，是指诗人要提炼出精确、新奇、刚健有力的动词或形容词，借以描述、联系或组织诗中的意象，使其鲜明生动，富于运动性的视像感，能体现一种劲健的生命力量，发挥出“撑拄”意象砖木、构筑全新意境大厦的功能。这里先采撷古诗中的几联佳句说明“健字撑拄”，下一篇再介绍“活字斡旋”。

荷风送香气，竹露滴清响

这是唐代诗人孟浩然的五言古诗《夏日南亭怀辛大》中的一联。南亭，孟浩然的家乡襄阳涧南园中的一个水亭。辛大，孟浩然的同乡友人辛谔，在兄弟辈中排行老大。此诗写夏夜诗人在南亭纳凉的闲适愉快之情，以感怀故人作结。这一联写夏夜涧南园的幽美景色。上句写凉风吹来，带着阵阵荷花的清香；下句写竹叶上滴落的露珠发出清脆的响声。这一联的两个动词“送”、“滴”用得妥帖、新奇、响亮、有力。“送”字，把荷与风都拟人化，传达出它们与诗人亲切的感情。它们为了让诗人身心愉悦，把一阵阵香气传送来了。诗人只写香气，自然诱发读者去想象月下荷塘种种美景。如果用“吹”、“传”、“带”，就不可能传达出这样的情思感觉。下句写“竹露”。露是没有声的，诗人却要写出声来，而且是“清响”。他写的是“竹露”，即竹叶上的露珠。再用一个“滴”字来表现其滴落之状。“滴”字与“清响”直接搭配，于是清脆的声音传达出来了。这清脆的声音，更反衬出夏夜的宁静。“送”字是去声，声调由高到低，响亮有力；“滴”字是入声，又是唇齿音，声音短促，诵读起来真使人感到唇吻之间有阵阵荷风吹过，有竹露清脆滴落的声响。诗人捕捉住夏夜园林中最有特征的景物意象，并予以高度的净化，又精心提炼出两个情趣美、动感强、声音清亮的动词做句眼，使清景幽情，漫溢纸上。唐代皮日休认为此联可与谢朓的名句“露湿寒塘草，月映清淮流”争胜(《郢州孟亭记》)。清人吴煊、胡棠在《唐贤三昧集笺注》中赞此联“使人神思清旷”。沈德潜《唐诗别裁》评“佳景亦佳句也”，“一时叹为清绝”。宋宗元《网师园唐诗笺》更具体指出:“妙在‘送’字、‘滴’字耳。”这两个动词，称得上是罗大经所说能“撑拄”意象的“健字”。

风起春灯乱，江鸣夜雨悬

这是杜甫的五律《船下夔州，郭宿，雨湿不得上岸别王十二判官》的颔联。此诗当作于大历元年（766）春末，时杜甫居云安，欲乘船前往夔州（今四川奉节），待将家属和器物移到船上，天色已晚，遂宿于云安郭外。夜间下了雨，次日早晨因江岸湿滑不能回城与王十二判官作别，故而作此诗向王致意。首联:“依沙宿舸船，石濑月娟娟。”写他在晚上住宿在紧靠沙滩的大船上，深夜不眠，欣赏着近岸石上浅急流水中闪动着的美好月光。颔联写忽然江风吹起，船灯乱晃；夜雨倾泻，江上一片喧响。这一联，共用了“起”、“乱”、“鸣”、“悬”四个字，分别描状“风”、“灯”、“江”、“雨”四个意象。“起”、“鸣”二字平实、精确，但并不出奇。全联诗眼是“乱”、“悬”二字。船在水上，风摇船动，江边船多，桅灯多，它们参差错落，随波起伏，灯火上下游移，左右倾仄；用一“乱”字，动态全出。如果改用“亮”、“闪”、“摇”、“摆”等字眼，都不可能精妙表现这种动乱情状。下句写江声雨声，彻夜不绝，使人感到江上好像垂“悬”着一幅无边的密密的珠帘，可谓状景如画，形容入神。“乱”、“悬”二字，还含蓄地传达出当时漂泊西南的诗人那种心乱如麻、身如悬空的情状。

返照入江翻石壁，归云拥树失山村

这是大历元年（766）杜甫寓居夔州期间所写七律《返照》的颔联。全篇描绘白帝城雨后黄昏的江峡景色，抒写忧伤战乱和老病穷愁之情。这一联写夕阳反照在江面上，江边石壁倒影摇漾，好像山崖翻入江中；

从高天飘落的云雾，萦绕在树林间，把整个山村都遮蔽了。这两句组合了夕阳、大江、石壁、云雾、树林、山村六个意象，连用了“返”、“入”、“翻”、“归”、“拥”、“失”六个动词，其中“返”与“归”用作形容词分别修饰“照”（夕阳光）和“云”。意象密集，文字精练，诗句浓缩，令人惊叹。每句中的三个动词，都是紧密联系，因果相承。正如前人所评：“返照入江，至翻动石壁；而归云拥树，遂失山村。”（《杜臆》）“非‘入’不‘翻’，惟‘拥’乃‘失’，句法相生。”（《闻鹤轩初盛唐近体读本》）其中，“翻”、“失”二字尤为新鲜、生动、精妙、有力。吕本中在《童蒙诗训》中说：“潘邠老言：‘七言诗第五字要响，如“返照入江翻石壁，归云拥树失山村”，“翻”字、“失”字是响字也。五言诗第三字要响，如“圆荷浮小叶，细麦落轻花”，“浮”字、“落”字是响字也。所谓响者，致力处也。’予窃以为字字当活，活则字字自响。”潘邠老认为七言诗第五字和五言诗第三字要响，说得太死，但他指出一句诗中要有响字，并赞赏杜甫这联诗中的“翻”、“失”二字尤为响亮有力，还是很精当的。细细品味，诗人以“翻”字写“返照”，以“失”字写“归云”，从而表现出晚雨初晴时江面江岸动乱、变幻的光景，被誉为“刻划如画，而画所不能到”（《唐诗归折衷》）。所以，“翻”、“失”是撑拄诗句的健字、响字。

三尺长胫阁瘦躯　这是元祐八年（1093）苏轼在定州（今河北定州市）写的一首七言古诗《鹤叹》中的一句。全篇以拟人手法咏一只病鹤，它身体瘦弱，零落孤独，仍有凌云之意，不取嗟来之食，不愿受人驱遣为人取乐。结尾诗人感叹自己事君不能像鹤那样“难进易退”。这一句是拟鹤之言，鹤说它以两根三尺长的脚杆，架着一副瘦骨嶙峋的身躯。句中“阁”，动词，同“搁”，有放置、承受等意思。诗人在“长胫”和“瘦躯”之间置一“阁”字，使人如见这只鹤病弱无力、不胜其躯的形象。“阁”字是极通俗、平常的字，在这句诗中却显得新奇、精确、有力。被称为“小东坡”的唐庚《唐子西语录》云:“东坡居士作《病鹤》诗，尝写‘三尺长胫瘦躯’，缺其一字，使任德翁辈下之，凡数字。东坡徐出其稿，盖‘阁’字也。此字既出，俨然病鹤矣。”确实，如果没有这个奇妙有力的“阁”字，“三尺长胫瘦躯”的意象罗列就显得平淡呆板，缺少生气。正是这一个“阁”字，把这句诗“撑拄”起来，立于纸上。由此可见，苏轼提炼动词体物传神的精妙。

阴风搜林山鬼啸，千丈寒藤绕崩石　这是黄庭坚的七言古诗《上大蒙笼》中的一联。宋神宗元丰五年（1082），庭坚任江西太和县令，为销售官盐而深入山区，目睹山民生活悲惨，写下十余首纪行诗，这是其中的一首。诗中写清风源人家被强迫认购官盐，他们无钱，只好用粮食换盐。诗人对百姓的境遇深表同情。诗的前半部分描写大蒙笼山深僻、险恶的环境，衬托山乡人民的艰辛穷困。这一联写景，在写实的基础上有想象，有夸张。阴风吹刮树林，诗人出奇地用一个“搜”字，好像“阴风”就是那些趁推销官盐无孔不入、到处搜刮百姓的贪官污吏。“搜”字将阴风拟人化，又有视觉力度。诗人再以虚拟的“山鬼啸”渲染，令人毛骨悚然。下句，诗人夸张地说“藤”有“千丈”之长，可见山的高峻险陡，又用“寒”字形容，表现出诗人的寒冷感觉。而这千丈寒藤所缠绕的岩石，竟是“崩石”。“崩”字是动词，作形容词用，形容岩石悬危、即将崩塌，使人惊心骇目。在这一联诗中，“搜”、“崩”二字，确实新奇、贴切、有力，使景物意象的运动感强烈地凸现纸上，显示出黄庭坚烹炼字句的独创性，也是宋代诗人追求“健字撑拄”的突出一例。

云黄觉日瘦，
木落知风饕

这是黄庭坚的五言古诗《劳坑入前城》中的一联。诗与前一首作于同时。劳坑，山乡地名。诗写山乡农民贫穷无钱，宁愿淡食，也不买官府高价推销的食盐。诗的前六句:“刀坑石如刀，劳坑人马劳。窈窕篁竹阴，是常主逋逃。白狐跳梁去，豪猪森怒嗥。”诗人在写景中极力渲染山乡僻远荒凉、野兽出没、阴森可怖的环境气氛。接下去这一联，是全诗写景最精彩的两笔。上句说，诗人看到深山里云雾昏黄阴暗，他感觉到连山中的太阳也仿佛变“瘦”了。下句说，山中树木落叶萧萧而下，使他知道山区风势凶猛，如同张开大口要吞噬一切的恶兽。“云黄”、“日瘦”并非黄庭坚自创。语出唐人高适《别董大》的“千里黄云白日曛”和杜甫《无家别》的“日瘦气惨凄”；“风饕”也取自韩愈《祭河南张员外文》“岁弊寒凶，雪虐风饕”。风饕，形容风势猛烈。黄庭坚分别用“觉”、“知”二字，将“云黄”与“日瘦”、“木落”与“风饕”组合起来，使本来极平常的云、日、木、风这四个意象在互相映衬中声色、形状、动态、神情一齐活现纸上，构成全新的意境氛围，产生一种令人震撼的艺术效果。这黄瘦的云日，仿佛是诗人暗喻那些饥寒交迫、面黄肌瘦的山民；这饕餮的狂风，也好像是诗人影射残酷搜刮百姓的苛政。“瘦”、“饕”二字，正是黄庭坚苦心烹炼出的一对诗眼。

健字撑拄　活字斡旋（下）

宋人罗大经在《鹤林玉露》甲编卷六《诗用字》中总结古代诗人炼字经验说："作诗要健字撑拄，要活字斡旋。"我们已介绍了"健字撑拄"。这里再说"活字斡旋"。"活字"，指句中转折斡旋之字，即那些并非标示物象、动作或性质的虚词，如副词、连词、介词等等。它们在诗句中有时直接联系名词意象，有时与"健字"动词配合，贯穿诗的意脉，或使句中堆积的实字变得含蓄空灵，或使死板的句子顿时活跃飞腾，往往还能传达出复杂微妙的情感和曲折丰富的意义。它们与动词一样，有可能成为句中之眼，在意境创造上发挥与"健字撑拄"不同的作用。

平畴交远风，良苗亦怀新

这是东晋诗人陶渊明的《癸卯岁始春怀古田舍二首》（其二）中的一联。癸卯岁，即晋安帝元兴二年（403），时渊明 39 岁，闲居在家。怀古田舍，意为在田舍怀古。诗中写诗人在春耕开始时对古人的怀想，在怀想中抒发隐居躬耕的乐趣。这一联描写田园风光。十个字，活画出一幅清新秀丽、生意盎然的平畴春稼图。诗人对天时、物理观察得十分准确细致，捕捉住禾苗在春风中返青孕芽时的色彩和情态。看，远来的和风吹掠过平旷的田野，一片新绿的禾苗在风中飘拂起舞。诗人并没有用一个色彩字眼，但画面上色彩鲜明，静中见动，境界平远，给人以很美的感受。这十个字，字字精妙。清人温汝能说："'交'字活，妙。下句'亦'字亦活，传神在此二字。"（《陶诗汇评》卷三）所谓"活"，就是说含意灵活、丰富。"交"字是动词，有交叉、交错、交流、交通、交加等含义。诗人用这一个"交"字，传写出春风的柔和、舒缓、绵长，它们从远处一阵阵吹来，毫不间断，而且互相交流汇合。而这种种状态，只有在广阔的"平畴"上才有可能产生。可见，"交"字把"平畴"和"远风"这两个景物意象美妙地结合起来了。"交"字还有"送交"、"结交"的意思。可以理解为自然造化给平畴送来了清风，也可以想象是平畴结交了远风，彼此情投意合。"交"字，正是宋人罗大经所说的“撑拄”全句的“健字”。“亦”字是虚词，为什么温汝能也说它“亦活”、“传神”呢？因为它不仅灵活地勾连了上下句意，而且它同“怀新”二字搭配，赋予禾苗性灵，使它人格化。它的言外之意是说：不仅禾苗，还有花草树木，人与鸟兽，都在这新春里生机蓬勃。诗人说“良苗亦怀新”，其实也就暗示诗人自我先已怀新。这平畴上吹拂交汇的和风，这风中起伏荡漾的禾苗，不正是诗人对新春的喜悦和对丰年的希望的传神写照吗？只有对耕稼生活十分热爱并且有了深切体会的人，才能将禾苗写得这样活泼、美妙、可爱。所以“亦”这一个似乎平淡的虚词，却使诗人与禾苗的怀新情态达到了水乳交融、天然凑泊的境地。这与全诗的首联“先师有遗训，忧道不忧贫”与第五联“虽未量岁功，即事多所欣”的意境是一脉相承的。

入天犹石色，穿水忽云根

这是杜甫的五律《瞿塘两崖》的颔联。诗当是大历元年（766）冬在夔州作。全篇咏叹瞿塘峡山高水深，奇壮险峻，隐含着诗人对军阀割据、朝廷危殆的忧虑。首句“三峡传何处”，说三峡传名古远；次句“双崖壮此门”，写瞿塘峡状如天门的两崖气势雄壮。三、四句意正如前人所说：“崖入天而青同一色，崖穿水而下至云根，乃状其势之高深。”（《杜诗详注》卷十八引）“云根”，古人传说云触石而出，故以云根为石。诗人用“入”、“穿”两个动词描状瞿塘两崖上耸云空、下插江底的高深陡峭气势，使画面充满动感，又用“犹”、“忽”两个虚词，在句中转折斡旋，按照抒写情思感觉的需要，把天空、石色、江涛、云根这几个意象联系起来。细细品味“犹”、“忽”二字，尽管它们本身并未直接表现两崖的形状、气势、动态等审美特征，却传达出诗人强烈的赞叹，惊奇的感情。“犹”字，使我们感觉到诗人赞叹天空崖石千秋万古，无论阴晴旦夕，总是呈现着同一的颜色，赞叹两崖永恒的雄壮气势；“忽”字，将“永恒”突然转到“瞬间”，表现出诗人俯视崖脚波涛翻滚、云雾弥漫时产生的惊奇感，化上句的静穆为飞动变幻，其传情表意的功能，显然不是动词或形容词所能替代的。宋人范晞文深知这联诗用虚字之妙。他说：“虚活字极难下，虚死字尤不易，盖虽是死字，欲使之活，此所以为难。老杜‘古墙犹竹色，虚阁自松声’及‘江山有巴蜀，栋宇自齐梁’，人到于今诵之。予近读其《瞿塘两崖》诗云：‘入天犹石色，穿水忽云根。’‘犹’、‘忽’二字如浮云著风，闪烁无定，谁能迹其妙处？”（《对床夜语》卷二）

映阶碧草自春色，
隔叶黄鹂空好音

这是杜甫的七律《蜀相》的颔联。诗作于上元元年（760）春，杜甫居成都草堂。蜀相，指诸葛亮。公元221年，蜀主刘备以诸葛亮为丞相。诗中写游武侯祠的见闻感受，对诸葛亮一生的丰功伟绩和“鞠躬尽瘁、死而后已”的精神表达了崇敬深情。首联：“丞相祠堂何处寻？锦官城外柏森森。”用自问自答句式，点明丞相祠堂的所在地，并以翠柏森森之景，表达诗人与历代人民对诸葛亮的无限爱戴、追慕、崇仰之情。颔联描写祠堂内的景物：映带在台阶两边的芳草一片碧绿，黄莺儿藏在森森的柏叶之中婉啭啼鸣。这两句一绘色一绘声，把祠堂的春色写得十分美好迷人。但如果句中没有“自”、“空”两个虚词，那么诗人只是客观地表现出生机盎然的春景，充其量景中流露出赏爱春天之情，诗句的情感意蕴是浅薄的。诗人加进了这两个虚字，并使它们互文对举，眼前的美好春色就起到了反衬作用，反衬岁月流逝、历史沧桑与祠堂的肃穆幽静，更反衬诗人对诸葛亮的无限惋惜、怀念、追慕、敬仰之情，其中还包蕴着诗人对国事的忧虑，对当世良相之材的期盼。正是庭草自春，哲人已逝；新莺空啭，祇益伤情，无穷感慨借助这一对诗眼凝聚于字里行间。历代许多唐诗的选评本都对这一联诗用活字斡旋、虚字传情给予很高评价。例如，《唐诗选脉会通评林》说：“次联只用一‘自’字与‘空’字，有无限感怆之意。”《杜诗解》说：“三、四，碧草春色，黄鹂好音，入一‘自’字、‘空’字，便凄清之极。”《闻鹤轩初盛唐近体读本》

评云："三、四写祠堂物色，只着'自'、'空'二字眼于中，便已悲凉欲绝，而肃穆深沉之象，更与荒芜零落者不同。"

名岂文章著，
官应老病休

这是杜甫的五律《旅夜书怀》的颈联。诗作于永泰元年（765）杜甫乘舟东下途经渝州、忠州一带时。全篇描绘旅夜所见江上景色，抒发人生失意漂泊无依的感伤。诗的颔联"星垂平野阔，月涌大江流"写景雄浑阔大，又借壮丽景色反衬自己暮年漂泊的孤寂凄苦境况，历来为人所称道，成为千古名句。颈联即景自况直抒悲怀，字面意思说：我有点名声，哪里是因为文章好呢？如今又老又病，真应该休官了。诗人以"岂"、"休"两个虚词，写出了一个反诘句与一个感叹句。上句的反诘，意在申辩他的志向是匡时经国，并非是要靠舞文弄墨赢得名声；下句字面上说他老病应休官，骨子里是倾吐出他因上疏营救房琯触怒肃宗而被罢官的牢骚愤懑。诗句中暗含复杂深微的思想感情，借"岂"、"应"二字透露出来。因此，宋人罗大经《鹤林玉露》卷六说这两字是"活字斡旋"，就像车轮的轴一样使诗意流动而含蓄。沈德潜《唐诗别裁》也说："胸怀经济，故云，名岂以文章而著；官以论事罢，而云，老病应休。立言之妙如此。"

世上岂无千里马，人中难得九方皋

这是黄庭坚的七律《过平舆，怀李子先，时在并州》的颈联。熙宁四年（1071）秋，庭坚在叶县（今属河南）尉任上，因事经过平舆（今属河南），想念起远在并州（今山西太原）的同乡好友李子先，写了这首诗。诗中抒发了怀才不遇的牢骚，劝李子先一道挂冠回乡。诗的前二联："前日幽人佐吏曹，我行堤草认青袍。心随汝水春波动，兴与并门夜月高。"诗人说，前日，品质高洁的子先兄您被派做吏曹的小官；如今我在途中，见到堤上青草跟您的青袍颜色一样。我的心情，随着汝水的春波而动荡；您的兴致，也许跟并州城门上升起的夜月那样增高了吧？这四句把朋友两地相思之情细致地刻画出来。融景入情，情意深切。颈联用了两个典故。"九方皋"，古代善相马者，典出《列子·说符》。又兼用韩愈《杂说》："世有伯乐，然后有千里马。千里马常有，而伯乐不常有。呜呼！其真无马耶？其真不知马也。"意思是：世界上难道没有千里马吗？只不过是在人群中难找到九方皋罢了！这联诗巧妙地提炼典故的字面构成对仗，对得十分工整，可谓铢两悉称，但意脉流动，毫不呆板。其奥妙在"岂无"、"难得"四字。这是副词与动词合成的词。"岂无"使上句成了设问句，"难得"使下句成了应答句。自问自答，上下句对偶，句意却单行直下，贯成一气，成为灵动自然的“流水对”。诗人的牢骚感慨之情，也借助这四个字的呼应自然流露出来。据《潜夫诗话》载，山谷教人写诗，曾举出这一联说：“此可为律诗之法。”他所说的“法”，不仅指对仗、用典之法，而且也包括活字斡旋之法。

使知临难日，犹有不欺臣

这是南宋诗人陈与义的五律《刘大资挽词二首》（其二）的颔联。刘大资，名韐。靖康二年（1127），金兵攻破汴京，刘韐被派出使金营，金人想逼迫他留下做官，刘不从自尽。后来南宋朝廷为了表彰他的忠节，追赠他为“资政殿大学士”，所以诗人尊称他为“大资”。这两首诗作于绍兴四年（1134）前后。陈与义之所以在刘韐尽节七年之后作诗追挽，并不仅是悼怀先烈，而是借此抨击南宋朝廷中那班觍颜事敌之辈。据史书记载，刘韐尽节之后，连金人也感叹：“忠臣也！”所以诗的前四句说：“一死公余事，由来虏亦人。使知临难日，犹有不欺臣。”意思是：刘韐决心尽忠报国，早已将死生置之度外，所以在他看来，以身殉国只是一件寻常的事情。金人毕竟也是人，刘韐的英勇行为会使他们明白，即使在大难降临之时，还是有坚守节义不能欺辱的忠臣烈士的！这四句都是议论，我们读时不仅感到议论严正精警，而且感到感情充沛，激荡人心。

其中，“使知”、“犹有”这四个字起了有力的作用：它们把四句诗紧密地联系起来，使二十个字直贯如下，很有气势。诗人深沉的感慨，借助它们的语调、口吻表露出来，使读者感受到诗人为汉民族有这样坚贞不屈的义士而自豪，又为眼下无人继承其节义而扼腕悲愤。如果没有“使知”、“犹有”四字，就不可能传达出如此复杂的感情与丰富的意蕴。所以宋末元初的诗评家方回说:“诗家不专用实句实字，而或以虚为句，句之中以虚字为工，天下之至难也。……简斋曰:‘使知临难日，犹有不欺臣。’‘使知’、‘犹有’四字是工处。”(《瀛奎律髓》卷四十三)

提炼动词　点亮诗眼

中国古典诗歌很讲究"炼字"与"炼句"。而诗人们在诗句中"炼字"，又特别重视动词的推敲、锤炼。即使是名词与形容词，也常常把它们当作动词来用，使诗的意象化静为动或化美为媚，或由轻微、缓慢之动化为跃动与飞动。动则活，动则灵，动则出神。这些经过诗人精心锤炼的具象动词，宛若一只只美妙的眼睛，秋波流慧或神光四射，有勾魂夺魄之妙。

蔼蔼堂前林，中夏贮清阴

这是陶渊明的《和郭主簿》二首（其一）的开篇二句。全篇描绘田园环境之美和村居生活之乐。起笔这一联写堂前林木茂盛，尤其在仲夏，林下积满清阴。"蔼蔼"这个叠字形容词描状夏天林木葱茏茂密，不仅曲尽情态，而且透露出一种欣欣生意和喜悦情怀，一下子就给人以无比清幽凉爽之感。动词“贮”字更妙。诗人用这个平常的字来表现林荫的深浓。于是看得见却摸不着的林荫，便成了晃漾于树林下的一泓清泉，伸手可掬，凉意沁肤；又仿佛是“堂前林”在盛夏里特意为诗人解暑送凉而贮存的。它使诗句在平淡中有醇味，朴素中见奇趣。这是诗人以意体物、融情入物的神来之笔！显然，这个“贮”字经过诗人的精心锤炼，却如“大匠运斤，无斧凿痕”，达到了“质而实绮，癯而实腴”（苏轼评陶诗语）的“化工”境界。

薄云岩际宿，孤月浪中翻

这是杜甫的五律《宿江边阁》的颔联。诗是大历元年（766）秋杜甫寓居长江边的夔州西阁期间作的。全篇描写他长夜不眠时的见闻，抒发关心时事、忧国忧民的情怀。此联写他在西阁中起坐眺望所见夜景。清人仇兆鳌解释说:“云过山头，停岩似宿；月浮水面，浪动若翻。”颇确切。这两句诗是由南朝梁代何逊《入西塞示南府同僚》的“薄云岩际出，残月波中上”（原作“初月”，误，应为“残月”）改动而成的。何诗写的是西塞山前薄明时分的景色：白云从山岩间蒸腾而出，残月随波涛而上下摇荡。杜诗写的是夔州附近瞿塘峡上的入夜景致：夔州群山万壑，连绵不绝，飞云在绝壁险峡中簇拥会聚，在昏暗的夜色中，就像留宿在那里似的。杜甫把何诗中的“出”字改为

“宿”字，就显得极稳贴。“宿”字移情于景，将“薄云”拟人化，以云之栖宿暗示自己在西阁的寄宿，使诗句增添了情味。夔州一带江流波腾浪涌，盘涡毂转，不像在西塞山那里江面较宽，大江一泻千里。因此，杜甫用“翻”字代替“上”字，表现出孤月在浪涛中不停翻滚的险恶动态，也隐隐象征着对时局的忧虑。显然，杜甫从眼前的景象出发，为了传达出自己的独特感受，巧妙地利用前人现成诗句，并对句中动词再次提炼，使之加强了动感和情味。仇兆鳌评论说:“此用前人成句，只转换一二字间，便觉点睛欲飞。”“点睛欲飞”四字，正是杜甫提炼动词使诗的意象鲜活飞动的生动概括。

四更山吐月，
残夜水明楼

这是杜甫大历元年（766）在西阁作的五律《月》的首联，写秋夜将尽的景色。时已四更，只见江岸的两座山峰之间，斜挂着一弯冷月。在诗人看来，好像是从山嘴中吐出来似的；夜将残，月亮照在江水中，一片白光映射在江边的阁楼上，显得格外明亮。“吐”字和“明”字这两个动词下得新奇、警拔，成为这一联诗的一双“诗眼”，使全诗熠熠生辉。南齐诗人吴均《登寿阳八公山诗》中，有“疏峰时吐月，密树不开天”一联。杜甫的“吐月”显然来自吴均诗。但因吴诗下句较弱，全篇也不精彩，故而句中的“吐月”并未引人注意。“明”字本来是表示光亮的形容词，杜甫却使它兼摄了动词的作用，使得楼台在月光水波的反射之下，富于动态之美，如同一座光华四射的琼阁。上句与下句诗意连贯，互相映发，成为“写景精切”（黄生评语）的佳联。杜诗的这个“吐”字，启发了后代许多诗人的灵心妙思。南宋陈与义有“十月江湖吐乱洲”（《巴丘书事》），清代查慎行有“隔水帘栊渐吐灯”（《移居道院纳凉》）、郑燮有“夕阳开一半，吐出望江楼”（《江楼》）等句，都借助这一个“吐”字化静为动，创造出新奇而各自不同的意境。

群山万壑赴荆门，生长明妃尚有村

这是杜甫大历元年（766）在夔州写的一组七律《咏怀古迹五首》第三首的首联。此诗借咏昭君村，赞叹昭君远嫁异域与其对祖国的怀念，寄托自己的身世家国深情。杜甫站在夔州白帝城高处，东望三峡东口外的荆门山及其附近的昭君村。两地远隔数百里，本来是望不到的，但他发挥“视通万里”的想象力，构想出群山万壑随着险急的江流，奔赴荆门的雄奇壮丽图景，作为本诗的首句。这个起句气势不凡。群山万壑固然景象雄伟，倘若诗人作静态描写，那就缺乏生气。因此，这一句妙在动词“赴”字，它使静穆的群山万壑动起来，犹如万马扬鬃奋蹄争先恐后，驰赴荆门。为什么要奔向荆门？因为“生长明妃尚有村”——在荆门附近归州东北四十里的香溪，是昭君生长的乡村啊！群山是为凭吊缅怀明妃而去的。清人吴瞻泰《杜诗提要》评这两句说：“发端突兀，是七律中第一等起句，谓山水逶迤，钟灵毓秀，始产一明妃。说得窈窕红颜，惊天动地。”他精辟地指出杜诗起句描绘出高山大川与江流竞驰的雄伟气象，正是要把这位身行万里、心系故国、冢留千秋的“窈窕红颜”写得惊天动地。而起句之所以有笼盖全篇的壮丽气象，正得力于作为诗眼的动词“赴”字使群山万壑化静为动的奇妙运用。

孤篷寒上月，微浪稳移星

这是清末诗人陈三立的五律《夜舟泊吴城》的颔联。光绪二十七年（1901）二月，诗人离开金陵，回南昌西山祭扫父墓，舟行夜泊于鄱阳湖畔的吴城（镇名，今江西永修县内）。全篇写湖上夜景，抒忧国之思、失意之慨。首联：“夜气冥冥白，烟丝窈窈青。”写自己所乘的小舟渐入港口，望湖岸吴城，夜雾迷茫，在昏暗中流泻着乳白色；炊烟如丝，却又因夜气映衬，变幻成了青色，袅袅升腾于水雾的深处。这一联已显示出诗人对景物观察细致、描写精确，长于表现光色变幻的动态。颔联上句，本应是“寒月上孤篷”，诗人却有意运用倒装句法，写成

“孤篷寒上月”。这一来，把“孤”、“寒”突出在前，强调自己心中孤单、凄寒的感受，形容词“寒”字便化作了动词，于是一种奇特的意境情思便产生了:“寒”本应是月寒，此刻竟是孤篷把冷意带给了挂在其上之月，亦即是说，诗人将自身的寒意移注给月亮了。下句说，微微细浪，在有节奏地稳稳起伏，仍然使得倒映于水中的繁星为之迁移不定。“微”、“稳”、“移”三字，或是形容词，或是动词，都细致入微地写出了动态景象，诗人用得如此妥帖精妙，令人折服。

此诗颈联上句“灯火喧渔港”的“喧”字，用得也奇妙。“灯火”有光色而无声响，本无所谓“喧”，但这“喧”字置于“灯火”与“渔港”之间，使读者感觉渔港之夜仿佛是繁密明亮的灯火喧闹起来的。诗人用表示听觉的动词“喧”来描状视觉意象“灯火”，妙用了通感手法，寻常之景，顿时显得新鲜神奇，从而传达出自己独到的感受。陈三立的诗多以新奇独创的意象和意境使人耳目耸动，此诗亦是一例。

改变词性　诗眼新警

中国古代诗人很重视炼字，炼字主要是锤炼诗句中特别关键的字眼，使“句中有眼”，神光四射，精彩百倍。而炼字除了选用工稳而新警的字眼外，还往往活用词语，改变词性，或把名词用作动词，或把形容词用作动词、名词，或把内动词变作外动词等。其中，用得最多最精彩的是把形容词作动词。这样，既保留形容词状物光色形貌的特性，又发挥动词表现动作生动活泼的长处，使诗句凝练新警，含蕴丰富，别有韵味。

有风自南，翼彼新苗

这是陶渊明的四言诗《时运》（其一）的尾联。开篇四句:“迈迈时运，穆穆良朝。袭我春服，薄言东郊。”叙写时光在不停地运转，在一个温熙宁静的春日里，诗人高高兴兴地换上了轻薄的春装，悠然自得地到东郊漫步、游览。五、六句:“山涤余霭，宇暧微霄。”写他在郊外所见的景色：山峰涤除了残存的雾气，露出苍翠秀丽的面貌；但天空中还轻笼着一抹若有若无的淡淡云气，显得格外高远缥缈。这一联写远景，虽有动态，却给人宁静的感觉。最后两句写田野风物，是近景，作动态的描绘：阵阵和畅的南风吹过来，披拂着田野上大片正在抽发的绿色新苗，它们欢欣鼓舞，好像鸟儿扇动着翅膀一样。这个“翼”字，本来是名词，即鸟儿的翅膀，但诗人却用作动词，用得非常新鲜、生动、奇妙。它是写风的动势，还是描状新苗姿态呢？对此，有不同的理解。清人陶澍引王棠语云:“新苗因风而舞，若羽翼之状。”（《靖节先生集》卷一）今人王孟白说：“指风之动作，非指新苗姿态。此二句应释为，南风吹拂，有如鸟翼之爱抚新苗。”（《陶渊明诗文校笺》，黑龙江人民出版社 1985 年版，第 7 页）其实这两种解释都可以。不管作哪一种解释，诗句所展现的意象和境界都是很美的。诗人独具匠心地把名词“翼”字作动词用，生动地描绘出南风或新苗的形象和神态，使人感受到它们富有感情和灵性，充满了勃勃生机，从而也就表现出诗人欣悦春天、喜爱田园的性情。所以清人沈德潜说:“翼字写出性情。”（《古诗源》卷八）有了这个妙绝千古的“翼”字，诗人的欢欣之情，也就宛若鸟儿的羽翼从纸面上扑腾飞起了。

白日丽飞甍，参差皆可见

这是南齐诗人谢朓的《晚登三山还望京邑》诗中的一联。诗作于建武二年（495）谢朓出为宣城（今属安徽）太守时。三山，当是谢朓从京城建康（今南京市）到宣城的必经之地，因上有三峰、南北相接而得名，位于建康西南长江南岸。此诗开头“灞涘望长安，河阳视京县”，借用建安诗人王粲《七哀诗》“南登霸陵岸，回首望长安”句意，写他沿江而上，傍晚时登上江岸的三山回望建康的情景。而“河阳视京县”句又借用西晋诗人潘岳《河阳诗》“引领望京室”句，暗示自己此去宣城为郡守，遥望京邑建康，正如潘岳当年在河阳为县令，遥望京城洛阳一样。接下去就是“白日丽飞甍，参差皆可见”这一联，写他站在三山上，远远回望，但见皇宫和贵族的宫殿楼阁飞耸的屋檐鳞次栉比，高低不齐，又错落有致，在夕阳光的照射下清晰可见。诗人用十个字，便写尽京都的繁华景象和壮丽气派。句中“丽”字，意为明丽，是形容词，但在这里却用作动词，描绘日光照射京城宫阙的情状、动态。这个字是全联的点睛之笔，用得实在精彩。它作为动词连结着“白日”和“飞甍”两个意象，于是满城密集参差的飞甍在落日中放射出明丽辉煌光彩的景象，便鲜明夺目地呈现在读者的眼前。我们惊叹诗人真是把“丽”字用活了。谢朓很喜欢“丽”字用作动词，又如“春城丽白日”（《和江丞北戍琅玡城》）一句，在“春城”与“白日”这两个平淡的意象之间，诗人着一“丽”字，春城明媚景象全出，而白日则更显得光彩绚烂夺目。倘若改易为“春城白日丽”，就逊色多了。由此可见，巧妙地将形容词用作动词，有助于更紧密地表现景物意象之间的关系，使所写景色境界更生动、活跃、鲜明。

心犹未死杯中物，春不能朱镜里颜

这是黄庭坚的七律《次韵柳通叟寄王文通》的颈联。诗作于元祐二年（1087），柳通叟、王文通，二人事迹不详，当为怀才不遇之士。诗中描绘王文通贫贱自守、兀傲奇崛、放旷不羁、愤世嫉俗的形象，对他的坎坷不遇倾注了愤懑不平之情。这一联写王文通豪兴犹在，盛年不再。上句说，他对于杯中之物即酒的喜爱之心犹未死，意思是说他饮酒的豪兴并未衰减；下句说，他揽镜自照，感叹春天能使万物复苏，却不能恢复他青春的红颜，意思是说他盛年不再，容貌衰老。诗意虽平常，但炼字造句却十分新警奇崛。“死”字，本为内动词，诗人却偏作外动词用，把“杯中物”作为其动作的对象；“朱”，是形容词，诗人竟用作使动词，使脸色红润。这两个词被诗人改变词性，灵活运用，用得新警奇峭而又妥帖生动，使诗句有一种独特的韵味。由于这两个词都被置于诗句的中间，便使这两句诗变成以不合正常节奏的散文句式构成对偶，成为“心——犹未死——杯中物，春——不能朱——镜里颜”的“一——三——三”节奏，读来拗崛顿挫，加之上下句意一扬一抑，转折跌宕，便从词意、音节两方面传达出貌似豪放旷达、实为牢骚不平的情怀，显示了人物独特的精神风貌。“死”和“朱”这种用法，确是黄庭坚这位江西诗派开创者的戛戛独造。

姮娥携青女，一笑粲万瓦

这是黄庭坚的五古《秘书省冬夜宿直，寄怀李德素》诗中的一联。诗作于元祐三年（1088），诗人在朝廷史局任职。冬夜，他在秘书省值夜，想念起母家的一位亲戚李亲，写了这首诗。李亲字德素，是个超尘出俗、与世不谐的书生，隐居在安徽桐城县北的龙眠山。庭坚很敬重他，并结为亲家。诗中抒写了对这位友人的赞美和怀念之情。这一联写诗人在梦中被寒气冻醒，步出房门所见，写的是冬夜霜天中清寒明亮的月色。诗人展开神奇的想象，说他仿佛看见美丽的姮娥携同青女，在天上粲然一笑，顿时月中霜里万家的屋瓦都明亮了。姮娥，即月中的女神嫦娥。青女，司霜雪的女神。这一联的诗眼是“粲”字。粲，笑貌，也兼有白亮之意，是形容词。诗人却用作动词，置于姮娥与青女的“一笑”之后，用以描状她们的笑容照亮了万千屋瓦。这里兼用了“粲”字的两个含义，承上接下，不仅使句子紧凑洗炼，而且更使诗的意象、画面显得异常生动、活泼、新鲜、神奇，令人想象这姮娥青女的明眸皓齿、容貌笑靥多么美！这霜天月色多么明亮夺目！唐代李商隐有“青女素娥俱耐冷，月中霜里斗婵娟”（《霜月》）之句，把霜月交辉之美景想象为青女素娥在竞妍斗美，意境瑰奇又生趣盎然。黄庭坚借鉴了李商隐的这一想象，却别出心裁，用她们“一笑”来形容，又提炼出一个“粲”字作动词用，可以说在化用中有创新，而且诗句更凝练、浓缩。

云日明松雪，溪山进晚风

这是宋代诗人陈师道的五律《雪后黄楼寄负山居士》的颔联。元丰年间苏轼在徐州知州任上，建楼于城东门上，称为黄楼。陈师道于元祐三年（1088），即任徐州教授的次年，登楼作此诗。负山居士为师道友人张仲连的别号，故此诗是登高寄友之作，前六句都写登高所见。首联“林庐烟不起，城郭岁将穷”，写林中屋舍已无炊烟升起，已是薄暮时分，加上城楼上白雪堆积，预示一年将尽。颔联描绘楼头远眺所见雪景：日光透过薄薄的云层，映照着松枝上的积雪，显得格外明亮；溪水流过的山间吹进晚风，又带来阵阵寒意。这联诗一字一意，意象密集，文字极精练。出句中的“日”，是“云日”，即雪后薄云遮掩之日；“雪”是“松雪”，是挂在松树枝头之雪。诗人用一个形容词作动词用的“明”字，把“云”、“日”、“松”、“雪”四个意象连结起来，既表现了日光照射松雪的动态，又描绘出青白交映的松雪在阳光下明亮耀目的光色。唐代大诗人王维《新晴野望》有“白水明田外”之句，以“明”字表现田野外面银白色河水波光粼粼闪动的动态、色彩与亮度，写得自然流畅，景物又有远近的层次感；陈师道这一个“明”字用法与王维相同，但诗句更凝练，表现的景物也更丰富。此“明”字与对句中的动词“进”字相配合，使全联皆活，令人如见松雪光色，如闻溪山风声。故而元人方回《瀛奎律髓》称赞：“‘明’字、‘进’字皆诗眼。”

省略虚词的“实装句”

我在前面的《健字撑拄，活字斡旋》中说过，古代诗人善于灵活运用那些并非标示物象、动作或性质的虚词，如副词、连词、介词等，在诗句中转折斡旋，传达出复杂微妙的情感和曲折丰富的意义。然而文学艺术的创造总是充满辩证法的。古代诗人也注意利用汉字“六书”中的象形原则和一字一意的特色，发挥汉语语法松散灵活的特长。他们在组词成句之时，也有意省略关系词和连接词，甚至不用动词，而将实体性具象性的名词直接组合在一起，使句中意象密集，意象之间留有极大的空白与跳跃，从而更增加了语言的张力和弹性，在省略压缩的名词片语中表达出丰富的诗意。明代李东阳《麓堂诗话》认为，这种诗句是“不用一二闲字，止提掇出紧关物色字样，而音韵铿锵，意象具足”；清代黄生说是“不用虚词，谓之实装句”（《杜诗详注》，《夜雨更题》诗注引）；方东树《昭昧詹言》概括为“语不接而意接”。这种不用虚词的实装句，最为人熟知的是“鸡声茅店月，人迹板桥霜”（温庭筠《商山早行》）和“枯藤老树昏鸦，小桥流水人家，古道西风瘦马”（马致远《天净沙·秋思》），以及我们曾经赏析过的“桃李春风一杯酒，江湖夜雨十年灯”（黄庭坚《寄黄几复》）。这里再采撷数例，与大家一起欣赏。

风尘三尺剑，社稷一戎衣

唐肃宗至德二载（757）十一月，杜甫携家属从鄜州（今陕西富县）的羌村返长安，途中再次经过昭陵（在今陕西礼泉），写了五言排律《重经昭陵》，以精练的语言概括唐太宗创业与守业的丰功伟绩，表达对一代英主的怀念之情。首联“草昧英雄起，讴歌历数归”，说隋末时局混乱黑暗，英雄豪杰揭竿而起，上天最后把治国安民的重任归于李唐王朝。句中“草昧”，本指天地初开时的混乱状态，这里指混乱的时世。“历数”，指古代帝王代天理民的顺序，即朝代的更替。次联“风尘三尺剑，社稷一戎衣”说，太宗手持三尺宝剑，在战争的风尘中冲杀，着一身戎装，开创了国家的基业。这一联化用了北周著名诗人庾信《周祀宗庙歌》中的“终封三尺剑，长卷一戎衣”，却以“风尘”、“社稷”两个名词意象替换了庾信原句中的动词“终封”、“长卷”，成为两个名词词组。“风尘”、“社稷”分别与“三尺剑”、“一戎衣”组接，不用动词，却使人想象唐太宗戎马倥偬、削平群雄、取得江山社稷的征战经历，想象他雄才大略英气勃勃的形象，还使人从中领悟到武装夺取天下仍须以武力保卫的思想哲理，诗的意蕴比庾信的原句深广，诗的语言更凝练、警拔、有力。杜甫的点化可谓壮丽生色。清代卢麰、王溥选辑《闻鹤轩初盛唐近体读本》评赞此联“工警”。

水落鱼龙夜，山空鸟鼠秋

这是乾元二年（759）秋杜甫在秦州（今甘肃天水）写的五律《秦州杂诗二十首》（其一）的颈联。全篇是：“满目悲生事，因人作远游。迟回度陇怯，浩荡及关愁。水落鱼龙夜，山空鸟鼠秋。西征问烽火，心折此淹留。”写他弃官从华州到秦州的原因、旅途境况和内心的悲愁。这一联中，“鱼龙”，川名；“鸟鼠”，山名，它们都在秦州附近。诗人看见和感受到，秦州的秋夜里，鱼龙川水浅落了，鸟鼠山一片凄清空寂。这十个字中，有动词“落”和形容词“空”，分别描状水和山。“水落”与“鱼龙夜”、“山空”与“鸟鼠秋”并列。一贯善于运用活字斡旋诗意的杜甫，在这一联诗中没有用一个虚词，而是把十个实词拼接成两个似不成句的名词词组，并使它们上下对仗。然而正是由于这两个名词词组的八个意象之间笔断意连，使诗句具有强大的张力和弹性，给欣赏者留出了广阔的想象空间。我们可以把这十个字打乱重建，变成“夜水落鱼龙，秋山空鸟鼠”、“鱼龙夜水落，鸟鼠秋山空”、“落水夜鱼龙，空山秋鸟鼠”等。这一联更妙的是“鱼龙”和“鸟鼠”的灵活运用。明代王嗣奭《杜臆》说：“‘鱼龙’、‘鸟鼠’固属地名，而借为景物之用，不即不离，妙不容言，真化工笔也。”清代黄生说：“五六本以鱼龙水、鸟鼠山，叙所经之地，乃拆而用之，则鱼龙鸟鼠皆成活物，益见造句之妙。”何焯《义门读书记》进而揭示杜甫活用此四字深化了诗意：“茫茫奔窜，如鱼龙之失所；碌碌因人，等鸟鼠之同穴，借山川点化。”当代香港学者黄国彬在《中国三大诗人新论》中分析“山空”句说：“五个字进入读者的思维，会同时引发下列的意念或联想：山空，鸟鼠，秋，鸟鼠秋，秋鼠，秋山（山秋）秋空（空秋），在读者的脑中交叠成一组难以分析的印象或感觉，已经有同时呈现的效果了。……在杜诗的句法中，读者的想象可以自由舒展。……杜诗许多诡秘繁复得难以分析的句子，都像‘山空鸟鼠秋’一样，把汉语句法的特色发挥净尽。”（转引自李元洛《诗美学》，江苏文艺出版社 1987 年版，第 494—495 页）见解颇精为精妙。

江海三年客，乾坤百战场

这是李商隐的五律《夜饮》的颈联，作于大中七年（853）诗人在梓州（今四川三台）幕府期间。诗云：“卜夜容衰鬓，开筵属异方。烛分歌扇泪，雨送酒船香。江海三年客，乾坤百战场。谁能辞酩酊，淹卧剧清漳？”全篇抒写他在异方夜饮中所感发的沉沦漂泊萧瑟悲凉意绪。颈联中，“江海”，犹“江湖”，泛指与朝廷相对的外地异方。“三年客”，作者自大中五年赴东川幕，到这时已三年。这两句说，我漂泊江湖，又在异方做了三年幕客；乾坤天下，烽烟不息，干戈遍地，好像摆开了上百个战场。十个字，八个是名词，二个是数词。诗人将“江海”与“三年客”、“乾坤”与“百战场”并置，与杜甫的“风尘三尺剑，社稷一戎衣”相似，都是无谓语的名词词组。但这两个对仗的“实装句”却高度凝练地表现出诗人对艰难时势和自己的漂泊身世的深沉感喟。境界阔大，感情沉郁，句格浑成，引人想象，深得杜甫律诗神味。清代纪昀评此联“沉雄”、“高壮”，“使通篇气力完足”（《玉溪生诗说》、

《李义山诗集辑评》)，是很有眼力的。

楼船夜雪瓜洲渡，铁马秋风大散关

这是陆游的七律名篇《书愤》的颔联。诗作于淳熙十三年（1186）春，陆游被罢官闲居故乡山阴时。全篇是:“早岁那知世事艰，中原北望气如山。楼船夜雪瓜洲渡，铁马秋风大散关。塞上长城空自许，镜中衰鬓已先斑。出师一表真名世，千载谁堪伯仲间!”诗中抒发报国无门、衰鬓先斑的悲愤，结尾以诸葛亮坚持北伐的精神激励自己的壮志。首联直抒早年立志抗金救国的如山豪气。颔联回忆壮年在镇江和南郑前线的战斗经历。隆兴元年（1163），陆游 39 岁，在镇江府任通判。当时，主张抗金的张浚以右丞相都督江淮诸路军马，战舰横江，往来于建康、镇江之间。瓜洲渡，在镇江对岸的长江边上。陆游积极参与了当时的军事行动。乾道八年（1172），陆游 48 岁，在南郑任王炎幕僚，曾亲临大散关抗金前线。大散关在今陕西宝鸡西南大散岭上，是当时宋金西部分界处的军事要塞。这两句说，常记得瓜洲渡口，夜雪纷飞，我登上雄伟的战舰在长江上巡行；更难忘大散关头，我骑着铁甲战马迎着北风驰骋。全联不用一个动词和虚词，纯用名词意象组成两幅画面，形象生动，情景逼真，场面壮阔，气势豪迈，前呼后应。诗句对仗工稳，节奏跳荡，音韵铿锵。诗人高昂的斗志和意气风发的形象跃然纸上，读来令人气壮神旺。正是由于诗人省略了动词和关连词，把精心提炼出的六个雄壮的意象直接并列，才能如此形象生动地概括了他平生最自豪的这两段战斗生活经历。清代方东树《昭昧詹言》卷二十评此诗："妙在三、四兼写景象，声色动人。"

五株柳树羲皇上，一水桃花魏晋前

这是清代诗人舒位的七律《读〈文选〉诗九首》（其一）的颈联。诗作于乾隆五十一年（1786）舒位尚未中举、寓居北京时。舒位阅读了《文选》中所编选的陶渊明诗，仰慕其人品与诗品，作此诗云："云浮鸟倦早怀田，乡里儿来巧作缘。仕宦中朝如酒醉，英雄末路以诗传。五株柳树羲皇上，一水桃花魏晋前。只有东坡闲不住，加餐遍和义熙年。"颈联上句"五株柳树"，指陶渊明于宅旁手植五株柳树，自号"五柳先生"。"羲皇上"，羲皇上人，即太古时代的人。羲皇是传说中的上古帝王伏羲氏。陶渊明在《与子俨等疏》文中写道："尝言五六月中，北窗下卧，遇凉风暂至，自谓羲皇上人。"下句"一水桃花"，指桃花源。陶渊明曾作《桃花源诗并记》，描绘了一个没有压迫剥削、人人劳动家家富足的理想社会桃花源。记中述渔夫与桃源中人对话，"问今是何世，乃不知有汉，无论魏、晋”。舒位从陶渊明诗文中巧妙地“提掇出紧关物色字样”，创造了“五株柳树”与“一水桃花”这两个景物意象，又灵活地将“羲皇上人”压缩成“羲皇上”与“魏晋前”相对，写出了对仗工巧的这一联诗。全联不用一个动词和虚词，纯以意象组合并直接呈示，展现出陶渊明淳古淡泊、高洁脱俗的心灵世界，也让读者仿佛看到了他所憧憬的人间乐土桃花源美景，使这一联诗言简意丰，饶有诗情画意，诱人想象，成为全篇刻画陶渊明形象最生动优美的笔墨。

数字的诗意

数字无非是表示事物、状态的大小、多少、程度等，没有什么意蕴，比较抽象概括。但在中国古代诗人的妙笔下，许多数字同量词和名词巧妙地搭配，或写实，或夸张，或虚拟，或感叹，竟发挥出特殊的艺术作用。它们既能更清晰、准确地表达事物情态，予人深刻难忘的印象，还能超乎常情常理，增添诗情画意，有助于创造新鲜奇丽的意象和开拓、深化诗的意境。在古典诗歌中，闪烁着奇光异彩饶有诗意的数字不胜枚举。

白发三千丈，
缘愁似个长

这是唐代“诗仙”李白《秋浦歌十七首》（其十五）的前两句。秋浦，在今安徽省贵池区西，是个山水清奇之地。大约天宝十二载（753），李白漫游到此，写了这组诗。此首抒发年岁老迈而壮志未酬的强烈痛苦。诗一开篇，奇句便劈空而来，诗人说自己头上的白发有三千丈，真是匪夷所思，既骇人心目，又令人大惑不解。诗人紧接着直抒胸臆说，这三千丈白发，是因为我的愁情而生长的啊！却没有想到它们居然长得这么长！愁生白发，谁人不晓？而白发竟然长达三千丈，恐怕谁也想不到也写不出来吧？只有这位天才超旷的浪漫诗人，才有可能想得出并敢于写下来。他用这个极大夸张的数字，把积蕴极深重的忧愁、怨愤，如同火山熔岩般喷发出来，产生了撼人心魄的艺术力量！宋人罗大经《鹤林玉露》说："诗家有以山喻愁者，杜少陵云：'忧端如山来，澒洞不可掇'；有以水喻愁者，李颀云：'请量东海水，看取浅深愁'。"李白独辟蹊径，以"白发三千丈"之长喻愁之深重，"尤为新奇"，"兴中有比，意味更长"（同上）。"三千丈"的夸张数字远远超出常情常理，却能深入人心。诗人以其惊人的想象、巨大的气魄和笔力，写出这前无古人的奇句，故能流传千古。

飞流直下三千尺，
疑是银河落九天

这是李白的七绝名篇《望庐山瀑布》的三、四句。前二句："日照香炉生紫烟，遥看瀑布挂前川。"描绘庐山西北的香炉峰在阳光的照射下，其四周的缥缈云雾化成紫烟红霞，色彩缤纷，晶莹闪烁，非常壮美。诗人远远望去，只见瀑布像是一条巨大的河流倒挂于绝壁之前。这两句点题，写静态，但静中有动；基本上是写实，然实中有虚；乃兴象，又兴中有比。这一座顶天立地、紫烟氤氲的香炉，矗立于青山蓝天之间，富于浪漫色彩，为三、四句集中写瀑布喷涌倾泻奇观创造了特异的背景。三、四句，诗人极写瀑布的动态。“飞”字，写出瀑布飞流溅沫之奇；“直下”，写出山之高峻陡峭，又可见水流之急，显示出瀑布从高空直泻而下、不可阻挡的磅礴气势。“三千尺”，是数字的夸张，只有用这难以想象的巨大数字，才足以表现瀑布水之高、之长，非同一般。结尾句，更以神来之笔，把瀑布比喻为从九天落下的银河。这个奇喻，既是从前三句的形象刻画和气势渲染中自然生发，又如奇峰陡出，振起全篇，为庐山瀑布的形象添加了雄奇瑰丽的一笔，从而淋漓酣畅地表现出大自然的神奇伟力。从运用数字的角度看，“三千尺”同“九天”互相生发，上下映衬，更增添了诗的磅礴气势。

千山鸟飞绝，
万径人踪灭

这是中唐诗人柳宗元的仄韵五绝《江雪》的前二句，诗作于他谪居永州（今湖南零陵）期间。后二句是：“孤舟蓑笠翁，独钓寒江雪。”诗人塑造了一个在大雪天独钓寒江的渔翁形象，寄托自己遭受政治打击后倔强不屈、清高孤傲的性情心态。前二句摹写渔翁独钓的背景和环境：大雪笼罩了天地，山上没有鸟飞，路上不见人踪，一片空濛，万籁俱寂，寒气逼人。诗人用“千山”、“万径”这两个词，极度夸张背景的广大寥廓，几乎到了浩瀚无边的程度；再用“鸟飞绝”、“人踪灭”形容这背景的绝对沉寂，沉寂得没有一点生气，从而在广阔、寂寥、寒冷的画面上突出“孤舟”“独钓”的“蓑笠翁”形象。如果没有“千”、“万”这两个数字，下面的“孤”、“独”两字也就平淡无奇，没有什么震撼力量。正是无限广大的“千山”、“万径”陪衬，渔翁才显得极孤独也极高傲。诗人以大与小、多与少的强烈对比创构了诗境，表达了主题。清代王尧衢《古唐诗合解》云：“置孤舟于千山万径之间而以一老翁披蓑戴笠，兀坐于鸟不飞、人不行之地，真所谓寄蜉蝣于天地、渺沧海之一粟矣，何足为轻重哉？江寒而鱼伏，岂钓之可得？彼老翁何为而坐孤舟风雪中乎？世态寒凉，宦情孤冷，如钓寒江之鱼，终无所得，子厚之自寓也。”他认为诗人以渔翁“自寓”，并指出“千山”“万径”与“孤舟”“独钓”的对比、衬托产生的艺术震撼力，是颇有见地的。“千”、“万”这两个数字以及带有数量性的“孤”、“独”二字，都是柳宗元精心锤炼的字眼。

故国三千里，深宫二十年

这是中唐诗人张祜抒写宫怨的名篇《宫词二首》（其一）的前二句。诗人就“故国”与“深宫”对举，通过“三千里”、“二十年”这两个数字，写出宫女离家之遥远和入宫之长久，把宫女一生悲剧性的命运浓缩在十个字中。后二句：“一声《何满子》，双泪落君前。”截取宫女在皇帝面前一声悲歌、双泪齐落的特写镜头，把宫女蓄积已久的怨情倾泻而出。诗写得如此简括凝练、强烈有力，同诗人巧妙运用数字有很大关系。四句诗，句句都用了数字，却无人工痕迹，毫不板滞。前一联数字是使空间与时间对举映衬，后一联则借数字表现宫女的声音与神态。两联所用的数字一大一小，形成了强烈的反差，仅唱一声，即双泪迸落，可见怨恨之深。抽象的数字，在这里同意象名词与量词紧密配合，产生了意想不到的强大艺术张力。

千里莺啼绿映红，水村山郭酒旗风

这是晚唐诗人杜牧的七绝名篇《江南春绝句》的首联。诗人一下笔便濡染浓墨泼彩，描绘千里江南大地，黄莺啼鸣，杨柳桃杏红绿辉映，依山临水的城郭乡村酒帘迎风飘动，犹如一位高明的摄影师，展现出一个迅速移动的电影长镜头，令人目不暇给，心旌摇荡。诗人没有把他的眼光局限于江南的一个角落，而是勾勒出浩阔而舒展的江南全景图，这样，就使读者充分地感受到他纵目四顾、无限赞美和神往的情状。这一联诗的好处，相当程度地得力于“千里”二字。如果没有这两个字，诗意、诗境就要减色多了。正如清人宋顾乐所评：“写出江南春景，真有吴道子于大同殿画嘉陵山水手段，更恐画不能到此耳。”（《唐人万首绝句选》）明代杨慎在《升庵诗话》中却说：“千里莺啼，谁人听得？千里绿映红，谁人见得？若作‘十里’，则莺啼绿红之景，村郭、楼台、僧寺、酒旗皆在其中矣。”杨慎是明代著名的诗人、诗评家和学者。但他这一段评论，完全忽视了诗意的夸张和典型概括的艺术规律。对此，清人何文焕在《历代诗话考索》中予以驳斥道：“即作‘十里’，亦未必尽听得着，看得见。题云《江南春》，江南方广千里，千里之中，莺啼而绿映焉，水村山郭无处无酒旗，四百八十寺楼台多在烟雨中也。此诗之意既广，不得专指一处，故总而命曰《江南春》。”可谓辨析精切。后两句“南朝四百八十寺，多少楼台烟雨中。”同样妙用了数字。南朝的佛寺有五百余所。“四百八十”是唐人强调数量之多的一种说法。诗人先用确定的数字强调建筑宏丽的佛寺之多，给人以必要的真实感，再接以“多少”这一不确定数字呼应、唱叹，使虚实相生，透出感慨当进佞佛成风的情意。全篇四句，三句都用了数字，却极自然美妙。

七千里外二毛人，十八滩头一叶身

这是苏轼的七律《八月七日初入赣，过惶恐滩》的首联。诗写于绍圣元年（1094）诗人远谪惠州途中始入赣江（指万安县以南一段，今江西南部）之时。赣江从万安到赣州，共有十八个滩，惶恐滩是其中最险恶的一个。诗一起笔，就用两个以数量词组成的新奇对句渲染出他的艰危孤苦处境。这两句说，在远离我的故乡七千里外荒凉的赣江上，在暗礁密布、漩涡翻滚的十八个滩头，只有我这个鬓发黑白相间的逐臣，孤零零地伫立在一叶扁舟上。诗人一连用了六个数目字，既句中自对又上下句相对。“七千里外”与“十八滩头”互相衬托，可见作者所要跋涉的路途多么遥远；环境多么艰险！“二毛人”与“一叶身”上下映衬，加倍显现作者暮年被贬逐的凄凉、孤苦。不直说垂老而用“二毛人”，生动、具体、形象；不说“一叶舟”而说“一叶身”，比喻自身如孤舟、如片叶，正在狂风恶浪中颠簸、飘荡，前途渺茫。唐代诗人柳宗元的七律《别舍弟宗一》有“一身去国六千里，万死投荒十二年”，连用六个数字，表达他被长期流放到偏远之地的怨愤之情。苏轼这一联显然学习了柳宗元的表现手法，使六个数字上下贯通又相互对衬，和谐自然，熔于一炉。两相比较，柳诗的“去国”、“万死”、“投荒”抒情激烈、直露，苏诗却纯以数量词和名词组接，不用动词，句法新奇，情融景中，意在言外，让人思而得之。顺带说，黄庭坚《思亲汝州作》的“五更归梦三百里，一日思亲十二时”同样用了六个数字，在构思和句法上与柳宗元诗联同出一辙。

叠字状物　声情兼美

从《诗经》、《楚辞》起，中国古代诗人们就常常巧妙地运用叠字词来描状景物、抒写情意，使景物意象有声有色、生动传神，使诗人情意得到细致微妙的表现。叠字词用得好，能使诗句生色，振起精神。特别是在对仗句中，两个叠字形容词上下相对，它们不同的音韵、声调与节奏的对比呼应，更使诗联增添音乐旋律之美。

昔我往矣，
杨柳依依；
今我来思，
雨雪霏霏

这是《诗经·小雅·采薇》第五章的前四句。《采薇》是一首诅咒徭役、表现戍边士兵痛苦的诗篇。“采薇”，即采集野生的薇菜。粮草不续，士兵只好以它充饥。诗的前三章巧妙地通过薇菜的生长变化来表达士兵久戍不归乡愁日益深重。四、五章描写戍边生活的辛劳。第五章写戍卒归来。诗人在这四句中将回忆与眼前情景交叉描写：想起昔日离乡从军时，正是春天，万条杨柳，迎风披拂；今日归来，却遇上冬天，雨雪霏霏，漫天飞舞。结尾四句：“行道迟迟，载渴载饥。我心伤悲，莫知我哀。”意思说，我艰难地一路走来，饥和渴煎熬着肚肠，我的心多么凄惨，有谁知道我的忧伤呢！清代王夫之《姜斋诗话》说：“‘昔我往矣，杨柳依依；今我来思，雨雪霏霏。’以乐景写哀，以哀景写乐，一倍增其哀乐。”指出此诗成功地运用了以景物反衬主人公感情的手法，十分精辟。而诗人用“依依”形容杨柳在春风中披拂的姿态，以“霏霏”描绘雨雪交加飞舞景象，仅八个字就分别展现出阳春美景和寒冬哀景，景中含情，含蓄深永；叠字相对，音韵谐美。晋代谢玄评此四句为《诗经》中的最佳名句（《世说新语·文学》）。梁代文论家刘勰在《文心雕龙·物色》中说：“‘灼灼’状桃花之鲜，‘依依’尽杨柳之貌，……并以少总多，情貌无遗矣。虽复思经千载，将何易夺。”

袅袅兮秋风，
洞庭波兮木叶下

这是楚国大诗人屈原的《九歌·湘夫人》诗中的两句。这首诗描写湘夫人和湘君这一对配偶神的爱情悲剧，表现他们望穿秋水的相思、爱极而生的怨怅、会合无缘的痛苦，曲折地反映了楚国人民对纯洁爱情的赞颂和对幸福生活的向往。开篇四句是："帝子降兮北渚，目眇眇兮愁予。袅袅兮秋风，洞庭波兮木叶下。"忧愁的湘夫人降临到烟波浩渺的洞庭湖畔，凝眸远眺，期待着她的情人湘君飘然而来。此时，正值清秋季节，秋风微微地吹着，木叶纷纷飘落，发出萧萧飒飒的声音；洞庭湖波光粼粼，湘夫人美丽的身影在水中漾动。诗人以自然景色描写来渲染一种悲怨缠绵的情调。其中叠字形容词"眇眇"是向远看的样子，活现出湘夫人含情凝睇、忧愁迷茫的眼神；"袅袅"是微风吹拂的样子，用这个叠字词形容秋风，可以说是屈原的首创。这袅袅的秋风，使人联想到湘夫人那轻盈袅娜的体态。"眇眇"与"袅袅"这两个同韵而不同声调的叠字词前后呼应，使这四句诗富于一种柔美的音乐旋律感。再加上诗人不用"落叶"而用具有"微黄与干燥之感"（林庚《说"木叶"》）的"木叶"，我们仿佛听到了木叶在秋风中萧萧飘落的声音，也听到了湘夫人的叹息。这是千古传诵的名句。

暧暧远人村，
依依墟里烟

这是东晋大诗人陶渊明的五言古诗名篇《归园田居五首》（其一）的一联。诗云："少无适俗韵，性本爱丘山。误入尘网中，一去三十年。羁鸟恋旧林，池鱼思故渊。开荒南野际，守拙归园田。方宅十余亩，草屋八九间。榆柳荫后檐，桃李罗堂前。暧暧远人村，依依墟里烟。狗吠深巷中，鸡鸣桑树巅。户庭无尘杂，虚室有余闲。久在樊笼里，复得返自然。”诗中叙述平生志趣，抒发摆脱世俗尘网归返自然的愉悦心情。前八句写他鄙弃仕途毅然辞官归田，后十二句写恬静美好的田园生活和复返自然的情趣。以轻淡笔墨描绘纯朴宁静充满诗情画意的乡村环境，是此诗的精彩之处。这一联写傍晚远村隐约迷茫，近处墟里上空炊烟袅袅。叠字词“暧暧”与“依依”状景生动，如一幅淡墨画，我们宛如看见诗人久久伫立凝望模糊不清远村的神情，并感受到他对轻柔缓慢地向上飘升的炊烟的亲切之情。洋溢在画面上的那种恬美、宁静的氛围，那种与诗人愉悦、悠闲心境吻合的情调，画家恐怕很难表现出来。唐代著名山水田园诗人王维很喜爱这一联诗，他的《辋川闲居赠裴秀才迪》诗中有“渡头余落日，墟里上孤烟”一联，明显学习借鉴了陶渊明诗，意象更密集，诗句更浓缩，对仗更工整，但去掉了“暧暧”、“依依”这两个叠字词，也就少了陶诗那种恬美、宁静、亲切的情调，少了一些音乐感，少了生活气息，更少了融入景中的诗人的神态与情意，也不及陶诗浑朴自然。

漠漠水田飞白鹭，阴阴夏木啭黄鹂

这是王维的七律《积雨辋川庄作》的颔联。积雨，连阴雨。辋川庄，王维的别业，在今陕西蓝田县，终南山下。此诗颔联描绘夏天积雨暂停后山庄田园景色。苏轼说王维“诗中有画”，这是典型的一例。首先是色彩鲜丽丰富。诗人把白鹭、黄鹂、灰蒙蒙的广阔水田，浓绿欲滴的幽深夏木这四种色彩、明暗、亮度不同的景物收摄进一个画幅之中，使它们互相对比映衬。飞翔的白鹭和鸣啭的黄鹂又给这幅色彩和谐亮丽的画面增添了动态和声音，从而把积雨的辋川山庄田野描绘得画意葱茏，幽雅迷人，悦耳悦目。可以说，诗人用语言奏出了一曲色彩的交响乐。宋人魏庆之《诗人玉屑》将此联与杜甫《绝句》的“两个黄鹂鸣翠柳，一行白鹭上青天”相提并论，以为皆“极尽写物之工”。清代方东树也称赞“写景极活现”（《唐宋诗举要》引）。关于这一联诗，唐代李肇《国史补》说王维抄袭了李嘉祐的五言诗句，加上了“漠漠”、“阴阴”四字。后来有人反驳说李嘉祐是大历年间诗人，年辈后于王维，应是他抄袭了王维诗。前些年，又有学者考证，李、王二人仍有可能生活于同一时期，究竟谁先成诗很难判定。在笔者看来，今存李嘉祐诗集不见这一联五言诗句。即使王维这一联出自李诗，但添上了“漠漠”、“阴阴”这两个叠字形容词后，境界全出，精彩百倍。“漠漠”画出了水田在积雨后迷茫空阔的情状，“阴阴”使夏天树木有了深绿浓阴之感。这两个叠字词上下呼应，把水田和树林连成一片，画面便显得开阔、幽深、湿润。宋人叶梦得《石林诗话》评得好：“诗下双字极难，须使七言五言之间除去五字三字外，精神兴致，全见于两言，方为工妙。唐人记‘水田飞白鹭，夏木啭黄鹂’为李嘉祐诗，王摩诘窃取之，非也。此两句好处，正在‘漠漠’、‘阴阴’四字，此乃摩诘为嘉祐点化，以自见其妙，如李光弼将郭子仪军，一号令之，精彩数倍。”恩师林庚先生评析：“从浓阴的深处到渺茫的水田，到鲜明的白鹭，越发衬托出白鹭之白与茫茫中飞动的形象，使得整个气氛鲜明活跃，潜在的感性因素如鱼得水地浮现出来，这才不是干巴巴的，而李嘉祐的‘水田飞白鹭，夏木啭黄鹂’则难免有些干巴，因为它缺少那应有的水分。”（《唐诗综论》，人民文学出版社 1987 年版，第 270 页）说得精彩！

无边落木萧萧下，不尽长江滚滚来

这是杜甫的七律名篇《登高》的颔联。诗作于大历二年（767）秋，当时杜甫寓居夔州（今重庆奉节）。诗人在重阳节抱病登上长江边的高台，触景生情，写下了这首被明代诗评家胡应麟誉为“古今七律之冠”（《诗薮》）的经典之作。诗云：“风急天高猿啸哀，渚清沙白鸟飞回。无边落木萧萧下，不尽长江滚滚来。万里悲秋常作客，百年多病独登台。艰难苦恨繁霜鬓，潦倒新停浊酒杯。”全篇四联皆对仗。前两联描写登高所见所闻峡中的深秋景色。首联用紧缩句法，两句句中自对又上下相对，十四个字写了六种景物，从高天深山写到江边洲渚，意象密集，节奏峭急，绘声绘色，动静相生，已经渲染出一种萧瑟清冷、悲凉凄楚的环境氛围。颔联改用疏宕雄放的笔调，大处落墨。上句写山，化用《楚辞·九歌·湘夫人》“袅袅兮秋风，洞庭波兮木叶下”和《楚辞·山鬼》“风飒飒兮木萧萧”语意，再加上“无边”二字，写出了大江两岸连绵无际的山林中，由于秋风劲吹，黄叶纷纷飘落。下句写水，长江从西向东奔腾而来，波翻浪涌。“不尽”二字，又给眼前的景色添加悠远漫长的时间感。“萧萧”与“滚滚”两个叠字词上下相对，一写声响一写动态，使人如闻风吹木叶的窸窣之声，如见长江波涛翻滚之状，它们与“无边”、“不尽”两个拓展时空的词语搭配，创构出一个雄阔萧森、苍凉悲壮的意境，有力地烘托了诗人的满怀愁绪、一腔悲愤。上句与下句，一抑一扬、一萧飒一雄放，形成对比反差，诗情又如骏马走坂，奔腾而下，产生了更丰富的内涵，使人遐想无穷，可以从中引申出种种自然、社会、人生的哲理。清弘历《唐宋诗醇》评赞此诗：“气象高浑，有如巫峡千寻，走云连风。”宋人杨万里、清人管世铭都赞扬此联“萧萧”、“滚滚”四个叠字“生色”、“唤起精神”、“见得连绵”(《唐诗广选》、《读雪山房唐诗序例》)。

梨花院落溶溶月，柳絮池塘淡淡风

这是北宋诗人晏殊的七律《寓意》的颔联。寓意，寄寓情意。诗题又作《寄远》，或作《无题》。诗云:“油壁香车不再逢，峡云无迹任西东。梨花院落溶溶月，柳絮池塘淡淡风。几日寂寥伤酒后，一番萧索禁烟中。鱼书欲寄何由达？水远山长处处同。”写一段难以明说的幽怨，是一首含蓄蕴藉的爱情诗。首联飘忽迷离，恍如梦境。油壁香车载着心爱的恋人渐渐远去，好像那巫峡朝云飘荡东西，无踪无影。“峡云”暗用楚襄王和巫山神女梦中相会的美丽传说，渲染甜蜜而又虚幻的爱情的幽怨，兴象玲珑，清新流丽，凄婉动人。颔联既是写眼前的春宵花月，又是回忆中与情人相见时的情景。溶溶，水流貌，这里形容如水泻地的月光。淡淡，形容春风和煦、轻柔。这两句互文见义：院子里、池塘边，梨花和柳絮都沐浴在如水的月光之中。阵阵微风吹来，梨花摇曳，柳条轻拂，飞絮萦回飘舞。当年他们曾在这里相依相偎，倾吐心曲；如今只剩他的孑然身影，寂寞徘徊。诗人将过去的幽情与眼下的感伤相互引发，又一并融入景中，营造出一个清幽淡雅、情致缠绵、令人心醉亦心伤的美妙意境。“溶溶”、“淡淡”两个叠字词，分别描状朗月微风，使风中月下的庭院池塘澄澹空明，传达出诗人的悠悠情思，又富于轻柔舒缓的声调之美。是意境创造的点睛传神之笔。据宋代吴处厚《青箱杂记》卷五载，晏殊自己对这一联颇为得意，他的门生宋庠也极爱赏（见《竹庄诗话》卷十八）。近人陈衍《宋诗精华录》卷一说:“同叔（晏殊）工词，故能作‘溶溶’、‘淡淡’二语，而却是诗而非词。自《三百篇》‘莫莫’、‘喈喈’、‘依依’、‘霏霏’而后，诗人工用叠字，盖悉数不能终其物矣。”特别赞赏此联运用“溶溶”、“淡淡”两个叠字词之妙。

草草杯盘供笑语，昏昏灯火话平生

这是北宋诗人王安石的七律名篇《示长安君》的颔联。长安君，王安石的大妹王文淑，工部侍郎张奎之妻，封长安县君。嘉祐五年（1060）王安石奉诏出使契丹，临行前与妹妹话别，写了此诗。因是兄长写给妹妹看，故用“示”字。诗云:“少年离别意非轻，老去相逢亦怆情。草草杯盘供笑语，昏昏灯火话平生。自怜湖海三年隔，又作尘沙万里行。欲问后期何日是，寄书应见雁南征。”全篇抒写兄妹久别重逢又匆匆离别的悲喜交集情景，写得恳挚深稳，富于人情味。这一联写兄妹相逢的家宴。

“草草杯盘”，指随便准备的简单酒菜；“昏昏灯火”，指灯光昏暗。王文淑平日“衣不求华，食不厌疏”（王安石《长安县太君墓表》），生活俭朴。这简单的饭菜和昏暗的灯火正是她俭朴精神的生动写照。“供笑语”、“话平生”写兄妹二人就在这昏暗的灯光下、家常饭桌旁促膝谈心。做妹妹的，用她真诚朴实的方式接待多年不见又将离别远行的兄长；当哥哥的，把自己平生郁积的心事毫无保留地向妹妹倾吐，两人直谈到夜半更深。“草草”、“昏昏”渲染出上联所写“怆情”的色彩，更于朦胧中烘托出一种亲切随便、温暖恬适的家人聚会气氛。生活中许多人都有过亲人话别的体验，所以这两句诗引起历代无数读者强烈的感情共鸣。宋人吴可《藏海诗话》说，七言律诗不容易写得精练，“一篇中必有剩语，一句中必有剩字。如‘草草杯盘供笑语，昏昏灯火话平生’，此句无剩字”。赞扬此联诗写得精练。的确，这十四个字平易中见锤炼，流畅中有工稳，精警中藏深厚，却又那么浑然天成。而“草草”、“昏昏”这两个叠字词犹如一对诗眼，在营造意境中起了传神的妙用。

化俗为雅　雅俗融化

中国古典诗歌由六朝发展到唐代，形成了具有和谐工稳的高度格律化的结构方式和一套异于日常语言的高度典雅化的语词系统。然而，高度雅化诗化的语词长期沿袭使用，已变得不再新鲜。为了避免平庸陈腐，唐代的一些诗人如李白、杜甫、刘禹锡、白居易等人注意向民歌学习，有意吸收民间的方言俗语入诗，增强语言的活力。到了宋代，梅尧臣、苏轼、黄庭坚、陈师道等人更鲜明地提倡“以故为新，以俗为雅”的原则，即点化和运用古人陈言与民间方言俗语，力图使这些生新的通俗的语言在高度雅化诗化语言的映衬下，产生新鲜感和刺激力。他们通过“体雅用俗”、“以雅化俗”、“以雅写俗”、“自雅返俗”、“转俗成深”等多种途径，达到“化俗为雅”的目的。到了南宋的杨万里，更大量创造了被称为“诚斋体”的白话诗，在诗史上独标一帜，在当时和后代产生了广泛深远的影响。

大漠孤烟直，长河落日圆

这是唐代大诗人王维的五律名篇《使至塞上》的颈联。开元二十五年（737）王维奉命以监察御史身份前往凉州宣慰守边将士，此诗即是途中写的。诗中描绘了塞外的荒凉景象和战争风云，也颂扬边将的烜赫战功。这一联历来脍炙人口。诗人捕捉住塞外的“大漠”、“孤烟”、“长河”、“落日”这几种典型的景物意象，精心锤炼出“大”、“孤”、“直”、“长”、“落”、“圆”六个形容词和动词，真切地勾画出混莽、苍凉、孤寂、奇丽、壮阔的塞外风光。请看，在荒凉辽阔的茫茫沙漠之中，一道烽烟笔直竖立；而在遥远的天地相接处，一条长河蜿蜒曲折地奔腾而来，河上夕阳与其水中倒影合成了一个巨大的圆形。诗人兼画家王维以雄健的笔触，毫不费力地勾出了这幅画面的基本线条：横贯画面的地平线与垂直线相交，弯曲的长线与圆形对映，将一个奇妙的诗境呈现在读者眼前。近代文学家王国维称誉此联诗境为“千古壮观”（《人间词话》）。而嵌在这联诗中的“直”与“圆”二字，看似粗俗，却最精警传神。它们与全篇的典雅语言映照、融合，有化俗为雅之妙。对于这一点，天才作家曹雪芹可谓独具慧眼。他在小说《红楼梦》四十八回中借香菱之口评述说:“据我看来，诗的好处，有口里说不出来的意思，想去却是逼真的；有似乎无理的，想去却是有理有情的。……‘大漠孤烟直，长河落日圆’，想来烟如何直？日自然是圆的。‘直’字似无理，‘圆’字似太俗。合上书一想，倒像是见了这景似的。”这番话极具卓识。“直”与“圆”，正是王维精心锤炼出的一对“诗眼”，它们似无理而有情，似俗而雅，有极强烈鲜明的视觉效果，犹如画家的画龙点睛之笔，使全篇都活了。

即遣花开深造次，便教莺语太丁宁

这是杜甫的七绝《绝句漫兴九首》（其一）的后联。这组诗写于代宗上元二年（761），即是杜甫寓居成都草堂的第二年。漫兴，随兴所到。诗人客居蜀中，生活也较安定，但家国愁思还时时萦绕心头，因此他面对江亭烂漫春色，反而感到心烦意乱。此诗正围绕客愁来写其恼春心绪。首联:“眼见客愁愁不醒，无赖春色到江亭。”眼，指春之眼。自己正沉浸在客愁之中，春色偏偏不晓人情，刁蛮莽撞，毫无道理地来到江亭，仿佛故意扰人心绪。后联更具体地写春的“无赖”行径：你看，它不管我的客愁怎样，就在我的眼前急匆匆地催遣花开，还再三地唆使黄莺频频啼鸣，硬是与我作对！“造次”，急匆，鲁莽之意。“丁宁”，一再嘱咐。此诗在艺术表现上妙在以乐景美景反衬愁情。从语言运用来看，又是杜甫有意用通俗晓畅的口语来消解诗歌的过分典雅精工流于陈熟，使诗歌特别是七言绝句更清新、自然地发抒性灵。此诗语言明白如话，生动活泼，“无赖”、“即遣”、“造次”、“便教”、“丁宁”，都是口语，非常通俗，用它们来表现雅情雅意，俱化俗为雅，使诗情更真率动人。这组诗又有“恰似春风相欺得，夜来吹折数枝花”、“衔泥点污琴书内，更接飞虫打着人”两联，写诗人恼春风，恨春燕，同样是使用俚词俗语而有新而雅的艺术效果。宋人范晞文《对床夜语》说：“‘恰似春风相欺得’、‘更接飞虫打着人’……皆化俗为雅，灵丹点铁矣。”评得中肯。

风来震泽帆初饱，
雨入松江水渐肥

这是苏轼的七绝《次韵沈长官三首》（其三）的后二句。熙宁七年（1074）苏轼往常州、润州等地赈灾事毕，在春天返杭州途经吴江县作。沈长官，其人不详，当是吴江县官员。此诗抒写思归杭州之意，首二句“造物知吾久念归，似怜衰病不相违”即将此情意率直表出。三、四句写风来震泽（太湖），雨入松江（江名，在吴郡南四十五里，南与太湖接），春水暴涨，正好扬帆归去。一般诗人形容船帆受风，多用“张”、“鼓”、“满”等字，苏轼却独出心裁，用“饱”字来描摹帆腹鼓风而胀满之状，似乎帆成了有生命的动物，喝足吃饱了春风，十分生动、形象、新鲜。下句写雨入松江，江水上涨，历来诗人多用“盈”、“涨”、“潋滟”等动词或形容词来描绘，苏轼却用“肥”字形容，更是别开生面，新奇而幽默。“饱”和“肥”都是吴地方言俗语，苏轼有意以俗为雅，用来状写帆与水，从而收到了似俗实新颖精雅的艺术效果。“饱”与“肥”前后呼应，相映成趣，又使得诗句增添了浓郁的生活情趣与地方色彩。

闻道狸奴将数子，买鱼穿柳聘衔蝉

这是黄庭坚的七绝《乞猫》的三、四句。此诗作于元丰二年（1079）。作者曾亲自书写，题为《从随主簿乞猫》。前二句：“秋来鼠辈欺猫死，窥瓮翻盘搅夜眠。”说秋天来了，自从我家的猫死后，老鼠特别猖獗，它们要窃取粮食过冬，所以窥瓮翻盘，搅得我夜里睡不着觉，实在可厌之极。后二句说：听说您家的猫儿生养了几只小猫，我要买了鱼，用柳枝儿穿起，去您家聘请一只小猫回来。此联中，“狸奴”，猫的别称。“将”，养，带。“聘”，聘请，延请。“衔蝉”：指猫，是当时俚语。陆游亦有诗云:“欲聘衔蝉快，先怜上树轻。”后世把白猫嘴上有一小撮异色毛的称为“衔蝉”。黄庭坚主张写诗要“以俗为雅”，这首诗的语言浅而通俗，明白如话，其中“鼠辈”、“搅”、“闻道”、“将”、“衔蝉”等，或是口语，或是俚语，都被诗人巧妙组织入诗中，使诗显得谐谑风趣、亲切有味，增添了生活气息。宋人陈师道《后山诗话》赞此诗:“虽滑而可喜，千载而下，读者如新。”吴可《藏海诗话》也说:“‘聘’字下得好，‘衔蝉’、‘穿柳’四字尤好。”

草深一鸟忽飞起，侬不觉它它觉侬

这是南宋大诗人杨万里的七绝《晚归再渡西桥四首》（其一）的后一联。此诗前一联是:“归近西桥东复东，蓼花舞路迎西风。”在苍茫暮色之中，诗人匆匆赶路归家，他的家在一条西桥的东面。他走过了桥时，瑟瑟西风舞动着路旁白色红色的蓼花，田野上笼罩着一片静寂。忽然，一只受惊的鸟儿从草丛深处腾空飞起，打破了这宁静的画面。诗人从这极平常的生活小景中感悟到:自然界的小动物似乎比人更灵敏。人无法看到草丛深处的栖鸟，鸟却可以凭它的敏锐的听觉判断出人的来临，为预防潜在的危险而逃避飞去。杨万里作诗讲求“活法”，特别擅长于发现、捕捉自然界的生机、动态，写转瞬即逝、变化迅疾的景象，形成了被钱锺书先生称道“如摄影之快镜”（《谈艺录》）般系风捕影的写生艺术；又擅长从大自然中这些转瞬即逝、变化万千的景象中发掘新鲜的情趣和理趣。此诗即是一例。杨万里的诗通俗晓畅，明快活泼，诗中不避重字、叠字，尤爱使用诸如“渠侬”、“有底”、“怪底”、“作么”、“遮莫”、“若干”、“次第”、“抵死”、“匹似”、“恼杀”、“端的”、“禾生耳”等民间俗称、俚语、谣谚等，既丰富了语汇，又增添了语言的通俗性与表现力。这种语言艺术特色在此诗里亦可见一斑。但杨万里不是为俗而俗，而是以俗写雅，在通俗活泼的形式中表现出他从自然中妙悟到的禅机理趣，因此他的诗在通俗中富于雅情雅趣，成为古代诗人中化俗为雅、妙合雅俗的高手。

诗的节奏韵律之美

诗歌借助汉语言文字的字形与字义营构意象，在读者的想象中形成视觉性十分鲜明的画面或情境，所以说诗通于画，这就是苏轼所说的“诗中有画”。诗人以精美的文字写出的诗句与诗篇，平仄声调相间，又押韵，构成和谐悦耳的节奏与韵律，所以诗也通于音乐，我们也可以说“诗中有乐”。中国古代杰出的诗人很注意把字句安排成高低疾徐、抑扬顿挫的韵律、节奏，使诗产生音乐感，从而强有力地烘托诗情。人们朗读起来，如赏画听乐，耳目身心都进入音画交融的意境之中。

大风起兮云飞扬，
威加海内兮归故乡。
安得猛士兮守四方

这是汉高祖刘邦的《大风歌》。刘邦在平定淮南王英布的叛乱后，回师途中归返故乡沛县（今属江苏），与昔日的亲朋好友欢饮，酒酣耳热，击筑唱出这首交织着欢乐与忧伤的歌诗。他以风起云飞的动荡意象发兴，表现自己乘着群雄竞逐、天下大乱的局面夺得帝位，威加海内并荣归故乡。起调高亢，由七字句拓展为八字句，声调平仄交错，平声字居多，押铿锵响亮的“扬”、“乡”韵，语调开朗，语势放纵，又有起伏，很好地传达出作者兴奋、欢乐、踌躇满志的情状。第三句仍以平声“方”字为韵脚与前二句一致，但已将肯定的句式、颂扬的句调换为希冀、疑问之句，“安得猛士”四字一平三仄，声调压抑、低沉，在上句“归故乡”之后突然转折，透露出作者对前途的忧虑和不安心情。全篇三句，由高亢到低沉，由豪放到悲凉，声情跌宕，每一句中间的“兮”字略为拖长，难怪刘邦在击筑高歌并起舞时，抑不住“慷慨伤怀，泣数行下”（《汉书·高帝纪》）了。

力拔山兮气盖世，
时不利兮骓不逝。
骓不逝兮可奈何，
虞兮虞兮奈若何

这是西楚霸王项羽留存下来的《垓下歌》。垓下，在今安徽灵璧县南沱河北岸。公元前 202 年十二月，项羽被刘邦军包围在垓下，粮尽援绝。夜晚，他听到四面汉军皆作楚歌，他自知败局已定，饮酒帐中，唱出了这首慷慨悲歌。第一句高唱入云，唱出他力能拔山，豪气盖世。七个字凌厉奇矫，虚实结合，突现了他叱咤风云的英雄气概。第二句却仿佛从云霄中陡然坠落深谷，他曼声长叹天时不利，他所骑的那匹骁勇的乌骓马已不能再奔腾向前，不能载着他去破关斩将了。他已身陷绝境，难以突围。句中“时不利”与“骓不逝”排比承接，因果关联，声调激楚，中间用“兮”字曼声唱叹，表现出强烈深沉的悲怆。第三句用“顶真格”与第二句衔接，两个“骓不逝”反复唱叹，接以“可奈何”，如见作者扼腕呼喊“怎么办”。结句是这个末路英雄对着他挚爱的美人唱的哀歌：“虞啊，虞啊，我把你怎么办呢!”“虞兮虞兮”两声深情呼唤，“奈若何”与上句“可奈何”呼应，祸及爱人的内疚与痛苦，对爱人悲惨命运的忧虑与关切，包含在“奈若何”三字之中。全篇四句都是七言，前二句押仄声低沉的“逝”“世”韵，后二句虽是为平声“何”字收尾，却不高亢响亮。前三句句式都是用“兮”字居中连接两个三字句，末句连用两个“兮”字，在整齐中有变化。复沓、顶真与复词的运用，使全篇一气呵成，节奏急促，音调又回环往复，诵之荡气回肠，有一唱三叹之妙。这首失败者的悲歌，与刘邦的那首胜利者的忧歌，在音调节奏上有同有异，都是声情谐合的杰作。

江天一色无纤尘，
皎皎空中孤月轮。
江畔何人初见月？
江月何年初照人

唐代诗人张若虚的乐府古题诗《春江花月夜》描绘春江花月夜的美景，引发出关于宇宙、人生的哲理思考和游子思妇两地相思相望之情，创造出梦幻一般朦胧、深邃、奇妙、迷人的意境，令人探索不尽，玩味无穷。一千多年来，它使无数读者陶醉、倾倒。此诗语言形式的音乐美，也达到了极致。全篇三十六句，穿插了十五个“月”字，以月亮为主体，使所描绘的景色都笼罩在月亮的银辉之中。诗的前半篇云：“春江潮水连海平，海上明月共潮生。滟滟随波千万里，何处春江无月明。江流宛转绕芳甸，月照花林皆似霰。空里流霜不觉飞，汀上白沙看不见。江天一色无纤尘，皎皎空中孤月轮。江畔何人初见月？江月何年初照人？人生代代无穷已，江月年年只相似。不知江月待何人，但见长江送流水。”写景由大到小，由远及近，由宏伟壮丽到幽美恬静，诗情随着景色变化荡漾、流动。诗的语言清新、明净、自然、流丽。诗句或整或散，或对仗或排比，或用复沓层递句式，前呼后应，一唱三叹。在转意换景处多用连珠格，使意换辞连，形成一气流注而又回环往复的旋律。每四句换韵，韵脚平上去相间，洪亮、细微、柔和的韵辙交替，音调抑扬起伏，轻重有致。诗句中恰当地运用“宛转”、“滟滟”、“皎皎”、“代代”、“年年”等叠韵与叠音词，吟诵起来，声调和谐悦耳。全篇以自然、平和的节奏和婉转悠扬的韵律表现热烈而深沉的感情，使声情与文情相生，谐美动听，宛若大小提琴多重奏的月光曲或梦幻曲，因此激发了音乐家的灵感，谱成乐曲，被之管弦，演奏不衰。此诗的音乐美，赢得明清以来诗论家的高度赞扬，胡应麟《诗薮》赞其“流畅婉转”，毛先舒《诗辩坻》赞其“缠绵酝藉，一意萦纡”，《王志·论唐诗诸家源流》陈兆奎按语赞其“秾不伤纤，局调俱雅……缥缈悠逸”，王尧衢《古唐诗合解》赞其“情文相生，各各呈艳，光怪陆离，不可端倪”。闻一多先生《宫体诗的自赎》更誉为“诗中的诗，顶峰上的顶峰”。我们从音乐美的角度，也可称之为“诗的音乐”，“音乐的诗”。

昔人已乘黄鹤去，
此地空余黄鹤楼。
黄鹤一去不复返，
白云千载空悠悠

盛唐诗人崔颢登武昌黄鹤山（今武汉蛇山）上的黄鹤楼，赋七律《黄鹤楼》诗云：“昔人已乘黄鹤去，此地空余黄鹤楼。黄鹤一去不复返，白云千载空悠悠。晴川历历汉阳树，芳草萋萋鹦鹉洲。日暮乡关何处是？烟波江上使人愁。”元人辛文房《唐才子传》记李白登黄鹤楼本欲赋诗，因见崔颢此作，为之敛手，说：“眼前有景道不得，崔颢题诗在上头。”传说或出于后人附会，未必真有其事。但李白确曾作《鹦鹉洲》与《登金陵凤凰台》二诗拟其格调。为此，说诗者众口交誉。宋人严羽《沧浪诗话》说：“唐人七言律诗，当以崔颢《黄鹤楼》为第一。”清代沈德潜《唐诗别裁》评曰：“意得象先，神行语外，纵笔写去，遂擅千古之奇。”恩师袁行霈先生提出：“我看这首诗的好处还可以从声情上去分析。”袁先生分析此诗抒情的特点说：“诗人登楼远眺引起怀古思乡之情，‘白云千载空悠悠’这一句将前半的怀古很自然地过渡到后半的思乡。望了汉阳树，望了鹦鹉洲，再往北望去就是诗人的家乡汴州了。但乡关是望不见的，所见只是烟波浩淼而已。末句‘烟波江上使人愁’，既是思乡之愁，又是怀古之愁，客游他乡的寂寞与流光易逝的惆怅交融在一起。诗的感情不是停滞于一点，而是由古及今、由此及彼地流动着。”

(《中国诗歌艺术研究》，北京大学出版社 1987 年版，第 125—126 页）音乐的旋律是流动的。袁先生精到地指出此诗所抒之情不是停滞于一点，而是流动的，这就具有音乐之美。的确，此诗前四句抒发一种世事茫茫的愁思，颇具音乐的抽象性和缥缈感，四句诗一气盘旋，顺势而下；后四句写他望汉阳树，望鹦鹉洲，望江上，望乡关，最后将漂泊无依之情融入浩渺烟波与迷茫暮霭之中，亦具音乐的韵致，这四句同样激情喷溢，顺流直下，遂使全篇宛若一阕行云流水的乐曲。袁先生又分析此诗的声调、节奏之美："感情悠悠，云水悠悠，诗所押的韵（楼、悠、洲、愁）读起来也是徐缓而悠长的。再看前四句中的'黄鹤'，竟重复出现了三次……诗人打破了律诗平仄的格律，放弃了平仄协调的音乐美，却取得另一种回肠荡气的音乐效果。'黄鹤'这个双声词连续出现，造成一种新的节奏感，恰当地表现了因登黄鹤楼而产生的思古之幽情。"（同上书，第 126 页）从袁先生的分析可见，《黄鹤楼》确实达到了声情和谐、声情并茂，是一首极富音乐美的佳作。

白首放歌须纵酒，
青春作伴好还乡。
即从巴峡穿巫峡，
便下襄阳向洛阳

唐代宗广德元年（763）春天，流寓梓州（今四川三台）的杜甫听到唐军打败安史叛军收复河北河南的消息，欣喜欲狂，挥笔写下了一首七律《闻官军收河南河北》，诗云：“剑外忽传收蓟北，初闻涕泪满衣裳。却看妻子愁何在，漫卷诗书喜欲狂。白首放歌须纵酒，青春作伴好还乡。即从巴峡穿巫峡，便下襄阳向洛阳。”落笔即叙写“忽传收蓟北”的捷报，真如春雷乍响。次句“初闻”紧承“忽传”，以“涕泪满衣裳”生动表现初闻捷报时狂喜至极、喜极而悲、涕泪纵横、悲喜交集的情感意态。颔联写他回头看妻子，儿女，他们的满面愁云都已飘散，笑逐颜开，喜气洋洋；于是自己再也无心伏案写作，胡乱地卷起诗书，手舞足蹈，与家人共享胜利的欢乐。这一联以转作承，写喜来愁去，用两个带有因果关系的连续性动作，表现全家“喜欲狂”的情状。颈联就“喜欲狂”进一步抒写自己的狂态和狂想：虽然自己满头白发，到了老年，还要放歌纵酒；趁着春天来临，在大好春光中与妻儿作伴，正好返回故乡。尾联写他在狂想中似乎已驾起轻舟，穿过三峡，向洛阳进发。全篇一气流注，狂喜的情感浪头一个接一个涌起，节奏急促、强烈，韵脚高亢、响亮。中两联对仗意脉贯通，尾联更用“即从”、“穿”、“便下”、“向”贯串起“巴峡”、“巫峡”、“襄阳”、“洛阳”四个地名，形成重言错综句法和活泼流走的“流水对”，加上“漫卷”、“青春”等叠韵、双声词的运用，更增加了旋律感和音乐美，加强了抒发狂喜之情的艺术效果。前人对此诗的节奏、音调之美都很称赏。例如，清代黄周星《唐诗快》评:“写出意外惊喜之况，有如长江放流，骏马注坡，直是一往奔腾。”浦起龙《读杜心解》评:“八句诗，其疾如飞。……生平第一首快诗也。”评得精当。

大弦嘈嘈如急雨，
小弦切切如私语；
嘈嘈切切错杂弹，
大珠小珠落玉盘

这是唐代诗人白居易的长诗《琵琶行》中的四句。诗人由长安贬到九江期间，在船上听到一位长安故倡弹奏琵琶，诉说身世。诗人对琵琶女的不幸遭遇深表同情，联系自己的境况，发出“同是天涯沦落人”的深沉慨叹。在这首传诵人口的名作中，有一大段是通过描写琵琶女弹奏的乐曲来揭示她的内心世界。“转轴拨弦三两声，未成曲调先有情。弦弦掩抑声声思，似诉平生不得志。低眉信手续续弹，说尽心中无限事。”这六句写琵琶女校弦试音、弹奏过程及其神态，概括她借乐曲所抒发的思想情感。“轻拢慢捻抹复挑，初为霓裳后六幺”二句，写琵琶女弹奏的乐曲名称和她生动多姿的手势动作。此后的一系列诗句，用各种生动贴切的视觉和听觉形象，比喻形容千变万化的音乐；同时也调动了语言文字的声调、节奏、音韵来加强音乐的感性。“大弦嘈嘈如急雨，小弦切切如私语”，既用“如急雨”、“如私语”的比喻使音乐形象化，又用叠字词“嘈嘈”、“切切”摹声。“嘈嘈切切错杂弹，大珠小珠落玉盘”，同前两句紧密连接，使“嘈”、“切”、“大”、“小”、“珠”各字重复出现，如同流畅的音乐旋律奔泻而下。著名诗人余光中说:“‘嘈嘈切切错杂弹’七字，都是摩擦的齿音，纷至沓来，自然有急弦快拨之感。急雨、私语、珠落玉盘等比喻，兼有视觉与听觉之功，乃使感性更为立体。”（《诗与音乐》）以下，“间关莺语花底滑，幽咽泉流冰下难。冰泉冷涩弦凝绝，凝绝不通声渐歇”四句，著名诗人兼学者霍松林先生赏析说:“‘间关’之声，轻快流利，而这种声音又好像‘莺语花底’，视觉形象的优美强化了听觉形象的优美。‘幽咽’之声，悲抑哽塞，而这种声音又好像‘泉流冰下’，视觉形象的冷涩强化了听觉形象的冷涩。由‘冷涩’到‘凝绝’，是一个‘声渐歇’的过程，诗人用‘别有幽愁暗恨生，此时无声胜有声’的佳句描绘了余音袅袅、余意无穷的艺术境界，令人拍案叫绝。”（《唐诗鉴赏辞典》，上海辞书出版社 1983 年版，第 877 页）余、霍二位先生对白居易兼用比喻与文字拟声，绘声绘色地摹写音乐形象的高超艺术，作了细致精彩的品评。事实上，我们吟诵白居易这一大段诗句，确有耳视目听之愉悦，耳与目都一齐饱饫了这诗的音乐，音乐的诗。

后 记

十年前，《古典文学知识》期刊开辟了一个《名句掇英》栏目，编辑部约我做专栏撰稿人。时光如流，迄今我已遵命为这个栏目撰写了数十篇文章。这本书，就是发表在《名句掇英》栏目的文章略加整理增删后的结集。

中国是诗的泱泱大国。源远流长的古典诗歌，是我们中华民族引以为自豪的文学瑰宝。去年，江泽民同志在亲切会见“唐宋诗词名篇朗诵音乐会”演创人员时指出，中国的古典诗词博大精深，有很多传世佳作。它们内涵深刻，意存高远，也包含很多哲理。学一点古典诗文，有利于陶冶情操，加强修养，丰富思想。江总书记高度概括了古典诗词的思想艺术成就，充分肯定古典诗文在塑造当代人的美好灵魂、建设社会主义精神文明伟大工程中的特殊作用。而古典诗词名句，乃“一篇之警策”，富于诗情、画意、哲理和语言韵律之美，是古代诗人的智慧和艺术才华的结晶。它们宛若“石韫玉而山辉，水怀珠而川媚”（陆机《文赋》），使作品格外光彩动人。它们为广大人民所喜爱，不胫而走，广泛传诵，影响深远。因此，对这些名句作细致的解读和赏析，是普及古典诗词、使之深入人心的一种便捷有效的方式。我在写作名句赏析文章时，力图联系作者生平、心态和整篇作品，准确地揭示名句的情思意蕴与艺术表现的独到之处，用生动活泼的文字，深入浅出地写出我的欣赏体验，引导初学者与我一道沉潜在名句所营造的艺术境界之中，共同享受其诗情画意、哲理语言和韵律之美。通过一次次的鉴赏实践，我们便能逐步领悟出诗词审美的特殊规律和方法，提高艺术素养和审美能力。

古典诗词的名篇佳句，是古代诗人熔铸其生活体验、思想情操、创作激情、艺术才华以及表现技巧的成品。生活、思想、感情是文艺创作的主要条件，但艺术才华和表现技巧也不可缺少。古代诗人们在提炼生活素材、将主观情思典型化诗意化的创作实践中，积累了丰富的艺术经验，总结出多种多样的艺术技巧和手法。学习、研究和借鉴这些艺术技巧和手法，对于欣赏和写作诗词大有帮助。所以我的赏析文章，都是融创作与赏析为一体，通过赏析若干名句，讲解一种艺术技巧或手法，有时还联系中国和西方现代新诗的艺术来讲。这样，读者在欣赏名句的同时，也了解它们的表现手法，了解古代与现代诗歌艺术的传承、中国与西方诗歌艺术的沟通。读者欣赏到不同作者运用同一种艺术手法写出的名句，也可以比较他们的高下。现在，这些文章已收集在本书中，古代诗人们曾经成功地运用过的几十种艺术技巧和手法都一一呈现在读者面前。我想，对于那些有志于深入探讨中国诗歌艺术传统的读者，可能会有所启迪。

《名句掇英》这个栏目开设以来，一直得到广大读者和专家的热心关注与支持。我很敬仰的著名学者程千帆先生已是耄耋之年，他不顾视力不好书写困难，两次亲笔给我写信说:“学人不能拒普及工作，先生之为是也。”“每从杂志读尊文，别出手眼，将古贤摘句图现代化，极具妙解，辄欣佩不已也。似可不以二句为限，情景相似或相反者比较言之，必更使人有所启发。”千帆诗翁对普及古典诗词的工作高度重视，给予我亲切的鼓励，他所提出的“现代化”和“比较”赏析的意见那么精到。我一再品味，深获教益，衷心铭感。还有一些读者在来信中，同我一起赏析名篇佳句，或馈赠宝贵的建议，使我也像陶渊明那样享受到“奇文共欣赏，疑义相与析”（《移居二首》）的乐趣。我深知读者喜爱“名句掇英”，乃是因为古典诗词名句具有强大的思想和艺术魅力。而我的学识有限，对诗词的审美感悟力和文字表达功力不高，赏析一定有粗疏、肤浅之处，甚至可能有错误，恳切地盼望广大读者和专家赐教。

《古典文学知识》的编辑多年来一丝不苟地审阅我的

文稿，江苏古籍出版社乐意出版这本小书，知名学者霍松林先生在百忙中抽空为我撰写序言，在此，谨表达我衷心的谢意。

陶文鹏

写于中国社会科学院文学研究所

2000 年 4 月

跋

衷心感谢凤凰出版社印行《点睛之笔·陶文鹏说诗》与《点睛之笔·陶文鹏谈词》。我想向读者作一些说明：《说诗》这一本，2000 年 9 月曾由凤凰出版社的前身江苏古籍出版社出版，这是我在《古典文学知识》期刊《名句掇英》栏目上撰写的短文略加整理增删后的结集，书名是《古诗名句掇英》。其后十年间，我又为该栏目撰写鉴赏唐宋词名句的文章。2017 年我到南京讲学，凤凰出版社社长兼《古典文学知识》主编姜小青先生提出出版《谈词》并重印《说诗》。我考虑到这些小文章虽无多少学术价值，但有助于读者鉴赏与品味古典诗词的诗情、画意、理趣与音乐之美，进而领悟古代诗人营构意象、创造意境的艺术手段，于是欣然同意并再次表达谢意。

为《说诗》作序的霍松林先生，是我敬仰的前辈诗人兼学者，他不顾年事已高，认真细致地审读了拙稿，作了精到的评析，赞扬此书稿文采斐然，深入浅出，既可普及古典诗词，又有助于总结古典诗词创作的理论。他的序文，使小书顿然增添光彩。2017 年 2 月 1 日，霍老驾鹤仙逝，我内心无比哀痛，至今仍时时怀念这位豪情充沛、学识渊博的前辈。

为《谈词》撰序的莫砺锋先生，是当今杰出的古典文学研究家，兼擅诗歌与散文创作，有皇皇十卷本文集问世。他以令人畅快的笔调与行云流水的文字谈了他的阅读感受和体会。文章风趣幽默，卓见迭出。在《中华读书报》上发表后，引起不小反响。我要向莫兄表达深深的谢意。

我还要感谢这两本小书的责编王清溪，他是比我年轻一代的编辑兼学者。他一丝不苟的工作作风令我由衷起敬。感谢他为我这两本小书想出“点睛之笔”的美妙书名。

由于本人水平有限，书中可能有不当与错误之处，盼请读者不吝指正。

陶文鹏

2019 年 8 月 12 日于北京